LA SÉQUENCE
DES CORPS

Patricia Cornwell

LA SÉQUENCE DES CORPS

Traduit de l'américain
par Dominique Dupont-Viau

Éditions du Masque

Ce roman a paru sous le titre original :
THE BODY FARM

Au sénateur de l'Utah Orrin Hatch,
pour son inlassable lutte contre le crime.

© PATRICIA D. CORNWELL, 1994 ET
ÉDITIONS DU MASQUE, 1995.

Tous droits de traduction, reproduction, adaptation, représentation
réservés pour tous pays.

*Ceux qui partent en mer sur des navires
et exercent leur métier sur les grandes eaux,
ceux-là virent les œuvres du Seigneur
et Ses miracles en haute mer.*

PSAUMES 107 ; 23-24

1

Ce 16 octobre, les silhouettes fantômes de cerfs s'avancèrent jusqu'à l'orée des bois sombres sur lesquels donnait ma fenêtre. Le soleil se leva peu à peu au-dessus de la chape de la nuit. Les canalisations d'eau geignirent à l'étage du dessous et du dessus. Des lumières s'allumèrent progressivement dans les autres chambres. Des rafales sèches d'armes à feu déchirèrent l'aurore, provenant de points que je ne pouvais pas apercevoir. Je m'étais endormie et je me réveillais au son des détonations.

C'est un bruit qui ne cesse jamais, à Quantico, Virginia, où le FBI est comme une île entourée de Marines. Tous les mois, j'y passais quelques jours : à l'étage de haute sécurité, où nul ne pouvait ni m'appeler, à moins que je ne le souhaite, ni même me suivre après un nombre abusif de bières bues en salle de réunion.

Au contraire des coutumes spartiates qui régnaient dans les chambres occupées par les nouveaux agents et par les policiers en visite, la suite que j'occupais possédait le téléphone, la télévision, une cuisine et une salle de bains personnelle. L'alcool et les cigarettes étaient formellement interdits mais j'étais convaincue que les agents spéciaux ou les témoins protégés ici obéissaient à ces règles à peu près aussi parfaitement que moi.

10 Patricia Cornwell

En attendant que le café chauffe dans le four à micro-ondes, j'ouvris ma serviette et en retirai un dossier qui m'attendait lorsque j'étais arrivée hier soir. Je n'avais pas pu me résoudre à le parcourir jusque-là tant il m'était difficile de me plonger dans une telle chose, de me mettre au lit pour le feuilleter... En ce sens, j'avais changé.

Depuis la faculté de médecine, je m'étais habituée à être confrontée à n'importe quel choc, à quelque heure du jour ou de la nuit que cela soit. J'avais passé des jours entiers aux urgences, pratiqué des autopsies des nuits durant, seule dans la morgue. En réalité, pour moi, le sommeil n'avait jamais été qu'un bref voyage vers un endroit vide et sombre dont je ne me souvenais ensuite qu'épisodiquement. Cependant, au fil des années, quelque chose avait perni-cieusement basculé. J'avais fini par redouter de travailler tard ou de nuit, et des cauchemars, des images terribles de ma vie faisaient maintenant des incursions dans mon inconscient.

Emily Steiner avait onze ans. Sa sexualité balbutiante devait à peine rosir son corps léger lorsqu'elle écrivit dans son journal intime à la date du 1er octobre, quinze jours plus tôt :

« Oh, je suis si heureuse ! Il est presque une heure du matin et maman ne sait pas que j'écris dans mon journal parce que je suis couchée avec une lampe de poche. Nous sommes allées au dîner organisé par l'église et Wren était là ! J'ai bien vu qu'il me remarquait. Après il m'a donné un roudoudou, un vrai Fireball. Je l'ai caché pendant qu'il ne regardait pas et puis, je l'ai rangé dans ma boîte à secrets. Cet après-midi, nous avons une réunion d'ados. Il veut que nous nous voyons avant et il ne veut pas qu'on en parle aux autres !!! »

À trois heures trente, cet après-midi-là, Emily sortit de chez elle, une maison située à Black Mountain, à l'est d'Asheville. Trois kilomètres la séparaient de l'église. Des enfants se rappelèrent l'avoir vue quitter l'église toute seule, vers six heures du soir, après la réunion de jeunes, alors que le soleil se couchait sur les collines. Son étui à guitare sous le bras, elle abandonna la route principale pour emprunter un raccourci qui contournait le petit lac. D'après les enquêteurs, c'est au cours de ce trajet qu'elle devait rencontrer l'homme qui lui volerait sa vie, des heures plus tard ! Peut-être s'était-elle arrêtée pour lui répondre ? Peut-être n'avait-elle pas senti sa présence parmi les ombres qui se concentraient alors qu'elle rentrait chez elle ?

La police locale de Black Mountain, une ville de 7 000 habitants, à l'ouest de l'État de Caroline du Nord, n'avait eu à résoudre que d'exceptionnelles affaires de meurtres ou de viols d'enfants. Elle n'avait jamais accordé aucune pensée particulière à Temple Brooks Gault d'Albany, Georgia, bien que son visage souriant figure sur la liste des dix hommes les plus recherchés dans tout le pays. Les criminels célèbres et leurs crimes ne faisaient pas partie de la vie de cette communauté pittoresque surtout réputée pour Thomas Wolfe et Billy Graham.

Je ne parvenais pas à comprendre ce qui avait pu attirer Gault dans cette petite ville, vers cette frêle enfant nommée Emily qui souffrait de l'absence de son père et de celle d'un jeune garçon dont le prénom était Wren. Toutefois, lorsque la violence de Gault avait explosé deux ans plus tôt à Richmond, ses actes nous avaient semblé tout aussi irrationnels qu'à présent. En vérité, il était impossible, même maintenant, de leur trouver une logique.

Je quittai ma suite et empruntai des couloirs vitrés inondés de soleil. Les réminiscences de la carrière meurtrière de Gault assombrissaient le matin. Un jour, il avait été à ma portée... Un bref instant, j'aurais presque pu le toucher, physiquement, juste avant qu'il ne parvienne a s'enfuir par une fenêtre. Je n'étais pas armée ce jour-là et, de toute façon, mon travail ne consistait pas à tirer sur les gens. Mais depuis ce moment-là, je n'étais jamais parvenue à me débarrasser du doute glacé qui s'était installé dans mon esprit : je ne cessais de me demander ce que j'aurais pu tenter d'autre !

On n'a jamais connu de grand cru au FBI, et je regrettai d'avoir bu plusieurs verres de vin dans la salle de réunion la veille au soir. Mon jogging matinal le long du parcours dédié à J. Edgar Hoover était encore plus catastrophique qu'à l'accoutumée.

« Mon Dieu, je ne vais jamais y arriver », pensai-je.

Des Marines mettaient en place des chaises en toile de camouflage et des télescopes qui devaient surveiller les abords des routes. Des regards masculins évocateurs suivirent ma course. Je savais parfaitement que le blason doré du ministère de la Justice qui ornait mon tee-shirt ne passait pas inaperçu. Les soldats pensaient probablement que j'étais une femme-flic en visite ou un agent. L'idée que ma nièce empruntait le même parcours ne me plaisait pas. J'aurais préféré que Lucy choisisse un autre endroit pour sa formation. J'avais influencé sa vie, c'était indubitable, mais finalement assez peu de choses m'effrayaient autant que cette influence. Me faire du souci pour elle durant mes séances d'entraînement, alors que je souffrais mille morts en prenant conscience que je vieillissais, semblait devenir une habitude.

Le HRT, la section d'intervention créée par le FBI pour secourir les victimes de prises d'otages, s'entraînait. Les pales de leur hélicoptère fouettaient lourdement l'air. Un camion, remorquant des portes criblées de balles, les dépassa dans un grondement de moteur. D'autres camions bourrés de soldats le suivaient de près. J'obliquai pour m'élancer sur les trois kilomètres qui me ramenaient à l'académie. L'académie du FBI aurait pu ressembler à un hôtel moderne en brique jaune, n'eût été la profusion d'antennes qui ornait ses toits,

La Séquence des corps 13

et son étrange localisation : au cœur de la forêt et au milieu de nulle part !

J'atteignis enfin la guérite du soldat de garde, contournai une déchiqueteuse à pneus et levai la main d'un geste las pour saluer le planton. Essoufflée et en nage, je finissais par me dire que je ferais mieux de rentrer en marchant paisiblement lorsque je sentis qu'une voiture ralentissait à ma hauteur.

— Vous tentez de vous suicider ou quoi ?

Le capitaine de police Pete Marino beuglait par la fenêtre ouverte de sa Crown Victoria blindée gris métallisé. Les antennes de radios qui surmontaient le toit de la voiture s'agitaient comme des cannes à pêche. En dépit de mes innombrables sermons, il n'avait pas attaché sa ceinture de sécurité.

— Il existe des moyens beaucoup plus simples d'y parvenir... Comme, par exemple, ne pas attacher sa ceinture de sécurité, répondis-je.

— J'sais jamais quand il faudra que je me tire de la bagnole à toute vitesse !

— C'est ce qui se produira certainement si vous avez un accident, seulement vous sortirez par le pare-brise !

Marino était un flic qui avait de la bouteille. Il avait longtemps fait partie de la brigade des homicides de Richmond, notre base à tous deux. Il venait d'être récemment promu et on lui avait refilé le poste de police de la première circonscription de la ville : le quartier le plus sanglant. Depuis des années, Marino faisait partie du Programme d'Arrestation des Grands Criminels du FBI, le VICAP.

Bien qu'il ne fût âgé que d'une petite cinquantaine, il était le pur produit d'une alimentation déséquilibrée, d'ingestion abusive d'alcool et de multiples contacts avec des doses concentrées de tout ce que la nature humaine a de plus pourri. Son visage, buriné par les épreuves, était surmonté d'une couronne de cheveux gris qui s'éclaircissaient. Marino était trop gros, ne s'entretenait pas et il n'était pas réputé pour son bon caractère. Je savais qu'il venait pour la réunion concernant l'affaire de la petite Steiner, mais je me demandai ce que contenait cette valise posée sur la banquette arrière de sa voiture.

— Vous allez rester un peu ici ? demandai-je.

— Benton m'a collé dans le programme de Survie Urbaine.

— Et qui d'autre ?

Ma question naissait du fait que ce programme visait à entraîner des brigades d'intervention, pas des individus isolés.

— À part moi, mon équipe d'assaut du poste.

— Vous n'allez tout de même pas me dire que votre nouvelle fonction consiste à défoncer les portes à coups de pied.

— Un des avantages des promotions, c'est que vous vous retrouvez le cul sanglé dans un uniforme, à sillonner la rue. Au cas où vous ne l'auriez pas remarqué, doc, ils n'en sont plus aux petits calibres artisanaux, là-bas.

— Merci du renseignement, dis-je sèchement. Surtout, n'oubliez pas de porter des vêtements épais.

— Quoi ?

Ses yeux, cachés derrière des lunettes de soleil, surveillaient dans les rétroviseurs les voitures qui nous dépassaient.

— Les balles de peinture font très mal.

— J'ai pas l'intention d'en prendre une.

— Je connais assez peu de gens qui en aient l'intention.

— Quand vous êtes arrivée ?

— La nuit dernière.

Marino récupéra un paquet de cigarettes coincé dans son pare-soleil.

— On vous a raconté des trucs ?

— J'ai parcouru quelques petites choses. À ce que j'ai cru comprendre, les policiers de Caroline du Nord doivent apporter la presque totalité des rapports ce matin.

La Séquence des corps 15

— C'est Gault. C'est pas possible autrement.

— Il existe indubitablement des ressemblances, rétorquai-je prudemment.

Il coinça une Marlboro entre ses lèvres.

— Je vais me faire ce connard de fils de pute, même s'il faut que j'aille jusqu'en enfer pour lui mettre la main dessus.

— Si jamais vous découvrez qu'il est en enfer, laissez-le dedans ! Je vous invite à déjeuner ?

— Si vous payez.

— Mais je paie toujours.

J'invitais toujours, c'était une évidence.

— Ben, c'est normal, puisque vous êtes un foutu docteur !

Il redémarra lentement.

Je remontai le chemin au pas de gymnastique puis obliquai pour me diriger vers le gymnase. Trois jeunes femmes, au corps d'athlète et plus ou moins dévêtues me regardèrent pénétrer dans les vestiaires.

« Bonjour, Madame », lancèrent-elles en canon si courtoisement qu'elles ne pouvaient faire partie que de la brigade des stupéfiants. Les agents de cette brigade sont réputés dans tout le FBI pour leur galanterie si parfaite qu'elle en devient énervante.

Assez gênée, je commençai d'ôter mes vêtements trempés de sueur. Je ne parvenais pas à me faire à l'ambiance virile et presque militaire qui régnait dans ces vestiaires. De toute évidence, les autres filles se déshabillaient avec un naturel complet, arborant leurs bleus et papotant sans arrière-pensée, nimbées de lumière pour seul vêtement. Agrippée à ma serviette, je me ruai vers la douche. J'avais à peine ouvert le robinet que le rideau s'entrouvrit et qu'un regard vert que je connaissais bien, me fixa. Du coup, j'en lâchai le savon qui se propulsa tout seul pour finir en glissade sur le sol carrelé et s'arrêter au niveau des tennis boueuses de ma nièce. Tirant d'un coup sec le rideau de douche, je demandai :

— Lucy, pourrait-on bavarder après que j'aie pris ma douche ?

D'un coup de pied, elle renvoya le savon dans ma cabine :

— Mince, j'ai bien cru que Len aurait ma peau ce matin. C'était génial ! La prochaine fois qu'on décide de courir le long de Yellow Brick Road, je lui demanderai si tu peux venir avec nous.

— Non merci, dis-je en me shampouinant, la perspective de ligaments froissés ou d'os brisés ne me séduit pas du tout.

— Tu devrais pourtant essayer au moins une fois, tante Kay. C'est un rite d'initiation ici.

— Pas pour moi.

Lucy garda le silence quelques instants, puis poursuivit d'une voix hésitante :

— Je voudrais te demander un truc.

Je me rinçai les cheveux et les repoussai de mon front avant de tirer le rideau de douche. Ma nièce se tenait debout, en dehors de sa cabine, en nage et couverte de boue de la tête aux pieds, son tee-shirt gris du FBI maculé de sang. À vingt et un ans, elle sortirai bientôt de l'université de Virginie, son diplôme en poche. Son visage s'était affiné pour devenir élégamment aigu. Ses cheveux auburn coupés courts avaient blondi au soleil. Le souvenir de la petite fille trop ronde aux longs cheveux roux qui portait des appareils dentaires me revint.

— Ils veulent que je revienne ici après mon diplôme. Mr Wesley est en train de rédiger une demande de bourse pour moi et il pense qu'il y a de bonnes chances pour que les Feds soient d'accord.

Mon ambivalence revint à la charge, comme à chaque fois qu'il s'agissait de Lucy :

— Et qu'est-ce-que c'est la question ?

La Séquence des corps   17

— Ben, je voulais savoir ce que tu en pensais.

— Tu es au courant que le recrutement est bloqué au FBI ?

Lucy me fixa, tentant de percevoir les choses que je souhaitais lui taire.

— De toute façon, je ne pourrais pas devenir agent du FBI tout de suite après ma sortie de fac. En fait, l'idée c'est de me permettre d'intégrer l'ERF grâce à une bourse.

Elle ajouta dans un haussement d'épaules :

— Quant à ce que je ferai ensuite, on verra bien.

L'ERF était la dernière création du FBI, une unité d'ingénierie et de recherche, un endroit austère situé dans l'académie. Tout ce qui s'y faisait était top-secret, et je dois dire que cela me vexait un peu qu'on ne m'ait jamais accordé l'autorisation de pénétrer dans ce sanctuaire alors que ma nièce y passait ses journées. Après tout, j'étais quand même le médecin expert général de l'État de Virginie et l'anatomo-pathologiste que le FBI avait recruté comme consultant.

Lucy se débarrassa de ses tennis et de son short et retira son tee-shirt et son soutien-gorge. Sortant de la cabine de douche, je conclus :

— Nous poursuivrons cette conversation plus tard.

Le jet d'eau qui cascada sur ses bleus lui arracha un cri.

— Désinfecte-toi avec un peu d'eau et beaucoup de savon. Comment as-tu pu t'abîmer la main comme cela ?

— J'ai glissé en dévalant un talus et je me suis blessée à la corde.

— Tu devrais vraiment mettre un peu d'alcool là-dessus, tu sais ?

— Certainement pas !

— À quelle heure finis-tu au ERF ?

— J'sais pas, ça dépend.

— Je passerai te voir avant de rentrer à Richmond.

Je repartis vers les vestiaires pour me sécher les cheveux.

À peine une minute plus tard, Lucy, dont la pudeur n'avait jamais été une des qualités principales, déboula dans la pièce, nue comme un ver à l'exception de la montre Breitling que je lui avais offerte pour son anniversaire.

Elle attrapa ses vêtements et souffla :

— Merde ! Si je te disais tout ce que j'ai à faire aujourd'hui, tu ne me croirais pas ! Il faut que je partitionne le disque dur, que je trouve de la mémoire quelque part et que je ré-enregistre tout parce que je n'ai jamais assez de place. En plus, il faut que je change certains fichiers. J'espère qu'on n'aura plus de problème avec ce disque dur...

Je sentais que sa véhémence était totalement gratuite. Elle aimait chaque minute de ce qu'elle faisait tous les jours.

— J'ai vu Marino tout à l'heure. Il est ici cette semaine.

Lucy balança ses chaussures de sport dans son placard et claqua la porte avec enthousiasme :

— Demande-lui s'il veut s'entraîner un peu au tir.

— J'ai l'impression qu'il en aura largement l'occasion.

Elle sortit du gymnase alors que cinq ou six autres agents des stupéfiants, vêtues de noir, y pénétraient.

— Bonjour, Madame.

Elles enlevèrent leurs bottes, les lacets claquant sèchement sur le cuir.

Il était déjà neuf heures et quart lorsque après avoir déposé mon sac de sport dans ma chambre, je finis de m'habiller. J'étais en retard.

Je descendis rapidement les trois étages et franchis les deux sas de sécurité qui me séparaient de la salle d'armes. J'empruntai, à ce niveau, l'ascenseur qui m'amena encore vingt mètres plus bas, jusqu'au plus profond du FBI où mes fonctions consistaient à patauger dans la routine de l'horreur. Neuf autres personnes étaient déjà installées autour de la longue table en chêne de la salle de conférence : des policiers, des profileurs du FBI et un technicien du VICAP. Les commentaires se télescopaient et je m'assis à côté de Marino.

— N'empêche que ce type s'y connaît en médecine légale ! Il sait le genre d'indices qu'on recherche.

— Tous les taulards s'y connaissent.

— Mais ce qui est important, c'est qu'il soit parfaitement à l'aise.

— C'est justement ce qui me conduit à penser qu'il n'a jamais fait de prison.

J'ajoutai mon dossier à ceux qui circulaient déjà autour de la pièce et murmurai à l'un des profileurs que je désirais une photocopie du journal intime d'Emily Steiner.

Marino reprit :

— Ouais, ben je ne suis pas d'accord : c'est pas parce que quelqu'un a déjà fait de la tôle qu'il a peur de se faire repincer.

— Ça effraie pourtant la plupart des gens. Vous savez, le fameux chat sur un toit brûlant...

— Gault n'est pas « la plupart des gens » et il aime ce qui brûle.

On me passa une série de photos laser de la maison des Steiner, qui ressemblait à un ranch. À l'arrière, une fenêtre du premier étage avait été forcée, permettant à l'assaillant de pénétrer dans une petite pièce aux murs carrelés de bleu qui servait de buanderie. Le sol était recouvert d'un linoléum blanc.

— Si on prend en compte le fait que la maison n'est pas isolée, la présence d'autres gens ce soir-là et même l'identité de la victime, Gault devient de plus en plus téméraire.

Toujours plongée dans les photos, je suivais mentalement le couloir moquetté jusqu'à la chambre des parents d'Emily dont le papier peint pastel représentait de petits bouquets de violettes et des ballons d'enfants s'envolant. Six oreillers étaient disposés sur le lit à baldaquin, d'autres coussins ornaient les étagères d'une alcôve.

— Cette petite fenêtre est très vulnérable.

Cette chambre à la décoration enfantine, était celle de la mère d'Emily : Denesa. Selon la déposition qu'elle avait faite à la police, elle s'était réveillée vers deux heures du matin. Un revolver était braqué sur elle.

— Il est peut-être en train de se payer notre tête ?

— Ce ne serait pas la première fois.

Mrs Steiner avait décrit son agresseur comme étant un homme de taille et de carrure moyennes. Elle avait été incapable de préciser sa race puisqu'il portait des gants, un masque, une veste et une paire de pantalons. Il l'avait bâillonnée et attachée à l'aide d'un ruban adhésif orange fluorescent, comme ceux qu'on utilise pour entourer les conduites de gaz, puis, il l'avait enfermée dans la penderie. Il était alors descendu jusqu'à la chambre d'Emily, disparaissant avec la petite fille dans l'obscurité du petit matin.

— Je crois qu'il faut prendre garde à ne pas nous focaliser exclusivement sur ce type... sur Gault.

— Juste ! Il faut rester objectif.

Je les interrompis :

— Le lit de la mère était fait ?

Les conversations stoppèrent.

Un policier entre deux âges, avec un visage de noceur, me détailla d'un air rusé. Ses yeux bleus descendirent comme un insecte de mes cheveux blond cendré, de mes lèvres, jusqu'à la lavallière qui dépassait du col ouvert de mon chemisier gris et blanc. Il continua son inspection en examinant mes mains, s'arrêtant sur ma chevalière intaillée en or et mon annulaire sans alliance. Je me présentai, sans une once d'amabilité, au moment où son regard se posa sur mes seins.

— Je suis le Dr Scarpetta.

— Max Ferguson, du Bureau d'Asheville.

Un homme, assez âgé pour être déjà à la retraite, et vêtu d'un costume kaki impeccable, se pencha au-dessus de la table pour me tendre une main calleuse.

— Et moi, je suis le lieutenant Hershel Mote, de la police de Black Mountain. Vrai, c'est un plaisir de vous rencontrer, docteur. On peut dire que j'ai entendu parler de vous.

Ferguson reprit la parole :

— De toute évidence, Mrs Steiner a fait son lit avant l'arrivée de la police.

— Pourquoi ? demandai-je.

La seule femme profileur de l'unité, Liz Myre, répondit :

— Peut-être par pudeur... Un étranger avait déjà pénétré dans sa chambre, ensuite, la maison est envahie par les flics...

— Comment était-elle vêtue lorsque la police est arrivée ? continuai-je.

Ferguson consulta un rapport et lut :

— Une robe de chambre rose à fermeture Éclair et des chaussettes.

— C'est ce qu'elle portait au lit ? demanda, derrière moi, une voix que je connaissais bien.

Benton Wesley, le directeur de l'unité, me jeta un bref regard et referma la porte de la salle de conférence. Il était svelte et de grande taille, et avait le cheveu argenté. Les contours de son visage étaient fermement dessinés. Vêtu d'un costume croisé sombre et embarrassé d'un tas de dossiers et de carrousels de diapositives, il s'assit rapidement au bout de la longue table, dans un silence total, et griffonna quelques notes avec son stylo-plume Mont-Blanc.

Sans même lever les yeux de ses notes, il répéta :

— Sait-on si elle portait cette robe de chambre au lit, ou bien s'est-elle changée avant l'arrivée de la police ?

Mote rectifia :

— C'est plus un vêtement de nuit qu'une robe de chambre, je dirais. En flanelle, à manches longues et qui descend jusqu'aux chevilles, avec une fermeture Éclair sur le devant.

— Et elle ne portait rien en dessous, sauf une culotte, précisa Ferguson.

— Je ne vous demanderai pas comment vous pouvez le savoir, remarqua Marino.

— On voyait la marque de sa culotte, et pas celle d'un soutien-gorge ! L'État me paie pour être observateur. Et à titre indicatif, les Feds ne me paient pas pour de la merde non plus.

Il appuya sa phrase d'un regard circulaire avant que Marino ne réponde :

— Je ne vois pas pourquoi on devrait payer pour votre merde, à moins que vous bouffiez de l'or.

Ferguson sortit un paquet de cigarettes :

— Ça dérange quelqu'un si je fume ?

— Oui, moi !

— Ouais, moi aussi.

Faisant glisser une épaisse enveloppe vers moi, Wesley m'indiqua :

— C'est pour vous, Kay. D'autres rapports d'autopsie et des photos.

— Des photos laser ?

Je ne les aimais pas trop, pas plus du reste que les photos matricielles parce qu'elles ne sont vraiment satisfaisantes que prises de loin.

— Non, des vraies de vraies.

— Bien.

— Nous recherchons les caractéristiques et les stratégies de l'agresseur. Nous avons un suspect intéressant, ou du moins, nous croyons en avoir un.

Le regard de Wesley fit le tour de la table et plusieurs personnes acquiescèrent. Marino approuva :

— Y'a pas de doute dans mon esprit.

— Passons en revue la scène du crime et ce qui concerne la victime...

Wesley poursuivit, tout en se plongeant dans la lecture des rapports :

— ... Je crois que, pour l'instant, mieux vaut exclure le problème de l'identité de l'agresseur...

Nous regardant par-dessus la monture de ses lunettes, il demanda :

— ... Avons-nous une carte ?

Ferguson fit circuler des photocopies.

La Séquence des corps   23

— La maison de la victime et l'église sont indiquées, de même que le sentier que la fillette a dû emprunter pour rentrer chez elle après la réunion à l'église.

Emily Steiner était menue et fragile, avec un petit visage fin et on lui aurait donné huit ou neuf ans. Sur la photo d'école prise au printemps dernier, elle portait un sweater vert. Une raie séparait ses cheveux blond-lin qu'une barrette en forme de perroquet retenait sur le côté.

Aucune photo plus récente d'elle n'existait, à notre connaissance, jusqu'à celles prises ce clair matin du 7 octobre. Ce matin-là, un vieil homme arriva au lac Tomahawk, il comptait pêcher. Au moment où il installait son pliant de jardin sur un rebord boueux près de l'eau, il remarqua qu'une petite socquette rose dépassait des buissons non loin. Il remarqua également que la petite chaussette recouvrait un pied.

Ferguson passa les diapositives. La pointe de son stylo jetait une petite tache sombre sur l'écran :

— Nous avons suivi le sentier. Le corps était là.

— Et c'est à quelle distance de chez elle et de l'église ?

— À peu près un kilomètre et demi dans les deux cas en voiture, un peu moins à vol d'oiseau.

— Et le chemin qui contourne le lac, c'est comme quoi ?

— À peu près la même distance qu'à vol d'oiseau.

Ferguson poursuivit son résumé :

— Elle était couchée, la tête tournée vers le nord. Nous avons une chaussette droite bien en place, l'autre était à moitié tirée. Nous avons une montre et un collier. On sait qu'elle portait un pyjama de flanelle bleue et une culotte, mais on ne les a toujours pas retrouvés. Là, c'est un gros plan de la blessure, à l'arrière du crâne.

L'ombre de son stylo se déplaça. En dépit de l'épaisseur des murs, le son étouffé de coups de feu nous parvenait de l'étage supérieur.

Emily Steiner était nue. Lors de son expertise, le praticien de Buncombe County avait pu déterminer qu'elle avait subi des violences sexuelles et que les larges plaques brillantes qu'elle portait à l'intérieur des cuisses, à la gorge et à l'épaule correspondaient à des marques de dépeçage. Elle avait, elle aussi, été bâillonnée et entravée avec un ruban adhésif orange fluorescent. La cause de la mort était une balle tirée d'un petit calibre et dont on voyait l'entrée à l'arrière du crâne.

Ferguson fit défiler les diapos du corps pâle de la fillette les unes derrière les autres. Un silence total régnait. Je n'ai jamais rencontré un seul policier qui se soit habitué à la vision d'un enfant mutilé, assassiné.

— Avons-nous des précisions sur les conditions météorologiques qui régnaient à Black Mountain entre le 1er et le 7 octobre ? demandai-je.

Ferguson me répondit :

— Dans l'ensemble, couvert. À peine dans les 5ºC la nuit et dans les 10ºC le jour.

— Dans l'ensemble ?

Les lumières se rallumèrent dans la salle de conférence. Détachant chaque syllabe avec soin, il prononça lentement :

— En moyenne. Vous voyez, vous additionnez toutes les températures ensemble et puis vous divisez par le nombre de jours.

D'un ton plat qui démentait mon antipathie croissante pour cet individu, je rétorquai :

— Agent Ferguson, n'importe quelle fluctuation est importante. Ainsi, une simple journée plus chaude peut avoir altéré l'état de conservation du corps.

Wesley entama une nouvelle page de son calepin de notes. S'interrompant, il me regarda :

— Dr Scarpetta, si l'on admet qu'elle a été tuée peu après avoir été enlevée, dans quel état de décomposition aurait-on dû retrouver le cadavre ?

— Si on se fie aux conditions qui nous ont été décrites, je crois que le corps aurait dû être partiellement décomposé. Toujours dans ce cas, il serait normal de retrouver des traces

La Séquence des corps 25

d'activité d'insectes, peut-être même d'autres dommages survenus post-mortem. Tout dépend de l'accessibilité du corps aux carnivores.

— En d'autres termes, le corps devrait être dans un état de décomposition beaucoup plus avancé que ceci (Il tapota les photos étalées devant lui.), si elle était morte depuis une semaine.

— Oui, exactement.

La transpiration fonçait la racine des cheveux de Wesley et trempait le col amidonné de sa chemise blanche. Les veines saillaient sur son front et le long de son cou.

— Je ne suis pas qu'un peu surpris que les chiens n'aient pas trouvé le corps...

— Moi pas, Max. C'est pas le genre de ville où des chiens galeux traînent. Nous, on garde nos chiens enfermés ou en laisse.

Marino se laissa aller à cette insupportable habitude qu'il avait de dépiauter les gobelets en mousse plastique.

Le corps de la petite fille était si pâle qu'il devenait presque gris. Une zone verdâtre délimitait la décoloration du quart inférieur droit. Le bout de ses doigts était sec, l'épiderme se rétractant du contour des ongles. La peau de ses pieds et ses cheveux commençaient à se détacher. Rien ne me permettait de conclure qu'elle se fût débattue : ni coupure, ni hématome, ni ongle cassé, aucune des blessures de défense.

Des ombres vagues se mêlaient à mes pensées comme je commentai :

— Il est possible que les arbres et la végétation l'aient protégée du soleil ,et de toute évidence, ses blessures n'ont presque pas saigné, peut-être même pas du tout, sans quoi, nous aurions trouvé beaucoup plus de traces du passage de prédateurs.

Wesley m'interrompit :

— Nous pensons qu'elle a été tuée ailleurs. L'absence de sang, les vêtements introuvables, la localisation du corps et le reste tendent à prouver qu'elle a été brutalisée et abattue dans un autre endroit et abandonnée plus tard là où nous l'avons retrouvée. Êtes-vous en mesure de me dire si l'ablation des bouts de chair a été perpétrée après la mort ?

— Au moment ou juste après la mort.

— Pour faire disparaître des marques de morsure cette fois encore ?

— Je ne suis pas en mesure de vous répondre au vu des éléments qui m'ont été fournis.

— À votre avis, les blessures d'Emily sont-elles similaires à celles qu'on a retrouvées sur le corps d'Eddie Heath ?

Wesley faisait référence au jeune garçon de 13 ans que Temple Gault avait assassiné à Richmond.

Ouvrant une autre enveloppe, j'en retirai un paquet de photos d'autopsie, réunies par un élastique.

— Oui. Dans les deux cas, la peau a été excisée au niveau de l'épaule et de la face interne supérieure de la cuisse. De plus, Eddie Heath a été tué d'une balle dans la tête et son corps a été abandonné plus loin.

— Ce qui est également frappant, c'est qu'en dépit de la différence de sexe, les deux enfants se ressemblent. Heath était de petite taille et pré-pubère, comme la fille Steiner.

Je précisai :

— Toutefois, il y a une différence notable : il n'existe pas d'égratignure en croix ni de coupure superficielle le long de la zone d'excision dans le cas de la petite Steiner.

Marino crut bon d'expliquer aux policiers de Caroline du Nord :

— Pour Heath, on croit que Gault a d'abord tenté d'éradiquer les marques de ses morsures en les tailladant avec un couteau. Après, il se rend compte qu'il ne fait pas du bon boulot et alors il enlève des bouts de peau, de la taille de ma poche de chemise. Ce coup-ci, avec la gamine, peut-être qu'il a directement coupé la chair, et voilà le travail.

— Je suis un peu réservée sur vos conclusions. Rien ne nous permet d'affirmer qu'il s'agit encore de Gault.

La Séquence des corps 27

— Ça fait deux ans, Liz. Je crois vraiment pas que Gault a changé du tout au tout et qu'il travaille maintenant pour la Croix Rouge !

— Qu'en savez-vous ? Bundy a bien travaillé dans un centre d'aide sociale.

— Ouais, c'est ça. Et Dieu est apparu au fils de Sam !

— Je peux vous assurer que Dieu ne s'est jamais manifesté à Berkowitz, déclara Wesley d'un ton froid.

— Ce que je veux dire, c'est que peut-être que Gault — si c'est lui — a juste découpé les marques de morsure, cette fois.

— Oui, c'est vrai. C'est comme pour le reste, ces types deviennent meilleurs avec un peu d'expérience.

— Oh, mon Dieu ! J'espère que ce mec ne deviendra pas trop bon, lâcha Mote en s'essuyant la lèvre supérieure avec un mouchoir plié.

— Bien, et si nous passions au profil du tueur ? (Wesley jeta un regard aux participants). Tout le monde est-il d'accord pour dire qu'il s'agit d'un homme, de race caucasienne ?

— De toute façon, le voisinage est majoritairement blanc.

— Juste !

— Âge ?

— Il est logique. Cela prouve qu'il a une certaine maturité.

— Je suis d'accord. Je ne crois pas que nous ayons affaire à quelqu'un de très jeune.

— Je dirais entre vingt et trente ans, plus près de trente.

— Il est très organisé. Il amène avec lui l'arme qu'il a choisie, il ne se contente pas d'essayer de trouver quelque chose sur place. Par ailleurs, il ne semble avoir rencontré aucune difficulté pour contrôler sa victime.

— Si l'on en croit la famille et les gens qui la connaissaient, Emily n'était pas difficile à maîtriser. Elle était timide et peureuse.

— Oui, par ailleurs, c'était une enfant de santé fragile, ce qui indique qu'elle avait l'habitude d'être prise en charge par des médecins et qu'elle se laissait facilement aller dans les mains d'adultes. En d'autres termes, elle faisait ce qu'on lui disait de faire.

Le visage de Wesley resta dépourvu d'expression tout le temps qu'il parcourut attentivement les pages du journal intime de la petite fille morte.

— Non, pas toujours. Elle ne voulait pas que sa mère sache qu'elle ne dormait pas encore à 1 heure du matin, mais qu'elle écrivait avec une lampe torche dans son lit, pas plus qu'elle n'avait l'intention de lui dire qu'elle se rendrait en avance à la réunion de l'église ce dimanche après-midi. Sait-on si ce garçon, Wren, l'a rencontrée comme prévu ?

— Il ne s'est pas montré avant cinq heures, c'est-à-dire au début de la réunion.

— Que sait-on des liens d'Emily avec les autres garçons ?

— Elle entretenait les relations classiques d'une gamine de son âge. Est-ce que tu m'aimes ? Coche « oui » ou « non » d'une croix.

— Et alors ? demanda Marino.

Tout le monde éclata de rire.

Je continuai de disposer devant moi les photographies, comme les lames d'un jeu de tarot. Mon malaise gagnait en ampleur. D'après la position de l'orifice d'entrée de la balle derrière le crâne, le projectile avait pénétré par la zone temporale-pariétale droite de l'encéphale, lacérant une des branches de l'artère méningée médiane. Et pourtant, il n'existait aucune trace de contusion, pas plus que d'hématome subdural ou épidural. De surcroît, je ne constatai aucun des signes réactionnels vitaux qu'on trouve habituellement sur les organes génitaux après un traumatisme.

— Combien y a-t-il d'hôtels dans le coin ?

— Une dizaine, je suppose. En réalité deux d'entre eux sont des *bed and breakfast*. Ce sont des particuliers qui louent des chambres.

— Avez-vous vérifié les registres ?

La Séquence des corps

— Ben, pour vous dire la vérité, nous n'y avions pas pensé.

— Si Gault est dans le coin, il faut bien qu'il loge quelque part.

Ses paramètres sanguins étaient également surprenants : le sodium plasmatique était très élevé, presque 170 milliéquivalents par litre, et le taux de potassium était à 24.

— Max, pourquoi ne pas commencer par le *Travel-Eze...* Tiens, prenez donc celui-ci, et moi je m'occupe du *Acorn and Apple Blosom.* Il serait peut-être bon de jeter aussi un œil au *Mountaineer*, bien que ce soit un peu plus loin.

— Gault choisira un endroit qui lui garantit le maximum d'anonymat. Il n'a pas intérêt à ce que le personnel remarque ses allées et venues.

— En tout cas, il n'y a pas énormément de choix dans le coin. On n'a rien de très grand comme hôtel.

— Ça exclut donc le *Red Rocker* et le *Blakberry Inn.*

— En effet, c'est trop intime, mais on va quand même vérifier.

— Et à Asheville, il doit bien exister quelques grands hôtels ?

— Il faut dire qu'ils ramassent un peu n'importe qui depuis qu'ils ont autorisé la vente d'alcool au verre.

— Vous croyez qu'il a pu entraîner la gamine dans sa chambre pour la tuer ?

— Non, absolument pas.

— On ne peut pas garder une gosse, qu'on a kidnappée, prisonnière dans une chambre d'hôtel sans que personne ne s'en aperçoive, une femme de chambre ou le garçon d'étage.

— C'est précisément pour cette raison que je serais étonné que Gault soit resté à l'hôtel : les flics ont commencé leur enquête peu de temps après la disparition d'Emily. Tout le monde en parle.

L'autopsie était signée du Dr James Jenrette, le pathologiste appelé auprès du corps. Jenrette était praticien hospitalier à Asheville et sous contrat avec l'État pour réaliser les rares autopsies nécessaires dans un endroit aussi protégé et retiré que ces collines de l'ouest de la Caroline du Nord. Sa conclusion selon laquelle « la blessure par balle ne suffisait pas à expliquer certains détails » ne me satisfaisait pas. Je retirai mes lunettes et massai la base de mon nez lorsque Benton Wesley prit la parole :

— Et les chalets pour touristes ou les appartements à louer ?

— Oui, monsieur, répondit Mote. Il y en a plein dans le coin.

Se tournant vers Ferguson, il poursuivit :

— Max, je crois qu'il faut vérifier cela aussi. Procurez-vous une liste de qui loue quoi.

Je découvris que Wesley sentait que quelque chose me gênait lorsqu'il me demanda :

— Dr Scarpetta ? On dirait que vous souhaitez ajouter quelque chose ?

— Je suis très perplexe : il n'existe aucune réaction vitale sur les zones qui ont été brutalisées. De plus, bien que la condition de conservation du cadavre suggère que l'enfant était morte depuis quelques jours seulement, les électrolytes ne collent pas avec sa condition physique...

Mote me jeta un regard vide :

— Les quoi ?

— Son taux de sodium est très élevé et puisque cet électrolyte reste assez stable après la mort, on peut en conclure qu'il était déjà élevé au moment de la mort.

— Qu'est-ce que cela signifie ?

— Cela pourrait signifier que l'enfant était dans un état profond de déshydratation. À ce sujet, elle est trop menue pour son âge. Y a-t-il mention d'un quelconque problème d'alimentation ? Était-elle malade ? Des nausées, la diarrhée ? Était-elle sous diurétiques ?

Comme j'énonçais ces possibilités, je scrutai les visages

La Séquence des corps   31

autour de la table. Personne ne répondit, jusqu'à ce que Ferguson annonce :

— Je vais vérifier auprès de la mère. Il fallait que je lui parle en rentrant de toute façon.

— Le taux de potassium est également élevé, poursuivis-je. Cela mérite aussi une explication parce que le potassium du corps vitré augmente de façon progressive et linéaire après la mort conséquemment à la rupture cellulaire qui libère cet électrolyte.

— Vitré ? demanda Mote.

— Le corps vitré de l'œil. C'est un fluide très fiable pour les tests parce que c'est isolé et très protégé et donc moins sujet à la putréfaction ou à la contamination. En réalité, ce que je veux dire c'est que si on se fie à son niveau de potassium, l'enfant devrait être morte depuis plus longtemps que ne l'indiquent les autres paramètres.

— Combien ? demanda Wesley.

— Six ou sept jours.

— Voyez-vous une autre explication à ceci ?

— Si le corps avait été exposé à la chaleur... Dans ce cas sa décomposition aurait été amplifiée, répondis-je.

— Eh bien, ce n'est pas le cas.

— Ou alors une erreur.

— Pourriez-vous le vérifier, docteur ?

J'acquiesçai d'un mouvement de tête. Ferguson reprit la parole :

— Le Dr Jenrette pense que la balle l'a tuée sur le coup. Il me semble que si vous êtes tué sur le coup, ça implique qu'il n'y aura pas de réaction vitale.

— Le problème, c'est que cette blessure par balle n'aurait pas dû être immédiatement fatale, expliquai-je.

Mote demanda :

— Combien de temps a-t-elle pu survivre ?

— Des heures.

— Existe-t-il d'autres possibilités ? me questionna Wesley.

— Commotio cerebri. C'est comme un court-circuit

électrique. On vous donne un coup sur la tête, vous mourez instantanément et l'analyse ne donnera pas grand-chose.

Je m'interrompis un instant avant de poursuivre :

— ... Ou alors, toutes les blessures ont été infligées post-mortem, y inclus la blessure par balle.

Un silence tomba comme tous digéraient cette hypothèse.

Le gobelet de Marino ressemblait à un petit monticule de neige en plastique, et le cendrier posé en face de lui débordait de boulettes de papier chewing-gum. Me regardant, il demanda :

— Quelque chose vous indique qu'elle a été étouffée avant ?

Je lui répondis que non.

Il jouait avec son stylo, faisant entrer et sortir la mine :

— Et si on recausait de sa famille, un peu ? Qu'est-ce qu'on sait du père, à part qu'il est mort ?

— Il était professeur à la Broad River Academy, une école religieuse à Swannanoa.

— Emily y étudiait ?

— Non, elle allait à l'école primaire à Black Mountain. Son papa est mort il y a un an, répondit Mote.

— Oui, je sais. Son nom était Charles ? demandai-je.

Mote acquiesça.

— De quoi est-il mort ? poursuivis-je.

— Je sais pas trop, sauf que c'était une cause naturelle.

Ferguson précisa :

— Il avait un problème cardiaque.

Wesley se leva et se dirigea vers le tableau blanc. Il décapuchonna un marqueur et commença d'écrire :

— Bien ! Passons les détails en revue. La victime appartient à la moyenne bourgeoisie, elle est de race blanche, âgée de onze ans. La dernière fois qu'on l'a vue, il était six heures de l'après-midi, le 1er octobre. Elle rentrait chez elle, seule, après une réunion à l'église. Ce soir-là, elle a pris un raccourci qui contourne le lac Tomahawk, un petit lac artificiel.

La Séquence des corps   33

Si vous regardez la carte, vous constaterez qu'il y a le pavillon du country-club à l'extrémité nord du lac et une piscine publique. Ils ne sont ouverts que l'été. Dans ce coin, le court de tennis ainsi qu'un endroit pour pique-niquer. Ça, c'est ouvert toute l'année. Selon sa mère, Emily est arrivée chez elle un peu après six heures et demie. Elle est montée directement dans sa chambre et s'est entraînée à la guitare jusqu'à l'heure du dîner.

Je demandai à la ronde :

— Mrs Steiner a-t-elle précisé ce qu'avait mangé Emily ce soir-là ?

— Elle m'a dit qu'elles avaient dîné de macaroni au fromage avec une salade, répondit Ferguson.

— À quelle heure ? Si on se fie au rapport d'autopsie, on a retrouvé seulement un peu de fluide brun dans le contenu stomacal d'Emily.

— Mrs Steiner dit qu'elles ont dîné vers 19 heures 30.

— Aurait-elle eu le temps de digérer son repas à l'heure où elle a été kidnappée, vers deux heures du matin ?

— Oui, bien avant même, précisai-je.

— Est-ce que cela signifie qu'on ne lui a pas donné grand-chose à boire ou à manger pendant sa captivité ?

— Ce qui pourrait peut-être expliquer son taux de sodium élevé et son état de déshydratation ? me demanda Wesley.

— Oui, c'est tout à fait possible.

Il se replongea dans ses notes.

— La maison ne possède pas de système d'alarme et il n'y a pas de chien.

— A-t-on volé quelque chose ?

— Peut-être des vêtements.

— Lesquels ?

— Des vêtements appartenant à la mère. Elle a cru entendre l'agresseur tirer des tiroirs alors qu'elle était bâillonnée et enfermée dans la penderie.

— Si tel est le cas, il était rudement méticuleux, puisqu'elle a précisé qu'elle ne parvenait pas à savoir si quelque chose manquait ou avait été dérangé.

— Qu'enseignait le père d'Emily ?

— Religion.

— Les gens de Broad River sont des fondamentalistes. Les gosses commencent leur journée en chantant : « Le péché n'aura pas de prise sur mon âme ».

— Vous êtes sérieux ?

— Autant qu'une crise cardiaque.

— Mon Dieu !

— Ouais, ils parlent pas mal de Lui, également.

— Peut-être que je pourrais leur confier mon petit-fils ?

— Merde, Hershel, personne peut rien faire de ton petit-fils parce que tu l'as pourri-gâté. Combien de vélomoteurs il a, maintenant ? Trois ?

Je les interrompis :

— J'aimerais en savoir un peu plus sur la famille d'Emily. Je suppose qu'ils sont religieux ?

— Très, oui.

— Emily était fille unique ?

Le lieutenant Mote poussa un long soupir triste :

— C'est ce qui est vraiment tragique dans cette histoire. Il y avait un autre enfant, il y a quelques années, un bébé. Il est mort au berceau.

— Cela s'est produit à Black Mountain ? demandai-je.

— Non, Madame. C'était avant que les Steiner emménagent dans le coin. Ils sont de Californie. Vous savez, on a ici des gens d'un peu partout.

Ferguson opina de la tête et renchérit :

— Énormément d'étrangers se retirent dans la région, ou alors, ils viennent y passer des vacances, ou suivre des conventions religieuses. Putain, si on me donnait dix centimes pour chaque baptiste, je ne serais plus ici.

Je jetai un coup d'œil à Marino. Sa rage était palpable et son visage congestionné.

— C'est exactement le genre d'endroit qui doit attirer

Gault. Les gens d'ici lisent l'histoire de ce fils de pute dans les grands magazines comme *People* ou le *National Enquirer*, mais ça n'a simplement jamais dû leur traverser l'esprit qu'il pouvait débarquer dans leur ville. Pour eux, c'est comme Frankenstein, il est bidon.

Mote ajouta :

— N'oubliez pas qu'ils ont aussi fait ce téléfilm sur lui.

— Quand ça ? gronda Ferguson

— Le capitaine Marino m'a dit qu'ils l'ont passé l'été dernier. Je me souviens pas du nom de l'acteur, mais c'est ce type qui fait ces films avec des terminateurs ou des exterminateurs. Hein, c'est bien ça ?

Marino s'en moquait. On avait l'impression que ses pensées allaient éclater comme un roulement de tonnerre. Il repoussa brutalement sa chaise et lança une autre boulette de papier chewing-gum dans le cendrier.

— Je suis convaincu que ce fils de pute est toujours dans le coin.

— Tout est possible, concéda Wesley d'un ton plat.

Mote, après s'être raclé la gorge, déclara :

— Eh bien, quoi que vous fassiez, votre aide est la bienvenue, mes amis.

Wesley consulta sa montre :

— Pete ? Pourriez-vous éteindre la lumière ? Je voudrais que nous repassions les cas antérieurs afin que nos visiteurs de Caroline du Nord sachent comment Gault occupait son temps lorsqu'il était en Virginie.

Durant une heure, des scènes d'abomination se succédèrent, trouant l'obscurité, et j'eus l'impression qu'on les avait empruntées au hasard à mes pires cauchemars. Ferguson et Mote ne baissèrent jamais leurs regards hallucinés de l'écran. Ils n'émirent pas un son et je ne les vis jamais cligner des yeux.

2

J'apercevais par les fenêtres de la salle de restaurant quelques marmottes dodues qui s'offraient un bain de soleil sur les pelouses. J'en étais encore à avaler ma salade alors que Marino récupérait méticuleusement du fond de son assiette les dernières miettes de son poulet frit « Spécial ».

La couleur du ciel ressemblait à une serge bleue délavée et les feuillages des arbres annonçaient déjà la splendeur qui les enflammerait lorsque l'automne atteindrait son comble. Dans un sens, j'enviais Marino. La dépense physique qu'exigerait de lui la semaine à venir ressemblait à un soulagement comparée à ce qui m'attendait, planant au-dessus de moi comme une ombre, comme un énorme oiseau insatiable.

— Lucy m'a confié qu'elle espérait que vous auriez un peu de temps à lui consacrer durant votre séjour ici. Elle voudrait s'exercer au tir avec vous.

Marino repoussa son plateau-repas :

— Ça dépendra si elle est un peu moins mal élevée qu'avant !

— Tiens, c'est amusant. C'est en général ce qu'elle dit de vous.

Il sortit une cigarette de son paquet :

— Ça vous dérange ?

— Quelle importance ? De toute façon vous allez la fumer quand même.

— Vous ne faites jamais aucun crédit à personne, n'est-ce pas, doc ?

La cigarette oscillait dans sa bouche au rythme de ses paroles. Il alluma son briquet :

— Remarquez, j'ai diminué, hein ? Allez, avouez, vous pensez à la clope à chaque instant.

— Vous avez parfaitement raison. Il ne s'écoule pas une minute sans que je me demande comment j'ai pu me

La Séquence des corps 37

permettre de faire quelque chose de si déplaisant et antisocial aussi longtemps.

— Mes fesses, oui ! Ça vous manque comme pas possible. Je suis sûr qu'en ce moment même vous donneriez n'importe quoi pour être à ma place.

Il exhala une longue bouffée de fumée et regarda vers les pelouses :

— Un jour, cette taule finira dans un trou de bidet à cause de ses putains de marmottes.

— À votre avis, Marino, pourquoi Gault est-il allé jusqu'en Caroline du Nord ?

Ses yeux devinrent durs :

— Pourquoi il va n'importe où, bordel ? Vous pouvez poser n'importe quelle question sur ce fils de pute et à chaque fois la réponse est la même : parce que ça le branche, c'est tout. Et il s'arrêtera pas à la fille Steiner. Un autre gamin, ou une femme ou même un homme — il en a rien à foutre, putain — se trouvera au mauvais moment et au mauvais endroit le jour où ça redémangera Gault !

— Et vous pensez vraiment qu'il est resté dans le coin après le meurtre ?

Il fit tomber une cendre :

— Ouais, je le crois vraiment.

— Pourquoi ?

— Mais parce que la fête vient juste de commencer ! Un putain de grand feu d'artifice et il est assis dans son coin, et il regarde. Et ça le fait marrer de voir les flics de Black Mountain tourner en rond en tentant de trouver une piste. Tiens, à propos, ils ont en moyenne un meurtre par an dans ce coin.

Wesley venait d'entrer dans la cafétéria, et je le regardai s'avancer vers le comptoir à salades. Il se servit un bol de soupe et prit des crackers. Il déposa quelques pièces dans une assiette en papier laissée là pour que les clients puissent régler leur repas lorsque le caissier était de repos. Rien dans son attitude ne pouvait laisser croire qu'il nous avait vus, mais je savais qu'il possédait le don d'enregistrer les moindres détails autour de lui en ayant pourtant l'air d'avancer dans le brouillard. Il se dirigea vers notre table, et je repris le fil de ma conversation avec Marino :

— Certains des paramètres physiques relevés lors de l'autopsie de la petite Steiner me perturbent, et je finis par me demander si son corps n'a pas été réfrigéré.

Marino me jeta un regard bizarre :

— Ouais, je suis sûr qu'il l'a été... À la morgue de l'hôpital !

Wesley tira une chaise et s'asseyant à notre table déclara :

— J'ai l'impression que je rate quelque chose d'important.

— Je me demandais si le corps d'Emily Steiner n'avait pas été réfrigéré avant qu'on le dépose près du lac, dis-je.

— Et quels éléments vous suggèrent cela ?

Il tendit le bras pour attraper le poivrier , et j'aperçus un de ses boutons de manchette en or aux armes du Département de la Justice.

— Sa peau était souple et sèche, répondis-je. Le corps est remarquablement bien conservé et étonnamment épargné par les insectes ou les carnivores.

— Ça démolit pas mal l'idée que Gault s'est planqué dans un de ces motels à touristes, lança Marino. Il n'a pas fourré le cadavre dans le mini-bar !

Wesley, toujours aussi méticuleux, mangeait sa soupe de poisson en évitant d'approcher trop sa cuillère de sa veste. Il en remontait délicatement le contenu vers ses lèvres, sans jamais en renverser une goutte.

— Et qu'a-t-on comme indices ? demandai-je.

Wesley me répondit :

— Ses bijoux et ses socquettes. Et bien sûr le ruban adhésif orange qui malheureusement a été décollé du corps avant qu'on ait pensé à rechercher d'éventuelles empreintes. Il a été pas mal découpé à la morgue.

— Merde, grommela Marino.

La Séquence des corps

Wesley me jeta un regard et reprit :

— Cependant, il est suffisamment inhabituel pour qu'on puisse espérer en tirer quelque chose. En fait, je crois que je n'en avais jamais vu d'identique avant.

Je renchéris :

— En tout cas, personnellement je n'en ai jamais vu. Et vos labos ont-ils déniché quelque chose ?

— Non, rien pour l'instant, si ce n'est qu'on distingue des traînées de graisse qui semblent indiquer que les tranches du rouleau étaient maculées de gras. Je ne sais pas trop ce qu'on peut en tirer.

— Vous avez autre chose ?

— Des écouvillons de prélèvements divers, des échantillons du sol sur lequel on a retrouvé le corps, le drap et l'enveloppe qui ont servi à son transport à la morgue.

Un sentiment de frustration m'avait envahie, qui ne cessait de croître au fur et à mesure que Wesley parlait. Je n'arrêtais pas de me demander si on n'était pas passé à côté de quelque chose, si des évidences microscopiques n'avaient pas été définitivement perdues.

— J'aimerais avoir des doubles de toutes les photographies et des photocopies de tous les rapports, et aussi les résultats de labo au fur et à mesure qu'ils vous parviennent.

Wesley me déclara :

— Ce qui est à nous est à vous. Le labo vous contactera directement.

Marino reprit la parole :

— Il faut qu'on ait l'heure précise du décès parce que, pour l'instant, les choses ne collent pas.

Wesley acquiesça :

— Oui, c'est un point très important qu'il faut éclaircir. Que pouvez-vous faire d'autre, Dr Scarpetta ?

— Je ferai mon possible.

Marino se leva et regarda sa montre.

— J'ai rendez-vous à Hogan Alley. Ils ont dû commencer sans moi.

Wesley lui demanda :

— J'espère que vous aviez l'intention de vous changer. Je vous conseille de porter un sweat-shirt avec une capuche.

— Ouais et comme ça, je crève d'insolation ?

— Ça vaut mieux que de se faire descendre par des balles de peinture de 9 millimètres. Ça fait terriblement mal.

— Hein ? C'est pas possible ! Vous en avez parlé derrière mon dos ou quoi ?

Nous le regardâmes quitter la salle. Tout en marchant, il boutonna sa veste sur son ventre bedonnant, aplatit sa chevelure clairsemée et remonta ses pantalons. C'était une habitude chez Marino : il rectifiait toujours sa tenue, d'un air vaguement embarrassé, lorsqu'il pénétrait ou sortait d'une pièce, un peu comme un chat.

Wesley fixa le cendrier sale qui signalait la place occupée par Marino un instant avant. Il leva les yeux vers moi et il me sembla qu'ils étaient étonnamment sombres. Sa bouche avait pris un pli qui aurait pu laisser croire qu'il n'avait jamais appris à sourire :

— Il faut que vous fassiez quelque chose à son sujet, Kay.

— Je ne crois pas avoir ce pouvoir, Benton.

— En tout cas, vous êtes la seule qui l'ait presque.

— Oui, c'est assez effrayant.

— Moi ce qui m'effraie, c'était la congestion de son visage, durant notre réunion. Il fait exactement l'inverse de ce qu'il faudrait faire : la clope, les fritures et l'alcool. (Wesley détourna le regard). Il est sur la pente raide, depuis que Doris l'a quitté.

— Pourtant, j'avais l'impression de petites améliorations.

Me regardant à nouveau, il répondit :

— Oui, des rémissions transitoires. Mais globalement, il se démolit.

Globalement, c'est ce que Marino avait toujours fait et je ne savais trop comment m'y prendre.

— Quand retournez-vous à Richmond, Kay ?

Je me posai des questions sur la vie de Wesley et sur sa femme.

— Ça dépend. Je comptais m'occuper un peu de Lucy.

— Vous a-t-elle dit qu'on espérait la garder après son stage ?

Mon regard se promena sur les pelouses ensoleillées et suivit la danse des feuilles dans les tourbillons de vent.

— Elle est ravie, dis-je.

— Mais pas vous.

— Non.

Son visage s'adoucit presque imperceptiblement :

— Oui, je comprends. Vous ne souhaitez pas que Lucy partage votre réalité. Finalement, cela devrait plutôt me rassurer que sur un point au moins, vous ne soyez pas toujours parfaitement objective et rationnelle.

Je manquais de rationalité et d'objectivité dans plus d'un domaine et Wesley le savait pertinemment.

— Je ne sais même pas exactement ce qu'elle fabrique ici. Qu'est-ce que cela vous ferait Benton, s'il s'agissait d'un de vos enfants ?

— Je réagirais de la même façon qu'à chaque fois que mes enfants sont concernés, je suppose. Je ne tiens pas du tout à ce qu'ils finissent dans la lutte contre le crime, ou l'armée. Je ne veux pas qu'ils se familiarisent avec les armes. Pourtant, en même temps, je veux qu'ils se sentent concernés.

Je le détaillai, un peu plus longtemps que nécessaire :

— Et cela parce que vous savez ce qu'il y a à l'extérieur.

Il froissa sa serviette en papier et la déposa sur son plateau :

— Lucy aime ce qu'elle fait avec nous, Kay. Et nous sommes contents d'elle.

— Je suis ravie de le savoir.

— Elle est stupéfiante. Le logiciel qu'elle nous aide à mettre au point pour le VICAP va tout bouleverser. Grâce à cela, dans peu de temps, nous pourrons pister ces tordus dans le monde entier. À votre avis, Kay, si Gault avait assassiné la petite Steiner en Australie, l'aurions-nous su ?

— Je ne crois pas, non. Du moins pas tout de suite. Mais je vous rappelle que nous ne sommes pas certains que le coupable est Gault.

Attrapant mon plateau pour le joindre au sien, il rétorqua :

— Ce dont on est sûrs, par contre, c'est que le temps dans ce genre de cas se chiffre en nouvelles vies humaines.

Nous nous levâmes ensemble et Wesley reprit :

— Nous pourrions passer voir Lucy.

— Je ne crois pas avoir l'autorisation de pénétrer dans ce secteur.

— En effet. Mais si vous m'accordez quelques instants, je devrais pouvoir trouver une solution.

— J'en serais ravie.

— Voyons. Il est une heure de l'après-midi. Nous pourrions peut-être nous retrouver à 16 heures 30 ? À ce propos, comment Lucy s'en sort-elle dans Washington ?

Il faisait référence au dortoir-dont-personne-ne-voulait, à ses petits lits et à ses serviettes si minuscules qu'elles ne couvraient même pas l'essentiel.

— Je suis désolé que nous n'ayons pas pu lui proposer davantage de confort et d'intimité.

— Ne soyez pas désolé. Ça lui fait du bien d'avoir des compagnes de chambre, même si elle ne s'entend pas avec.

— C'est le problème avec les génies : ils ont parfois du mal à travailler ou à se distraire avec les autres.

— La camaraderie était toujours le seul point noir, sur ses bulletins de notes.

Je passai les heures suivantes rivée au téléphone, tentant

La Séquence des corps 43

de joindre sans succès le Dr James Jenrette qui, semblait-il, s'accordait une journée de vacances pour jouer au golf.

Je fus, par contre, ravie d'apprendre que mon bureau de Richmond était bien en main. Les « cas » du jour requéraient seulement des examens externes sur les fluides corporels. Miraculeusement, il n'y avait pas eu d'homicide la nuit précédente. Les deux procès auxquels je devais participer cette semaine étaient programmés et préparés.

Wesley et moi nous retrouvâmes au moment et à l'endroit convenus.

Il me tendit un badge d'autorisation spéciale réservé aux visiteurs que j'épinglai sur la poche de poitrine de ma veste, à côté d'un autre badge qui stipulait mon nom et ma fonction.

— Mettez cela.

— Il n'y a pas eu de problèmes ?

— Une vraie galère, mais je m'en suis sorti !

D'un ton ironique, je déclarai :

— Je suis charmée d'apprendre que je suis parvenue à passer au travers de l'inspection.

— De justesse.

— Merci mille fois.

Il s'arrêta et me poussa légèrement dans le dos pour me faire passer devant lui.

— Inutile de vous préciser que rien de ce que vous verrez ou entendrez dans le bâtiment de l'ERF ne doit en sortir, n'est-ce pas, Kay ?

— Vous avez parfaitement raison, Benton, il est inutile de le préciser.

Dès que nous fûmes sortis de la cafétéria, nous tombâmes sur une nuée d'étudiants de l'Académie revêtus de la chemise rouge, qui flânaient dans le hall de réception du public, s'attardant devant tout ce qui portait l'emblème du FBI. Des filles et des garçons, qui ressemblaient tous à des athlètes, nous dépassèrent courtoisement dans l'escalier pour rejoindre leurs salles de cours. Je ne remarquai pas une seule chemise bleue au milieu de cette foule dont les vêtements réglementaires étaient un code. Il n'y avait pas eu de nouvelle promotion depuis un an.

Nous suivîmes un long couloir pour déboucher dans le hall d'entrée où une pancarte à affichage digital rappelait aux visiteurs qu'ils devaient porter en permanence leurs badges. L'écho de détonations distantes criblait cet après-midi parfait et nous parvenait au travers des portes d'entrée.

Le Engineering Research Facility occupait trois cocons beiges de béton et de verre, troués de larges portes vitrées et entourés de clôtures. Le parking était plein de voitures dont les propriétaires m'étaient inconnus puisque l'ERF semblait avaler et recracher son personnel à des heures où le commun des mortels dormait.

Arrivant devant l'entrée principale, Wesley s'arrêta à hauteur d'un module de détection rivé au mur et flanqué d'un petit clavier numérique. Il posa son pouce droit sur une lentille optique qui déchiffra son empreinte puis l'écran d'affichage l'informa qu'il devait taper son code secret d'Identification Personnelle. Un petit cliquetis nous informa que le verrou central venait de se débloquer.

Il me tint la porte et passant devant lui, je lâchai :

— De toute évidence, vous êtes déjà venu ici.

— Oui, souvent.

Il n'ajouta rien, me laissant à mes spéculations : qu'est-ce qui l'amenait dans cet endroit ? Nous suivîmes un couloir long comme deux terrains de football, moquetté de beige et qu'une lumière diffuse éclairait. Tout était silencieux. Nous dépassâmes des laboratoires dans lesquels des scientifiques en costume sombre ou blouse blanche s'affairaient à des tâches dont je ne parvenais pas à comprendre la nature. Des hommes et des femmes travaillaient dans des alcôves, ou penchés au-dessus de paillasses débordantes d'outils, d'écrans de contrôle, de matériel de programmation et d'objets et appareils étranges dont j'ignorais la fonction. Le

La Séquence des corps 45

gémissement d'une scie découpant le bois nous parvint de derrière une porte close.

Nous arrivâmes devant un ascenseur, et le pouce de Wesley fut encore requis avant que nous ne soyons autorisés à pénétrer dans le petit monde à part et très protégé où ma nièce Lucy passait ses journées. Ce second étage était par essence un crâne sous air conditionné dans lequel palpitait un encéphale artificiel. Murs et sol étaient moquettés de gris éteint et l'espace était précisément divisé, comme un compartiment à glaçons. Chaque alcôve était dotée de deux bureaux modulaires sur lesquels s'étalaient des ordinateurs luisants, des imprimantes laser, et des piles de papier. Lucy était reconnaissable de loin, c'était la seule personne qui portât un treillis à l'emblème du FBI.

Elle nous tournait le dos, engagée dans une conversation téléphonique, son récepteur-émetteur sur la tête. Tout en parlant, elle promenait un stylo informatique sur un carnet et de l'autre main tapait à son clavier. Un observateur extérieur, ignorant la nature de son travail, aurait pu croire qu'elle composait de la musique.

Elle disait :

— Non, non. Un long « bip » suivi de deux courts. Je crois qu'en réalité on a affaire à une dysfonction du moniteur, peut-être même la carte à puces.

Elle se balança sur sa chaise et nos silhouettes franchirent enfin son champ de vision.

— Oui, bien sûr. Ça fait toute la différence si c'est juste un « bip » court. Parce qu'en fait, dans ce cas, c'est qu'il y a un problème avec le système. Écoutez, Dave, est-ce que je peux vous rappeler un peu plus tard ?

Je repérai un scanner biométrique posé sur son bureau, sous un amas de papier. Le sol, tout comme l'étagère située juste au-dessus de sa tête, débordait de documents, d'incompréhensibles manuels de programmation, de boîtes de disquettes, de rubans informatiques, de piles de magazines consacrés aux ordinateurs ou aux logiciels. Il y avait même une collection de brochures reliées en bleu pâle estampillées du sceau du ministère de la Justice.

Wesley s'adressa à Lucy :

— J'ai pensé que je pouvais montrer ce que vous faites à votre tante.

Lucy se débarrassa de son écouteur. J'étais incapable de décider si ma visite lui faisait plaisir ou non.

— Écoutez, pour l'instant, j'ai des problèmes par-dessus la tête. Deux de nos machines commettent des erreurs.

Elle ajouta, pour mon seul bénéfice :

— Nous utilisons des micro-ordinateurs pour développer un réseau d'intelligence artificielle contre le crime : le Crime Artificial Intelligence Network, mieux connu sous le nom de CAIN.

— CAIN ? m'étonnai-je N'est-ce pas un acronyme plutôt ironique pour un programme dont l'objet est de traquer les criminels dangereux ?

Wesley répondit :

— Je me demande si on ne peut pas considérer cela comme l'acte absolu de contrition venant de la part du premier criminel de l'histoire humaine. Ou alors, peut-être que seul un assassin peut en pister un autre.

Lucy reprit la parole :

— En réalité, ce que nous cherchons à créer, c'est un programme automatique qui modélise le monde réel de façon aussi proche et vraisemblable que possible.

— En d'autres termes, dis-je, ça devra penser et agir comme nous ?

Elle recommença à taper :

— Exactement ! Le rapport traditionnel d'analyse d'un cas criminel auquel tu es habituée est là-dedans.

Sur l'écran apparurent les questions qui noircissaient les quinze pages familières du rapport que j'avais rempli des années durant, à chaque fois que l'identité d'une victime nous demeurait inconnue ou que nous avions lieu de croire que le meurtre avait été perpétré par un criminel déjà fiché, qui avait déjà tué ou qui tuerait encore.

Faisant défiler les pages de l'imprimé sur son écran, Lucy précisa :

— Nous l'avons un peu condensé.

— Les questions du rapport n'offrent pas de difficulté, remarquai-je. Ce qui pose problème, c'est de convaincre le responsable de l'enquête de le remplir et de l'envoyer.

Wesley me répondit :

— Oui, mais maintenant, ils auront le choix. Ils peuvent disposer d'un terminal au poste de police, qui leur permettra de s'asseoir un peu et de taper directement leur rapport sur l'écran. Et pour les irrécupérables Luddites, nous allons garder la version papier qui sera envoyée par courrier ou par fax.

Lucy renchérit :

— Nous travaillons également sur une technique de reconnaissance graphique. Les inspecteurs auront à leur disposition des calepins électroniques, comme cela, ils pourront écrire manuellement leurs notes soit dans leur voiture ou au poste de police ou en faisant le pied de grue au tribunal. De cette façon, tout ce qui sera inscrit sur le papier, que ce soit tapé ou écrit, sera rebalancé dans notre système. Mais CAIN est aussi un système interactif. Si CAIN a une hypothèse ou qu'il a besoin d'informations complémentaires, il pourra communiquer directement avec le policier soit par modem soit par l'intermédiaire d'une messagerie électronique, ou même par serveur vocal.

Wesley conclut :

— Le potentiel de CAIN est énorme, Kay.

Je compris la vraie raison de ma présence ici, et la raison pour laquelle Wesley avait tenu à m'y amener : cette alcôve était si reculée, si protégée de la réalité qui s'agitait dans les bureaux des centres ville, des attaques à main armée, des descentes anti-drogue. Wesley cherchait à me convaincre que si Lucy travaillait pour le Bureau, rien ne pourrait l'atteindre. Mais je n'y croyais pas, parce que je connaissais, moi, les pièges de l'esprit.

Les pages vierges que ma nièce faisait défiler pour moi sur son joli écran propre seraient bientôt remplies de noms et de détails qui prouveraient à quel point la violence était bien réelle. Elle allait mettre au point une banque de données qui deviendrait rapidement une décharge où s'entasseraient des bouts de cadavres, des descriptions de torture, des armes, des blessures. Et puis, un jour, elle finirait aussi par entendre les hurlements silencieux, par croire reconnaître le visage d'une victime parmi les gens qu'elle croiserait.

Me tournant vers Wesley, je demandai :

— Ce que vous préparez pour la police aura également des applications dans notre cas, n'est-ce pas ?

— Il va sans dire que les anatomo pathologistes du ministère de la Justice feront aussi partie du réseau.

Lucy nous fit découvrir d'autres programmes, nous expliqua d'autres merveilles technologiques en termes difficiles à comprendre, même pour moi. J'étais arrivée, depuis quelque temps à la conclusion que les ordinateurs représentaient notre nouvelle Babel. Plus la technologie devenait sophistiquée, plus les échanges verbaux devenaient confus.

— En fait, c'est le grand truc de cette base de données sur la structure du langage, expliquait-elle. C'est beaucoup plus *déclaratif* que *navigationnel*. En d'autres termes, cela signifie que l'utilisateur doit préciser à *quoi* il veut avoir accès plutôt que *comment* il veut y accéder.

Une femme qui se dirigeait vers nous capta mon attention. Elle était de grande taille et sa démarche assurée bien qu'élégante. Une blouse blanche qui lui arrivait sous le genou flottait au rythme de ses pas. Elle tournait lentement un petit pinceau dans une timbale en aluminium.

Wesley continua de discuter avec ma nièce :

— Et savons-nous sur quel type d'appareils nous utiliserons ce programme ? L'ordinateur central ?

— En fait, la tendance à l'heure actuelle va plutôt dans

le sens d'une relation plus miniaturisée entre clients et serveurs de banque de données. Vous voyez, le genre mini-ordinateur. Tout tend vers la miniaturisation.

La femme pénétra dans notre alcôve et me fixa avec intensité durant un court instant, avant de se détourner.

Posant la timbale sur le bureau, elle demanda avec un sourire sans chaleur :

— Une visite a-t-elle été organisée sans que j'en sois informée ?

J'eus le très net sentiment que notre présence lui déplaisait profondément.

Lucy lui répondit :

— Carrie, je crois qu'il va falloir qu'on reporte un peu notre projet. Je suppose que tu connais déjà Benton Wesley, et voici le Dr Kay Scarpetta, ma tante. Je vous présente Carrie Grethen.

Carrie Grethen me salua, et son regard me mit mal à l'aise :

— Je suis ravie de vous rencontrer.

Je l'observai. Elle se glissa dans un fauteuil en lissant machinalement ses longs cheveux bruns, ramassés dans un catogan à la française. Elle devait avoir trente-cinq ans. Sa peau fine, ses yeux sombres et les méplats bien dessinés de son visage lui conféraient une rare et précieuse beauté patricienne.

Lorsqu'elle tira l'un des tiroirs de son bureau, le soin méticuleux avec lequel étaient rangées ses affaires me frappa, tant il contrastait avec le désordre de ma nièce. Lucy était beaucoup trop captivée par son monde ésotérique pour se préoccuper de chercher un endroit où ranger un livre ou une pile de dossiers. En dépit de ses facultés intellectuelles qui me semblaient celles d'un être très âgé, elle avait conservé des habitudes de collégienne, mâchant du chewing-gum et évoluant dans un désordre absolu.

Wesley s'enquit :

50   *Patricia Cornwell*

— Lucy, pourquoi ne pas faire visiter les lieux à votre tante ?

— Oui, bien sûr.

Sans aucun empressement, elle éteignit l'écran et se leva.

— Eh bien, Carrie, dites-moi de quoi vous vous occupez précisément ? demanda Wesley comme Lucy et moi nous éloignions.

Lucy se retourna vers l'alcôve, et l'émotion fugace que je lus dans son regard me stupéfia.

Tendue et l'esprit ailleurs, elle m'expliqua :

— Ce que tu vois dans cette section se passe de commentaire. Juste des gens et des paillasses de travail.

— Travaillent-ils tous au VICAP ?

— Non, nous ne sommes que trois sur CAIN. La plus grande part de ce qui se fait ici est de nature tactique. (Elle se retourna à nouveau). Enfin, ce que je veux dire par « tactique », c'est qu'on utilise les ordinateurs pour faire fonctionner au mieux d'autres appareils, soit d'autres équipements électroniques, ou les robots de la Crisis Response.

J'étais parfaitement consciente que son esprit était ailleurs. Elle me conduisit jusqu'à l'autre extrémité de la pièce, où nous arrêta une porte munie d'un autre verrouillage de sécurité biométrique.

Lucy apposa son pouce sur la lentille et entra son code personnel d'identification en déclarant :

— Nous sommes fort peu nombreux à avoir l'autorisation de pénétrer ici.

La porte en acier gris revolver s'ouvrit sur une pièce réfrigérée, parfaitement ordonnée, dans laquelle s'alignaient des paillasses, des moniteurs et des étagères bourrées de dizaines de modems dont les lumières clignotaient. Les paquets de câbles qui sortaient des appareils disparaissaient sous le sol surélevé de la pièce, et sur les écrans tournoyaient des spirales bleues qui affichaient en lettres grasses « CAIN ». La lumière artificielle qui baignait la pièce était comme l'air qui la ventilait : propre et froide.

La Séquence des corps 51

— C'est ici qu'on conserve toutes les données d'empreintes.

Jetant un regard autour de moi, je demandai :

— Celles des verrous ?

— De tous les scanners que tu vois partout et qui servent à la détection physique qui protège les accès et à la sécurité en général.

— Et ce système de sécurité sophistiqué est également une invention de l'ERF ?

— Nous l'améliorons et nous testons ses failles ici. En fait, en ce moment, je suis en plein dans un projet de recherche qui fait partie de ce programme-là. Cela représente pas mal de boulot.

Elle se pencha vers un écran et en régla l'intensité lumineuse.

— Dans un proche futur, nous allons également l'utiliser pour stocker des informations ramassées sur le terrain. Il servira lorsque les flics arrêtent un malfaiteur et scannent ses empreintes. À ce moment-là, ces empreintes « vivantes », en quelque sorte, seront rentrées dans CAIN, et si le type est un récidiviste, qu'on a pu récupérer ses empreintes sur les lieux de crimes commis dans le passé et qu'elles sont stockées dans la banque de données, CAIN nous le dira en quelques secondes.

— Je suppose que le système sera connecté à tous les autres systèmes d'identification automatique d'empreintes qui existent dans le pays ?

— Absolument, et avec un peu de chance dans le monde entier. L'objet de tout cela, c'est que toutes les routes convergent jusqu'ici.

— Carrie travaille-t-elle également à la mise au point de CAIN ?

Lucy parut saisie par ma question.

— Oui.

— Donc, elle fait partie des trois personnes.

— C'est cela.

Comme Lucy ne semblait pas désireuse de poursuivre, je continuai :

— Elle sort de l'ordinaire.

— Oui, mais je crois qu'on peut en dire autant de tous les gens qui travaillent ici, répondit Lucy.

J'avais ressenti une immédiate aversion pour Carrie Grethen, sans très bien en comprendre la raison, aussi m'obstinai-je :

— D'où vient-elle ?

— De l'État de Washington.

— Elle est sympathique ?

— Elle fait très bien son travail.

— Ça ne répond pas vraiment à ma question, dis-je en souriant.

Je sentis à son ton qu'elle était sur la défensive :

— Tante Kay, je ne me mêle pas de la vie personnelle des gens qui travaillent avec moi. Pourquoi es-tu si intéressée ?

— Mais parce qu'elle a éveillé ma curiosité, tout simplement.

— Écoute, j'aimerais que tu cesses de me surprotéger. D'autant qu'avec ton travail, il est inévitable que tu penses tout de suite les pires choses des gens.

Sèchement, je rétorquai :

— Je vois. Tout comme il est inévitable, à la lumière de mes occupations professionnelles, que je sois convaincue que tous les gens sont morts, je suppose ?

— C'est ridicule, répondit Lucy.

— J'espérais simplement que tu rencontrerais des gens sympas ici.

— De surcroît, je te serais reconnaissante de cesser de t'inquiéter au sujet des amis que je me fais ou que je ne me fais pas.

— Lucy, je n'essaie pas de me mêler de ta vie. Tout ce que je veux, c'est que tu fasses attention à toi.

— Non ! Ce n'est pas tout ce que tu veux et *tu te mêles* de ma vie !

La Séquence des corps　　　53

— Eh bien, ce n'était pas mon intention.

Lucy était la seule personne qui puisse me mettre dans de telles colères.

— Mais si, c'est ton intention. Avoue que ça t'embête que je sois ici ?

La phrase m'échappa et je regrettai mes mots au moment même où je les prononçais :

— Non, c'est faux. Après tout, qui t'a décroché ce foutu stage !

Elle me fixa sans répondre.

— Lucy, je suis désolée. Je t'en prie, arrêtons de nous disputer.

J'avais baissé la voix et posé ma main sur son bras. Elle se dégagea :

— Il faut que j'aille vérifier quelque chose.

Elle tourna les talons et me planta là, seule au milieu de cette pièce classée « haute sécurité », aussi glaciale et stérile que l'était devenue notre rencontre. Les couleurs tourbillonnaient sur les écrans vidéo et des petites lampes rouges et vertes clignotaient. Mes pensées bourdonnaient, mornes et tristes comme cet entêtant bruit de fond. Lucy était la fille unique de mon irresponsable de sœur, Dorothy, et j'étais moi-même sans enfant. Mais cet argument ne suffisait pas à expliquer mon amour pour ma nièce.

Je savais que Lucy avait conçu une espèce de honte secrète qui naissait de son abandon et de son isolement. Je le savais parce que moi aussi, je traînais cette souffrance sous ma carapace. En tentant de soigner ses blessures, je soignais en réalité les miennes, mais cela faisait partie des choses que je ne pouvais pas lui expliquer. Je ressortis de la pièce, m'assurant que la porte se refermait bien derrière moi. Bien sûr, le fait que je revenais de ma visite sans escorte n'échappa pas à Wesley. Lucy ne se montra plus, et ne revint pas nous dire au revoir.

Sur le chemin qui nous ramenait à l'Académie, Wesley s'enquit :

— Que s'est-il passé ?

— Nous nous sommes encore disputées.

— Un jour, faites-moi penser à vous raconter mes échanges musclés avec Michèle.

— S'il existe une formation pour vous apprendre à être une mère ou une tante, il faut que je m'inscrive. En fait, je crois que j'aurais dû m'inscrire il y a longtemps. Tout ce que je voulais savoir, c'était si elle s'était fait des amis ici. Elle s'est mise en colère.

— Et qu'est-ce qui vous inquiète ?

— C'est une solitaire.

Il me regarda, surpris :

— Cela fait plusieurs fois que vous faites allusion à sa solitude. Écoutez, franchement, elle ne me donne vraiment pas l'impression d'être une jeune fille solitaire !

— Que voulez-vous dire ?

Nous nous arrêtâmes pour permettre à des voitures de nous dépasser. Le soleil tombait et je sentais sa chaleur sur ma nuque. Wesley avait retiré sa veste, qu'il portait pliée sur son bras.

Il poussa délicatement mon coude lorsque le passage fut libre de voitures.

— J'ai pris un verre un soir au *Globe and Laurel*, il y a quelques jours. Lucy y était attablée avec une amie. Du reste, il s'agissait peut-être de Carrie Grethen, mais je ne pourrais pas être formel. En tout cas, elles n'avaient pas l'air de s'ennuyer...

Ma surprise n'eût pas été plus complète si Wesley m'avait déclaré que Lucy était une pirate de l'air et qu'elle venait de détourner un avion.

— ... de plus, elle a passé plusieurs soirées à la cafétéria avec les autres. Vous ne voyez qu'une facette de votre nièce, Kay. Vous savez, c'est toujours un choc pour les parents ou les remplaçants de parents de découvrir brusquement un aspect de leurs enfants qu'ils ignoraient.

— La facette dont vous parlez m'est totalement inconnue.

Et en disant cela, je ne me sentais pas du tout soulagée. L'idée qu'une partie de la personnalité de Lucy m'était étrangère rajoutait à mon malaise.

Nous marchâmes en silence. Lorsque nous pénétrâmes dans le hall d'entrée, je demandai calmement :

— Benton, est-ce qu'elle boit ?

— Elle a l'âge légal.

— Oui, j'en suis consciente.

J'étais sur le point de lui poser d'autres questions lorsque je fut coupée net par son geste rapide. Il décrocha son bip de sa ceinture, déchiffra l'écran en se renfrognant à la lecture du numéro de rappel qui s'y inscrivait.

— Descendons et tâchons de savoir ce que tout cela signifie.

3

Le lieutenant Mote ne parvenait pas à contrôler la note d'hystérie qui filtrait dans sa voix lorsque Benton Wesley le rappela, à 18 heures 29.

Wesley insista encore une fois dans l'amplificateur du combiné :

— Où êtes-vous ?

— Dans la cuisine.

— Lieutenant Mote, calmez-vous et dites-moi précisément où vous vous trouvez.

— Je suis dans la cuisine de l'agent Max Ferguson du SBI. C'est pas possible, je ne peux pas y croire, je n'ai jamais rien vu de pareil !

— Vous êtes seul ?

— Oui, sauf ce qui est en haut, mais ça je vous l'ai dit.

J'ai appelé le coroner et le contrôleur tente de joindre qui il peut.

Wesley, de son ton immuablement calme, répéta :

— Pas d'affolement, lieutenant.

J'entendis le souffle bruyant de Mote se déversant du haut-parleur et me décidai à intervenir :

— Lieutenant Mote ? Ici, le Dr Scarpetta. Rien ne doit être touché. Tout doit demeurer en l'état.

— Oh, mince... Il a bien fallu que je le descende, quand même !

— D'accord.

— Quand je suis entré dans la chambre.... Mon Dieu, ayez pitié de nous... je ne pouvais pas le laisser comme ça !

Je tentai de le rassurer :

— Je comprends. Mais maintenant il faut absolument éviter que quiconque touche à quoi que ce soit.

— Et le coroner ?

— Même pas lui.

Wesley reprit la conversation, le regard posé sur moi :

— On arrive. On sera là dans peu de temps. Dans l'intervalle, asseyez-vous et ne bougez pas.

— Oui, Monsieur. Je vais juste m'asseoir sur cette chaise et attendre que cette douleur dans ma poitrine s'en aille.

— Quand avez-vous eu mal ? demandai-je.

— Quand je suis arrivé et que je l'ai découvert. J'ai commencé à avoir ces coups dans la poitrine.

— Ça vous est déjà arrivé ?

— Pas que je me souvienne, pas comme ça.

Je commençai à être sérieusement inquiète :

— Ça vous fait mal où ?

— Juste au milieu.

— Avez-vous mal dans le cou ou dans les bras ?

— Non, Madame.

— La tête vous tourne-t-elle ? Transpirez-vous ?

— Oui, je transpire un peu.

— Ça vous fait mal lorsque vous toussez ?

La Séquence des corps   57

— Je tousse pas, alors, je peux pas dire.

— Avez-vous un problème cardiaque, lieutenant Mote, ou de l'hypertension ?

— Pas que je sache.

— Vous fumez ?

— Oui, je suis en train de fumer.

— Lieutenant Mote, écoutez-moi attentivement : Je veux que vous éteigniez votre cigarette et que vous essayiez de vous calmer. Vous venez de subir un choc terrible et c'est cela qui m'inquiète. Vous êtes fumeur et c'est une des causes des maladies coronariennes. Vous êtes chez Ferguson et moi, je suis ici. Je veux que vous appeliez une ambulance immédiatement.

— On dirait que la douleur se calme un peu. Et le coroner devrait pas tarder à arriver. Après tout, il est docteur !

— Vous voulez parler du Dr Jenrette ? s'enquit Wesley.

— C'est tout ce qu'on a dans le coin.

Je renchéris aussi fermement que je le pus :

— Vous ne devez pas faire n'importe quoi, surtout avec cette douleur de poitrine.

— Non, Madame, je serai tranquille.

Wesley inscrivit une adresse et un numéro de téléphone sur son calepin puis composa un numéro :

— Pete Marino est-il encore dans le coin ? demanda-t-il à la personne qui lui répondit. Dites-lui que nous avons une urgence et qu'il doit nous rejoindre au plus vite dans le bâtiment de l'HRT. Qu'il prépare un sac de voyage pour la nuit. Je lui expliquerai la situation plus tard.

Wesley se leva de son bureau et je lançai :

— Écoutez, je veux qu'on fasse prévenir Katz. Il faudra tout enfumer pour relever les empreintes, si les choses ne sont pas ce qu'elles paraissent.

Katz était un de mes collègues médecin légiste de Knoxville.

— Bonne idée.

— Je ne crois pas qu'il soit encore à la Ferme des Corps

à cette heure. Il vaut mieux essayer de le joindre par l'intermédiaire de son bip.

— D'accord. Je vais essayer de le localiser.

De retour dans ma chambre, j'eus juste le temps de retirer mes escarpins pour enfiler des chaussures plus confortables et de ramasser quelques affaires de voyage ainsi que ma sacoche de première urgence. Lorsque je pénétrai dans le hall de réception, quinze minutes plus tard, Wesley y était déjà, son sac fourre-tout en bandoulière.

— Le Dr Katz quitte à l'instant Knoxville, il nous retrouvera sur les lieux, me prévint Wesley.

La nuit s'installait progressivement, sous le halo d'une lune argentée et distante. Les arbres s'agitaient sous le vent, et le bruit des feuilles ressemblait à celui d'une averse. Wesley et moi empruntâmes l'allée qui partait du pavillon Jefferson et traversâmes la rue qui séparait les bâtiments de l'Académie des stands de tirs et des terrains d'entraînement. Il me sembla reconnaître une silhouette, non loin de nous, dans la zone protégée où avaient été installés des barbecues et des tables de pique-nique. Mais sa présence ici et à cette heure était si surprenante que je crus un instant m'être trompée. Je me souvins ensuite brusquement que Lucy m'avait confié qu'elle venait parfois ici, seule après le dîner pour penser, et je fus ravie de cette chance qui m'était offerte de lui parler et d'essayer d'arranger les choses.

— Benton, je reviens tout de suite.

Un bruit étouffé de conversation me parvint comme je me rapprochais de l'orée du bois, et j'eus la pensée étrange que ma nièce se parlait peut-être à haute voix. Je me rapprochai progressivement. Lucy était assise à une table de pique-nique, et j'allais l'appeler lorsque je compris que ses paroles étaient destinées à quelqu'un qui se trouvait assis sur le banc, légèrement en contrebas. Les deux formes étaient si proches l'une de l'autre qu'on aurait dit une seule silhouette. Je m'immobilisai soudain dans l'ombre d'un grand pin touffu.

La Séquence des corps 59

— C'est parce que tu fais toujours cela !

Lucy formula cette phrase de ce ton blessé que je connaissais si bien. La voix de femme qui lui répondit se voulait apaisante.

— Non, c'est parce que tu pars systématiquement du principe que je vais le faire.

— Eh bien, tu n'as qu'à pas me donner de bonnes raisons pour cela

— Lucy, pourrait-on en finir avec cela ? *Je t'en prie.*

— Tiens, passe-la-moi.

— Je préférerais que tu ne te mettes pas à fumer.

— Je ne me mets pas à fumer, je veux juste une bouffée.

J'entendis le son d'une allumette qu'on craquait et une petite flamme troua les ténèbres. L'espace d'un instant, la faible clarté me permit de distinguer le profil de ma nièce, penchée vers son amie, dont je ne parvenais pas à voir les traits. Le bout incandescent de la cigarette passa de l'une à l'autre.

Je rejoignis Wesley qui reprit ses longues enjambées.

— C'était quelqu'un que vous connaissiez ?

— Je l'ai cru, répondis-je.

Nous marchâmes sans échanger un mot, dépassant les champs de tir et leurs alignements d'armatures vides de cibles et de silhouettes de métal, prostrées dans un garde-à-vous sans fin. Un peu plus loin, s'élevait une tour de contrôle qui surplombait un monticule de pneus entassés où s'entraînaient, avec de vraies munitions, les HRT, les bérets verts du FBI. Un hélicoptère bleu et blanc, un Bell JetRanger, reposait sur la pelouse non loin de nous, comme un gros insecte endormi. Son pilote discutait avec Marino.

Nous voyant approcher, il s'enquit :

— Tout le monde est là ?

— Oui, merci Whit, répondit Wesley.

Whit, un spécimen parfait de force virile, était sanglé dans un uniforme noir de pilote. Il ouvrit la porte de l'hélicoptère et nous aida à monter. Marino et moi nous installâmes à l'arrière, pendant que Wesley s'asseyait à côté de Whit. Nous bouclâmes notre ceinture de sécurité et passâmes les écouteurs, au moment où les pales commencèrent à vibrer.

Quelques minutes plus tard, le sol se détacha de nous et s'éloigna soudainement de nos pieds. Nous dépassâmes la ligne d'horizon. Les fentes d'aération de l'habitacle étaient ouvertes et les lumières éteintes. Nos voix, transmises par l'intermédiaire des micros, grésillaient à nos oreilles et l'hélicoptère pointa au sud, vers une petite ville de montagne où une autre personne était morte.

Marino demanda :

— Ça devait quand même pas faire très longtemps qu'il était rentré chez lui. On sait...

La voix de Wesley l'interrompit depuis le siège du copilote :

— Non, cela ne faisait pas longtemps. Il a quitté Quantico juste après notre réunion. Son avion décollait à une heure.

— On sait à quelle heure il est arrivé à Asheville ?

— Il a atterri aux environs de quatre heures et demie. En d'autres termes, il a dû rentrer chez lui vers cinq heures de l'après-midi.

— À Black Mountain ?

— C'est cela.

J'intervins :

— Et Mote l'a découvert à six heures.

Marino se tourna vers moi :

— Merde ! Ferguson a dû commencer sa branlette sitôt...

— Nous avons de la musique si ça vous tente, proposa le pilote.

— D'accord !

— Quel parfum ?

— Classique.

— Putain, Benton !

— Vous êtes en minorité, Pete.

La musique de Berlioz remplit la cabine et je repris notre conversation hachée :

— Donc, Ferguson n'était pas chez lui depuis très longtemps. Ce point, du moins, est clair. Quant à savoir qui ou quoi est à blâmer pour ce qui s'est passé...

— Comme ça, cela a tout l'air d'un accident. Une séance de masturbation qui se serait mal terminée, mais en fait on n'en sait rien.

Marino me balança un coup de coude :

— Vous avez de l'aspirine ?

Je fouillai dans mon portefeuille, puis repêchai une Maglite miniature au fond de mon sac de première urgence. Je cherchai encore, en vain. Marino grommela et jura lorsque je lui annonçai que je ne pouvais pas grand-chose pour lui. Je me rendis soudain compte qu'il portait toujours son survêtement de sport avec sa capuche ainsi que ses godillots lacés comme au moment où nous l'avions laissé partir à son rendez-vous de Hogan's Alley. Il me faisait penser à l'entraîneur alcoolique d'une obscure équipe sportive d'un quelconque trou perdu. Je ne pus résister à la tentation d'éclairer de ma lampe des taches de peinture rouge révélatrices qui maculaient le haut de son dos et son épaule gauche. Marino s'était fait descendre !

Sa voix résonna brutalement dans mon casque :

— Ouais, ben vous devriez voir les autres mecs ! Hé, Benton, vous avez des aspirines ?

— Vous avez le mal de l'air ?

— Je prends trop mon pied pour ça ! répondit Marino qui détestait voler.

La météo était de notre côté et nous fonçâmes dans un couloir dégagé, à plus de cent nœuds à l'heure, piquant dans la nuit claire. Les voitures, tout en bas, glissaient comme des insectes d'eau luminescents et les lumières de la civilisation scintillaient dans les arbres comme de petites flammes. Ces ténèbres vibrantes m'auraient sans doute apaisée, peut-être même aurais-je pu m'endormir si mes nerfs n'avaient pas été tendus à l'extrême. Mon esprit s'affolait, des images s'entrechoquaient, et des questions hurlaient dans ma tête.

Je revoyais le visage de Lucy, la ligne parfaite de sa mâchoire et de sa joue alors qu'elle se penchait vers la flamme que les mains en coupe de son amie protégeaient du vent. L'écho de leurs voix passionnées résonnait dans ma mémoire et je ne parvenais pas à comprendre pourquoi j'étais si stupéfaite, ni pourquoi les choses me semblaient si importantes. Je me demandai si Wesley était au courant et à quel point il l'était. Ma nièce avait commencé son stage d'interne à Quantico depuis le semestre d'automne. Il avait donc dû la voir plus souvent que moi.

Pas un souffle de vent ne secoua l'appareil jusqu'à ce que nous parvenions dans la zone montagnarde. Le sol, sous nous, ressemblait à une plaine noire comme de la poix.

La voix du pilote résonna dans nos écouteurs :

— Nous grimpons à 4 500 pieds. Tout va bien derrière ?

— Ça doit pas être possible de s'en griller une, ici, hein ? demanda Marino.

À neuf heures dix, des étoiles avaient percé dans le ciel, et le Blue Ridge ressemblait à un océan sombre qui s'enflerait sans qu'aucun mouvement ou aucun son ne soit perceptible. Nous suivîmes l'ombre des forêts, jusqu'à ce que l'appareil tangue et oblique lentement, vers un bâtiment de brique qui ressemblait à une école.

Contournant le bâtiment, nous découvrîmes un terrain de football inutilement illuminé par les gyrophares des voitures de police qui déchiraient la nuit de flambées de lumière cuivrée. Le NightSun s'alluma sous le ventre de l'hélicoptère et éclaira notre descente de toute la puissance de ses trente millions de chandelles. Whit nous posa doucement sur la ligne de penalty, comme un oiseau.

Wesley déchiffra à haute voix les fanions qui décoraient la barrière du terrain :

La Séquence des corps   63

— Patrie des « War Horses ». J'espère qu'ils font une meilleure saison que la nôtre.

Marino, le regard tourné vers la vitre, attendait que les pales s'immobilisent :

— J'ai pas assisté à un seul match de foot de collège, depuis que j'ai quitté l'école.

— J'ignorais que vous jouiez, remarquai-je.

— Ben, un peu. Je portais le maillot 12.

— Quelle position ?

— Arrière.

— C'est logique, conclus-je.

Whit nous interrompit :

— En réalité, ici nous sommes à Swannanoa. Black Mountain est juste à l'est.

Deux officiers de la police de Black Mountain en uniforme nous attendaient. Ils avaient l'air si jeunes qu'on en venait presque à se demander s'ils avaient l'âge légal pour passer le permis de conduire ou porter une arme. Le visage pâle et étrange, ils tentaient de ne pas nous dévisager. J'avais presque l'impression que nous sortions d'un OVNI pour débarquer au milieu du flamboiement des gyrophares. Un calme irréel régnait. Les deux jeunes policiers semblaient perdus, ne sachant trop que penser de notre arrivée ou de ce qui se passait dans leur petite ville. Ils nous escortèrent sans trop d'efforts de conversation.

Un peu plus tard, nous nous garâmes dans une rue étroite bourdonnante du bruit des moteurs et des pulsations des lumières de police. Je dénombrai trois autres voitures de service en plus de la nôtre, une ambulance, deux camions de pompiers, deux voitures banalisées et une Cadillac.

Marino grommela en refermant sa portière de voiture :

— Génial, tout le monde est venu accompagné du cousin Abner.

Le ruban qui délimitait la scène du crime courait des piliers du porche jusqu'aux arbustes qui s'étalaient en éventail le long des flancs recouverts de tôle d'aluminium de la maison. C'était une bâtisse beige de deux étages. Une Ford Bronco était garée dans l'allée gravillonnée juste devant une Skylark banalisée mais dont le toit supportait des antennes de police et un gyrophare.

Comme nous gravissions les marches en ciment du porche, Wesley demanda :

— Ce sont les voitures de Ferguson ?

— Celles qui sont dans l'allée ? Oui, Monsieur, répondit le policier. Cette fenêtre, là-haut dans le coin, c'est là qu'il est.

L'apparition du lieutenant Hershel Mote dans l'encadrement de la porte me consterna. De toute évidence, il n'avait pas suivi mes conseils.

— Comment vous sentez-vous ? lui demandai-je.

— Oh, je m'accroche.

Il avait l'air si soulagé de nous voir que je crus un instant qu'il allait nous embrasser. Mais son visage avait une couleur cendre. La sueur avait trempé le col de sa chemise en jean et luisait sur son front et le long de son cou. Il empestait le tabac froid.

Une fois dans l'entrée, nous hésitâmes un instant, le dos tourné à l'escalier qui montait au premier.

— Où en est-on, demanda Wesley ?

— Le Dr Jenrette a pris des photos, des tas, mais il a rien touché, juste comme vous aviez dit. Il est dehors. Il cause aux hommes en attendant, au cas où vous auriez besoin de lui.

— Il y a plein de bagnoles dans le coin. Où est passé tout le monde ? demanda Marino.

— Deux des gars sont dans la cuisine. Un ou deux autres fouillent le jardin et les bois avoisinants, derrière la maison.

— Mais ils ne sont pas montés ?

Mote laissa échapper un long soupir :

— Bon, écoutez, je vais pas vous regarder dans les yeux et vous raconter des bobards. Ils sont montés et ils ont jeté

La Séquence des corps

65

un œil. Mais personne n'a rien merdoyé. Ça, je vous donne ma parole. Il y a que le Docteur qui soit allé plus près.

Il commença à monter l'escalier :

— Max est... Il est... putain !

Il s'arrêta, se retourna vers nous. Ses yeux étaient brillants de larmes.

— J'ai pas tout saisi sur la façon dont vous l'avez découvert, demanda Marino.

Nous reprîmes notre progression dans l'escalier. Mote tentait de se reprendre. Le sol était recouvert de la même moquette rouge sombre que l'entrée du bas et les lambris des murs en pin vernis avaient la couleur du miel.

Mote se racla la gorge :

— C'était aux environs de six heures, ce soir. Je me suis arrêté pour voir si Max voulait qu'on aille dîner quelque part. Comme il ne répondait pas, je me suis dit qu'il était peut-être sous la douche, ou un truc comme ça. Alors, je suis entré.

— Quelque chose aurait-il pu vous suggérer qu'il avait l'habitude de ce genre d'activité ? demanda Wesley avec délicatesse.

— Non, Monsieur, répondit Mote avec conviction. C'est un truc auquel j'aurais jamais pensé. J'arrive pas à comprendre... Bon, bien sûr, j'ai entendu dire que des gens installaient des trucs bizarres. Mais j'arrive pas à comprendre à quoi ça sert.

— On utilise un nœud coulant lors de séances de masturbation pour comprimer les carotides, expliquai-je. Cela freine le débit de sang donc d'oxygène vers le cerveau, et c'est supposé amplifier l'orgasme.

— C'est aussi connu comme « partir quand on vient », remarqua Marino avec son habituelle subtilité.

Nous nous dirigeâmes vers une porte au fond du couloir qui donnait sur une chambre éclairée. Mote ne nous accompagna pas.

La chambre de l'agent Max Ferguson était sobre et masculine, meublée de commodes en pin à tiroirs. Un râtelier dans lequel reposaient des fusils et des carabines était suspendu au-dessus d'un bureau à cylindre. Son pistolet, ainsi que son portefeuille et ses pièces d'identité, étaient posés sur la table, non loin du lit recouvert d'un quilt. À leurs côtés se trouvait une boîte de préservatifs « Rough Rider ». Le costume que Max Ferguson portait le matin-même à Quantico était soigneusement plié sur le dossier d'une chaise, près de ses chaussures et de ses chaussettes.

Un haut tabouret de bar en bois était posé entre la salle de bains et la penderie, juste à quelques centimètres du corps recouvert d'une couverture au crochet, de couleurs vives. Un bout de corde de Nylon coupée pendait d'un crochet rond vissé dans le plafond en bois. Je tirai une paire de gants d'examen et un thermomètre de ma sacoche. Marino jura entre ses dents lorsque je repoussai la couverture pour découvrir ce qui avait dû devenir le pire cauchemar de Ferguson. J'étais convaincue qu'il aurait cent fois préféré une balle.

Il reposait sur le dos. Les bonnets, taille D, du soutien-gorge noir qu'il portait étaient bourrés de paires de chaussettes dont s'échappait une vague odeur musquée. La paire de collants noirs qu'il avait enfilée avant sa mort avait été descendue le long de ses jambes juste en dessous de ses genoux poilus. Un préservatif collait toujours mollement à son pénis. Les magazines qui traînaient alentour indiquaient la préférence de Ferguson pour les femmes ligotées, avec d'énormes poitrines et des tétons de la taille d'une soucoupe.

J'examinai le bout de corde serrée fermement contre la serviette de toilette enroulée autour du cou de Ferguson. La corde en Nylon, vieille et effilochée, avait été sectionnée juste au-dessus du huitième tour de ce qui s'avérait être un parfait nœud du « bourreau ». Les yeux de Ferguson étaient presque fermés et sa langue sortait de sa bouche.

— Est-ce que ça colle avec le fait qu'il était assis sur le

tabouret ? demanda Marino en fixant le bout de corde toujours attachée au crochet du plafond.

— Oui.

— Alors donc, il se faisait une branlette et il a glissé ?

— Ou alors, il a perdu connaissance et il a glissé.

Marino se déplaça vers la fenêtre et se pencha au-dessus
d'un verre à pied posé sur l'appui, et qui contenait un
liquide ambré.

— Bourbon, sec, enfin du moins on dirait.

La température rectale de Ferguson était descendue à
32ºC. Ce chiffre concordait avec le fait qu'il devait être mort
depuis cinq heures environ, le corps ayant été protégé sous
une couverture. La rigor mortis s'installait progressivement
dans les petits muscles. Le large réservoir du préservatif était
sec. Je me dirigeai vers le lit pour inspecter la boîte. Il n'en
manquait qu'un. M'avançant dans la chambre, je découvris
l'emballage en papier mauve au fond d'une petite corbeille
à papier en osier.

— Voilà qui est intéressant, lançai-je à Marino comme il
tirait les tiroirs d'une commode.

— Quoi donc ?

— Je m'étais dit qu'il avait dû enfiler le préservatif une
fois installé.

— Oui, ça me semble logique.

Repêchant la petite pochette au fond de la corbeille en la
touchant le moins possible, je la glissai dans un sac en plastique avant de poursuivre :

— En ce cas, n'aurait-on pas dû retrouver l'enveloppe à
proximité du corps ?

Marino ne répondant pas, j'insistai :

— Bien sûr, tout dépend où il a enfilé son collant. Peut-
être l'a-t-il fait avant de passer le nœud coulant autour de
son cou.

Je retournai dans la chambre. Marino était accroupi près
d'un coffre. Il fixait le cadavre d'un air incrédule et dégoûté.

— Et dire que j'ai toujours cru que crever sur un siège de chiottes était la pire chose qui puisse arriver, dit-il.

Je levai le regard vers le crochet vissé dans le plafond. Il était impossible de déterminer depuis quand il y était fixé. J'allais demander à Marino s'il avait trouvé d'autres magazines ou objets pornographiques lorsqu'un bruit lourd et sourd provenant du couloir nous fit sursauter.

— Bordel, qu'est-ce... s'exclama Marino.

Je me précipitai vers la porte à sa suite.

Le lieutenant Mote venait de s'évanouir, non loin de l'escalier. Face à terre, il gisait sans réaction sur la moquette. Je m'agenouillai à ses côtés et le retournai. Il était déjà bleu.

— Un arrêt cardiaque. Allez chercher l'équipe d'intervention !

Je forçai la mâchoire de Mote vers l'avant pour éviter que sa trachée ne soit obstruée.

J'entendis Marino dévaler les marches et posai mes doigts sur la carotide de Mote, cherchant son pouls, en vain. Je bourrai son torse de coups de poing pour tenter de faire repartir le cœur qui ne réagissait pas. J'entrepris une respiration artificielle, comprimant son thorax une fois, deux fois, trois fois et puis quatre, rejetant alors sa tête vers l'arrière en expirant dans sa bouche. Sa poitrine se souleva, et un-deux-trois-quatre, j'expirai à nouveau.

Je maintins un rythme de 60 compressions par minute. La sueur dégoulinait le long de mes tempes et mon propre rythme cardiaque s'emballait. Trois minutes plus tard, mes bras me faisaient mal, et j'avais de plus en plus de difficulté à les contrôler. J'entendis alors la charge des ambulanciers et des policiers qui gravissaient l'escalier. Quelqu'un m'agrippa par le coude et me poussa sur le côté. Des mains gantées bouclèrent les sangles de la civière, installèrent une perfusion intraveineuse, et commencèrent une chaîne pour descendre la civière. Des voix aboyèrent des ordres, annoncèrent à la cantonade chaque geste à faire, dans le calme bruyant des salles d'urgences et des interventions de sauve-tage.

Je m'appuyai contre le mur, tentant de reprendre mon souffle. C'est alors que j'aperçus un jeune homme blond de petite taille, dont la tenue de golf semblait totalement incongrue et qui observait l'agitation depuis le palier. Après m'avoir lancé un regard, il s'approcha timidement de moi.

— Dr Scarpetta ?

Son visage sérieux était cramoisi des sourcils au menton, le front avait sans doute été protégé des coups de soleil par une casquette. L'idée que la Cadillac garée en bas devait être à lui me traversa l'esprit.

— Oui ?

— Je suis James Jenrette, dit-il, confirmant ce que je sup-posais déjà. Vous vous sentez bien ?

Il tira de sa poche un mouchoir proprement plié et me le tendit.

— Ça va. Je suis très contente que vous soyez là.

J'étais parfaitement sincère car il m'aurait été impossible d'abandonner mon patient à quelqu'un qui ne fût pas médecin.

— Puis-je vous confier le lieutenant Mote ?

Je m'essuyai le front et le cou. Mes bras tremblaient.

— Tout à fait. Je vais l'accompagner à l'hôpital. (Jenrette me tendit sa carte et poursuivit). Si vous désiriez me poser d'autres questions, vous pouvez me biper cette nuit.

— Comptez-vous commencer l'autopsie de Ferguson demain matin ?

— Oui. Vous êtes la bienvenue. Nous pourrons alors dis-cuter de tout cela.

Il regarda par-dessus la rambarde de l'escalier.

— Je serai là, merci, dis-je en forçant un sourire.

Jenrette escorta la civière dehors, et je retournai dans la chambre au bout du couloir. De la fenêtre, je regardai le gyrophare de l'ambulance qui envoyait par saccades des éclairs de lumière rouge sang dans la rue. Mote fut placé dans le véhicule. Vivrait-il ? Je sentais la présence de Ferguson, avec son préservatif flasque et son soutien-gorge raidi. Rien ne semblait avoir de réalité.

Le hayon de l'ambulance retomba, les sirènes couinèrent d'abord comme si elles protestaient puis hurlèrent. Je ne me rendis pas compte que Marino m'avait suivie dans la chambre jusqu'à ce qu'il me touche le bras.

— Katz est en bas, me dit-il.

Je me retournai lentement :

— Nous allons avoir besoin d'une autre brigade.

4

La persistance d'empreintes digitales latentes sur de la peau humaine était depuis longtemps une possibilité théorique. Cependant, il semblait si peu vraisemblable de parvenir à les récupérer, que la plupart d'entre nous s'étaient découragés de les chercher.

La peau est une surface difficile à manipuler parce qu'elle est déformable et poreuse et que la présence de poils, d'humidité et de lipides interfère avec les résultats. Même lors des exceptionnels transferts d'une empreinte de l'assaillant à la victime, les crêtes qui caractérisent l'empreinte sont si fragiles qu'elles ne perdurent pas longtemps et résistent très mal aux éléments.

Le Dr Thomas Katz était un virtuose de la médecine légale. Il avait poursuivi le rêve insaisissable des empreintes latentes avec acharnement durant presque toute sa carrière. Il était également expert dans la détermination du moment de la mort. Les moyens et méthodes qu'il avait choisis pour parvenir à cette expertise étaient le plus fréquemment ignorés du public. Son laboratoire avait été baptisé « la Ferme des corps », et je lui avais rendu visite là-bas à plusieurs reprises.

C'était un homme de petite taille avec un regard bleu engageant, surmonté d'une masse de cheveux blancs. En dépit des monstruosités dont il avait été le témoin, Katz avait su conserver un visage d'une bienveillance surprenante.

Lorsque je l'accueillis en haut de l'escalier, il portait une caisse à outils, un ventilateur de fenêtre et quelque chose qui ressemblait à un bout de tuyau d'aspirateur, sur lequel avaient été greffées des pièces dont j'ignorais la nature. Marino le suivait, portant le reste de ce que Katz avait dénommé son « Truc Souffleur de Cyanoacrylate », c'est-à-dire une boîte en aluminium à deux compartiments sur laquelle étaient montés une plaque chauffante et un petit ventilateur d'ordinateur. Katz avait passé des centaines d'heures dans son garage du Tennessee pour perfectionner cette mécanique relativement simple.

— Où va-t-on ? me demanda-t-il.

Le débarrassant de son gros ventilateur de fenêtre, je répondis :

— La chambre, au fond du couloir. Vous avez fait bon voyage ?

— Je me serais volontiers passé de toute cette circulation. Expliquez-moi toutes les manipulations qu'on a fait subir au corps.

— On l'a descendu du plafond et recouvert d'une couverture en laine. Je ne l'ai pas examiné.

— Je vous promets de faire mon possible pour ne pas retarder trop votre examen. C'est beaucoup plus facile maintenant parce que je n'ai plus à utiliser de tente.

Marino fronça les sourcils comme nous pénétrions dans la chambre :

— Qu'est-ce que vous voulez dire avec votre « tente » ?

— Avant, je recouvrais le corps d'une tente en plastique et je vaporisais à l'intérieur de cette enveloppe. Mais cela fait trop de vapeur et la peau est trop recouverte de produit. Dr Scarpetta, pouvez-vous installer ce ventilateur sur la fenêtre ? (Il regarda autour de lui). Je vais sans doute avoir besoin d'un récipient d'eau. L'atmosphère est trop sèche dans cette pièce.

Je lui fis un résumé aussi complet que possible de ce que nous savions.

— Avez-vous des raisons de croire qu'il pourrait s'agir d'autre chose que d'une asphyxie accidentelle à la suite d'une séance d'auto-érotisme ? demanda-t-il.

— Non, si ce n'est les circonstances, répliquai-je.

— Il était sur l'affaire de la petite Steiner, non ?

— C'est précisément ce qu'on veut dire par « circonstances », répliqua Marino.

— Mon Dieu, on peut dire que tous les médias en ont parlé !

— Nous avions, ce matin, une réunion à la base de Quantico au sujet de cette affaire, avec Ferguson, ajoutai-je.

Katz regarda pensivement le corps :

— Et ensuite, il rentre chez lui et...cela. Vous savez, la semaine dernière on a découvert le cadavre d'une prostituée dans une benne à ordures. On a réussi à repérer un assez bon contour de main sur sa cheville et pourtant, elle était morte depuis quatre ou cinq jours.

Wesley apparut dans l'embrasure de la porte :

— Kay, pourrais-je vous parler une minute ?

Sortant dans le couloir, j'entendis Marino demander à Katz :

— Et vous avez utilisé ce truc dans son cas ?

— Oui. Elle avait les ongles vernis, et il se trouve que c'est très adéquat.

— Pourquoi ?

— Pour les empreintes.

— Où ça va, ce machin ?

C'est sans importance. De toute façon je vais devoir enfumer toute la pièce. Cela risque d'endommager.

La Séquence des corps 73

— Je pense pas qu'il se plaigne.

Une chaise se trouvait près du téléphone, en bas dans la cuisine. J'en déduisis que Mote avait dû s'y asseoir des heures entières, en nous attendant. Par terre, près d'un de ses pieds, étaient posés un verre d'eau ainsi qu'un cendrier rempli de mégots.

— Regardez-moi cela, Kay.

Wesley était habitué à chercher des choses bizarres dans des endroits étranges. Il avait sorti tout ce qui se trouvait dans le congélateur et l'avait entassé dans les deux bacs de l'évier. Il déplia le papier de congélation blanc qui entourait un petit paquet plat et je me rapprochai de lui. À l'intérieur du paquet se trouvaient des morceaux de chair congelés aux contours déshydratés. On aurait dit un bout de parchemin cireux et jaunâtre.

D'un ton lugubre, Wesley me demanda :

— À votre avis, y-a-t-il une chance que je me trompe ?

— Mon Dieu, Benton ! répondis-je, assommée.

— Je les ai trouvés dans le congélateur, posés au-dessus d'autres paquets : des steaks hachés, des côtelettes de porc et des pizzas. (Il repoussa d'un doigt ganté le paquet.) J'espérais que vous me diriez qu'il s'agissait de blanc de poulet, ou peut-être d'un truc qu'il utilisait comme appât pour la pêche, ou n'importe quoi.

— Les plumes d'une volaille auraient laissé des petits trous dans la peau et les poils sont très fins, comme des poils humains.

Il demeura silencieux. Je repris :

— Il faut placer cela dans de la neige carbonique et le ramener avec nous.

— C'est impossible ce soir.

— Plus vite nous ferons les tests immunologiques, plus vite nous saurons si ce sont vraiment des tissus humains. L'analyse d'ADN confirmera l'identité.

Wesley replaça le paquet dans le congélateur :

— Il faut que nous recherchions d'éventuelles empreintes.

— Je vais mettre l'échantillon dans un sac en plastique et on enverra le papier congélation qui entourait le paquet aux labos.

— Bien.

Nous remontâmes l'escalier. Mon rythme cardiaque refusait de se calmer. Marino et Katz se tenaient debout derrière la porte fermée de la chambre. Ils avaient retiré la poignée de la porte et enfilé dans le trou un tuyau. Le « Machin Souffleur » de Katz ronronnait en envoyant des vapeurs de super-colle dans la chambre de Ferguson.

Wesley n'avait pas encore évoqué le plus évident, aussi le fis-je :

— Benton, je n'ai constaté aucune marque de morsures sur la peau, ou rien d'autre qui puisse indiquer qu'on aurait tenté de faire disparaître ce genre d'indices.

— Je sais.

Lorsque nous arrivâmes à hauteur des deux hommes, Katz déclara :

— On a presque fini. Avec une pièce de ces dimensions, on peut s'en tirer avec moins de 100 gouttes de super-colle.

— Pete, nous avons un problème inattendu, lança Wesley.

Marino, fixant toujours d'un regard débonnaire le tuyau qui balançait des vapeurs mortelles dans la chambre de Ferguson, répondit :

— Je croyais pourtant qu'on avait atteint notre quota pour la journée.

— Voilà. Cela devrait aller, dit Katz, toujours aussi imperméable à ce qui l'entourait. Tout ce qui me reste à faire maintenant, c'est me débarrasser des vapeurs avec le ventilateur. Cela ne devrait pas durer plus d'une ou deux minutes.

Il ouvrit la porte et pénétra dans la chambre alors que

La Séquence des corps   75

nous nous reculions. L'odeur irrespirable ne semblait pas le gêner outre mesure.

— Il se fait peut-être un fix avec ce genre de truc, murmura Marino.

Wesley, sans prendre de gants, déclara :

— Il semble que Ferguson ait été en possession de ce qui ressemble à de la chair humaine. C'était stocké dans son congélateur.

— Ça ne vous ennuierait pas de me repasser celle-là plus lentement ? demanda Marino, stupéfait.

De la chambre nous parvint le ronflement du ventilateur. Wesley poursuivit :

— Je n'arrive pas très bien à saisir ce qui se passe. Il n'en demeure pas moins que nous nous retrouvons avec un policier mort, dont le congélateur contenait des pièces à conviction accablantes rangées au milieu de ses hamburgers et de ses pizzas. De surcroît, un autre policier nous fait une crise cardiaque, et enfin, il y a le corps d'une petite fille de 11 ans qui a été assassinée.

— Bordel de merde, conclut Marino, le visage congestionné.

— J'espère que vous avez pensé à amener de quoi rester ici quelque temps, ajouta Wesley à notre profit.

— Bordel de merde, répéta Marino. Le fils de pute !

Il me fixa droit dans les yeux et je compris exactement la nature de ses pensées. J'espérai qu'il se trompait. D'un autre côté, je n'étais pas certaine de préférer l'autre solution, si ce n'était pas Gault qui nous jouait encore un de ses tours monstrueux.

— Y a-t-il un sous-sol dans cette maison ? demandai-je à Wesley.

— Oui.

— Et un grand réfrigérateur ?

— Je n'ai pas l'impression, mais je ne suis pas descendu au sous-sol.

S'activant toujours dans la chambre, Katz éteignit le gros ventilateur. Il nous fit signe que nous pouvions avancer.

Marino jeta un regard circulaire autour de lui :

— Putain, pas moyen de se débarrasser de cette merde, hein ?

La super-colle devient blanche lorsqu'elle sèche, et aussi résistante que du ciment. La moindre surface de la pièce était finement recouverte d'une pellicule de colle et semblait givrée. Le corps de Ferguson aussi. À l'aide de sa torche qu'il inclinait pour diriger un faisceau lumineux de biais vers les murs, les meubles, le montant des fenêtres, et des fusils suspendus au-dessus du bureau, Katz recherchait des taches. Une seule retint son attention et le fit s'agenouiller.

— C'est sur les bas.

Katz, ravi, observait le collant descendu sur les jambes de Ferguson.

— Le Nylon est une excellente surface à cause de sa trame serrée. On dirait qu'il a mis une sorte de parfum sur ses collants.

Il retira sa brosse Magna de son capuchon protecteur et les soies s'évasèrent comme les tentacules d'une anémone de mer. Katz dévissa le couvercle d'un pot de poudre magnétique Delta Orange. Il en saupoudra la parfaite empreinte latente que quelqu'un avait laissée sur le collant en Nylon noir de l'enquêteur Ferguson.

La colle avait révélé d'autres empreintes, partielles celles-là, autour du cou de Ferguson, et Katz utilisa une poudre contrastante noire pour les matérialiser. Mais le détail de leurs crêtes n'était pas suffisamment marqué pour les rendre utilisables. Ce givre étrange qui recouvrait la pièce, où que se posent mes yeux, donnait une impression de froid.

D'un air songeur et tout en continuant à s'activer, Katz expliqua :

— Bien sûr, l'empreinte que nous venons de trouver sur ses collants est probablement la sienne. Elle a dû se déposer lorsqu'il l'a tirée sur ses jambes. Peut-être avait-il quelque chose sur les mains. Le préservatif était probablement lubrifié et un peu de lubrifiant a pu rester sur ses doigts, ce qui expliquerait que le transfert de l'empreinte soit si bon. Vous allez en avoir besoin ? dit-il en désignant le collant.

— J'en ai bien peur, oui, dis-je.

Il acquiesça :

— Ce n'est pas grave. Des photos devraient faire l'affaire. (Il sortit son appareil). Mais j'aimerais bien que vous me le fassiez parvenir lorsque vous en aurez fini avec. À moins de le découper avec une paire de ciseaux, il n'y aura pas de problème. L'empreinte tiendra. C'est le côté intéressant de la super-colle. Rien ne peut l'enlever, même pas la dynamite.

Wesley me demanda d'un ton qui me fit comprendre qu'il avait hâte de partir :

— Vous avez encore besoin de vérifier des choses ?

— Je veux faire le point sur tout ce qui risque d'être détruit au cours du transport du corps, et m'occuper de ce que vous avez trouvé dans le congélateur. Et puis, il faut faire un tour dans ce sous-sol.

Il acquiesça de la tête et se tourna vers Marino :

— Pete, pendant que nous nous occupons de tout cela, pourquoi ne pas vous charger du problème de la surveillance de la maison ?

Marino n'eut pas l'air particulièrement enthousiasmé par cette mission. Wesley poursuivit d'un ton autoritaire :

— Prévenez-les que la maison doit être surveillée vingt-quatre heures sur vingt-quatre.

— Le problème dans cette ville, c'est qu'ils n'ont pas assez d'hommes pour surveiller quoi que ce soit jour et nuit, précisa Marino d'un ton amer, puis il ajouta : Ce salaud d'enfoiré vient juste de démolir la moitié des effectifs de police de cette ville.

Katz leva la tête. Sa brosse Magna semblait comme suspendue au milieu d'un geste :

— J'ai comme l'impression que vous avez une idée précise de ce que vous cherchez ?

— Rien n'est certain, dit Wesley.

M'adressant à mon éminent collègue, j'annonçai :

— Thomas, je vais encore avoir besoin que vous me rendiez un service. J'aimerais que vous et le Dr Shade fassiez une expérience pour moi à la Ferme.

— Le *Dr Shade* ? demanda Wesley.

— Lyall Shade est anthropologue à l'université du Tennessee, expliquai-je.

— Quand commençons-nous ? s'enquit Katz en chargeant un autre rouleau de pellicule dans son appareil photo.

— Tout de suite si possible. Cela devrait prendre une semaine.

— Des cadavres frais ou vieux ?

— Frais.

— C'est vraiment son nom ? demanda Wesley.

Katz lui répondit tout en prenant une photo :

— Absolument. Cela s'écrit L-Y-A-L-L. Il semble que ce nom lui vienne de son arrière-grand-père, qui était chirurgien durant la guerre de Sécession.

5

On avait accès au sous-sol de Max Ferguson par une volée de marches en ciment située à l'arrière de la maison. À la quantité de feuilles mortes qui s'y amoncelaient, je devinai que personne n'était descendu depuis longtemps. Il m'était par contre difficile d'être plus précise que cela puisque l'automne était maintenant à son point culminant dans cette région de montagne. Lorsque Wesley tenta de forcer la porte du sous-sol, des feuilles virevoltèrent pour atterrir sans bruit autour de nous, comme si des cendres pleuvaient des étoiles.

Tirant sans succès le loquet de la porte, pendant que je l'éclairais avec ma torche, il déclara :

— Il va falloir que je casse la vitre.

Il porta la main à son veston et retira de son holster d'épaule un pistolet Sig Sauer, 9 millimètres. De la crosse, il frappa d'un coup sec contre le large carreau du milieu de la porte. Le bruit du verre qui volait en éclats me fit sursauter bien que je m'y sois préparée. Je m'attendais presque à voir surgir des policiers de l'obscurité. Mais rien ne se fit entendre, ni bruit de pas, ni voix humaine, et j'imaginai la terreur qu'avait dû ressentir la petite Steiner avant de mourir. Où qu'elle ait été à ce moment-là, nul n'avait entendu ses cris, nul n'était venu à son secours.

Des petites dents brillantes de verre toujours accrochées au meneau de la porte scintillèrent lorsque Wesley passa son bras par l'ouverture pour trouver le loquet intérieur.

— Merde, dit-il en pesant sur la porte. La clenche doit être rouillée.

Étirant le bras au maximum pour raffermir sa prise, Wesley s'énerva sur le verrou obstiné, lorsque soudain il céda. La porte s'ouvrit brutalement d'un coup, si vite que Wesley trébucha, faisant tomber ma lampe torche. Elle rebondit sur le sol, roula et s'éteignit sous le choc. Une vague d'air vicié et froid me frappa le visage. Plongée dans une obscurité complète, j'entendis le verre crisser lorsque Wesley fit un mouvement.

Avançant à l'aveuglette, pas à pas et les mains tendues devant moi, je demandai :

— Benton ? Ça va ? *Benton* ?

Je l'entendis se relever et dire d'un ton altéré :

— Oh mince !

— Ça va ?

— Merde, je ne peux pas le croire.

Il me sembla que sa voix s'éloignait de moi.

Des bruits de verre écrasé témoignèrent de sa progression à tâtons le long du mur. Il percuta quelque chose qui se renversa et dont le son plat résonna comme celui que produirait un pot de peinture vide. Lorsqu'une ampoule pendue à un fil s'alluma brutalement au plafond, mes yeux clignèrent puis s'adaptèrent progressivement à la vue d'un Benton Wesley couvert de poussière et dont la main dégoulinait de sang.

Prenant délicatement son poignet gauche pendant qu'il examinait les lieux d'un air hébété, je déclarai en examinant les multiples plaies de sa paume :

— Laissez-moi voir cela. Benton, il faut qu'on aille à l'hôpital. Vous avez des éclats de verre enfoncés dans plusieurs des coupures, et, du reste, certaines doivent être suturées.

Il drapa sa main d'un mouchoir qui se teinta instantanément de rouge :

— Vous êtes médecin, non ?

Je me rendis compte soudain que des taches de sang maculaient le tissu déchiré de sa jambe gauche de pantalon, aussi répétai-je :

— Non, il faut aller à l'hôpital.

— Je hais les hôpitaux !

Son calme n'empêchait pas la fièvre de couver dans ses yeux.

— Bon, jetons un œil ici et tirons-nous de ce trou. Je vous promets de ne pas me vider de mon sang dans l'intervalle.

Je me demandai ce que fichait Marino pendant ce temps-là.

De toute évidence, l'agent du SBI Max Ferguson n'avait pas pénétré dans son sous-sol depuis des lustres. Du reste, je ne voyais pas pourquoi il l'aurait fait, à moins qu'il eût un penchant pour la saleté, la poussière, les toiles d'araignées, les outils de jardin rouillés et les bouts de moquette pourrie. L'humidité avait laissé des traces sur le sol en béton et sur les murs en parpaing. Des fragments de carapaces de criquets témoignaient que le sous-sol avait abrité une colo-

La Séquence des corps 81

nie d'insectes et qu'ils y étaient morts. Nous examinâmes chaque coin, et rien dans ce que nous vîmes ne pouvait permettre de penser qu'Emily Steiner avait été retenue prisonnière ici.

Wesley revint sur ses pas, la traînée rouge brillante qu'il laissait sur le sol poussiéreux faisait maintenant un cercle.

— J'en ai vu assez.

— Benton, il faut vraiment que nous nous occupions de cette hémorragie.

— Votre suggestion ?

— Tournez-vous, s'il vous plaît, dis-je en le retournant de sorte à ce que son dos se retrouve face à moi.

Il s'exécuta sans broncher. Je me déchaussai rapidement et remontai ma jupe. Quelques secondes plus tard, j'avais retiré mon collant.

— Bien, donnez-moi votre bras.

Je coinçai le bras de Wesley fermement entre mon coude et mon flanc comme n'importe quel médecin l'eût fait en pareille circonstance. Comme je bandais le collant autour de la main blessée de Wesley, je sentis son regard posé sur moi. J'eus brusquement la sensation précise de son souffle contre mes cheveux et de son bras qui effleurait mon sein. Une vague de chaleur, si palpable que j'eus peur qu'il ne la sente aussi, remonta jusqu'à ma nuque. Sidérée et totalement troublée, je me dépêchai de terminer le pansement improvisé et me reculai rapidement.

— Cela devrait tenir jusqu'à ce que nous puissions faire les choses convenablement, déclarai-je en évitant son regard.

— Merci, Kay.

— Bien, je crois que c'est le moment de vous demander où nous allons maintenant, dis-je d'un ton affable qui démentait mon agitation intérieure. À moins que vous n'ayez décidé que nous devions dormir dans l'hélicoptère.

— J'ai demandé à Pete de nous réserver des chambres.

— Vous aimez vivre dangereusement, dites-moi.

Il éteignit d'une chiquenaude la lampe du sous-sol et n'essaya même pas de refermer la porte :

— En général, pas aussi dangereusement que cela !

La lune ressemblait à une moitié de pièce en or, le ciel qui l'environnait était bleu nuit et au travers des branches d'arbres lointains filtraient jusqu'à nous les lumières des maisons des voisins de Max Ferguson. Ces gens savaient-ils qu'il était mort ? Une fois dans la rue, nous retrouvâmes Marino, assis à la place passager d'une voiture de la police de Black Mountain. Une carte était étalée sur ses genoux. L'éclairage intérieur de l'habitacle était allumé et le jeune policier, installé au volant, n'avait pas l'air beaucoup plus calme que lorsqu'il était venu à notre rencontre sur le terrain de football de l'école.

— Putain, mais qu'est-ce qui vous est arrivé ? demanda Marino à Wesley. Vous avez décidé de boxer une fenêtre ou quoi ?

— C'est à peu près cela, oui, répondit Wesley.

Les yeux de Marino descendirent du bandage improvisé de Wesley jusqu'à mes jambes nues et il murmura :

— Ben, c'est pas banal, ça ! J'aurais bien aimé qu'ils m'apprennent ce genre de trucs pendant le CPR.

— Où se trouvent nos sacs ? demandai-je, en prétendant n'avoir rien entendu.

— Dans le coffre, Madame, répondit le jeune policier.

— L'officier T.C. Baird va jouer les Bon Samaritain et nous conduire jusqu'au *Travel-Eze*, où votre dévoué serviteur s'est déjà chargé des réservations, précisa Marino du même ton exaspérant. Trois chambres, grand luxe, à trente-neuf dollars quatre-vingt-dix la tête vous attendent. J'ai obtenu une ristourne parce que nous sommes flics.

Le regardant sévèrement, je lançai :

— Je ne suis pas flic.

Il balança son mégot de cigarette par la fenêtre de la voiture d'une pichenette :

La Séquence des corps 83

— Du calme, Doc. Dans un de vos bons jours vous pourriez faire illusion.

— Vous aussi.... Dans un de vos bons jours, répondis-je.

— Tiens, je crois qu'on vient de m'insulter.

— Non, c'est moi que vous venez d'insulter. Vous savez parfaitement que je ne veux pas qu'on m'obtienne de rabais ou de ristournes, du reste, vous n'avez pas à vous substituer à moi, surtout si c'est pour faire ce genre de choses.

Comme représentant officiel du gouvernement, j'étais tenue d'obéir à des règles précises. Marino savait parfaitement bien que je ne pouvais me permettre de laisser planer aucun doute sur mon intégrité, parce que j'avais des ennemis. J'avais beaucoup d'ennemis.

Wesley m'ouvrit la porte de la voiture de police :

— Après vous, me dit-il posément.

Il demanda au jeune officier :

— Avez-vous des nouvelles de Mote ?

— Il est en soins intensifs, Monsieur.

— Et son état de santé ?

— À ce que j'ai cru comprendre, pas trop bon, Monsieur, du moins pour l'instant.

Wesley s'assit à côté de moi, à l'arrière du véhicule. Il posa délicatement sa main bandée sur sa cuisse, puis s'adressa à Marino :

— Pete, il y a pas mal de gens auxquels nous devons parler, dans le coin.

— Ouais. Ben, pendant que vous jouiez au docteur dans ce sous-sol, je m'y suis mis.

Il leva son petit calepin à hauteur d'yeux et en tourna les pages griffonnées de gribouillis illisibles.

— Nous pouvons partir ? demanda Baird.

Wesley qui, lui aussi, finissait par perdre patience avec Marino, répondit :

— Allons-y, nous sommes tout ce qu'il y a de prêts.

Le plafonnier s'éteignit et la voiture démarra. Durant quelques instants, Marino, Wesley et moi-même, discutâmes entre nous comme si le jeune policier n'existait pas. Nous roulâmes dans des rues sombres et étrangères, l'air frais des montagnes s'infiltrant au travers des vitres à peine ouvertes. Nous résumâmes la stratégie que nous adopterions le lendemain. Je devais assister à l'autopsie de Max Ferguson, confiée au Dr Jenrette pendant que Marino irait interroger la mère d'Emily Steiner. Wesley s'envolerait pour la base de Quantico, emportant avec lui le paquet que nous avions trouvé dans le congélateur de la maison, et, selon le résultat de ces différentes missions, nous déciderions ensuite de ce qu'il convenait de faire.

Il était presque deux heures du matin lorsque nous arrivâmes en vue du *Travel-Eze*, dont l'enseigne au néon brillait contre la houle sombre du ciel. Sur le moment , rien n'aurait pu me faire davantage plaisir que cette vision, pas même si on m'avait annoncé qu'on m'avait retenu une chambre dans un hôtel *Four Seasons*, du moins jusqu'à ce qu'on nous informe que le restaurant de l'hôtel était fermé, que le service en chambres n'était plus assuré, et qu'il n'y avait pas de bar. Du reste, comme nous le conseilla le réceptionniste avec son accent de Caroline du Nord, à cette heure de la nuit, nous ferions bien mieux de songer au petit déjeuner du lendemain matin que soupirer après le dîner de la veille.

Marino, dont le visage s'assombrissait, insista :

— Non, mais vous plaisantez, là ? Si je ne mange pas tout de suite, mes boyaux vont se retourner dans mon bide.

Le réceptionniste était un tout jeune garçon, aux joues roses et dont les cheveux étaient aussi jaunes que le néon de son enseigne.

— Je suis vraiment désolé, Monsieur. Mais j'ai quand même une bonne nouvelle pour vous : nous avons des distributeurs à chaque étage. Et il y a un Mr Zip, à moins de deux kilomètres d'ici, précisa-t-il en pointant du doigt dans sa direction.

Marino lui jeta un regard furieux :

— Notre voiture vient juste de repartir. Et c'est quoi cette histoire, je suis censé me taper deux bornes à pied, à cette heure ci, pour bouffer dans une tôle qui s'appelle Mr Zip ?

Le sourire du jeune homme se figea et la peur alluma de toutes petites chandelles dans ses yeux. Il nous jeta un regard, à Wesley et à moi, pour chercher un réconfort. Mais nous étions bien trop épuisés pour pouvoir lui être d'un quelconque secours. L'expression du garçon vira à la terreur lorsque Wesley posa sa main bandée d'un collant imbibé de sang sur le comptoir.

Sa voix remonta d'une octave et se fêla :

— Monsieur ! Voulez-vous que j'appelle un médecin ?

— Non, donnez-moi plutôt la clef de ma chambre, répondit Wesley.

Le réceptionniste se tourna vers le tableau et décrocha trois clefs de leurs crochets, pour en faire tomber deux sur la moquette. Il se baissa pour les ramasser et refit tomber l'une d'entre elles. Enfin, il parvint à nous les remettre. Le numéro des chambres était inscrit sur de gros médaillons plastiques qui pendaient à l'anneau, en chiffres si visibles qu'on pouvait les lire à trente pas.

Marino, du ton qu'il aurait eu s'il avait connu et détesté ce garçon depuis sa naissance, cracha :

— Vous avez déjà entendu parler de sécurité dans cette tôle ? Vous devez écrire le numéro de la chambre sur un bout de papier que vous passez discrètement au client , de manière à ce que tous les tordus du coin ignorent dans quelle chambre il compte ranger sa femme et sa Rolex. Au cas où vous n'auriez pas eu le temps de regarder les nouvelles, je vous rappelle que vous venez d'avoir un meurtre, non loin d'ici, il y a à peine deux semaines.

Marino examina sa clef comme s'il s'agissait d'une pièce à conviction accablante sous le regard affolé du jeune homme soudain muet.

— Et il n'y a même pas de minibar, en plus, conclut Marino d'une voix forte. Ça veut dire qu'on peut faire une croix sur un verre, c'est ça ? Ne me répondez surtout pas, j'ai eu mon compte de mauvaises nouvelles pour ce soir.

La petite terrasse que nous empruntâmes, et qui faisait le tour du motel, nous conduisit jusqu'au milieu du corps de bâtiment. La lumière bleue des écrans de télé tremblotait derrière les rideaux légers et des ombres passaient devant les fenêtres. Des portes de chambres rouges alternaient avec des vertes et me faisaient penser aux petits hôtels et aux maisons de plastique d'un Monopoly. Nous gravîmes les marches jusqu'à l'étage supérieur où se trouvaient nos chambres. La mienne avait été soigneusement faite et paraissait confortable. Le poste de télévision était serti dans le mur et les verres ainsi que le seau à glace étaient enveloppés d'un film de protection en plastique.

Marino rejoignit ses quartiers sans nous dire bonsoir et claqua juste la porte de sa chambre un peu trop fort.

Wesley me suivit dans ma chambre et s'inquiéta :

— Mais qu'est-ce qui lui prend ?

Je n'avais aucune envie de parler de Marino, et je tirai une des chaises de la chambre vers l'un des lits jumeaux :

— Avant tout, il faut nettoyer votre blessure.

— Certainement pas sans anesthésie.

Wesley remplit le seau à glace et sortit de son sac fourretout, un quart de Dewar. Il nous prépara un verre pendant que j'étalais une serviette sur le lit et y déposais des forceps, de la Bétadine et du fil de Nylon à sutures 5-0.

Il me fixa en avalant une grande gorgée de scotch :

— Cela va faire mal, non ?

Chaussant mes lunettes, je répondis :

— Cela va faire affreusement mal ! Suivez-moi, ordonnaije en le précédant dans la salle de bains.

Durant les minutes qui suivirent, nous nous tînmes côte à côte, debout devant le lavabo, pendant que je nettoyais ses coupures avec de l'eau savonneuse tiède. Je fus aussi douce que possible et il ne se plaignit pas, mais je pouvais sentir les petits muscles de sa main qui tressaillaient. Je jetai un coup d'œil dans la glace et m'aperçus qu'il était pâle et en nage. Cinq larges coupures bâillaient sur sa paume.

— Vous avez de la chance. Vous avez raté l'artère radiale d'un cheveu.

— Si vous saviez à quel point je me sens chanceux !

Après un regard pour son genou, je baissai l'abattant de la cuvette de WC :

— Asseyez-vous là.

— Dois-je enlever mon pantalon ?

— Ou vous l'enlevez ou je le découpe.

Il s'assit :

— De toute façon, il est foutu.

Je tranchai la laine fine de sa jambe de pantalon gauche avec un scalpel. Il était assis, immobile, la jambe bien étendue. La coupure de son genou était profonde et je dus le raser pour pouvoir la nettoyer de façon satisfaisante. De l'eau rougie de sang dégoulinait sur les serviettes que j'avais arrangées par terre.

J'aidai ensuite Wesley à revenir dans la chambre et il se dirigea en claudiquant vers la bouteille de whisky pour remplir à nouveau son verre.

— À ce propos, dis-je, je vous remercie d'avoir pensé à moi, mais je ne bois jamais avant d'opérer.

— Je devrais sans doute vous en être reconnaissant, répondit-il.

— En effet, oui.

Il s'assit sur le lit, et moi sur la chaise que je rapprochai de lui. Je déchirai quelques petits sachets contenant de la Bétadine et entrepris d'en badigeonner ses blessures.

— Seigneur, marmonna-t-il dans un souffle. Qu'est-ce que c'est ce truc, de l'acide de batterie ?

— C'est un anti-bactérien à large spectre, à base d'iode.

— Vous avez cela dans votre sac d'urgences ?

— Oui.

— Je n'aurais jamais cru que les premiers soins soient une option encore possible pour la majorité de vos patients.

— Malheureusement pas. Mais, je ne sais jamais quand moi, ou quelqu'un d'autre, pourrons en avoir besoin, comme vous.

J'attrapai les forceps, et retirai d'une plaie un éclat de verre que je déposai sur la serviette avant de poursuivre :

— Ce que je vais vous dire va peut-être beaucoup vous surprendre, agent spécial Wesley, mais j'ai commencé ma carrière en m'occupant de patients en vie.

— Et quand ont-ils commencé à décéder sous vos pas ?

— Immédiatement.

Je le sentis se tendre comme je lui retirais un autre petit éclat.

— Ne bougez pas !

— Bien ! Quel est le problème de Marino ? Il se conduit comme un vrai con, ces temps derniers.

Après avoir déposé deux autres éclats sur la serviette qui recouvrait le lit, j'essuyai le sang qui coulait de sa main avec un bout de gaze.

— Vous feriez mieux de vous resservir un peu de whisky.

— Et pourquoi ?

— Parce que j'ai enlevé tous les morceaux de verre.

— Oh, alors c'est fini, et on boit un verre pour célébrer ?

Il ne m'avait jamais semblé si soulagé.

— Pas vraiment.

Je me penchai vers sa main, et vérifiai que je n'avais oublié aucune écharde de verre. J'ouvris ensuite une des pochettes de fil à suture.

— Vous n'allez pas mettre de Novocaïne ? protesta-t-il.

— Juste quelques points seront nécessaires pour refermer ces coupures. Vous anesthésier vous ferait aussi mal que l'aiguille à sutures, expliquai-je calmement en pinçant l'aiguille avec les forceps.

— N'empêche que je préfère quand même la Novocaïne.

— Désolée, je n'en ai pas. Peut-être serait-il préférable que vous ne regardiez pas. Voulez-vous que je vous allume la télé ?

La Séquence des corps

Wesley tourna le regard stoïquement et me répondit entre ses dents serrées :

— Bon, qu'on en finisse.

Il n'eut pas une plainte, pas une protestation tout le temps que je le recousais, mais lorsque je touchai sa main et sa jambe, je me rendis compte qu'il tremblait. Il prit une longue inspiration et commença à se détendre lorsque je badigeonnai ses plaies suturées avec de la Néosporine avant de bander sa main de gaze.

— Vous êtes un patient agréable, lui dis-je en me levant et en tapotant son épaule.

— Ça n'est pas l'avis de ma femme.

J'eus beau chercher, je ne parvins pas à me souvenir de la dernière fois où il avait mentionné sa femme par son prénom : Connie. Du reste, il en parlait rarement et on avait dans ces cas l'impression qu'il mentionnait, de façon fugace, une force dont il avait conscience, comme la gravité.

— Sortons, pour finir nos verres dehors, dit-il.

Le balcon sur lequel donnait ma porte courait tout le long du premier étage et desservait les autres chambres. Les autres clients de l'hôtel encore réveillés à cette heure de la nuit, étaient trop loin pour pouvoir entendre notre conversation. Wesley installa deux chaises en plastique côte à côte. Nous n'avions pas de table, aussi nous posâmes nos verres et la bouteille de scotch sur le sol.

— Vous voulez un autre glaçon ? demanda-t-il.

— Non, ça va.

Wesley avait éteint les lumières dans la chambre, et j'avais l'impression que les silhouettes à peine discernables et lointaines des arbres oscillaient d'autant plus que je les fixais. La faible lumière des phares de voitures qui circulaient sur la distante autoroute brillait sporadiquement.

Wesley me demanda doucement dans l'obscurité :

— Si on prenait une échelle de 10 points pour quantifier l'horreur, quelle note donneriez-vous à cette journée ?

J'hésitai un moment avant de répondre parce que j'avais connu déjà pas mal de journées affreuses dans ma carrière :

— Je lui donnerai probablement 7 sur 10.

— Même si 10 c'est le pire.

— Je n'ai pas encore eu à subir de journée qui vaille 10.

— Ce serait quel genre ?

Je sentis son regard.

— Je ne sais pas trop.

En réalité j'éprouvais une crainte superstitieuse, comme si le fait de nommer cette chose horrible pouvait la provoquer.

Il demeura silencieux et je me demandai s'il repensait à cet homme qui avait été mon amant et son meilleur ami. Lorsque Mark avait été tué quelques années plus tôt à Londres, j'avais cru à l'époque qu'aucune souffrance ne pourrait égaler celle-là. Seulement, maintenant, j'avais peur de m'être trompée.

— Vous ne m'avez pas répondu, Kay.

— Je vous ai dit que je ne savais pas.

— Non, je ne parlais pas de cela. Je pensais à Marino. Je vous ai demandé si vous étiez au courant de son problème ?

— Je crois qu'il est très malheureux, répondis-je.

— Il a toujours été malheureux.

— J'ai dit très.

Wesley attendit.

— Marino n'aime pas les changements, ajoutai-je.

— Vous parlez de sa promotion ?

— Entre autres, oui, et puis également mon changement personnel.

Wesley nous resservit du whisky, son bras me frôla :

— C'est-à-dire ?

— Le fait que je travaille maintenant dans votre unité est un changement de taille.

Il ne commenta pas, attendant que je poursuive.

— Je crois qu'il perçoit ce changement comme un bouleversement d'alliances. C'est déstabilisant. Déstabilisant pour Marino, je veux dire.

La Séquence des corps

Je me rendis compte que j'étais encore plus imprécise qu'auparavant. Wesley se taisait toujours. Les glaçons s'entrechoquèrent dans son verre lorsqu'il en but une gorgée. Nous savions pertinemment tous les deux où se situait le problème de Marino, même si ni Wesley ni moi n'avions rien fait. C'était comme si Marino sentait quelque chose.

— Je crois que Marino n'est pas satisfait de sa vie privée, dit Wesley. Il est très seul.

— Je crois que vos déductions sont exactes.

— Vous savez, il a été marié à Doris trente ans et des poussières. Et puis brusquement, il se retrouve à nouveau tout seul. Il n'a aucun repère qui puisse l'aider à s'en sortir.

— Marino n'a jamais vraiment voulu affronter l'idée de son départ. Il a stocké l'événement dans un coin. Un jour, quelque chose qui n'a rien à voir avec cette histoire mettra le feu aux poudres.

— Oui, cela m'a inquiété. Ce qui m'a inquiété, c'est la nature de ce quelque chose.

— Doris lui manque toujours, Wesley. Je crois qu'il l'aime encore.

L'heure tardive et tout l'alcool bu me rendaient triste pour Marino. J'étais incapable de rester fâchée contre lui très longtemps.

Wesley changea de position :

— Eh bien, je crois que moi, je lui donnerais un 10.

— Si Connie vous quittait ? demandai-je en le regardant.

— D'une façon générale, si on perd quelqu'un qu'on aime. Si on perd un enfant alors qu'on s'est disputé avec, en laissant quelque chose d'inachevé.

Il regarda droit devant lui. La lune éclairait doucement son profil anguleux. Il poursuivit :

— Peut-être suis-je en train de me mentir à moi-même, mais je crois que je peux tout supporter si je sais qu'il existe une solution définitive, une fin. Si je sais que je peux me libérer du passé.

— Mais on n'est jamais libre du passé.

Il fixait toujours un point, droit devant lui :

— Jamais complètement, c'est vrai... Je crois que Marino a pour vous des sentiments qu'il n'arrive pas à contrôler et je crois que cela a toujours été le cas.

— Ce sont des sentiments qu'il vaut mieux prétendre ignorer.

— Ce n'est pas très chaleureux.

— Je n'avais pas l'intention d'être froide. Je ne supporterai pas qu'il se sente rejeté.

— Et qu'est-ce qui vous permet de croire qu'il ne se sent pas déjà rejeté ?

— Ce n'est pas ce que j'ai dit, soupirai-je. En réalité, je suis à peu près certaine qu'il vit dans un état de frustration terrible en ce moment.

— Oui. *Jaloux* ne serait-il pas le mot approprié ?

— De vous.

— Vous a-t-il déjà invitée à sortir ? poursuivit Wesley comme s'il n'avait pas entendu ce que je venais de dire.

— Il m'a emmenée au bal de la police.

— Humm, c'est du sérieux, cela.

— Benton, je n'ai pas envie qu'on plaisante au sujet de Marino.

Il répondit gentiment :

— Je ne plaisantais pas. Ce qui compte pour lui, compte pour moi, comme pour vous, je le sais. (Il s'interrompit un instant, puis reprit.) En fait, je comprends très bien ses sentiments.

— Moi aussi.

Wesley reposa son verre.

— Bien, je crois que je devrais rentrer et tâcher de dormir deux heures, dis-je sans faire un mouvement.

Il tendit le bras et posa sa main valide sur mon poignet. Ses doigts étaient encore froids d'avoir tenu le verre.

— Whit vient me chercher en hélicoptère demain matin au lever du soleil.

La Séquence des corps

J'avais envie de prendre sa main dans la mienne, j'avais envie de caresser son visage.

— Je suis désolé de devoir vous laisser, Kay.

— J'ai juste besoin d'une voiture, dis-je comme mon cœur s'emballait.

— Je me demande où on peut en louer une dans le coin ? À l'aéroport peut-être.

— Je comprends maintenant pourquoi vous êtes un agent du FBI : parce que vous pouvez toujours trouver la solution à des choses comme celle-ci !

Ses doigts descendirent le long de ma main et il la caressa de son pouce. J'avais toujours su qu'un jour ou l'autre nos trajets nous mèneraient à cet instant précis. Lorsqu'il m'avait demandé de devenir son consultant à la base de Quantico, j'avais eu parfaitement conscience du danger. J'aurais pu refuser.

— Avez-vous mal ? lui demandai-je.

— Non, mais j'irai mal demain matin parce que je vais avoir une gueule de bois.

— Nous sommes demain matin.

Lorsqu'il toucha mes cheveux, je m'adossai contre le dossier de la chaise et fermai les yeux. Je sentis que son visage se rapprochait du mien lorsqu'il traça du bout de ses doigts, puis de ses lèvres les contours de ma gorge. Il me caressait comme s'il avait toujours eu envie de le faire. Une obscurité née des régions les plus éloignées de mon cerveau assombrit ma conscience et la lumière dansa dans mes veines. Nous dérobâmes nos baisers comme on dérobe le feu. Je me savais face à l'impardonnable péché, celui que je ne parvenais pas à nommer , et cela m'était égal.

Nous abandonnâmes nos vêtements où ils atterrirent et rejoignîmes le lit. Nous fûmes tendres pour ses blessures — mais elles ne nous dissuadèrent pas — et fîmes l'amour jusqu'à ce que l'aube s'incruste sur la ligne d'horizon.

Plus tard, assise sous le porche, je regardai la lumière du soleil se répandre sur les montagnes et colorer les feuilles.

J'eus la vision de son hélicoptère qui décollait, tournant dans l'air comme un danseur.

6

Le concessionnaire Chevrolet de Black Mountain se trouvait au centre ville, juste en face de la station-service Exxon. L'officier Baird nous y déposa, Marino et moi, à 7 heures 45 ce matin-là.

De toute évidence, la police locale avait laissé filtrer l'information selon laquelle les « Feds » avaient débarqué en ville et étaient en planque au *Travel Eze*. Si je ne me sentis pas devenir d'un coup une vraie célébrité, notre sortie de chez le concessionnaire, au volant d'une Caprice gris argenté toute neuve, ne se fit pas non plus dans une totale discrétion. Tout le personnel du garage et quelques badauds s'étaient réunis devant la devanture du hall d'exposition pour nous regarder.

— J'ai entendu qu'un type vous appelait QUINCY, déclara Marino en ouvrant un paquet de biscuits Hardee à la viande.

— J'ai déjà eu droit à pire que cela. Savez-vous combien de sodium et de graisse vous êtes en train d'ingérer en ce moment ?

— Ouais ! À peu près un tiers de ce que je vais m'envoyer puisqu'il y a trois biscuits et que je compte tous me les enfiler. Au cas où vous auriez des problèmes de mémorisation à court terme, je vous signale que j'ai sauté le dîner, hier.

— Il est inutile de devenir grossier.

— Je deviens toujours grossier quand je suis en manque de sommeil et de bouffe.

Je jugeai préférable de ne pas lui répondre que j'avais probablement moins dormi que lui cette nuit, d'autant que je le soupçonnais d'être au courant. Il évitait soigneusement

La Séquence des corps 95

mon regard et je sentais que sous sa mauvaise humeur se dissimulait, en réalité, une déprime.

— J'ai vraiment pas beaucoup dormi, cette nuit, reprit-il, c'est une vraie merde, l'isolation phonique dans cette tôle.

Je rabattis le pare-soleil devant mes yeux comme si ce geste pouvait soulager un peu de mon malaise, puis allumai la radio et changeai de station jusqu'à ce que je tombe sur Bonnie Raitt. La voiture qu'avait louée Marino devait être équipée d'une radio et d'un scanner de police et elle ne serait pas prête avant le soir. Je devais donc le conduire jusqu'à chez Denesa Steiner et l'y déposer. Quelqu'un viendrait le rechercher plus tard. Je conduisis pendant qu'il mangeait tout en m'indiquant le chemin.

Il regarda la carte et dit :

— Ralentissez. On devrait tomber sur Laurel à gauche. Bien, au prochain carrefour, il faut prendre à droite.

Nous tournâmes encore et découvrîmes un lac, juste en face de nous, pas plus grand qu'un terrain de football et dont la couleur faisait penser à de la mousse. Les tables de pique-nique et les terrains de tennis qui l'entouraient étaient déserts , et le clubhouse bien entretenu ne semblait pas non plus ouvert. Les arbres qui s'épanouissaient le long de la rive du petit lac devenaient marron sous le déclin de l'automne et j'imaginai une petite fille, son étui à guitare à la main, s'en retournant chez elle comme l'obscurité s'épaississait. J'imaginai un vieil homme, parti pêcher, un matin comme celui-ci, j'imaginai le choc de cet homme après sa découverte dans les buissons.

— Je veux revenir ici, un peu plus tard et faire un tour, dis-je.

— Tournez là, sa maison se trouve au prochain virage.

— Où a-t-on enterré Emily ?

Marino pointa vers l'est :

— À trois kilomètres d'ici. Dans le petit cimetière de l'église.

— C'est l'église dans laquelle les jeunes du groupe d'Emily se réunissaient ?

— Ouais, presbytérien réformé. Si vous regardez le lac d'en haut, l'église est à un bout et la baraque des Steiner est à l'autre, à trois kilomètres environ.

Je reconnus immédiatement la maison des Steiner, construite dans le style d'un ranch, pour l'avoir vue sur les photographies que j'avais examinées à Quantico la veille. Elle était plus petite que l'idée que je m'en étais faite, mais c'est le cas pour beaucoup de bâtisses lorsqu'on les voit dans la réalité. Construite sur une petite éminence, bien en retrait de la route, elle était nichée au creux d'une profusion de rhododendrons, de lauriers et de pins.

L'allée de gravier qui menait à la maison ainsi que le porche avaient été récemment balayés et des sacs débordants de feuilles étaient entassés le long de l'allée du garage. La voiture de Denesa Steiner était une Infiniti, une conduite intérieure verte, neuve et très chère, et la chose me surprit assez. Lorsque je redémarrai après avoir déposé Marino, j'entr'aperçus la longue manche noire qui recouvrait le bras de Denesa, tenant ouverte la porte moustiquaire pour lui.

La morgue du Asheville Memorial Hospital était assez semblable à toutes les morgues de ma connaissance. Cette petite pièce triste, tout en carreaux de faïence et acier inoxydable, se trouvait au sous-sol. Il n'y avait qu'une seule table d'autopsie que le Dr Jenrette avait fait rouler jusqu'à l'évier. Lorsque j'arrivai, peu après 9 heures, Jenrette pratiquait une incision en Y sur le thorax de Ferguson. Dès que le sang de Ferguson entra en contact avec l'air de la pièce, l'odeur sucrée et écœurante de l'alcool me devint perceptible.

Le Dr Jenrette avait l'air content de ma venue, et il m'accueillit :

— Bonjour, Dr Scarpetta. Les masques et les gants sont dans le petit placard, en haut.

Je le remerciai bien que n'en ayant pas besoin, puisque le jeune médecin pouvait se passer de mon aide. Je pressentais déjà que cette autopsie ne nous apprendrait rien, et lorsque j'examinais attentivement le cou de Ferguson, je sus que mon sentiment était fondé. Les marques de pression rougeâtres que j'avais relevées sur le corps hier dans la nuit avaient disparu, et nous ne trouverions aucune lésion importante des tissus et muscles sous-jacents. Tout en observant Jenrette, je me remémorai humblement que l'anatomopathologie ne peut jamais se substituer à l'enquête. En réalité, si nous n'avions pas été au courant des circonstances de la mort de Ferguson, nous aurions été incapables de déterminer comment il était mort, si ce n'est qu'il n'avait pas été tué par une arme à feu, ni poignardé, qu'il n'avait pas été frappé, et que son décès n'était par conséquent dû à une maladie.

Tout en s'activant, Jenrette déclara :

— Je suis sûr que vous avez remarqué que les chaussettes dont il avait bourré son soutien-gorge sentent assez fort. Je me demandais si vous aviez trouvé une bouteille de parfum, ou de l'eau de Cologne, quelque chose qui puisse expliquer cette odeur.

Il tira vers lui le bloc formé par les organes. Ferguson avait un foie légèrement trop gras.

— Non, répondis-je, nous n'avons rien trouvé. De plus, en général, lorsque des parfums sont utilisés dans ce genre de scénarios, c'est qu'il y a plusieurs participants.

Jenrette leva les yeux et me regarda :

— Pourquoi ?

— Pourquoi s'ennuyer avec ce genre de détails si vous êtes seul ?

— C'est logique. (Il versa le contenu gastrique dans un petit pot en carton). Il ne reste qu'un peu d'un fluide brunâtre. Et puis des petites particules solides qui ressemblent à des fragments de noix. Vous m'avez bien dit qu'il était rentré à Asheville par avion, peu de temps avant qu'on ne découvre son corps ?

— Oui, c'est cela.

— Alors, peut-être a-t-il mangé des cacahuètes dans l'avion. Il a dû boire aussi, son alcoolémie est de 0.14.

Me souvenant du verre de bourbon que nous avions trouvé dans sa chambre, j'ajoutai :

— Il a également probablement bu en rentrant chez lui.

— Bon... Lorsque vous dites que plusieurs personnes sont en général présentes dans ce genre de scénarios, c'est plutôt homosexuel ou hétérosexuel ?

— Souvent homosexuel. Mais la teneur des magazines pornographiques qu'on a trouvés sont un bon indice.

— Il regardait des photos de femmes nues.

— Les magazines que nous avons retrouvés auprès du corps contenaient des photos de femmes nues.

Il me semblait important de reformuler sa phrase puisque nous n'avions aucun moyen de savoir précisément ce que regardait Ferguson. Nous ne connaissions que ce que nous avions trouvé. J'ajoutai :

— Ce qui est également très important, c'est que nous n'avons retrouvé aucun autre magazine chez lui, pas plus que d'accessoires pornographiques.

— Oui, je crois que je m'attendrais à trouver davantage de trucs de ce genre, dit Jenrette en branchant la scie Stry-ker.

— En général, ces types en ont des coffres pleins. Ils ne les jettent jamais. Très franchement, cela me gêne beaucoup que nous n'ayons retrouvé que quatre revues et toutes étaient des numéros très récents.

— C'est comme s'il venait de donner là-dedans.

— Il y a plein de choses qui tendraient à prouver qu'il n'avait pas une grande expérience dans ce domaine, répon-dis-je. Mais dans l'ensemble tout ce que je sais me semble très inconsistant.

— Comme quoi ?

Il incisa le peau crânienne derrière l'oreille et la rabattit pour découvrir le crâne. Le visage de Ferguson s'affaissa brusquement pour devenir un masque flasque et triste.

— Ainsi que je vous l'ai dit, nous n'avons trouvé aucun flacon de parfum qui puisse expliquer l'odeur que vous avez perçue. Dans le même ordre d'idée, il n'y avait pas d'autres vêtements féminins chez lui que ceux qu'il portait au moment de sa mort. Un seul préservatif avait été utilisé. Le bout de corde pendu au plafond était vieux, mais nous n'avons retrouvé aucune autre corde dont il aurait pu provenir. Il a été assez prudent pour se protéger le cou avec une serviette de toilette et pourtant il a fabriqué un nœud coulant extrêmement dangereux.

— Comme son nom l'indique, précisa Jenrette.

— Oui. Le nœud du bourreau. Un nœud qui se resserre très doucement mais qu'il n'y a aucun moyen de relâcher, dis-je. Ce n'est pas exactement la chose recommandée lorsqu'on est un peu ivre, perché sur un tabouret de bar verni. Du reste, et toujours dans le même ordre d'idée, vous risquez beaucoup plus de glisser et de tomber d'un tabouret que d'une chaise.

Jenrette réfléchit :

— À mon avis, fort peu de gens doivent savoir comment fabriquer un nœud du bourreau.

— Et la question est : Ferguson pouvait-il le savoir ? dis-je.

— Il aurait pu regarder dans un manuel.

— Mais nous n'avons retrouvé aucun manuel de ce genre chez lui, pas plus que de livres traitant de voile, ou rien de la sorte.

— Admettons qu'il ait eu un manuel, serait-il difficile de réaliser ce genre de nœud en suivant les instructions ?

— Ce ne serait pas impossible mais cela demanderait de l'entraînement.

— Mais pourquoi quelqu'un ferait-il un tel nœud ? Un nœud glissant serait plus facile.

— Le nœud du bourreau a un côté morbide, menaçant. C'est net et précis. Je ne sais pas. Comment va le lieutenant Mote ? ajoutai-je.

— Condition stable mais il restera encore pas mal de temps en soins intensifs.

Le Dr Jenrette alluma la scie Stryker et nous demeurâmes silencieux comme il retirait la calotte crânienne. Il ne dit pas un mot jusqu'à ce qu'il eut terminé d'extraire l'encéphale et qu'il passe à l'examen du cou.

— Vous savez, je ne vois rien du tout. Pas d'hémorragie au niveau des muscles du cou, l'os hyoïde est intact, pas de fracture sur les cornes supérieures du cartilage qui protège la thyroïde. La colonne vertébrale est indemne, d'un autre côté, je pense qu'on n'observe une fracture que lors des pendaisons légales.

— Oui, sauf si le sujet est obèse, avec des altérations arthritiques sur les vertèbres cervicales et qu'il se retrouve suspendu accidentellement d'une façon bizarre, dis-je.

— Voulez-vous jeter un œil ?

J'enfilai une paire de gants et rapprochai l'une des lampes.

— Dr Scarpetta, sommes-nous sûrs qu'il était toujours vivant lorsqu'il a été pendu ?

— Non, on ne peut pas l'affirmer, sauf si nous découvrons autre chose qui puisse avoir provoqué la mort.

— Un empoisonnement ?

— C'est à peu près la seule possibilité envisageable maintenant. Mais si tel est le cas, il faudrait que le poison ait été foudroyant. Nous savons de façon certaine qu'il était rentré chez lui depuis peu lorsque Mote a découvert son cadavre. Les déductions les plus évidentes qui ressortent de tout cela sont en faveur d'une mort par asphyxie consécutive à une pendaison et ne penchent certainement pas dans le sens d'un décès plus étrange.

— Et le moyen ?

— Pendant.

Lorsque les organes prélevés du corps de Ferguson eurent été nettoyés, enfermés dans un sac plastique et replacés dans la cavité thoracique, j'aidai Jenrette à nettoyer

La Séquence des corps 101

la salle. Nous lavâmes la table et le sol à grande eau pendant qu'un employé de la morgue poussait le cadavre de Ferguson pour le ranger dans un casier frigorifique. Nous rinçâmes les seringues et autres instruments en papotant et en échangeant nos commentaires sur ce qui avait bien pu changer dans cette partie du monde qui avait attiré le jeune médecin et sa femme quelques années plus tôt parce que c'était un coin tranquille et sans danger.

Il m'avoua avoir toujours souhaité fonder une famille dans un coin où les gens croyaient encore en Dieu et à l'essence sacrée de la vie. Il voulait que ses enfants aillent à l'église et se détendent sur les terrains de sport. Il les voulait préservés de la drogue, protégés de l'immoralité et de la violence à la télévision.

Il poursuivit :

— Le problème, Dr Scarpetta, c'est que plus aucun coin n'est épargné. Même pas ici. La semaine dernière, je me suis occupé du corps d'une petite fille de onze ans qui avait été sexuellement torturée et assassinée. Aujourd'hui, c'est un agent du bureau local du FBI qu'on retrouve mort en travesti. Le mois dernier, c'était une jeune fille d'Oteen qui est morte des suites d'une overdose de cocaïne. Elle avait dix-sept ans. Et puis, il y a les conducteurs ivres. Je reçois leurs corps en même temps que ceux de leurs victimes, sans arrêt.

— Dr Jenrette ?

Il ramassa d'un air déprimé les notes éparpillées sur un comptoir et dit :

— Vous pouvez m'appeler Jim.

— Quel âge ont vos enfants ?

— Eh bien, ma femme et moi essayons...

Il se racla la gorge et détourna le regard, pas suffisamment vite toutefois pour que je ne perçoive sa peine.

— Et vous, Dr Scarpetta. Vous avez des enfants ?

— Je suis divorcée mais je considère ma nièce comme ma fille. Elle est étudiante à l'université de Virginie et en ce moment, elle a trouvé un stage à Quantico. Elle y reste en interne.

— Vous devez être rudement fière d'elle.

— Oui, répondis-je en même temps que mon humeur s'assombrissait au souvenir de certaines images, de certaines voix et au rappel de mes peurs secrètes pour la vie que menait Lucy.

— Je sais que vous souhaitez me parler encore de l'affaire de la petite Steiner et j'ai conservé son cerveau si cela vous intéresse, vous pouvez y jeter un œil.

— Oui, tout à fait.

Il est assez fréquent que des anatomo-pathologistes conservent les cerveaux en les fixant dans une solution à 10% de formaldéhyde, mieux connue sous le nom de formol. Le processus chimique de cette fixation permet de préserver les tissus en les raffermissant. Une telle précaution permet des examens ultérieurs de cet incroyable organe encore si méconnu, notamment dans des affaires impliquant des traumatismes.

Ce protocole de conservation était d'une froide précision, pragmatique au point de pouvoir paraître insultant, du moins si on décidait de le voir de cette façon-là. Jenrette se dirigea vers un évier et retira de derrière un récipient en plastique qui portait le nom d'Emily Steiner et le numéro de son dossier. Au moment précis où Jenrette retira l'encéphale de son bain de formol je fus convaincue que l'examen macroscopique que j'allais pratiquer ne ferait que me conforter dans l'absolue certitude que quelque chose ne collait pas du tout dans cette histoire.

Les émanations de formol me brûlèrent les yeux. Je m'étonnai :

— On ne constate aucune réaction vitale.

Jenrette engagea une sonde dans le sillon de pénétration de la balle.

— Il n'y a ni hémorragie, ni œdème, pourtant la balle n'est pas passée par le pont de Varole, dis-je. Elle n'est pas

La Séquence des corps　　　103

non plus passée au travers du ganglion basal ni du reste par aucune des zones vitales.(Le regardant, j'ajoutai :) Cette blessure n'était pas fatale sur le coup.

— Ce n'est pas moi qui vous contredirais.

— En conséquence de quoi, il faut que nous trouvions une autre cause ayant pu provoquer la mort.

— Je serais vraiment content si vous pouviez me dire quoi, Dr Scarpetta. J'ai envoyé les analyses toxicologiques. Dans le cas où rien de vraiment significatif en sortirait, je ne vois vraiment pas ce qui aurait pu provoquer la mort de l'enfant. Rien, si ce n'est la balle.

— J'aimerais examiner un prélèvement pulmonaire, dis-je.

— Suivez-moi dans mon bureau.

L'idée m'était venue qu'Emily Steiner avait pu être noyée. Cependant, l'examen au microscope que je réalisais plus tard, sur les lames de tissu pulmonaire que me passa Jenrette, laissa mes questions sans réponse.

Tout en faisant glisser la lame sous l'objectif, j'expliquai à Jenrette :

— Si elle s'est noyée, les alvéoles pulmonaires doivent être dilatés. De plus, en ce cas, on devrait retrouver du liquide provenant de l'œdème dans les espaces alvéolaires, avec des altérations autolytiques disproportionnées de l'épithélium respiratoire. (Je réglai le diaphragme de l'objectif.) En d'autres termes, si ses poumons ont été contaminés par de l'eau provenant du milieu extérieur, leur décomposition devrait être plus avancée que celle des autres tissus. Mais tel n'est pas le cas.

— Et dans le cas d'un étouffement ou d'une strangulation ? s'enquit-il.

— L'os hyoïde est intact. De plus il n'y a pas trace d'hémorragie pétéchiale.

— Juste.

— Le point le plus important sans doute, précisai-je, c'est que si jamais quelqu'un tente de vous étouffer ou de vous étrangler, vous allez vous défendre comme un vrai diable. Pourtant, dans notre cas, il n'existe aucune évidence de blessures au niveau du nez ou des lèvres, c'est-à-dire aucune des marques traditionnelles laissées par les blessures de défense.

Me tendant un épais dossier, il déclara :

— Tout ce que j'ai est là-dedans.

Pendant qu'il enregistrait son compte rendu d'autopsie du corps de Max Ferguson, je passai en revue tous les rapports, demandes d'analyses, ainsi que la feuille sur laquelle avaient été notés tous les appels téléphoniques reçus au sujet de l'autopsie de la petite Steiner. La mère d'Emily, Denesa Steiner, avait appelé le Dr Jenrette chaque jour depuis la découverte du corps de sa fille, entre une et cinq fois par jour. Je trouvai la chose étonnante.

« Le corps du décédé nous est parvenu dans une enveloppe en plastique noir scellée par la police de Black Mountain. Le numéro du sceau est 445337 et le cachet était intact... »

Je l'interrompis :

— Dr Jenrette ?

Il retira son pied de la pédale qui commandait le dictaphone et répéta :

— Vous pouvez m'appeler Jim.

— Il semble que les appels de sa mère aient été particulièrement fréquents.

— Certains de ces appels ont été enregistrés deux fois, mais oui, en effet, elle a souvent téléphoné.

Il retira ses lunettes et se frotta les yeux.

— Pour quelle raison ?

— Vous voyez, Dr Scarpetta, elle est complètement affolée. Elle veut être certaine que sa fille n'a pas souffert.

— Et que lui avez-vous répondu ?

— Je lui ai dit qu'avec une telle blessure à la tête, il était très probable qu'elle n'ait rien senti. Je veux dire, elle devait être inconsciente... Euh... probablement, lorsque les autres choses ont été perpétrées.

Il se tut un instant. Nous savions aussi bien l'un que l'autre qu'Emily Steiner avait souffert. Elle avait été terrorisée au-delà de toute description. Et à un moment, elle avait dû comprendre qu'elle allait mourir.

Je demandai :

— Et c'est tout ? Elle a téléphoné aussi souvent, juste pour s'assurer que sa fille n'avait pas souffert ?

— Eh bien, non, pas tout à fait. Elle voulait poser des questions, obtenir des informations. Rien de très significatif. (Il sourit tristement.) En fait, je crois qu'elle a surtout besoin de parler à quelqu'un. C'est une femme très douce. Elle a perdu tous ceux qui lui étaient chers. Je ne peux pas vous dire à quel point je suis désolé pour elle et à quel point je prie pour qu'on arrête l'horrible monstre qui a fait cela. Ce dégénéré de Gault. J'ai lu des choses à son sujet. Le monde ne sera jamais en sécurité tant qu'il y évoluera.

— Mais le monde ne sera jamais en sécurité, Dr Jenrette. Vous ne pouvez savoir à quel point nous voulons aussi vraiment l'avoir. Arrêter Gault, arrêter quiconque peut faire des choses comme cela, dis-je tout en ouvrant une enveloppe épaisse qui contenait des photographies sur papier glacé.

Seule l'une d'entre elles m'était inconnue, et je l'examinai attentivement durant un long moment, comme la voix plate du Dr Jenrette reprenait la dictée de son rapport. Je ne parvins pas à identifier ce que je voyais sur la photo parce que je n'avais jamais rien vu de pareil, mais je ressentis une étrange combinaison émotionnelle faite de peur et d'excitation. Il s'agissait d'une photographie de la fesse gauche d'Emily. On y distinguait sur la peau de la petite fille une espèce de tache brunâtre irrégulière pas plus grande qu'une capsule de bouteille.

« La plèvre viscérale révèle des marques de pétéchie disséminées le long des fissures interlobaires... »

— Qu'est-ce que c'est que ça ? lançai-je en interrompant encore une fois le Dr Jenrette.

Il posa son micro lorsque je le rejoignis à son bureau et déposai la photo en face de lui. Je lui indiquai du doigt la marque que j'avais découverte sur la fesse d'Emily et des effluves d'Old Spice me parvinrent, me faisant immédiatement penser à mon ex-mari, Tony, qui s'en était toujours abondamment aspergé.

— Cette marque sur sa fesse n'apparaît pas dans votre rapport.

Il me répondit sans aucune agressivité. Il avait simplement l'air fatigué.

— J'ai dû partir du principe qu'il s'agissait d'un artefact post-mortem.

— Je ne connais aucun artefact qui ressemble à cela. L'avez-vous réséqué ?

— Non.

— Son corps a été déposé sur quelque chose qui a laissé cette marque.

Je retournai m'asseoir, m'appuyai sur le bord de son bureau, avant d'ajouter :

— Ça pourrait être important.

— Oui, si c'est bien le cas, je comprends parfaitement que cela puisse être important.

Il avait l'air de plus en plus abattu.

— Elle n'est pas enterrée depuis très longtemps, dis-je doucement en dépit de ma tension.

Il me regarda d'un air embarrassé.

— Le corps ne sera plus jamais en aussi bon état que maintenant, poursuivis-je. Je crois vraiment qu'il faut que nous la réexaminions.

Il ne ferma pas les paupières lorsqu'il s'humecta les lèvres.

— Dr Jenrette, il faut la faire exhumer tout de suite.

Le Dr Jenrette consulta les petites cartes de son Rolodex et souleva le combiné. Je le regardai pendant qu'il composa le numéro.

— Allô, je suis le Dr James Jenrette, annonça-t-il à la personne qui lui répondit. Je me demandais si le juge Begley était là.

L'Honorable Hal Begley nous répondit qu'il nous recevrait dans son cabinet d'ici une demi-heure. Je nous y conduisis en suivant les indications de Jenrette. Lorsque nous nous garâmes dans College Street, nous étions pas mal en avance sur l'heure du rendez-vous.

Le palais de justice de Buncombe County était un vieux bâtiment de brique sombre qui avait dû demeurer l'un des plus hauts édifices du centre ville jusqu'à quelques années auparavant. Ses treize étages étaient surmontés tout en haut par la prison. Levant les yeux vers les fenêtres pourvues de barreaux, je songeai à la prison surpeuplée de Richmond qui s'étendait sur des milliers de mètres carrés. Ses rouleaux de fil de fer barbelé étaient la seule vue qu'elle offrait. J'étais convaincue que dans peu de temps, même des villes comme Asheville devraient s'équiper d'autres cellules, puisque la violence devenait habituelle à un rythme alarmant.

Alors que nous montions les marches de marbre de l'escalier intérieur du palais de justice, le Dr Jenrette me mit en garde :

— Le juge Begley n'est pas réputé pour sa patience. Et je peux vous garantir qu'il n'aimera pas votre idée.

J'étais également consciente que le Dr Jenrette, non plus, n'aimait pas mon idée. Aucun praticien de médecine légale n'apprécie qu'un collègue vienne fourrer son nez dans son travail. Parce que le Dr Jenrette et moi-même savions parfaitement que tout ceci impliquait qu'il n'avait pas fait un travail correct.

Le suivant le long d'un couloir du troisième étage, je répondis :

— Je n'aime pas ça plus que vous. Je n'aime pas les exhumations et je préférerai grandement que nous ayons une autre solution.

— J'aimerai juste avoir plus d'expérience dans le genre de cas que vous voyez tous les jours, ajouta-t-il.

Touchée par sa modestie, je répondis :

— Je ne vois pas ce genre d'affaires tous les jours, Dieu merci !

— Eh bien, voyez-vous, Dr Scarpetta, je vous mentirais si je vous disais que je n'ai pas été drôlement secoué lorsqu'on m'a appelé pour cette petite fille. J'aurais peut-être dû prendre davantage de temps pour l'examiner.

— Je suis, quant à moi, certaine que le comté de Buncombe a énormément de chance d'avoir un praticien comme vous, dis-je avec sincérité alors que nous poussions la porte extérieure du cabinet du juge. Je souhaiterai avoir davantage de médecins comme vous en Virginie. Je vous recruterai.

Il sentit que je disais la vérité et me sourit. Une secrétaire si âgée que je fus surprise qu'elle ne soit pas à la retraite nous scrutait derrière les verres épais de ses lunettes. Elle utilisait toujours une machine à écrire électrique au lieu d'un traitement de texte, et je conclus aux innombrables placards de rangement en métal gris qui couvraient les murs que le classement était une de ses grandes spécialités. La lumière du soleil filtrait parcimonieusement au travers des persiennes à peine entrouvertes et éclairait une galaxie de particules de poussière qui flottaient dans l'air. Elle massa ses mains osseuses d'une grosse noix de crème hydratante et l'odeur de la crème Rose Milk me parvint.

— Le juge Begley vous attend, annonça-t-elle avant que nous ne nous présentions. Vous pouvez entrer, la porte, là.

Elle montra de la main une porte fermée située juste en face de celle par laquelle nous étions entrés.

La Séquence des corps 109

— Avant toute chose, sachez que la cour s'interrompt pour la durée du déjeuner. Il doit y retourner à une heure précisément.

— Merci, dis-je. Nous tâcherons de ne pas le retenir trop longtemps.

— De toute façon, même si vous essayez, ça ne fera aucune différence.

Un « Entrez » distrait répondit de l'autre côté de la lourde porte en chêne au petit coup timide du Dr Jenrette.

Nous trouvâmes Votre Honneur assis derrière un bureau d'assistant. Il s'était débarrassé de sa veste et se tenait très droit dans un vieux fauteuil de cuir rouge. C'était un homme maigre d'une soixantaine d'années, portant la barbe. Comme il lisait toujours ses notes, je me lançai dans une série de déductions. L'ordre de son bureau trahissait un homme très occupé et parfaitement efficace. Sa cravate, passée de mode, et ses chaussures à semelles de crêpe annonçaient une personne qui se fichait complètement de ce que des gens comme moi pouvaient penser de lui.

— Pourquoi voulez-vous violer la sépulture ? demanda-t-il en tournant l'une des pages de son carnet de notes.

Sa voix avait cette cadence très lente du Sud que démentait la rapidité de son esprit.

— Après avoir parcouru les rapports du Dr Jenrette, nous sommes tombés d'accord sur le fait que certaines questions n'avaient pas été résolues lors du premier examen du corps d'Emily Steiner, répondis-je.

Plaçant le bloc notes en face de lui sur le bureau, le juge Begley s'adressa à moi :

— Je connais le Dr Jenrette, mais je ne crois pas vous connaître.

— Je suis le Dr Scarpetta, le médecin expert général de l'État de Virginie.

— Je me suis laissé dire que vous aviez quelque chose à voir avec le FBI.

— Oui, Monsieur. Je suis l'anatomopathologiste consultant de leur unité d'investigation.

— C'est comme l'unité de Sciences du Comportement ?

— C'est la même chose. Le bureau l'a rebaptisée il y a quelques années.

Il entrecroisa ses doigts sur ses genoux et me regarda avec attention.

— Vous voulez parler de ces gens qui étudient le profil psychologique des tueurs en série et des autres criminels monstrueux dont, jusqu'à très récemment, nous n'avions pas à nous inquiéter dans notre coin ?

— C'est exact.

Le Dr Jenrette prit la parole :

— Votre Honneur, la police de Black Mountain a requis l'aide du FBI. Il n'est pas exclu que l'homme qui a tué la petite Steiner ait assassiné d'autres gens en Virginie.

— J'en suis conscient , Dr Jenrette, puisque vous avez eu l'obligeance de m'expliquer brièvement les choses lorsque vous m'avez appelé un peu plus tôt. Il n'en demeure pas moins que le motif de votre présence ici aujourd'hui, c'est le désir que vous avez formulé d'obtenir ma permission pour exhumer cette petite fille. Avant que je ne vous accorde le droit de faire une chose aussi choquante et irrespectueuse, il faudra que vous me donniez une solide raison. De plus, je souhaiterais que vous vous installiez confortablement. C'est pour cette raison que j'ai fait mettre des chaises de l'autre côté de mon bureau.

Je déclarai en m'asseyant :

— Elle a une marque sur la peau.

— Quel genre de marque ?

Il me considéra avec intérêt pendant que le Dr Jenrette tirait une photo d'une enveloppe et la déposait devant le juge, sur le buvard de son bureau.

— Vous pouvez l'apercevoir sur cette photo, dit Jenrette.

Le regard du juge se tourna vers la photo. Son visage était indéchiffrable.

La Séquence des corps 111

— Nous ne savons pas ce qui a fait cette marque, expliquai-je, mais cela pourrait nous aider à trouver où le corps a été déposé. C'est peut-être une blessure.

Il prit la photo, louchant dessus au fur et à mesure qu'il l'approchait de son visage pour l'examiner de près :

— Et on ne peut pas poursuivre des tests directement sur les photographies ? J'avais pourtant l'impression qu'on arrive à faire plein de choses avec nos actuels moyens scientifiques.

— On peut, répondis-je. Mais le problème c'est que lorsque tous les tests auront été conduits, le corps sera dans un tel état de décomposition qu'il sera impossible de vérifier quoi que ce soit si on doit toujours l'exhumer. Plus le temps passe, plus il devient difficile de distinguer une marque de blessure, ou toutes autres marques significatives sur un corps, des artefacts dus à la décomposition.

— Il existe dans cette affaire énormément de détails qui la rendent très trouble, Votre Honneur, intervint Jenrette. Nous avons besoin de toute l'aide qu'on voudra nous donner.

— J'ai cru comprendre que l'inspecteur du bureau local du FBI qui enquêtait là-dessus, a été retrouvé pendu hier. J'ai lu cela dans les quotidiens du matin.

— Oui, Monsieur.

— Et il existe des détails troublants sur sa mort aussi, n'est-ce pas ?

— En effet, répondis-je.

— J'espère que vous ne reviendrez pas la semaine prochaine en me demandant la permission de le déterrer lui aussi.

— Non, je ne crois pas, l'assurai-je.

— Cette petite fille a une maman. Et à votre avis, comment cette maman va-t-elle prendre ce que vous avez en tête ?

Le Dr Jenrette et moi restâmes cois. Le cuir du fauteuil du

juge crissa lorsqu'il bougea. Il jeta un regard, par-dessus nos épaules, à l'horloge accrochée au mur.

— Parce que, voyez-vous, mon plus gros problème avec ce que vous me demandez de vous accorder, c'est précisément cela...

Il poursuivit :

— ... Je pense à cette pauvre femme, à tout ce qu'elle a déjà subi. Il n'est pas dans mes intentions d'en rajouter.

Je repris la parole :

— Nous ne vous demanderions pas cette autorisation si nous n'étions pas certains que c'est important pour l'enquête concernant le meurtre de sa fille. De plus, je suis convaincue que Mrs Steiner souhaite que justice soit faite, Votre Honneur.

Le juge Begley se leva et conclut :

— Bien, allez me chercher la mère et ramenez-la-moi.

Le Dr Jenrette le regarda, stupéfait :

— Je vous demande pardon, Votre Honneur ?

— Je veux qu'on m'amène Mrs Steiner, répéta le juge. Je devrais avoir terminé aux environs de deux heures trente. Je vous attends tous les trois.

Le Dr Jenrette et moi-même nous levâmes et mon collègue demanda :

— Et si elle ne veut pas venir ?

— Je ne peux pas dire que je lui en voudrais.

Avec un calme que j'étais loin de ressentir, je tentai d'argumenter :

— Vous n'avez pas besoin de son autorisation.

— Non, Madame, je n'en ai pas besoin, répondit-il en ouvrant sa porte.

7

Le Dr Jenrette eut la gentillesse de me permettre d'utiliser son bureau le temps qu'il disparut dans les laboratoires de l'hôpital. Je passai les heures qui suivirent au téléphone.

Assez ironiquement, la tâche la plus importante qui m'incombait fut la plus aisée à mener à bien. Marino n'eut aucune difficulté à convaincre Denesa Steiner de l'accompagner ces après-midi-là dans le cabinet du juge Begley. Le plus difficile était en fin de compte de trouver un moyen de les y amener puisque Marino n'avait toujours pas de voiture.

— Mais pourquoi ce retard ? demandai-je.

— C'est ce bordel de scanner qu'ils ont fichu à l'intérieur, répondit-il d'un ton excédé.

— Et il vous est indispensable.

— C'est ce qu'ils ont l'air de croire.

Après un coup d'œil à ma montre, je proposai :

— Peut-être vaut-il mieux que je passe vous prendre.

— Ouais, ben je préfère y aller par moi-même. Elle a une bagnole assez chouette. D'ailleurs, il y en a pour dire qu'une Infiniti c'est mieux qu'une Mercedes.

— C'est sujet à discussion d'autant que je conduis en ce moment une Chevrolet.

— Elle dit que son beau-père avait une Mercedes un peu comme la vôtre et que vous devriez sérieusement envisager de changer de bagnole et prendre plutôt une Infiniti ou une Legend.

Je demeurai silencieuse.

— Enfin, moi ce que j'en dis, hein, c'est pour vous permettre de réfléchir, c'est tout.

D'un ton sec, je lançai :

— En tout cas, soyez au rendez-vous.

— Ouais, j'y serai.

— Bien.

Nous raccrochâmes chacun de notre côté, sans même un

« à tout à l'heure ». Assise devant le bureau encombré du Dr Jenrette, je me sentais à la fois trahie et épuisée. J'avais supporté Marino lorsqu'il avait plongé après le départ de sa femme Doris, je l'avais aidé lorsqu'il s'était risqué dans la danse angoissante des nouvelles rencontres. En contrepartie, il s'était contenté de parachuter des jugements péremptoires sur ma vie personnelle sans même avoir l'excuse que je lui aie jamais demandé son avis.

Outre sa réprobation totale vis-à-vis de mon ex-mari, il avait été plus que critique sur Mark, mon ancien amant. À de rares exceptions près, il n'avait jamais rien dit de gentil au sujet de Lucy ni de ma façon de m'en occuper, et il n'aimait pas mes amis. Pour couronner le tout, je sentais le regard glacé qu'il portait sur ma relation avec Wesley. Je sentais la rage jalouse de Marino.

Marino n'était pas dans le cabinet du juge Begley lorsque Jenrette et moi y arrivâmes à deux heures trente. Au fur et à mesure que s'écoulaient les minutes, je sentais monter ma colère.

Le juge, assis derrière son bureau immaculé, me demanda :

— Dites-moi, Dr Scarpetta, où êtes-vous née ?

— À Miami.

— Pourtant, vous n'avez pas l'accent des gens du sud. Je vous voyais plutôt du nord.

— J'ai fait mes études dans le nord.

— Cela vous étonnera peut-être, mais moi aussi, répondit le juge.

— Et pourquoi vous être installé ici ? demanda Jenrette.

— À mon avis, Dr Jenrette, pour les mêmes raisons que vous, du moins en partie.

— Mais, en fait, vous êtes d'ici, dis-je.

— Si on remonte à trois générations, oui. Mon arrière-grand-père est né dans le coin, dans une petite cabane en bois. Il était instituteur. C'est l'arrière-grand-père du côté de ma mère. Du côté de mon père, la famille s'était spécialisée

La Séquence des corps 115

dans la contrebande d'alcool jusqu'à la moitié du vingtième siècle. Puis nous avons eu des prêcheurs. Tiens, je crois que les voilà.

Marino ouvrit la porte et il passa la tête avant d'entrer. Denesa Steiner le suivait. Bien que je ne me risquerai jamais à accuser Marino de galanterie, je le trouvai attentif et particulièrement gentil avec cette femme à l'allure déroutante, dont la petite fille morte était à l'origine de notre rencontre aujourd'hui. Le juge se leva, et je l'imitai : la force de l'habitude. Mrs Steiner nous considéra les uns après les autres avec une curiosité teintée de tristesse.

— Je suis le Dr Scarpetta. Je suis sincèrement désolée de tout cela.

Je lui tendis la main. La sienne était fraîche et douce.

— Je suis le Dr Jenrette. Nous nous sommes déjà parlé au téléphone.

— Voulez-vous vous asseoir ? lui demanda le juge d'une voix douce.

Marino approcha deux chaises et l'aida à s'installer sur l'une d'entre elles. Mrs Steiner devait avoir entre trente-cinq et quarante ans. Elle était vêtue de noir des pieds à la tête. Sa large jupe descendait sous ses genoux et son cardigan était boutonné jusqu'au menton. Elle n'était pas maquillée et son seul bijou était une alliance toute simple en or. Elle ressemblait à une vieille fille missionnaire et pourtant, plus je l'étudiais plus j'étais sensible à ce que sa parfaite allure de femme puritaine ne pouvait dissimuler.

Avec sa peau pâle et fine, sa bouche charnue et ses cheveux couleur de miel, elle était splendide. Elle avait un beau nez droit et les pommettes hautes, et sous les plis de ses affreux vêtements se cachaient des formes parfaites et voluptueuses. Du reste, rien de ce qui était en vie et de sexe masculin dans la pièce n'avait été leurré par son accoutrement. Marino, en particulier, ne pouvait détacher son regard d'elle.

Le juge prit la parole :

— Mrs Steiner, la raison pour laquelle je vous ai demandé de venir cet après-midi est la suivante : ces médecins, que vous voyez ici, m'ont demandé quelque chose et je souhaitais que vous l'entendiez. Mais tout d'abord, permettez-moi de vous dire que je vous suis très reconnaissant de vous être déplacée. Tout le monde s'accorde à dire que vous avez fait preuve, durant cette effroyable période, d'un courage et d'une dignité admirables. Soyez assurée qu'il n'est absolument pas dans mon intention d'ajouter inutilement à votre peine.

— Merci, Monsieur.

Ses mains effilées et pâles étaient crispées sur ses genoux.

— Bien. Donc, ces médecins ont trouvé des choses sur les photos qui ont été prises de la petite Emily après sa mort. Ces choses qu'ils ont trouvées leur semblent mystérieuses et ils voudraient examiner à nouveau Emily.

D'une voix innocente, posée et douce et qui n'avait pas trace de l'accent de Caroline du Nord, elle demanda :

— Mais, comment peuvent-ils faire ?

— Eh bien, ils veulent une exhumation.

À son regard, il était évident que Mrs Steiner n'était pas en colère, juste déconcertée. J'eus mal pour elle en voyant les efforts qu'elle faisait pour retenir ses larmes.

Le juge Begley reprit :

— Avant que je leur accorde ou non cette autorisation, je voulais savoir ce que vous en pensiez.

— Vous voulez la déterrer ? nous demanda-t-elle.

Son regard passa du Dr Jenrette sur moi.

— Oui, nous voudrions pouvoir l'examiner le plus tôt possible, répondis-je.

— Je ne comprends pas ce que vous pourriez trouver cette fois, que vous n'avez pas trouvé avant.

Sa voix tremblait.

— Peut-être rien de crucial, dis-je. Mais j'ai remarqué quelques détails sur les photographies et j'aimerais m'en

La Séquence des corps 117

assurer, Mrs Steiner. Ces choses étranges pourraient nous aider à arrêter la personne qui a fait cela à Emily.

— Voulez-vous nous aider à attraper l'enfant de salaud qui a tué votre bébé, Mrs Steiner ? demanda le juge.

Elle acquiesça vigoureusement de la tête en pleurant. Marino lança d'un ton haineux :

— Aidez-nous et je vous promets qu'on va coincer ce fils de pute !

D'un ton qui prouvait qu'il resterait à jamais convaincu d'avoir échoué, le Dr Jenrette s'adressa à Mrs Steiner :

— Je suis vraiment désolé de vous faire subir cela.

— Donc, nous pouvons y aller ?

Le juge Begley se pencha en avant, comme s'il se tenait en équilibre dans son fauteuil, prêt à bondir. Comme nous tous dans ce cabinet, il ressentait l'effroyable chagrin de cette femme. Il sentait sa terrible vulnérabilité avec une telle force que j'étais convaincue que dans le futur, le regard qu'il porterait sur les criminels, leurs traditionnelles excuses et leurs circonstances atténuantes ne serait jamais plus le même.

Denesa Steiner acquiesça à nouveau d'un mouvement de tête, incapable de parler. Puis Marino l'escorta vers la sortie, nous laissant, Jenrette et moi.

— L'aube sera vite là, et nous devons programmer tout cela, dit le juge.

— Oui, plein de gens sont concernés. Il faut coordonner leur travail, acquiesçai-je.

— Par qui a-t-elle été enterrée ? demanda le juge Begley à Jenrette.

— Par Wilbur.

— C'est à Black Mountain ?

— Oui, Votre Honneur.

— Quel est le nom du directeur des pompes funèbres ? demanda le juge en prenant des notes.

— Lucias Ray.

— Et où se trouve l'inspecteur qui est chargé de l'affaire ?

— Il est à l'hôpital.

— Ah, oui, c'est vrai.

Le juge leva les yeux vers nous et soupira.

Je fonçai droit là-bas, sans trop savoir exactement pourquoi si ce n'est que j'avais dit que je le ferais. De plus, j'étais très en colère contre Marino. Très irrationnellement, j'étais particulièrement furieuse à cause des propos qu'il avait tenus contre ma Mercedes, en la comparant défavorablement à une Infiniti.

Qu'il eût tort ou raison n'était pas le problème, mais son but avait été de m'exaspérer et de m'humilier. J'étais dans un tel état d'esprit que je n'aurais pour rien au monde demandé à Marino de m'accompagner, même si j'avais cru en l'existence du monstre du Loch Ness, ou à celle de créatures des marais ou même aux morts-vivants. Même s'il m'avait suppliée, j'aurais refusé sa présence à mes côtés en dépit de ma terreur des serpents d'eau... De tous les serpents grands ou petits, du reste.

Il ne faisait pas encore complètement nuit lorsque j'atteignis le lac Tomahawk dans l'intention de retracer les pas d'Emily, du moins pour ce qu'on m'en avait dit. Je me garai sur une aire de pique-nique et mon regard suivit les rives du lac. Je m'interrogeai sur les raisons qui avaient pu pousser une petite fille à emprunter ce chemin à la nuit tombante. Je me souvins de la peur que m'inspiraient les canaux de Miami lorsque j'avais à peu près son âge. Chaque souche d'arbre devenait un alligator et j'étais convaincue que des êtres cruels rôdaient non loin des rives désertes.

J'en étais arrivée à me demander pourquoi Emily n'avait pas eu peur, lorsque je descendis de voiture. Y avait-il autre chose qui puisse expliquer pourquoi elle avait choisi ce chemin ?

La carte que Ferguson avait fait circuler lors de notre réunion à Quantico, indiquait que ce soir du 1er octobre, Emily avait quitté l'église et abandonné la route précisément à l'endroit où je me trouvais. Après avoir dépassé l'aire de pique-nique, elle avait obliqué à droite, prenant un petit chemin de terre qui semblait avoir été tassé par les pas de nombreux promeneurs plutôt que défriché, tant ses limites étaient précises à certains endroits et imperceptibles à d'autres. Le chemin suivait la berge en s'enfonçant dans les bois et les broussailles.

Je me frayai un chemin au travers d'une véritable jungle de hautes herbes et de buissons. L'ombre des montagnes s'élargissait sur les eaux noires du lac et le vent prenait en force, apportant avec lui la promesse cinglante de l'hiver. Les feuilles mortes craquaient sous mes pas comme je me dirigeai vers la petite clairière, indiquée sur la carte par le mince dessin d'un corps. Il faisait maintenant très sombre.

Je plongeai la main dans mon sac à main à la recherche de ma torche, pour me souvenir brusquement qu'elle avait été cassée et abandonnée dans le sous-sol de la maison de Ferguson. Je trouvai une boîte d'allumettes, qui me restait de mes jours de fumeuse. Elle était à moitié vide.

— Merde, soufflai-je, et la peur se fit sentir.

Je tirai mon calibre 38 et le fourrai dans la poche de ma veste, ma main posée légèrement sur la crosse. Je fixai le rebord boueux de la rive, là où l'on avait retrouvé le corps d'Emily Steiner. Comparativement au souvenir que je conservai des photos, ce que je distinguai des ombres indiquait que les buissons environnants avaient été récemment taillés. Tous les autres indices d'une activité humaine récente dans les parages avaient été doucement masqués par la nature et la nuit. Le tapis de feuilles était épais. Je les déplaçai du pied pour chercher quelque chose qu'à mon avis la police locale avait négligé.

Je m'étais suffisamment occupée d'affaires criminelles dans ma carrière pour avoir appris une chose fondamentale. La « scène du crime » possède une vie propre. Le sol garde en mémoire la violence, les fluides corporels altèrent les populations d'insectes, et la végétation demeure écrasée, piétinée. La scène du crime perd son intimité, comme n'importe quel autre témoin et les curieux ne cessent pas d'y venir, même s'il n'existe aucune autre question à résoudre.

Il est assez fréquent que les gens continuent de revenir sur les lieux d'un crime même longtemps après, sans raison. Ils ramassent des souvenirs, prennent des photographies. Certains laissent des lettres, des cartes, des fleurs. Ils y viennent en secret et s'en vont aussi discrètement, parce qu'il est honteux de regarder ces choses juste parce qu'on n'a pas pu résister. Laisser simplement une rose tient de la profanation d'une chose sacrée.

Je ne découvris pas de fleur dans ce lieu, même lorsque je balayai les feuilles mortes. Mais, plusieurs petits objets durs heurtèrent mon doigt de pied. Je m'agenouillai, tentant de percer l'obscurité. Je fouillai autour de moi, à quatre pattes, et finis par découvrir quatre chewing-gums toujours enveloppés dans leur papier en cellophane. J'enflammai une allumette et les examinai pour me rendre compte qu'il s'agissait de ces bonbons qu'Emily appelait dans son journal intime des Fireballs. Je me relevai, la respiration pénible.

Je jetai un coup d'œil furtif autour de moi, tentant de déceler le moindre bruit. Le son des feuilles écrasées par mes pas me semblait terriblement sonore. Je repris le chemin que je ne pouvais maintenant absolument plus discerner. La nuit était étoilée et son quartier de lune devenait mon seul éclairage puisque j'avais grillé toutes mes allumettes. D'après la carte, je savais me trouver non loin de la rue qu'habitaient les Steiner, et il me sembla plus rapide de me diriger dans ce sens pour retrouver mon chemin plutôt que

La Séquence des corps 121

de retourner à ma voiture par le sentier que j'avais emprunté pour venir.

En dépit de mon manteau, je transpirais et j'étais terrorisée à l'idée de faire un faux pas, parce qu'en plus de ma torche cassée, j'avais oublié de prendre mon téléphone portable. La pensée que je détesterais que mes collègues me voient dans cet état me traversa l'esprit et je me dis qu'au cas où je me blesserais ce soir, il me faudrait leur mentir sur la façon dont s'était produit mon accident.

Durant les dix minutes que dura cette effroyable progression, des broussailles me griffèrent les jambes, filant mes collants. Une racine heurta mon doigt de pied et je pataugeai dans la boue jusqu'aux chevilles. Lorsque la branche d'un arbre me fouetta le visage, ratant mon œil de peu, je m'immobilisai, haletante et énervée au point que je me sentis à deux doigts de la crise de larmes. À ma droite, une masse de bois touffus me séparait de la rue. À ma gauche, l'eau.

— Merde ! m'exclamai-je avec force.

Longer la rive du lac semblait la possibilité la moins dangereuse et au fur et à mesure que je me frayais un chemin, il me sembla que ma progression devenait plus aisée. Ma vision s'adaptait à la clarté lunaire et mes pas devenaient plus assurés et plus intuitifs aussi. Je finissais par détecter un sol plus sec ou une zone boueuse aux changements de l'humidité ambiante ou de la température de l'air et je parvenais même à savoir si je m'écartais trop du sentier. C'était comme si j'étais en train de muter en créature nocturne pour garantir la survie de mon espèce.

Et puis soudain, j'aperçus un peu plus loin les lumières des rues et je me retrouvai à l'extrémité du lac, à l'opposé de l'endroit où était garée ma voiture. Ici, on avait déboisé pour laisser place à des courts de tennis et à un parking. J'abandonnai le sentier pour poursuivre sur la rue, comme Emily l'avait fait quelques semaines plus tôt. En descendant sa rue, je me rendis compte que je tremblais.

Je me souvins que la maison des Steiner se trouvait un peu plus bas sur la gauche, et comme je m'en approchais, je me demandai ce que j'allais pouvoir dire à la mère d'Emily Steiner. Il n'entrait pas dans mes intentions de lui raconter ce que j'avais fait et où j'avais été : elle avait suffisamment de peine sans cela. D'un autre côté, je ne connaissais personne dans le coin et je ne me voyais pas frapper à la porte d'un inconnu et lui demander si je pouvais téléphoner de chez lui.

En dépit de l'hospitalité de tous les résidents de Black Mountain, on me demanderait certainement pourquoi j'avais l'allure de quelqu'un qui sort de la brousse. Je risquais même de terroriser mon interlocuteur, surtout si je devais lui expliquer la nature de mon métier. En réalité, mes peurs furent balayées par un sauveur inattendu qui, sortant des ténèbres, faillit me renverser.

En effet, lorsque j'atteignis l'allée de la maison des Steiner, Marino faisait marche arrière dans sa Chevrolet bleu nuit toute neuve. Je discernai l'expression de stupéfaction qui se peignit sur son visage comme je lui faisais des grands signes dans la lumière de ses phares. Il écrasa le frein et son incrédulité fit place à la rage.

— Putain de merde ! Vous avez failli me coller une crise cardiaque, je vous ai presque écrasée.

J'attachai ma ceinture et refermai la porte :

— Mais qu'est-ce que vous foutez ici, merde !

— Je suis contente que vous ayez enfin votre voiture et que le scanner soit fonctionnel. De surcroît, j'ai un besoin urgent de whisky et je ne suis pas sûre de connaître un coin où on puisse en trouver.

Mes dents commencèrent à claquer :

— Comment met-on le chauffage ?

Marino alluma une cigarette et j'avais vraiment envie de l'imiter, mais je ne briserai jamais certains serments. Il tourna le bouton du chauffage au maximum.

— Bordel, on dirait que vous avez fait un numéro de lutte dans la boue !

J'avais beau chercher, je ne parvenais pas à me souvenir si je l'avais déjà vu aussi agité.

— Mais qu'est-ce que vous avez foutu, putain ! Enfin, je veux dire, vous allez bien ?

— J'ai garé ma voiture à côté du clubhouse.

— Quel clubhouse ?

— Celui du lac.

— Le lac ? Quoi ? Vous vous êtes baladée autour du lac, en pleine nuit ? Mais vous avez perdu la boule ou quoi ?

— Non, ce que j'ai perdu, c'est ma torche. Malheureusement, je ne m'en suis souvenue qu'un peu trop tard.

Tout en parlant, j'avais sorti mon 38 de la poche de ma veste pour le ranger dans mon sac à main. Mon geste n'échappa pas à Marino et son humeur empira.

— Vous savez, Doc, je ne sais pas où est votre putain de problème mais je crois que vous perdez les pédales. Moi, je me demande si tous ces trucs n'ont pas fini par vous cogner sur le ciboulot, et de toute façon vous devenez aussi débile qu'une mouche de fosse à purin. Des fois, comme ça, vous seriez pas en train de faire un début de ménopause ?

— Si j'étais en pré-ménopause, ou quoi que ce soit de très personnel et qui donc ne vous regarde pas, vous pouvez dormir tranquille : je n'en discuterai certainement pas avec vous ! Ne serait-ce qu'en raison de votre gigantesque butorderie masculine ou de votre sensibilité de poteau télégraphique. Pour être parfaitement objective, j'ajouterai que cette dernière n'est peut-être pas liée au sexe, parce qu'il me serait très désagréable de croire que tous les hommes vous ressemblent. Car, dans le cas contraire, je me verrais dans l'obligation d'y renoncer définitivement.

— Ben, peut-être que vous devriez.

— Peut-être le ferais-je !

— Parfait. Comme ça vous ressemblerez à votre mal élevée de nièce ! Eh, parce que ne croyez surtout pas que ça ne crève pas les yeux, la façon dont elle a viré.

Furieuse, je lançai :

— Et ceci est un autre domaine qui ne vous regarde pas. Je n'arrive pas à croire que vous vous abaissiez aussi bas. Vous tentez de plaquer des stéréotypes sur Lucy, de la déshumaniser parce qu'elle n'a pas fait précisément les mêmes choix que vous.

— Ah ouais ? Le problème c'est peut-être justement qu'elle a fait exactement les mêmes choix que moi. Je sors avec des femmes.

— Vous ne connaissez rien des femmes.

Je m'aperçus soudain que la voiture était une véritable fournaise et que j'ignorais totalement où nous nous rendions. J'éteignis le chauffage et tournai mon regard vers la fenêtre.

— J'en sais assez sur les femmes pour être certain que vous rendriez n'importe qui dingue. Et je ne peux pas croire que vous vous baladiez autour du lac toute seule et en pleine nuit. *Toute seule*. Tiens, qu'est-ce que vous auriez fait au juste s'*il* avait été là, lui aussi ?

— Quel « il » ?

— Bordel, j'ai faim. J'ai vu une steakhouse dans Tunnel Road en venant tout à l'heure. J'espère qu'ils sont encore ouverts.

— Il n'est que sept heures moins le quart, Marino.

— Mais, putain, pourquoi vous êtes allée là-bas ?

Nous nous calmions progressivement.

— Quelqu'un a laissé des bonbons par terre, à l'endroit où on a trouvé le corps. Des Fireballs.

Comme il ne répondait pas, j'ajoutai :

— Les mêmes bonbons que ceux dont elle parle dans son journal intime.

— Je me souviens pas de ça.

— Mais si, le garçon pour lequel elle avait un béguin. Je crois qu'il s'appelait Wren. Elle a écrit qu'elle l'avait vu lors d'un dîner à l'église et qu'il lui avait offert un Fireball. Elle avait rangé le bonbon dans sa boîte à secrets.

— Ils ne l'ont jamais retrouvée.

— Trouvé quoi ?

— Ce truc, cette boîte secrète. Denesa non plus ne l'a pas retrouvée. Alors peut-être que Wren a laissé les Fireballs vers le lac.

— Il faut que nous lui parlions, dis-je. J'ai l'impression que Mrs Steiner et vous avez de bons rapports.

— Un truc comme ça n'aurait jamais dû arriver à une femme comme elle.

— Un truc comme cela ne devrait jamais arriver à quiconque.

— J'aperçois un Western Sizzler.

— Non, merci.

— Vous préférez aller chez Bonanza ? demanda-t-il en déclenchant son clignotant.

— Certainement pas.

Marino scrutait la file de restaurants violemment allumés qui se succédaient sur Tunnel Road, tout en fumant une autre cigarette :

— Le prenez pas mal, Doc, mais vous êtes un peu poseuse.

— Marino, épargnez-moi le « ne le prenez pas mal ». Ce genre de préambule ne fait que souligner que vous allez m'agresser.

— Je sais qu'il y a un Peddler dans le coin. Je l'ai vu dans les pages jaunes.

— Tiens, et pourquoi vous intéressez-vous aux restaurants des pages jaunes ?

J'étais assez perplexe puisque je savais que Marino sélectionnait ses restaurants comme il faisait ses courses. Il faisait une descente dans un magasin, sans listé, et prenait ce qui était simple à préparer, bon marché et bourratif.

— Je voulais voir ce qu'il y avait de bien dans le coin, au

cas où je voudrais quelque chose de chouette. Tiens, appelez-les et demandez-leur comment on trouve le restau.

Je décrochai le téléphone de voiture et songeai à Denesa Steiner. Ce n'était pas moi que Marino avait espéré inviter chez Peddler ce soir, mais elle.

Je lui dis calmement :

— Marino, faites attention à vous.

— Vous n'allez pas recommencer avec la viande rouge ?

— Ce n'est pas ce qui me tracasse le plus.

8

Le cimetière qui se trouvait derrière l'église presbytérienne réformée ressemblait à un champ ondulé de pierres tombales de granit poli protégé par un fouillis d'arbres. Son pourtour était délimité par une grosse chaîne.

Lorsque j'y arrivai à six heures et quart, l'aube s'incrustait à l'horizon et mon souffle se matérialisait en buée. Les araignées avaient déjà commencé leur travail de la journée en filant leur petite toile et je les contournai respectueusement. Marino et moi foulions l'herbe mouillée en nous dirigeant vers la tombe d'Emily Steiner.

Elle était enterrée dans un coin du cimetière proche des bois et aux allées herbues s'étaient joliment mêlés des bleuets et des trèfles. Nous n'eûmes qu'à suivre le bruit métallique des pelles contre le sol pour trouver son monument funéraire, un petit ange de marbre. Un camion muni d'un treuil se trouvait à côté du site d'exhumation, moteur tournant. Ses phares éclairaient le travail de deux hommes au visage buriné et vêtus de salopettes. Les pelles étincelaient, l'herbe avoisinante avait perdu toutes couleurs et l'odeur de la terre humide me parvenait au fur et à mesure qu'elle tombait des pelles pour s'accumuler en monticule au pied de la tombe.

Marino alluma sa lampe-torche et la silhouette triste de la pierre tombale se distingua contre la pénombre du matin, ses ailes repliées et la tête penchée pour une prière. Sur l'épitaphe gravée à sa base on pouvait lire :

« Il n'en est point d'autre dans le monde,
La mienne était la seule. »

Marino murmura à mon oreille :

— Mince, vous savez ce que ça veut dire ?

— On peut peut-être lui demander, dis-je en regardant s'approcher un homme aux cheveux blancs et d'une spectaculaire carrure.

Son long pardessus sombre flottait autour de ses chevilles et, d'une certaine distance, on avait l'impression surnaturelle qu'il avançait en marchant à quelques centimètres au-dessus du sol. Lorsqu'il parvint à notre hauteur, je m'aperçus qu'il portait, nouée autour du cou, une écharpe aux couleurs des Black Watch. Ses énormes mains étaient gantées de cuir noir et des protections en plastique recouvraient ses chaussures. Il devait mesurer dans les deux mètres et sa poitrine avait le diamètre d'un tonneau.

— Je m'appelle Lucias Ray, nous annonça-t-il en nous serrant vigoureusement la main.

Nous nous présentâmes, puis je l'interrogeai :

— Nous nous demandions à l'instant ce que pouvait signifier cette épitaphe.

— Mrs Steiner aimait vraiment sa petite fille. Quel malheur.

Le directeur des pompes funèbres avait un épais accent traînant qui semblait davantage géorgien que de Caroline du Nord.

— Nous avons tout un livre de vers que les gens peuvent

consulter pour choisir l'épitaphe qu'ils souhaitent faire graver.

— Alors, la mère d'Emily a trouvé celle-ci dans votre livre, demandai-je ?

— Ben, non, pour tout vous dire. Je crois qu'elle a dit que c'était d'Emily Dickinson.

Les terrassiers avaient reposé leurs pelles et il faisait maintenant suffisamment jour pour que je puisse voir leurs visages, luisants de sueur et aussi creusés de sillons qu'un champ. La lourde chaîne de métal cliqueta lorsqu'ils la déroulèrent du treuil. L'un des hommes descendit ensuite dans la tombe. Il accrocha la chaîne aux crochets scellés dans les parois de béton du caveau. Pendant ce temps, Ray nous raconta qu'il n'avait jamais vu autant de monde à un enterrement qu'à celui d'Emily.

— Il y en avait jusqu'à l'extérieur de l'église et le long des pelouses. Ça a duré deux heures pour que tout le monde puisse se recueillir devant le cercueil.

— Le cercueil était ouvert ? demanda Marino avec étonnement.

— Non, monsieur. (Ray surveillait le travail de ses hommes). C'est-à-dire que Mrs Steiner voulait un cercueil ouvert, mais je n'étais pas d'accord du tout. Je lui ai dit qu'elle était encore sous le choc mais qu'elle me remercierait plus tard d'avoir fermé le cercueil. Parce que sa petite fille n'était pas en état pour une chose comme ça. Je savais que beaucoup de gens viendraient juste pour voir. Bien sûr, il y a quand même eu pas mal de badauds, c'était normal avec tout ce qu'on a raconté dans la presse.

Le bruit de la tension du treuil et les sanglots du moteur diesel se firent entendre lorsque le caveau se souleva lentement du sol. Des mottes de terres plurent à mesure que le monument funéraire de béton s'élevait dans les airs, un peu plus à chaque tour de manivelle. L'un des hommes dirigeait la manœuvre par gestes comme sur une piste d'atterrissage.

C'est presque au moment précis où le caveau était dégagé

de la tombe et qu'on le redescendait lentement sur l'herbe que le cimetière fut envahi par des équipes de télévision, des reporters et des photographes. Ils se pressaient autour de la plaie béante du sol et du caveau maculé d'une argile si rouge qu'on l'aurait cru ensanglanté.

L'un d'entre eux cria :

— Pourquoi exhumez-vous Emily Steiner ?

— C'est vrai que la police a un suspect ? hurla un autre.

— Dr Scarpetta ? (Une femme brandit un micro sous mon nez.) On dirait que vous mettez en doute le rapport du médecin légiste de Buncombe County ?

— Pourquoi profanez-vous la tombe de cette petite fille ?

Dominant la mêlée, Marino se mit à mugir comme s'il était blessé :

— Foutez le camp d'ici, bordel de merde ! Vous faites obstruction à l'enquête. Vous m'entendez, putain de merde !

Tapant du pied, il hurla encore :

— Tirez-vous et tout de suite !

Les journalistes s'immobilisèrent, leurs visages figés de stupéfaction. Ils le regardaient bouche bée. Marino, le visage cramoisi, les veines du cou saillantes, continua de les apostropher :

— *Les seuls à profaner quoi que ce soit ici, c'est vous, sales cons ! Et si vous ne vous tirez pas vite fait, je casse les appareils photo et tout ce qui me tombera sous la main, vos sales tronches incluses.*

— Marino, dis-je en posant ma main sur son bras.

Il était si tendu que j'avais l'impression de toucher de l'acier.

— *Toute ma putain de carrière, il a fallu que je vous supporte, bande de cons ,et j'en ai ras la caisse. Vous comprenez ? J'en ai vraiment ras la caisse, tas de sales fils de putes, de parasites suceurs de sang.*

— Marino !

La peur électrifiait chacun de mes nerfs et je le tirais par le poignet. Je ne l'avais jamais vu dans une telle colère. Mon Dieu, pensai-je, faites qu'il ne tue personne.

Je me plaçai devant lui pour tenter d'intercepter son regard, mais ses yeux semblaient danser étrangement au-dessus de ma tête.

— Marino, écoutez-moi ! Ils partent. Calmez-vous, je vous en prie. Marino, c'est fini. Regardez, ils s'en vont tous. Vous les voyez ? Ils vous ont obéi. Ils courent presque.

Les journalistes s'étaient volatilisés aussi rapidement qu'ils étaient apparus, comme une colonie fantomatique de maraudeurs se matérialisant et disparaissant dans la brume. Marino fixait l'étendue vide des pelouses doucement vallonnées, bordées de fleurs en plastique et d'une rangée parfaite de cailloux gris. Le son clair de l'acier frappant l'acier résonna encore et encore. Armés de burins et de ciseaux, les terrassiers brisèrent le sceau de coaltar du caveau, puis descendirent son couvercle par terre. Marino se précipita vers le bois et nous prétendîmes ne pas remarquer les affreux gémissements, grognements et bruits de gorge qui sortirent des lauriers de montagne pendant qu'il vomissait.

Me tournant vers Lucias Ray, que l'entrée en force des hordes de journalistes et la sortie de Marino semblaient avoir plus étonné qu'ennuyé, je lui demandai :

— Avez-vous des échantillons de tous les fluides d'embaumement que vous avez utilisés ?

— Il doit me rester une demi-bouteille de ce que j'ai utilisé pour elle, dit-il.

— Il me faudra des tests toxicologiques, expliquai-je.

— Il s'agit seulement de formaldéhyde et de méthanol avec un peu de lanoline... C'est aussi banal que du bouillon de poule. Bien sûr, j'ai utilisé une préparation de plus faible concentration à cause de sa petite taille. Votre ami policier ne m'a pas l'air en très bon état, ajouta-t-il lorsque Marino émergea des bois. Paraît que la grippe s'installe dans les parages.

— Je ne crois pas que ce soit la grippe, dis-je. Comment les journalistes ont-ils su que nous étions ici ?

— Ça, c'est une colle. Mais vous savez comment sont les gens.

Il s'interrompit pour cracher et reprit :

— Il y en a toujours un qui a besoin d'ouvrir son clapet.

Le cercueil d'acier d'Emily était peint de blanc, aussi blanc que les fleurs fragiles qui avaient poussé autour de sa tombe. Les terrassiers n'eurent pas besoin d'utiliser le treuil pour le soulever du caveau et le déposer doucement sur l'herbe. C'était un tout petit cercueil, comme le corps qui reposait à l'intérieur. Lucias Ray tira un talkie-walkie de sa poche et parla :

— Vous pouvez venir, maintenant.

— Bien reçu, répondit une voix par le haut-parleur.

— Au moins, il n'y a plus de journalistes, j'espère ?

— Ils sont tous partis.

Un fourgon mortuaire d'un noir brillant glissa dans le cimetière roulant à moitié sur les pelouses et dans les bois, esquivant miraculeusement les tombes et les arbres. Un gros homme vêtu d'un trench-coat et portant un feutre rond en sortit et ouvrit le hayon arrière. Les terrassiers portèrent le cercueil à l'intérieur du véhicule pendant que Marino regardait la scène d'un peu plus loin en s'épongeant le front avec son mouchoir.

— Je crois que nous avons besoin de parler un peu, tous les deux, dis-je calmement..

Je m'étais approchée de lui pendant que le fourgon repartait.

— Je n'ai besoin de rien pour l'instant.

Son visage était livide.

— Il faut que je rejoigne le Dr Jenrette à la morgue. Vous venez ?

— Non, répondit-il. Je rentre au *Travel Eze*. Je vais boire de la bière jusqu'à ce que je dégueule à nouveau et puis je passerai au bourbon. Et puis, après ça, je parlerai au cul de

Wesley pour savoir quand on peut se tirer de ce trou à rat de ville, bordel ! Parce que, pour tout vous dire, je n'ai pas d'autre chemise ici et je viens juste de dégeulasser celle-ci. J'ai même pas de cravate.

— Marino, allez vous allonger.

— Tout ce que j'ai à me mettre tient dans un sac de cette taille-là.

Il écarta ses deux mains de quelques centimètres.

— Prenez de l'Advil, buvez autant d'eau que vous le pourrez et avalez quelques toasts. Je viendrai vous voir lorsque nous aurons terminé à l'hôpital. Si Benton appelle, dites-lui qu'il peut me joindre sur mon téléphone portable ou alors qu'il me bipe.

— Il a ces numéros-là ? demanda-t-il.

— Oui.

Marino me jeta un regard par-dessus le mouchoir grâce auquel il s'épongeait le visage. J'eus le temps de discerner la souffrance de son regard avant qu'elle n'aille se dissimuler à nouveau derrière ses remparts.

9

Il était un peu plus de dix heures lorsque j'arrivai à la morgue, presque en même temps que le fourgon mortuaire. Le Dr Jenrette était plongé dans la paperasserie. Il m'adressa un petit sourire nerveux lorsque je retirai ma veste de tailleur et nouai un tablier en plastique autour de moi.

Dépliant une blouse de chirurgie, je demandai :

— À votre avis, qui a pu renseigner la presse au sujet de l'exhumation ?

Il me regarda, abasourdi :

— Qu'est-ce qui s'est passé ?

— Une douzaine de journalistes sont arrivés au cimetière.

— C'est pas possible !

Je tentai de conserver un ton patient et calme, tout en attachant la blouse dans mon dos.

— Il faut que nous nous assurions que rien d'autre ne filtre. Ce qui se passe dans cette pièce doit y rester, Dr Jenrette.

Il ne répondit pas.

— Je suis parfaitement consciente que je suis une sorte de visiteur ici et je ne vous en voudrais pas si vous trouviez ma présence désagréable. Ne croyez surtout pas que je sois indifférente à la situation ou que je passe outre votre autorité. Mais vous pouvez être assuré que la personne, quelle qu'elle soit, qui a fait cela à cette petite fille, suit attentivement les nouvelles. Si jamais il y a une fuite, *lui* aussi en est informé.

Le Dr Jenrette, homme débonnaire s'il en fut, n'eut pas du tout l'air vexé par ce que je lui disais. Il m'écoutait, au contraire, avec beaucoup d'attention. Enfin, il lâcha :

— J'étais juste en train de me demander qui était au courant de tout cela. Le problème c'est que la rumeur a dû se répandre rapidement, et que beaucoup de gens connaissaient cette information.

— Eh bien, faisons en sorte que tout ce qui se passera ici reste absolument confidentiel.

J'entendis notre cas approcher dans le couloir.

Ce fut Lucias Ray qui pénétra le premier dans la pièce, suivi de peu par l'homme au feutre mou qui poussait devant lui le chariot emprunté à l'église et sur lequel était posé le cercueil blanc. Il manœuvrèrent le chariot pour rapprocher leur chargement de la table d'autopsie. Ray sortit une manivelle en acier de sa poche et l'inséra dans un petit orifice situé à la tête du cercueil. Il souleva progressivement le joint du cercueil comme s'il faisait démarrer une vieille voiture.

Il replaça la manivelle dans sa poche et dit :

— Voilà, ça devrait aller. J'espère que ça ne vous ennuie pas que je reste ici pour vérifier l'état de mon travail ? J'en ai rarement la possibilité parce qu'en général, on n'a pas l'habitude de déterrer les gens qu'on enterre.

Ray se préparait à soulever le couvercle et si le Dr Jenrette n'avait pas placé ses deux mains dessus pour l'en empêcher, je l'aurais fait à sa place.

— En temps normal, Lucias, cela ne poserait pas de problème, dit Jenrette. Mais aujourd'hui, ce n'est vraiment pas possible que quiconque reste pendant l'autopsie.

Le sourire de Ray se crispa :

— Je trouve que vous êtes un peu tatillon. Ça pourrait se comprendre si je n'avais pas vu la gamine mais je la connais sous toutes les coutures, mieux que sa propre maman.

De son habituel ton doux et triste, le Dr Jenrette poursuivit :

— Lucias, il faut que vous partiez, maintenant, pour que le Dr Scarpetta et moi-même puissions faire notre travail. Je vous appellerai lorsque nous aurons terminé.

Ray me fixa et déclara :

— Dr Scarpetta, j'ai comme l'impression que depuis que les fédéraux sont arrivés, les gens d'ici sont moins gentils.

— Mr Ray, nous sommes en plein milieu d'une enquête criminelle. Il serait préférable que vous ne preniez pas les choses de façon personnelle, parce que vous n'êtes pas spécifiquement visé.

— Viens, Billy Joe, lança le directeur des pompes funèbres à l'homme au feutre mou, allons manger quelque chose.

Le Dr Jenrette ferma la porte à clef derrière eux. Enfilant ses gants, il précisa :

— Je suis désolé. Lucias peut être très autoritaire parfois, mais c'est un homme bien.

Je commençais à avoir des soupçons : peut-être allions-nous découvrir qu'Emily n'avait pas été embaumée correctement ou que Ray n'avait pas fait ce que Mrs Steiner avait

La Séquence des corps 135

souhaité. Pourtant, lorsque Jenrette et moi-même ouvrîmes le couvercle du cercueil, rien de tel ne me frappa. Le corps était recouvert avec le satin blanc du capitonnage et un paquet enveloppé de tissu blanc et noué d'un ruban rose avait été déposé dessus. Je pris quelques photographies.

Puis, tendant le paquet à Jenrette, je lui demandai :

— Ray vous avait-il parlé de ce paquet ?

Jenrette le retournait en tous sens, perplexe :

— Non.

Je dégageai le corps de son enveloppe de satin et les vapeurs du liquide d'embaumement nous frappèrent le visage. Le corps d'Emily Steiner était bien conservé et elle reposait dans une robe en velours bleu pâle à manches longues et à col montant. Ses cheveux nattés étaient retenus par des rubans du même tissu que sa robe. La pellicule de moisissure blanchâtre et duveteuse que l'on trouve habituellement sur les corps exhumés, recouvrait son visage comme un masque et avait commencé de descendre sur ses mains croisées sur son torse, serrant un Nouveau Testament. Elle portait de hautes chaussettes blanches qui lui montaient jusqu'aux genoux, et des chaussures en vernis noir. Il me sembla qu'aucun de ses vêtements n'était neuf.

Je pris d'autres photographies, puis Jenrette et moi soulevâmes le corps du cercueil pour le poser sur la table en acier inoxydable où nous la dévêtîmes. Sous ses charmants vêtements de petite fille se dissimulait l'horrible secret de sa mort. Les gens qui meurent paisiblement ne portent pas la trace de ces blessures-là.

N'importe quel anatomopathologiste honnête reconnaîtra que les artefacts laissés par une autopsie sont affreux. Rien n'est plus frappant que l'incision en « Y » laissée lors d'une analyse post-mortem puisque son nom indique clairement sa nature. Le scalpel part de chaque clavicule pour rejoindre le sternum. De là, il descend tout le long du torse jusqu'au pubis après avoir contourné le nombril. De surcroît, l'incision que l'on pratique d'une oreille à l'autre à l'arrière du crâne avant de pouvoir scier la boîte crânienne, n'est pas non plus très jolie à voir.

Et bien sûr, les blessures que l'on perpètre sur les morts ne cicatrisent pas. Au mieux peut-on les dissimuler grâce à de hauts cols montants en dentelle, et des coiffures adaptées.

Emily Steiner, avec son épais maquillage de morte et la suture qui courait le long de son corps frêle, ressemblait à une triste poupée de chiffon, à laquelle on aurait arraché ses jolis vêtements et qu'un propriétaire sans cœur aurait abandonnée.

L'eau tambourinait dans l'évier de métal. Le Dr Jenrette et moi récurions Emily de la moisissure, de son maquillage et de ce mastic couleur chair qui dissimulait l'entrée de la balle à l'arrière de sa tête, ainsi que les zones que son meurtrier avait excisées au niveau des hanches, de la poitrine et des épaules. Nous retirâmes les membranes qui protégeaient ses yeux sous les paupières baissées et dénouâmes les sutures. Dès que le corps fut ouvert, les vapeurs des produits chimiques nous piquèrent les yeux et nous firent couler du nez. Les organes d'Emily étaient confits dans la poudre qu'utilisent les embaumeurs. Nous les sortîmes pour les rincer. J'examinai le cou d'Emily mais n'y trouvai rien que mon collègue n'eût déjà indiqué dans son rapport. J'introduisis alors un long ciseau entre les molaires de la petite fille pour ouvrir la bouche.

— Ça résiste, dis-je énervée. Il va falloir qu'on coupe les masséters. Je voudrais voir la position anatomique de la langue avant d'être obligée de l'atteindre par la zone postérieure du pharynx. Mais j'ai des doutes, peut-être que nous n'y arriverons pas.

Le Dr Jenrette inséra une nouvelle lame dans son scalpel :

— Qu'est-ce qu'on cherche au juste ?

— Je veux être sûre qu'elle ne s'est pas mordu la langue.

Quelques instants plus tard, je devais découvrir qu'elle s'était effectivement mordu la langue.

— Il y a des marques, là, au bord. Pouvez-vous les mesurer ?

— Un tiers de centimètre.

— Et les zones hémorragiques sont profondes de près d'un demi-centimètre. De toute évidence, on dirait qu'elle s'est mordu la langue plus d'une fois. Qu'est-ce-que vous en pensez ?

— En effet, ça semble une possibilité.

— En conclusion, on sait qu'elle a eu une espèce d'attaque lors de la phase terminale du meurtre.

— Mais la blessure à la tête pourrait en être responsable, dit le Dr Jenrette en attrapant l'appareil photo.

— Bien sûr, mais en ce cas, pourquoi ne trouvons-nous pas au niveau cérébral la preuve qu'Emily a survécu suffisamment longtemps pour avoir cette attaque ?

— Bon, on en revient toujours aux mêmes questions sans réponse.

— Oui, c'est très étrange.

Lorsque nous retournâmes le corps, je m'absorbai dans l'analyse de la marque qui justifiait cet exercice lugubre. Le photographe spécialiste arriva et prépara son matériel. La majeure partie de l'après-midi fut consacrée à la prise de photographies aux infrarouges, ultraviolets, couleur, super-contrastées, noir et blanc avec une pléthore de filtres et de lentilles différents.

J'ouvris ma sacoche et en tirai une douzaine de pièces rondes et noires en plastique d' acrylonitrile-butadiène-sty-rène, c'est-à-dire, plus simplement, de ce plastique dont on fait les canalisations de distribution d'eau et d'évacuation d'égouts. Tous les ans, je demandais à un collègue dentiste spécialisé dans la médecine légale de me découper une provision de ces pièces qu'il polissait ensuite soigneusement. Heureusement, je n'avais que peu souvent l'occasion de sortir de ma sacoche ce vieux truc de légiste puisque les marques de morsure ou autre sont encore assez rarement trouvées sur le corps des victimes de meurtres.

Je sélectionnai une pièce de 8 centimètres de diamètre sur laquelle je gravai le numéro de dossier d'Emily Steiner ainsi que la localisation du prélèvement à l'aide d'un poinçon de mécanicien. La peau est comme la toile d'un peintre : elle est tendue. J'avais donc besoin d'une matrice stable pour déposer mon prélèvement afin de préserver la configuration anatomique précise de la marque trouvée sur la fesse gauche d'Emily parce que l'excision du bout d'épiderme risquait de la modifier.

— Avez-vous de la super-colle, demandai-je au Dr Jenrette ?

— Oui, bien sûr.

Il m'en apporta un tube. Je me tournai vers notre photographe, un Japonais menu qui ne semblait pas pouvoir rester en place plus de quelques secondes et lui expliquai :

— Prenez des photographies de chacun de mes gestes, je vous prie.

Je déposai la pièce de plastique sur la marque du corps d'Emily et l'y fis adhérer à l'aide de super-colle. Je renforçai sa stabilité en la suturant sur sa circonférence. Je découpai ensuite la peau en suivant le contour de la pièce pour plonger l'ensemble dans du formol. Je réfléchis, tout le temps que dura le prélèvement, à ce qui avait pu provoquer cette marque. Cela avait la forme d'un cercle, irrégulier et dont la surface interne semblait s'être partiellement décolorée pour devenir vaguement marron. On aurait dit qu'une sorte de motif s'était incrusté dans la peau, mais je ne parvenais pas à en découvrir la nature en dépit du nombre de Polaroïds que nous prîmes pour les examiner sous tous les angles.

Nous ne repensâmes au paquet enveloppé de papier crépon blanc que lorsque le photographe fut parti et que nous eûmes prévenu l'établissement des pompes funèbres qu'ils pouvaient revenir prendre le corps.

— Qu'est-ce qu'on en fait ? me demanda le Dr Jenrette.

— Il faut l'ouvrir.

Il étala des serviettes sèches sur le plateau d'un chariot et déposa le paquet-cadeau dessus. À l'aide d'un scalpel, il découpa soigneusement le papier et nous découvrîmes à l'intérieur, une vieille boîte de chaussures de femme. Jenrette fendit les nombreuses épaisseurs de papier scotch qui la fermait et souleva le couvercle.

Stupéfait, le regard fixé sur ce que quelqu'un avait voulu enterrer avec une petite fille, il murmura dans un souffle :

— Oh, mince !

Un chaton mort, probablement âgé de quelques mois à peine, se trouvait dans la boîte, enveloppé dans deux sacs à congélation scellés. Lorsque je le soulevai, je constatai qu'il était aussi raide qu'un bout de contre-plaqué. Les os fins de ses côtes sortaient sous la peau. Il s'agissait d'une petite chatte noire avec le bout des pattes blanc et elle ne portait pas de collier. Je ne compris la raison de sa mort que lorsque j'eus pris une série de radios du cadavre.

Un frisson fit se hérisser les cheveux de ma nuque lorsque je l'annonçai au Dr Jenrette :

— La colonne vertébrale a été fracturée.

Il se rapprocha des radiographies éclairées par l'écran illuminé de néons et fronça le front.

— On dirait qu'à cet endroit-là, la colonne vertébrale n'est pas dans une position normale.

Il toucha la radio avec la jointure de son doigt replié et poursuivit :

— C'est bizarre. La colonne est bien déplacée latéralement, non ? Si elle avait été heurtée par une voiture, je ne crois pas que cela aurait pu causer ce genre de déplacement ?

— Elle n'a pas été heurtée par une voiture, affirmai-je. On a brutalement tordu son cou dans le sens des aiguilles d'une montre, en lui faisant faire un angle de 90°.

Lorsque je retournai au *Travel Eze*, aux environs de

sept heures du soir, je découvris Marino avalant un cheese-
burger dans sa chambre. Son revolver, son portefeuille et
les clefs de sa voiture étaient éparpillés sur un des lits. Il
était installé sur le deuxième et ses chaussettes traînaient
par terre comme si elles lui étaient tombées des pieds. J'étais
sûre qu'il était rentré à l'hôtel peu de temps avant moi. Je
me dirigeai vers le poste de télévision pour l'éteindre et je
sentis que ses yeux suivaient chacun de mes mouvements.

— Venez, Marino, il faut que nous sortions.

La « Sainte vérité » selon Lucias Ray, c'est que Denesa Steiner avait elle-même placé le paquet blanc dans le cercueil
d'Emily. Il avait cru, sur le coup, qu'il s'agissait d'un des
jouets de la petite fille, ou de sa poupée préférée.

— Et quand aurait-elle fait cela ? me demanda Marino en
traversant le parking du motel d'une démarche raide.

— Juste avant la cérémonie. Vous avez vos clefs de voiture ?

— Ouais.

— Eh bien, vous allez conduire.

J'avais un mal de tête carabiné que j'attribuai aux vapeurs
de formol, à mon manque de sommeil et d'un repas décent.

D'une voix aussi innocente que possible, je demandai :

— Vous avez des nouvelles de Benton ?

— Je pensais pourtant que vous auriez trouvé le paquet
de messages de lui qui vous attendait à la réception.

— Je suis montée immédiatement à votre chambre. Du
reste, comment savez-vous qu'une pile de messages
m'attendait ?

— Le réceptionniste a voulu me les donner. J'ai l'impression qu'il croit que de nous deux, c'est moi qui aie le plus
l'air d'un médecin.

— C'est parce que de nous deux, c'est vous qui avez le

La Séquence des corps 141

plus l'air d'un homme, répliquai-je en me massant les tempes.

— Ouais, vous avez raison. Marrant, j'ai l'air d'être un grand docteur blanc.

— Marino, je vous serais reconnaissante de ne pas parler comme un vieux raciste. Très franchement, je ne crois pas que vous le soyez.

— Comment vous aimez ma caisse?

Il avait hérité d'une Chevrolet Caprice bordeaux, parfaitement équipée de gyrophares, d'une radio, d'un téléphone et d'un scanner. On avait même pensé à monter une caméra vidéo, sans oublier la présence d'un fusil Winchester calibre 12, un fusil à pompe à 7 coups, une réplique de ceux qu'utilisent les agents du FBI.

Je m'installai et d'un ton incrédule lâchai :

— Dieu du ciel, et depuis quand équipe-t-on les voitures de police de Black Mountain, Caroline du Nord, de fusil anti-émeute ?

— Depuis maintenant, répondit Marino en faisant démarrer le moteur.

— C'est vous qui avez demandé cet attirail ?

— Non, Madame.

— Et pourriez-vous m'expliquer comment il se fait qu'une force de police de 10 hommes peut être mieux équipée que la brigade des stupéfiants ?

— Peut-être parce que les gens du coin comprennent vraiment bien ce que signifie le travail de la police pour leur communauté. Ils ont un méchant problème ici en ce moment. Alors ce qui ce passe, c'est que les commerçants et même les citoyens qui se sentent concernés par ce problème donnent la peau de leurs fesses pour nous aider. Un des flics m'a dit qu'une vieille dame avait téléphoné ce matin pour savoir si les agents fédéraux qui étaient en ville désiraient venir dîner dimanche chez elle.

— Ah ? c'est très gentil, répondis-je assez déconcertée.

— En plus, le conseil municipal songe à renforcer les

forces de police du coin. Ça explique peut-être certaines choses.

— Quelles choses ?

— La police de Black Mountain va avoir besoin d'un nouveau chef à sa tête.

— Où est passé l'ancien ?

— Mote leur servait en quelque sorte de chef.

— Je ne comprends toujours pas où vous voulez en venir.

— Eh bien, mais peut-être que je veux précisément en venir ici, dans cette ville. Ils cherchent un chef qui ait de l'expérience et ils me traitent comme si j'étais James Bond ou quelque chose d'approchant. C'est pas la peine d'être physicien atomiste pour comprendre que deux et deux font quatre.

D'un ton très calme, je demandai :

— Marino, mais qu'est-ce qui vous arrive à la fin ?

Il alluma une cigarette :

— Quoi ? Alors pour commencer, vous ne trouvez pas que je ressemble à un docteur, et maintenant vous ne croyez pas non plus que je ressemble à un chef de la police locale ? J'ai bien l'impression que pour vous je suis toujours un pauvre plouc qui parle comme s'il bouffait encore ses spaghettis avec la mafia du New Jersey et qui ne se traîne que des nanas en pull moulant qui se triturent les cheveux quand on leur parle.

Il expira sa fumée, furieux :

— C'est pas parce que j'aime le bowling que je suis un cul terreux tatoué. Et c'est pas parce que je n'ai jamais mis les pieds dans toutes les grandes écoles du nord-est comme vous que je suis de la merde !

— Vous avez terminé ?

— Et autre chose, encore, poursuivit-il. Il y a plein de bons coins pour la pêche par ici. On m'a parlé de Big Tree et du lac James et en plus, ça coûte trois fois rien pour se loger sauf vers Montreat ou Biltmore. Et puis peut-être que

La Séquence des corps

j'en ai ma claque des parasites qui butent d'autres parasites et des tueurs en série qu'on garde en vie en tôle et qui coûtent plus de pognon à l'État que de me payer pour que je me casse le cul à les boucler... C'est-à-dire « si » ces cornards restent en tôle, et c'est un très gros « si ».

Nous étions garés devant la maison des Steiner depuis cinq bonnes minutes. Je regardai la maison illuminée en me demandant si Denesa Steiner savait que nous étions devant chez elle, et pour quelle raison.

— Maintenant, vous avez terminé ?

— Non, j'ai pas fini, j'en ai juste ras le bol de parler.

— Et d'abord, permettez-moi de vous dire que je n'ai jamais fréquenté les grandes écoles de la côte est.

— Sans blague ? Et comment appelez-vous John Hopkins et Georgetown ?

— Merde, Marino, fermez-la !

Il fixa le pare-brise et alluma une autre cigarette.

— J'étais une petite Italienne pauvre élevée dans un quartier italien pauvre, comme vous. La seule différence entre nous, c'est que je suis de Miami et vous du New Jersey. Je n'ai jamais prétendu que je vous étais supérieure et je ne n'ai jamais rien dit qui puisse vous permettre de croire que je vous considérais comme un imbécile. Et vous savez pourquoi ? Parce que vous êtes loin d'être un imbécile même si vous massacrez l'anglais et que vous n'avez jamais mis les pieds à l'opéra. En réalité tous les reproches que je vous fais proviennent d'une seule et même chose. Vous êtes obstiné et quand vous avez décidé de vous enfoncer vous devenez étroit d'esprit et intolérant. En d'autres termes, vous agissez envers les autres comme vous voulez vous convaincre qu'ils agissent avec vous.

Marino ouvrit sèchement la portière :

— Alors, non seulement j'ai pas de temps à perdre avec vos leçons de morale, mais en plus, elles ne m'intéressent pas.

Il jeta sa cigarette et l'écrasa rageusement.

Nous nous dirigeâmes en silence jusqu'à la porte de la maison des Steiner et lorsque Denesa Steiner nous ouvrit j'eus la sensation qu'elle savait que nous venions de nous disputer. Marino mettait un point d'honneur à ne pas me regarder et à faire comme si je n'étais pas là. Denesa Steiner nous conduisit jusqu'au salon. Il me parut si familier, puisque je l'avais visité grâce aux photographies que la police en avait pris, que j'en fus déroutée. Le décor de la pièce était rustique, en dépit d'une multitude de coussins ventrus, une profusion de dentelles, de plantes suspendues et de macramé. Derrière les portes vitrées d'un insert, le gaz avait été ouvert et un feu brillait. Les nombreuses pendules semblaient toutes d'accord sur l'heure à indiquer. Au moment où nous avions sonné, Mrs Steiner regardait un vieux film de Bob Hope sur le câble.

Elle éteignit le poste de télévision et s'installa dans un rocking-chair. Elle avait l'air épuisée.

— J'ai passé une mauvaise journée, dit-elle.

Marino s'assit dans un fauteuil à oreillettes et, semblant ne se préoccuper que d'elle, répondit :

— C'est normal, Denesa, il ne pouvait pas en être autrement.

— Vous êtes venus me raconter ce que vous aviez trouvé ?

Je compris qu'elle faisait référence à l'exhumation.

— Il nous reste encore beaucoup d'analyses à faire, répondis-je.

D'un ton calme et désespéré elle s'adressa à moi :

— Alors, vous n'avez rien trouvé qui puisse permettre d'arrêter cet homme, n'est-ce pas ? Les médecins parlent toujours de faire des analyses lorsqu'ils ne savent pas. J'aurais au moins appris cela avec tout ce que j'ai subi.

— Tout cela prend du temps, Mrs Steiner.

Marino s'adressa à elle :

— Écoutez, je suis vraiment désolé de vous embêter,

Denesa, mais il faut que nous vous posions quelques questions. Le docteur a besoin de savoir certaines choses.

Elle me regarda tout en se balançant dans le rocking-chair.

— Mrs Steiner, nous avons trouvé un paquet-cadeau dans le cercueil d'Emily et le directeur des pompes funèbres nous a dit que vous aviez voulu qu'il soit enterré avec elle.

— Oh, vous voulez parler de Socks, dit-elle comme si la chose allait de soi.

— Socks ?

— C'était un petit chat errant qui avait pris l'habitude de venir chez nous. C'était il y a à peu près un mois, je crois. Et puis bien sûr, Emily était une petite fille si sensible, alors elle a commencé à lui donner à manger, et le chaton ne voulait plus partir. Elle aimait beaucoup ce petit chat.

Elle sourit et ses yeux s'emplirent de larmes.

— Elle l'avait baptisé Socks parce qu'il était parfaitement noir à l'exception du bout de ses pattes qui était blanc comme neige. On aurait dit que la petite bête avait des chaussettes blanches.

Elle étendit les mains et écarta les doigts.

— Comment Socks est-elle morte ? demandai-je prudemment.

Elle prit quelques mouchoirs en papier d'une boîte et s'essuya les paupières :

— Je ne sais pas, au juste. Je l'ai retrouvée un matin sur le perron de la maison. C'était juste après qu'Emily... J'ai pensé que la pauvre petite chose était morte de chagrin.

Elle se couvrit les lèvres avec les mouchoirs et sanglota.

— Je vais vous chercher quelque chose à boire, dit Marino en se levant.

Il se sentait si à l'aise dans cette maison et avec cette femme que mon sentiment de malaise amplifia.

Me rapprochant du bord du canapé où je m'étais assise, je me penchai vers elle et lui déclarai très doucement :

— Mrs Steiner, la petite chatte n'est pas morte parce

qu'elle avait le cœur brisé. Elle est morte parce qu'on lui a brisé le cou.

Elle replaça ses mains sur ses genoux et inspira profondément, en tremblant. Ses yeux rougis me fixaient intensément.

— Que voulez-vous dire ?

— Ce chaton n'est pas mort naturellement.

— Ah ? En ce cas, il a sans doute été heurté par une voiture. C'est affreux. J'avais déjà dit à Emily que j'avais peur qu'il se fasse écraser.

— Elle n'a pas été écrasée.

— Croyez-vous qu'un des chiens du coin ait pu l'attaquer ?

— Non.

Marino revint à ce moment-là avec un verre de ce qui ressemblait à du vin blanc. Je poursuivis :

— Le chaton a été tué par quelqu'un, délibérément.

Elle me regarda, terrifiée. Lorsqu'elle prit le verre de vin pour le poser sur la table qui se trouvait à côté du rocking-chair, je constatai qu'elle tremblait.

— Mais comment pouvez-vous en être sûre ?

— Nous avons des preuves physiques qui nous permettent d'affirmer que quelqu'un a brisé le cou du chat.

Gardant un ton aussi calme que possible, je poursuivis mon explication :

— Je comprends parfaitement qu'il vous soit très pénible d'écouter ce genre de détails, Mrs Steiner, mais je crois qu'ils sont nécessaires parce que nous avons besoin de votre aide pour arrêter la personne qui a fait cela.

Marino se rassit et posa ses coudes sur ses cuisses. Il avança le torse vers elle, comme s'il voulait la convaincre qu'elle pouvait compter sur lui en toute chose et se sentir protégée par sa présence.

— Denesa, avez-vous la moindre idée sur l'identité de la personne qui aurait pu tuer le petit chat d'Emily ?

Je sentis qu'elle tentait de se ressaisir. Elle attrapa le verre de vin, avala quelques gorgées hésitantes et prit une profonde inspiration.

— J'ai reçu des coups de téléphone. Vous savez, mes ongles sont tout bleus, je suis dans un état lamentable. (Elle tendit une main.) Je n'arrive pas à me calmer, je ne peux plus dormir. Je ne sais pas quoi faire.

Elle éclata à nouveau en sanglots.

— C'est pas grave, Denesa, dit Marino avec bienveillance. Prenez votre temps. On reste là. Maintenant expliquez-moi ces coups de téléphone.

Elle s'essuya les yeux et parla :

— En général c'était des hommes. Une fois, peut-être que c'était une voix de femme. Elle a dit que si j'avais été une bonne mère et que j'avais surveillé mieux ma petite fille, rien de cela ne serait.... Mais une des voix était jeune, la voix d'un jeune garçon qui ferait une farce. Il a dit quelque chose. Vous voyez. Il a dit qu'il avait vu Emily sur son vélo. Mais, c'était après que... Alors, bien sûr, c'était impossible. Et puis, il y a eu une autre voix, plus âgée, et il a dit qu'il n'avait pas fini.

Elle but encore un peu de vin.

— Il n'avait pas fini ? demandai-je. Il a dit autre chose ?

Elle ferma les yeux :

— Je ne me souviens plus.

— Quand avez-vous reçu cet appel ? s'enquit Marino.

— C'était juste après qu'on l'eut retrouvée. Vers le lac.

Elle tendit à nouveau la main vers son verre et le renversa. Marino se leva brusquement :

— Je m'en occupe. J'ai besoin d'une cigarette.

— Savez-vous ce que cet homme voulait dire, Mrs Steiner ?

— J'ai compris qu'il voulait parler de ce qui s'était passé. De la personne qui avait fait cela à Emily. Je me suis dit qu'il voulait me faire comprendre que ce n'était pas la fin des choses terribles. Je crois bien que c'est le lendemain que j'ai retrouvé Socks sur le perron.

S'adressant à Marino, elle dit :

— Capitaine, pourriez-vous me faire une tartine avec un peu de fromage ou de beurre de cacahuète, je ne me sens pas bien, je manque peut-être de sucre.

Elle semblait avoir complètement oublié le verre qui gisait sur la table dans une flaque de vin. Marino sortit de la pièce.

— Mrs Steiner, lorsque cet homme a pénétré chez vous et a enlevé Emily, vous a-t-il dit quelque chose ?

— Il m'a dit que si je ne faisais pas exactement ce qu'il m'ordonnait, il me tuerait.

— Donc, vous avez entendu sa voix ?

Elle acquiesça d'un mouvement de tête, se balançant toujours. Ses yeux ne me quittaient pas.

— À votre avis, cette voix était-elle la même que celle de l'homme au téléphone ?

— Je ne sais pas, peut-être. C'est très difficile à dire.

— Mrs Steiner... ?

— Vous pouvez m'appeler Denesa.

Son regard intense était toujours fixé sur moi.

— Essayez de vous rappeler des moindres détails concernant l'homme qui s'est introduit chez vous et vous a bâillonnée.

— Vous vous demandez si ça pourrait être le même que celui qui a tué ce petit garçon en Virginie, n'est-ce pas ?

Je ne répondis pas.

— Je me souviens des photos du petit garçon et de sa famille. C'était dans le magazine *People*. Je me souviens très bien qu'à l'époque, je me suis dit que c'était horrible, et que personne ne pouvait se mettre à la place de cette pauvre femme, sa maman. Et pourtant, la mort de Mary-Jo a été quelque chose d'affreux. Je n'ai jamais cru que je pourrais m'en remettre.

— Mary-Jo, c'est la petite fille que vous avez perdue d'une mort subite ?

Une lueur d'intérêt éclaira un instant la sombre peine de

La Séquence des corps 149

son regard. Comme si le fait que j'eus connaissance de ce détail l'intriguait ou l'impressionnait.

— Elle est morte dans mon lit. Lorsque je me suis réveillée le matin, je l'ai retrouvée morte, à côté de Chuck.

— Chuck était votre mari ?

— Au début, j'ai eu peur qu'il l'ait étouffée dans son sommeil, sans le faire exprès, en roulant sur elle. Mais ils m'ont dit que non. Ils m'ont dit qu'il s'agissait d'un cas de mort subite du nourrisson.

— Quel âge avait Mary-Jo ?

— C'était juste après son premier anniversaire.

Elle ferma les paupières pour retenir ses larmes.

— Emily était déjà née ?

— Non, elle est née un an plus tard et je savais que la même chose allait lui arriver. Elle était d'une santé si fragile, si frêle. Et les médecins avaient peur qu'elle fasse de l'apnée. Il fallait que je la surveille constamment lorsqu'elle dormait. Je voulais être certaine qu'elle respirait sans problème. Je me souviens que je marchais dans la maison comme un zombi parce que j'étais épuisée, je n'arrivais à dormir que quelques heures. Je montais et je descendais toute la nuit, nuit après nuit. Il fallait vivre avec cette peur affreuse.

Elle ferma les yeux et se balança, le front plissé de peine, ses mains crispées sur les accoudoirs du fauteuil.

Je compris que Marino avait quitté le salon parce qu'en fait, il ne voulait pas m'entendre questionner Mrs Steiner. À cause de sa terrible colère. Je sus alors que ses émotions avaient pris le dessus et j'eus soudain peur qu'il ne soit plus suffisamment efficace pour enquêter sur cette affaire.

Mrs Steiner rouvrit les yeux et son regard transperça le mien :

— Il a tué beaucoup de gens et maintenant il est ici, n'est-ce pas ?

— Qui cela ?

J'étais perdue dans mes pensées et sa question me prenait de court.

— Temple Gault.

— Nous n'avons aucune preuve formelle de sa présence ici, répondis-je.

— Moi, je sais qu'il est ici.

— Comment cela ?

— À cause de ce qu'on a fait à mon Emily. C'est la même chose.

Un larme coula le long de sa joue.

— Vous savez, Dr Scarpetta, normalement, je devrais avoir peur d'être sa prochaine victime. Mais cela m'est égal. Qu'est-ce qu'il me reste ?

Je lui répondis aussi gentiment que je le pus :

— Je suis désolée pour vous, Mrs Steiner. Avez-vous autre chose à me dire au sujet de ce dimanche-là. Le dimanche 1er octobre ?

— Nous sommes allées à l'église le matin, comme tous les dimanches. Et puis nous avons déjeuné à la maison et Emily est montée dans sa chambre. Elle répétait avec sa guitare. Je ne l'ai pas beaucoup vue cet après-midi-là.

Elle avait les yeux grands ouverts et le regard fixe des gens qui se souviennent.

— Mrs Steiner, vous souvenez-vous du moment où Emily est partie de la maison pour se rendre à son groupe de jeunes ? Elle est partie, un peu plus tôt.

— Elle est entrée dans la cuisine. Je faisais du pain à la banane. Elle a dit qu'elle devait partir plus tôt parce qu'il fallait qu'elle répète un peu avec sa guitare. Je lui ai donné un peu de monnaie pour la quête, comme d'habitude.

— Et que s'est-il passé lorsqu'elle est rentrée chez vous ?

Son regard était toujours fixe et elle ne cligna pas des paupières.

— Nous avons dîné. Elle était malheureuse. Elle voulait que Socks vienne à la maison, mais j'ai refusé.

— Qu'est-ce qui vous fait dire qu'elle était malheureuse ?

— Elle était difficile. Vous savez comme les enfants peuvent être difficiles lorsqu'ils sont de mauvaise humeur. Elle est montée dans sa chambre et elle s'est couchée un peu plus tard.

Me souvenant que Ferguson était censé interroger Mrs Steiner dès son retour de la base de Quantico à ce sujet, je posai la question qu'il n'avait probablement pas eu l'occasion de formuler :

— Racontez-moi comment Emily se comportait avec la nourriture, ce qu'elle mangeait.

— Elle était très difficile.

— A-t-elle terminé son assiette dimanche soir ?

— Non, c'est du reste une des raisons pour lesquelles nous nous sommes disputées. Elle jouait avec son repas, repoussant tout. Elle boudait. C'était toujours une bagarre.... J'avais un mal fou à la faire manger.

— Était-elle sujette aux nausées ou à la diarrhée ?

J'eus l'impression que le regard de Mrs Steiner se focalisait enfin sur moi.

— Elle était d'une santé très fragile, toujours malade.

— Le terme « malade » manque un peu de précision, Mrs Steiner, insistai-je calmement. Avait-elle de fréquentes nausées ou des diarrhées ?

— Oui, et je l'ai déjà expliqué à Max Ferguson.

Ses larmes recommencèrent de couler. Elle poursuivit :

— Et je ne comprends pas pourquoi il faut que je réponde encore et encore aux mêmes questions. Cela ne fait que tout rouvrir, rouvrir les blessures.

— Je suis navrée.

En dépit de la douceur de ma voix, j'étais très surprise. Quand avait-elle raconté cela à Max Ferguson ? L'avait-il appelée après qu'il eut quitté la base de Quantico ? Si tel était le cas, elle devait être la dernière personne à l'avoir entendu avant sa mort.

Les sanglots de Mrs Steiner crûrent en intensité. Elle reprit :

— Tout ceci ne lui est pas arrivé parce qu'elle était d'un tempérament maladif. Il me semble que l'on ferait bien mieux de me poser des questions qui puissent aider à l'arrêter.

— Mrs Steiner.... Je sais combien tout cela vous est difficile, mais où viviez-vous lorsque Mary-Jo est morte ?

— Oh, mon Dieu, aidez-moi.

Elle se couvrit le visage de ses deux mains. Je l'observai comme elle tentait de reprendre le contrôle d'elle-même. Ses épaules se soulevaient au rythme de ses larmes. J'étais assise, engourdie, et je la vis s'apaiser, graduellement. Ses pieds s'immobilisèrent d'abord, puis ses bras, enfin ses mains. Elle leva lentement ses yeux vers moi. Derrière la brume des larmes brillait une lueur bizarre et froide qui me rappela étrangement les eaux du lac la nuit, cette eau si sombre qu'on aurait dit un autre élément. J'en éprouvai une sorte d'inquiétude, comme celle qui m'assaillait dans mes rêves.

D'une voix grave et basse elle me demanda :

— Ce que je veux savoir, Dr Scarpetta, c'est la chose suivante : connaissez-vous cet homme ?

— Quel homme ?

C'est le moment que choisit Marino pour revenir de la cuisine, chargé d'un sandwich au beurre de cacahuète et à la confiture, d'une bouteille de Chablis et d'une serviette de table.

— L'homme qui a tué ce petit garçon. Avez-vous déjà parlé à Temple Gault ? insista-t-elle comme Marino relevait son verre, le remplissait et déposait le sandwich à côté.

— Laissez-moi vous aider, Marino.

J'attrapai la serviette et essuyai le vin répandu sur la table. Les yeux de Denesa Steiner se refermèrent à nouveau :

— Dr Scarpetta, de quoi a-t-il l'air ?

L'image de Gault s'imposa à mon esprit, son regard perçant, ses cheveux fins et très blonds. Il était de petite taille, tout en angles et rapide comme l'éclair. Mais ses yeux sur-

La Séquence des corps

tout me revenaient, jamais je ne pourrais les oublier. Je savais qu'il était capable d'égorger quelqu'un sans même les cligner. Je savais qu'il les avait tous tués en les fixant de ce même regard si bleu.

Je m'aperçus soudain que Mrs Steiner me parlait toujours :

— Excusez-moi...

Elle répéta la question qu'elle était en train de me poser, comme s'il s'agissait d'une accusation, et ses sanglots reprirent :

— Pourquoi l'avez-vous laissé fuir ?

Marino lui suggéra d'aller prendre un peu de repos et lui annonça que nous partions. Nous remontâmes en voiture. Il était d'une humeur exécrable :

— C'est Gault qui a tué son chat, dit-il.

— Nous n'avons aucune certitude.

— J'ai aucune envie de vous entendre parler comme un juriste en ce moment.

— Je suis juriste.

— Ah ouais, mille excuses, j'avais oublié que vous aviez aussi ce diplôme-là ! De temps en temps, j'ai tendance à me mélanger les pinceaux et à omettre que vous êtes vraiment médecin-juriste-et-grand chef Sioux.

— Savez-vous si Max Ferguson a appelé Mrs Steiner après avoir quitté Quantico ?

— J'en sais foutre rien.

— Lors de notre réunion là-bas, il avait précisé qu'il comptait lui poser quelques questions d'ordre médical. D'après ce que Mrs Steiner vient de me dire, il semblerait qu'il l'ait fait, ce qui signifie qu'il a dû lui parler peu de temps avant sa mort.

— Dans ce cas, peut-être qu'il lui a téléphoné dès qu'il est rentré chez lui.

— Et ensuite, il monte droit dans sa chambre et se passe un nœud coulant autour du cou ?

— Non, Doc. Il monte illico dans sa chambre pour une branlette. Peut-être que le fait de lui avoir parlé l'a branché.

C'était en effet possible.

— Marino, quel était le nom de famille de ce petit garçon qu'Emily aimait bien ? Je sais que son prénom est Wren.

— Pourquoi ?

— Parce que je veux lui parler.

— Au cas où vos connaissances en matière d'éducation des enfants seraient au plus bas, je vous signale qu'il est presque neuf heures du soir et que demain, il y a école.

Calmement, je repris :

— Répondez à ma question, s'il vous plaît.

— Je sais qu'il habite pas loin de la baraque des Steiner. Il s'appelle Maxwell.

Il se gara sur le bas-côté et alluma l'éclairage intérieur.

— Je veux y aller.

Il feuilleta son carnet et me jeta un coup d'œil. Derrière sa fatigue, je déchiffrais autre chose que du ressentiment. Marino souffrait affreusement.

Les Maxwell habitaient un chalet moderne, probablement une maison préfabriquée, construit sur un terrain boisé et qui faisait face au lac.

Nous garâmes la voiture sur une allée gravillonnée inondée par la lumière couleur pollen de projecteurs. Les feuilles des rhododendrons se recroquevillaient sous la menace de l'air frais et notre haleine faisait des petits nuages de buée comme nous attendions que quelqu'un réponde à notre coup de sonnette.

La porte s'ouvrit et nous nous trouvâmes face à un homme jeune et mince au visage fin et qui portait des lunettes à monture noire. Il était vêtu d'une grosse robe de chambre en laine de couleur sombre et portait des chaussons. Je finissais par me demander si quelqu'un, dans cette ville, était encore debout à dix heures du soir.

La Séquence des corps 155

De son ton sérieux du policier en mission, le genre de ton propre à angoisser n'importe quel citoyen, Marino annonça :

— Je suis le capitaine Marino et voici le Dr Scarpetta. Nous enquêtons, en collaboration avec la police locale, sur le meurtre d'Emily Steiner.

— Vous êtes les policiers qui sont venus d'ailleurs, demanda l'homme.

— Vous êtes Mr Maxwell ? demanda Marino.

— Lee Maxwell. Entrez, je vous en prie. Je suppose que vous voulez me parler de Wren.

Nous pénétrâmes dans la maison. Une femme très forte , vêtue d'un survêtement rose, descendit l'escalier du premier étage. A son expression, on aurait pu croire qu'elle connaissait la raison précise de notre visite.

— Il est dans sa chambre. J'étais en train de lui lire une histoire, dit-elle.

— Je me demandai s'il serait possible que je lui parle, dis-je d'un ton aussi léger que possible parce que je sentais les Maxwell tendus.

— Je vais le chercher, déclara le père.

— Je préférerai monter si c'est possible, insistai-je.

Mrs Maxwell jouait machinalement avec l'un des ourlets défaits de son poignet de sweat-shirt. Elle portait de petites boucles d'oreilles en argent qui avaient la forme de croix, comme son pendentif.

Marino prit le relais :

— Pendant que le Dr Scarpetta parle à votre fils, on pourrait discuter tous les trois.

— Ce policier qui est mort a déjà questionné Wren, précisa le père.

D'un ton qui impliquait qu'il se moquait de qui avait pu parler à leur fils, Marino acquiesça :

— Je sais. Nous ne serons pas longs.

— En ce cas, d'accord, me lança Mrs Maxwell.

Je gravis, derrière elle, les marches nues. Le second étage

ne comprenait que peu de chambres et le palier était si violemment éclairé que mes yeux me firent mal. Aucun des recoins de la maison ou de la propriété des Maxwell ne semblait pouvoir échapper à ces flots lumineux. Je suivis Mrs Maxwell dans la chambre de Wren, qui nous attendait en pyjama, debout au milieu de la pièce. Il nous dévisagea comme si nous venions de le surprendre au beau milieu de quelque chose qui ne nous était pas destiné.

— Pourquoi n'es-tu pas au lit, mon fils ? demanda Mrs Maxwell d'une voix plus fatiguée que fâchée.

— J'avais soif.

— Tu veux que j'aille te chercher un autre verre d'eau ?

— Non, ça va.

Je compris tout de suite pourquoi Emily avait trouvé « si mignon » ce petit garçon. Il avait grandi tout en hauteur, plus vite que ses muscles, et ses cheveux blonds comme les blés tombaient sans cesse devant ses yeux bleu sombre. Ses cheveux raides étaient assez longs et ébouriffés et il avait une peau magnifique. Il avait rongé ses ongles au sang. Plusieurs petits bracelets en cuir tressé serraient son poignet, le genre de bracelets qu'on ne peut retirer sans les couper. À cela, je devinais qu'il était la vedette de sa classe surtout avec les filles, et j'étais sûre qu'il les rudoyait.

— Wren, c'est le Dr... (Elle me regarda), je suis désolée mais il va falloir que vous me répétiez votre nom.

— Je suis le Dr Scarpetta, Wren.

Je lui souris et l'expression de son visage vira à la stupéfaction.

— Je suis pas malade, répondit-il brusquement.

— Non, ce n'est pas ce genre de docteur, précisa Mrs Maxwell à son fils.

Prouvant que sa curiosité l'emportait sur sa timidité, Wren me demanda :

— Quel genre de docteur vous êtes ?

— Eh bien, c'est un docteur un peu du genre de Lucias Ray.

D'un ton sévère, Wren répondit à sa mère :

— Il est pas docteur, il est croque-mort.

— Allez, rentre dans ton lit, ou tu vas prendre froid, mon fils. Dr Scarletti, vous pouvez vous asseoir sur cette chaise ? Je suis en bas.

— Elle s'appelle *Scarpetta*, jeta l'enfant à sa mère qui refermait déjà la porte.

Il grimpa dans son petit lit et tira sur lui la couverture en laine rose chewing-gum. Derrière les rideaux fermés dont les motifs s'inspiraient du base-ball, je distinguais la silhouette de trophées. Sur les murs lambrissés de pin étaient accrochés des posters de toutes les stars sportives et je n'en reconnus aucune si ce n'est Michael Jordan qui, chaussé de Nikes, ressemblait à un magnifique dieu aérien. Je rapprochai la chaise du lit de Wren et, soudain, je me sentis vieille.

— Quel sport pratiques-tu ? demandai-je

— Je joue pour les Yellow Jackets, répondit-il d'un ton ravi puisqu'il venait de trouver grâce à moi un excellent prétexte pour rester éveillé après l'heure.

— Les Yellow Jackets ?

— Oui, c'est mon équipe junior. Vous savez, on bat tout le monde dans le coin. C'est pour cela que je suis surpris que vous n'ayez jamais entendu parler de nous.

— Oh, je suis sûre que je vous connaîtrais si j'habitais par ici, Wren. Mais j'habite loin.

Il me considéra comme si j'étais une étrange créature de zoo, derrière une cage vitrée.

— Je joue aussi au basket-ball. Je sais même dribbler entre mes jambes. Je suis sûr que vous ne savez pas faire ça.

— Tu as parfaitement raison, je ne sais pas. J'aimerais que tu me parles de ton amitié avec Emily Steiner.

Il baissa le regard vers ses mains qui tripotaient nerveusement le bord de la couverture.

— Tu la connaissais depuis longtemps ? insistai-je.

— Je la voyais comme ça. On est dans le même groupe

d'ados à l'église. (Il me regarda.) En plus, on est dans la même classe, mais pas avec le même professeur principal. Moi j'ai Mrs Winters.

— Et tu as connu Emily dès que ses parents se sont installés ici ?

— Oui, je crois bien. Ils venaient de Californie. Maman dit que s'ils ont des tremblements de terre là-bas, c'est parce que les gens ne croient pas à Jésus.

— Je crois qu'Emily t'aimait beaucoup. En fait, on pourrait même dire qu'elle avait un béguin pour toi. Tu en étais conscient ?

Il acquiesça d'un mouvement de tête, les yeux à nouveau baissés.

— Wren, est-ce que tu pourrais me raconter la dernière fois que tu l'as vue ?

— C'était à l'église. Elle avait amené sa guitare parce que c'était son tour.

— Son tour de quoi ?

— De jouer. En général, Owen et Phil jouent du piano, mais de temps en temps Emily jouait de la guitare. Elle ne jouait pas très bien.

— Est-ce-que tu devais la rencontrer cet après-midi-là, à l'église ?

Le rouge envahit ses joues et il se mordit la lèvre inférieure pour l'empêcher de trembler.

— Tout va bien, Wren. Tu n'as rien fait de mal.

— Je lui avais demandé de me rencontrer un peu avant les autres, murmura-t-il.

— Et comment a-t-elle réagi ?

— Elle a dit d'accord, mais qu'il ne fallait pas en parler.

Continuant à le pousser, je poursuivis :

— Et pourquoi voulais-tu la voir avant les autres ?

— Je voulais juste savoir si elle viendrait.

— Pourquoi ?

Son visage était maintenant cramoisi et il avait toutes les

La Séquence des corps 159

peines du monde à retenir ses larmes. Il déclara simplement :

— Je sais pas.

— Wren, dis-moi ce qui s'est passé.

— Je suis allé jusqu'à l'église en bicyclette pour voir si elle y était.

— Il était à peu près quelle heure, à ce moment-là ?

— Je sais pas. Mais c'était au moins une heure avant que la réunion du groupe ne commence. J'ai regardé par la fenêtre et je l'ai vue à l'intérieur de l'église. Elle était assise par terre et elle jouait de la guitare.

— Et puis ?

— Je suis parti et je suis revenu à cinq heures, l'heure prévue pour la réunion, avec Paul et Will. Ils habitent par là, précisa-t-il en pointant du doigt.

— Est-ce que tu as dit quelque chose à Emily ?

Les larmes dévalèrent le long de ses joues et il les essuya d'un geste énervé.

— J'ai rien dit du tout. Elle n'arrêtait pas de me fixer mais j'ai fait comme si je ne la voyais pas. Elle avait de la peine. Jack lui a demandé ce qui n'allait pas.

— Qui est Jack ?

— C'est l'animateur de notre groupe. Il est au collège Anderson de Montreat. Il est vachement gros et il a une barbe.

— Et qu'a répondu Emily lorsque Jack lui a demandé ce qui n'allait pas ?

— Elle a dit qu'elle avait l'impression d'avoir attrapé la grippe et puis elle est partie.

— Et c'était à peu près à quel moment ?

— C'est au moment où je suis allé chercher le petit panier sur le dessus du piano, parce que c'était mon tour de faire la quête.

— C'était donc presque à la fin de votre réunion ?

— Oui, c'est ça. Elle a pris le raccourci.

Il se mordit la lèvre inférieure et serra si fort sa couverture que les os fins de sa main se dessinèrent sous la peau.

— Et comment sais-tu qu'elle a emprunté le raccourci ?

Il leva les yeux et me regarda en reniflant bruyamment. Je lui tendis une poignée de mouchoirs en papier et il se moucha.

— Wren, insistai-je, as-tu véritablement vu de tes yeux Emily s'engager dans le raccourci ?

— Non, madame, répondit-il faiblement.

— Quelqu'un d'autre l'aurait-il vue ?

Il haussa les épaules.

— Alors pourquoi le dis-tu ?

— C'est ce que tout le monde dit, répondit-il simplement.

— De la même façon que tout le monde a parlé de l'endroit où l'on avait découvert son corps, n'est-ce-pas ?

J'avais adopté un ton doux mais voyant qu'il ne répondait pas, j'insistai de façon un peu plus autoritaire :

— Tu sais exactement où c'est, n'est-ce pas, Wren ?

— Oui, madame, murmura-t-il.

— Tu peux me parler de cet endroit ?

Le regard fixé sur ses mains, il répondit :

— Oh, c'est juste un coin où vont souvent pêcher les gens de couleur. C'est plein de mauvaises herbes et de vase et il y a d'énormes crapauds et des serpents qui se cachent dans les arbres. C'est là qu'elle était. C'est un monsieur noir qui l'a retrouvée et elle n'avait plus qu'une de ses chaussettes et il a eu tellement peur qu'il est devenu tout blanc, aussi blanc que vous. C'est après que papa a posé toutes les lumières.

— Les lumières ?

— Il a mis tous ces projecteurs dans les arbres et partout. Ça m'empêche de dormir et après maman n'est pas contente.

— C'est ton père qui t'a dit où on avait retrouvé le corps d'Emily ?

Wren fit un geste de dénégation de la tête.

La Séquence des corps　　161

— Alors qui ?
— C'est Creed.
— Creed ?
— C'est un des gardiens à l'école. Il fait des cure-dents et on les lui achète. Ça vaut un dollar les dix cure-dents. Il les fait tremper dans de la menthe ou dans la cannelle. Moi, je préfère ceux à la cannelle parce que c'est plus fort, c'est comme des Fireballs. Quelquefois, quand je n'ai plus assez d'argent de poche, je lui échange les cure-dents contre des bonbons. Mais il faut en parler à personne, hein, ajouta-t-il, soudain inquiet.

Un signal d'alarme résonna dans mon cerveau et je m'enquis :

— À quoi ressemble Creed ?
— Je sais pas trop. Ça doit être un latino parce qu'il porte toujours des chaussettes blanches dans ses bottes. Je crois qu'il doit être très vieux.

Il soupira.

— Tu connais son nom de famille ?

Wren fit non de la tête.

— Cela fait-il longtemps qu'il travaille dans votre école ?

Wren fit un autre petit mouvement de tête avant de répondre :

— Il a remplacé Albert. Albert est tombé malade à cause des cigarettes et il a fallu lui retirer le poumon.

— Wren, Emily et Creed se connaissaient-ils ?

Son débit s'accentua soudain :

— On s'amusait à embêter Emily en lui disant que Creed était son petit ami parce qu'un jour il lui a offert des fleurs qu'il avait ramassées. Et il lui donnait aussi des bonbons, parce qu'elle n'aimait pas les cure-dents. Parce que vous savez, il y a plein de filles qui préfèrent les bonbons et qui n'aiment pas les cure-dents.

— Oui, répondis-je avec un sourire sinistre, je crois bien que beaucoup de filles préfèrent les bonbons.

Avant de quitter le petit garçon, la dernière chose que je

tentai de savoir fut s'il s'était rendu à l'endroit où l'on avait retrouvé le corps d'Emily. Il m'assura que non.

— Je crois qu'il dit la vérité, expliquai-je à Marino lorsque nous rejoignîmes la voiture, abandonnant la maison illuminée des Maxwell.

— Pas moi. Moi, je crois qu'il ment comme un arracheur de dents parce qu'il a peur que son vieux lui tanne la peau du cul à coups de martinet.

Il baissa le chauffage et poursuivit :

— Cette caisse chauffe mieux que toutes celles que j'ai eues. La seule chose que je regrette, c'est qu'elle n'ait pas un chauffage inclus dans les sièges comme dans votre Mercedes.

— La façon dont il décrit cet endroit indique qu'il n'y a jamais mis les pieds. Je ne crois pas que ce soit lui qui ait laissé les bonbons là-bas, Marino.

— Alors qui ?

— Que savez-vous au sujet d'un gardien de l'école, un certain Creed ?

— Rien du tout.

— Je crois qu'il faudrait que vous le trouviez. Par ailleurs, je vais vous apprendre autre chose : je ne crois pas qu'Emily ait emprunté le raccourci autour du lac lorsqu'elle est rentrée chez elle après sa réunion à l'église.

— Bordel ! Je déteste quand vous faites des trucs comme ça. Juste au moment où les choses commencent à se mettre un peu en place, il faut que vous secouiez tout, comme les pièces d'un puzzle de merde dans sa boîte.

— Marino, j'ai moi-même parcouru ce chemin. Il est invraisemblable qu'une petite fille de onze ans, et du reste quiconque, ait choisi un tel itinéraire, alors que la nuit tombait. Je vous rappelle, qu'à six heures, c'est-à-dire approximativement lorsque Emily a quitté l'église, il devait faire presque nuit noire.

— Alors, elle a menti à sa mère, dit Marino.

— Cela m'en a tout l'air, mais pourquoi ?

— Peut-être qu'elle préparait un coup ?

— Dans quel genre ?

— Qu'est-ce que j'en sais, moi ? Vous avez du scotch dans votre chambre, car je suppose que ce n'est même pas la peine de vous demander si vous avez du bourbon ?

— Gagné, je n'ai pas de bourbon.

Cinq messages m'attendaient au *Travel Eze*. Trois d'entre eux émanaient de Benton Wesley. Le FBI envoyait un hélicoptère me chercher demain à l'aube.

Lorsqu'enfin je parvins à joindre Wesley, il m'annonça de façon assez cryptique :

— Entre autres choses, nous nous trouvons dans une situation assez embarrassante au sujet de votre nièce. On vous ramène directement à Quantico.

Mon estomac se contracta et je m'enquis :

— Que s'est-il passé ? Lucy va bien ?

— Kay, cette ligne téléphonique n'est pas protégée.

— Mais elle va bien ?

— Physiquement, oui, elle va bien.

10

Lorsque je m'éveillai le lendemain matin, une brume épaisse me cachait les montagnes. Mon voyage vers le nord s'en trouvait remis à l'après-midi, et je décidai d'aller courir dans l'air froid et humide.

Je longeai des maisons confortables, dépassant des voitures sans ostentation garées le long des allées. Un colley nain aboyait frénétiquement contre les feuilles mortes qui tombaient des arbres et courait en tous sens dans un petit jardin clos d'une chaîne. La scène me fit sourire. Sa maîtresse sortit de la maison et lança :

— Enfin, Shooter, tais-toi !

La femme était vêtue d'une robe de chambre matelassée et de petites mules duvetées. Elle avait ses rouleaux sur la tête. De toute évidence, sa tenue ne l'empêchait pas de sortir de chez elle. Elle ramassa les journaux déposés sur son porche, et les tapa dans sa paume en réitérant ses reproches au chien. Je me dis soudain, qu'avant le meurtre d'Emily Steiner, la seule chose que devaient redouter les habitants de cet endroit du monde était qu'un voisin indélicat ne dérobe leurs journaux ou ne garnisse les arbres de leur jardin de papier toilette.

Les cicadiers poursuivaient inlassablement leur petit chant amidonné de la veille et les caroubiers et les pois de senteur étaient humides de rosée. Aux environs de onze heures, une pluie froide commença de tomber et j'avais l'impression d'être en mer, cerclée par des eaux sombres. Le soleil semblait être un hublot et je songeai que si je parvenais à le percer de mon regard, pour passer de l'autre côté, peut-être alors, trouverai-je la fin de ce jour si gris.

Il était deux heures et demie passées lorsqu'enfin le temps s'améliora suffisamment pour me permettre de partir. On m'avertit que l'hélicoptère ne pourrait pas se poser sur le terrain de sport du collège parce que les War Horses et les majorettes s'y entraînaient. Je devais retrouver Whit dans une prairie située dans l'enceinte de la robuste arche double en pierre qui délimitait le début d'une petite ville nommée Montreat, aussi presbytérienne que la prédestination, et située à quelques kilomètres seulement de mon hôtel.

La police de Black Mountain parvint au lieu de rendez-vous en même temps que moi, c'est-à-dire avant que Whit n'apparaisse. J'attendis, assise dans une voiture de patrouille garée dans un chemin de terre, en regardant les enfants

La Séquence des corps 165

jouer à une espèce de balle aux prisonniers. Les garçons couraient après les filles qui couraient après les garçons et chacun convoitait la petite gloire qui consistait à arracher un chiffon rouge de la ceinture d'un adversaire. Les cris des voix jeunes me parvenaient, portés par un vent puissant qui parfois soulevait la balle pour l'envoyer dans les bosquets serrés qui délimitaient le contour de la prairie. Lorsque la balle s'élevait suffisamment haut pour finir dans un églantier ou sur la route, tous s'immobilisaient en silence. L'égalité des sexes était renvoyée aux vestiaires pour un moment, les garçons allaient chercher la balle et les filles attendaient. Puis, ils revenaient et la partie recommençait.

Enfin, je perçus le bruit caractéristique des pales de l'hélicoptère et fus désolée de devoir interrompre ces innocents jeux. Les enfants se figèrent, émerveillés, et contemplèrent la lente descente bruyante du Bell JetRanger vers le milieu du terrain. Lorsque nous nous élevâmes au-dessus des arbres, je leur fis de petits signes de la main.

Le soleil se posa sur la ligne d'horizon comme Apollon se couchant pour dormir, puis, le ciel devint aussi épais que l'encre d'un poulpe. Les étoiles nous demeurèrent cachées lorsque nous parvînmes en vue de l'Académie. Benton Wesley, qu'on avait tenu informé par radio de notre approche, nous attendait sur la piste d'atterrissage. Au moment où je mis pied par terre, son bras se posa sur le mien et il m'entraîna à sa suite.

— Venez, dit-il. (Puis, baissant la voix). C'est bon de vous revoir, Kay.

La pression de ses doigts sur mon avant-bras me perturbait. Il poursuivit :

— L'empreinte que nous avons retrouvée sur la culotte de Ferguson provient de Denesa Steiner.

— Quoi ?

Il me guida rapidement dans l'obscurité.

— Par ailleurs, les tests hématologiques qui ont été pratiqués sur les tissus que nous avons retrouvés dans le congé-

lateur de Ferguson prouvent que la victime était de groupe
O positif. Nous attendons les résultats de l'expertise sur
l'ADN, mais il semble que Ferguson ait volé la lingerie de
Mrs Steiner lorsqu'il s'est introduit chez elle pour enlever
Emily.

— Vous voulez dire : *lorsque quelqu'un s'est introduit
pour enlever Emily !*

— Vous avez raison. Gault nous joue peut-être des tours.

— Benton, que vouliez-vous dire ? Quelle situation
embarrassante, où est Lucy ?

Nous pénétrâmes dans le hall d'accueil du bâtiment Jefferson et il répondit :

— Elle doit être dans sa chambre.

La lumière me fit cligner des yeux et le panneau qui indiquait « Bienvenue au FBI » ne me remonta pas le moral. Je
ne me sentais pas la bienvenue, cette nuit.

Il passa sa carte magnétique dans la serrure qui fermait
les portes en verre arborant les emblèmes du département
de la justice et du FBI. J'insistai :

— Mais qu'a-t-elle fait ?

— Un peu plus tard.

— Comment se portent votre main et votre genou ?

— Bien mieux depuis que j'ai consulté un médecin.

— Merci ! lançai-je sèchement

— C'est à vous que je faisais allusion. Vous êtes le seul
médecin que j'aie vu.

— Puisque je suis là, je devrais nettoyer vos points de
suture.

— Ce ne sera pas nécessaire.

— J'ai juste besoin d'eau oxygénée et de coton. Vous
n'aurez pas mal.

Nous traversâmes la pièce qui servait au nettoyage des
armes et je sentis l'odeur caractéristique du Hoppes.

Nous empruntâmes l'ascenseur pour descendre vers les
locaux qu'occupait la Support Unit, la lave du ventre du
FBI. Wesley y régnait sur onze autres profileurs, mais aucun

La Séquence des corps 167

d'entre eux n'était encore là à cette heure tardive. J'avais toujours beaucoup aimé la façon dont Wesley habitait cet espace, car c'était un homme sensible et discret et il fallait comprendre cela pour comprendre Wesley.

Alors que la majorité des gens dont les professions ont un rapport quelconque avec la loi ou son application aiment à orner les murs de leurs bureaux de citations élogieuses, ou de souvenirs rappelant leur action contre le vice et le crime, Wesley avait préféré accrocher des tableaux. Certaines de ces toiles étaient d'excellente facture. Celle que je préférais était un paysage de Valoy Eaton, plein de vie, expansif. Du reste, j'étais convaincue qu'Eaton pouvait se comparer à Remington et, qu'un jour, ses tableaux se vendraient aussi cher. J'ai, moi aussi, plusieurs huiles d'Eaton chez moi, et le plus amusant c'est que Wesley et moi avons découvert cet artiste de l'Utah, chacun de notre côté.

Bien sûr, Wesley, comme les autres, avait quelques souvenirs exotiques, mais il choisissait ceux qui avaient véritablement une signification pour lui : la casquette blanche de la police viennoise, celle en peau d'ours que portent les Cold Stream Guards, une paire d'éperons de gaucho argentin en argent. Rien de tout cela n'avait de rapport avec les tueurs en série, ni aucune des atrocités qui étaient le lot quotidien de Wesley. C'étaient, pour la plupart, des présents offerts par des amis voyageurs comme moi. Du reste, Wesley possédait de nombreux souvenirs de notre relation, parce que lorsque les mots me font défaut, je m'exprime par symboles. Ainsi, ce poignard italien dans son fourreau, un pistolet à la crosse incrustée d'ivoire, et ce stylo-plume Mont-Blanc qu'il portait en permanence dans la poche de sa chemise, au-dessus de son cœur.

Attrapant une chaise, je commençai :

— Parlez-moi, qu'est-ce qui se passe ? Ça n'a pas l'air d'aller.

— Ça ne va pas.

Il desserra son nœud de cravate et se passa une main dans les cheveux avant de poursuivre :

— Kay, mon Dieu, je ne sais pas comment vous dire cela.

— Eh bien dites-le, c'est tout, répondis-je alors que mon sang se glaçait dans mes veines.

— Il semble que Lucy se soit introduite par effraction dans l'ERF, en forçant le système de sécurité.

Incrédule, je demandai :

— Comment peut-elle s'être introduite par effraction puisqu'elle a le droit de s'y trouver, Benton ?

— Non, pas à trois heures du matin, et c'est à ce moment-là que le détecteur a enregistré l'empreinte de son pouce posé sur la serrure biométrique.

Je le fixai, ne parvenant pas à croire ce qu'il m'annonçait.

— De surcroît, Kay, votre nièce n'a certainement pas l'autorisation de fouiller dans des dossiers top-secret faisant partie de projets hautement confidentiels.

Je me risquai à lui demander à quels projets il pensait.

— Il semble bien que votre nièce soit entrée dans des fichiers qui font partie de projets de systèmes d'électro-optique, d'imagerie thermique et d'amplification de signaux visuels ou sonores. Il semble aussi qu'elle ait fait une copie d'un programme électronique qui a trait à la gestion des enquêtes et sur lequel elle travaillait pour nous.

— Vous voulez dire de CAIN ?

— C'est cela.

— Dans quoi n'a-t-elle pas pénétré, en ce cas ?

— Eh bien, c'est tout le problème. Elle a réussi à s'introduire dans presque tous les programmes, aussi est-il très difficile pour nous de comprendre ce qu'elle cherchait vraiment et pour le compte de qui.

— Les appareils sur lesquels travaillent vos ingénieurs sont-ils réellement top-secrets ?

— Quelques-uns, et de toute façon toutes les techniques que nous utilisons le sont du point de vue de la sécurité. Le

La Séquence des corps 169

FBI ne tient surtout pas à ce que l'on sache quel genre de stratégie il utilise dans tel ou tel type de cas.

— Elle n'a pas pu faire une chose comme cela, déclarai-je.

— Nous savons qu'elle l'a fait, la question qui reste à résoudre c'est de savoir pourquoi ?

Ravalant les larmes qui menaçaient de couler, je persistai :

— Bien, alors, selon vous, pourquoi l'a-t-elle fait ?

— L'argent. Cela me semble la réponse la plus évidente.

— C'est grotesque ! Si elle a besoin d'argent, elle sait qu'elle peut m'en demander.

Wesley se pencha vers moi et croisa les mains sur son bureau :

— Kay, avez-vous seulement une idée de ce que valent certaines des informations contenues dans ces programmes ?

Je ne répondis pas.

— Imaginez, par exemple, que l'ERF mette au point un appareil de surveillance qui soit capable de filtrer les bruits parasites et qui nous permette d'avoir connaissance de presque toutes les conversations, partout dans le monde. À votre avis, qui adorerait connaître tous les détails de nos systèmes de prototypage rapide ou de nos satellites tactiques ? Dans le cas présent, qui donnerait très cher pour savoir comment fonctionne le système d'intelligence artificielle sur lequel travaillait Lucy ?

Je tendis la main pour l'interrompre et m'exclamai dans un souffle :

— Assez !

— Alors c'est à vous de me dire pourquoi elle a fait cela. Vous la connaissez mieux que moi.

— J'ai l'impression de ne plus la connaître si bien. Et en attendant, je ne crois pas qu'elle ait pu faire une telle chose, Benton.

Il demeura un instant silencieux, son regard fixé ailleurs, puis ses yeux revinrent vers moi.

— Vous m'avez dit qu'elle buvait trop et que vous vous faisiez du souci. Vous pouvez me donner des précisions à ce sujet ?

— Je crois qu'elle boit comme elle fait tout le reste, avec exagération. Lucy n'a pas un tempérament modéré, elle a une personnalité extrémiste. Avec Lucy, tout est toujours soit excellent soit très mauvais, jamais au milieu.

Au moment où je prononçai ces phrases, je savais qu'elles ne feraient que conforter Wesley dans ses soupçons.

— Je vois, dit-il. Il y a des alcooliques dans sa famille ?

— Je finis par me dire qu'il existe des alcooliques dans n'importe quelle famille, répondis-je avec amertume. Mais oui, son père était alcoolique.

— C'était votre beau-frère ?

— Très brièvement, oui. Comme vous le savez, ma sœur Dorothy a été mariée quatre fois.

— Lucy a découché à plusieurs reprises. Étiez-vous au courant ?

— Non, je ne le savais pas. Était-elle dans sa chambre lorsqu'on a forcé le système de sécurité ? Elle a une compagne de chambre et des camarades de dortoir.

— On ne sait pas, d'autant qu'elle pouvait sortir discrètement lorsque tout le monde dormait. Êtes-vous en bons termes avec votre nièce, Kay ? demanda-t-il ensuite.

— Pas vraiment.

— À votre avis, a-t-elle pu faire une chose pareille, pour vous blesser, pour se venger ?

Je sentis la colère monter et j'en voulus à Wesley :

— Non. Et je ne souhaite pas du tout que vous vous serviez de moi pour profiler ma nièce !

La voix de Wesley se fit douce :

— Kay, je n'ai pas plus envie que vous que Lucy soit impliquée dans tout cela. Je vous rappelle que c'est moi qui l'ai recommandée. C'est encore moi qui ai insisté pour que nous l'engagions définitivement après son diplôme à l'université de Virginie. À votre avis, comment croyez-vous que je me sente ?

— Il y a forcément une autre explication à ce qui s'est passé.

Il hocha la tête doucement en signe de dénégation :

— Même si quelqu'un avait trouvé le numéro personnel d'identification de Lucy, cette personne n'aurait pas pu pénétrer dans la salle parce que le système de sécurité biométrique ne fonctionne qu'après avoir scanné les empreintes digitales. Il fallait donc le doigt de Lucy.

— Alors, elle souhaitait qu'on la démasque. Lucy est bien placée pour savoir que si elle entre dans des fichiers protégés, elle va laisser des traces, le moment où elle entre, celui où elle en sort, les indices d'une recherche sur l'ordinateur et d'autres choses.

— Oui, je suis d'accord avec vous. Elle le sait mieux que quiconque et c'est pour cela que je cherche quelles ont été ses raisons. En d'autres termes, que voulait-elle prouver, qui voulait-elle blesser ?

— Benton ? Qu'est-ce qui va se passer ?

— L'OPR lance une enquête officielle, répondit-il en faisant référence à la section du FBI chargée de déterminer les responsabilités professionnelles des agents, l'équivalent du Bureau des Affaires Internes, la police des polices.

— Et si elle est coupable ?

— Cela dépendra si nous pouvons prouver qu'elle a vraiment volé quelque chose. En ce cas, c'est considéré comme un crime, pas comme un délit.

— Et si elle n'a rien volé ?

— Encore une fois tout dépendra de ce que découvre l'OPR. Mais, de toute façon, je crois qu'on peut d'ores et déjà partir du principe que Lucy a, au moins, forcé nos codes de sécurité, ce qui signifie que son avenir au FBI est terminé.

J'avais la bouche si sèche que je pus à peine articuler :

— Elle va être désespérée.

Le regard de Wesley était assombri de fatigue et de déception. Je savais à quel point il appréciait Lucy. De ce ton plat qu'il adoptait lorsqu'il passait en revue les éléments d'un dossier, il poursuivit :

— Pour l'instant, elle ne peut pas rester à Quantico. On lui a déjà demandé de faire ses valises. Le mieux serait sans doute qu'elle habite chez vous à Richmond jusqu'à ce que l'enquête soit terminée.

— Bien sûr, mais vous savez que je n'y serai pas tout le temps.

— On ne la place pas en détention à domicile, Kay.

Son regard se fit plus chaleureux durant quelques instants. J'entr'aperçus, de façon très fugace, ce qui s'agitait dans l'eau sombre et fraîche qui habitait cet homme.

Il se leva. L'imitant, je lâchai :

— Je vais la conduire à Richmond ce soir.

— J'espère que tout ira bien pour vous, Kay.

Je savais ce qu'il sous-entendait par là, mais je savais également que je ne pouvais pas me permettre d'y penser maintenant.

— Merci, répondis-je.

D'étranges impulsions éclatèrent entre mes neurones et c'était comme si un combat sauvage se livrait dans mon cerveau.

Lucy était en train de défaire les draps de son lit lorsque je la retrouvai dans sa chambre un peu plus tard. Elle me tourna le dos lorsque j'entrai.

— Je peux te donner un coup de main ? demandai-je.

Elle fourra les draps dans une taie d'oreiller.

— Non. Je m'en sors.

Sa chambre était meublée très sobrement, de deux petits lits jumeaux, deux bureaux et des chaises en chêne plaqué :

La Séquence des corps   173

les meubles standards de l'administration. Si selon les critè-
res Yuppie, on pouvait dire que les chambres du dortoir
Washington étaient bien tristes, elles n'étaient pas si mal si
on les considérait comme des chambres de baraquement
militaire. Je me demandai où étaient passées les camarades
de dortoir de Lucy ainsi que sa compagne de chambre et si
ils étaient au courant de ce qui se passait.

— Si tu veux, tu peux vérifier dans la penderie que je
n'ai rien oublié. C'est celle de droite, jette aussi un œil dans
les tiroirs.

— Tout est vide à l'exception des portemanteaux. Ceux
qui sont matelassés. Ils sont à toi ?

— Ils sont à ma mère.

— Tu veux les prendre ?

— Non. Laisse-les pour le prochain imbécile qui se fait
piéger ici.

— Lucy, ce n'est pas la faute du Bureau.

Elle s'agenouilla sur sa valise pour la fermer et dit :

— Ce n'est pas juste. Où est passé le fameux « tout le
monde est innocent jusqu'à ce qu'on prouve le contraire » ?

— D'un strict point de vue légal, tu es innocente jusqu'à
ce qu'on prouve que tu es coupable. D'un autre côté, tu ne
peux pas en vouloir au FBI de ne pas souhaiter que tu tra-
vailles dans des domaines protégés jusqu'à ce qu'on puisse
expliquer cette brèche dans le système de sécurité. Par ailleurs, tu n'es pas arrêtée. On te demande simplement de
t'absenter pour quelque temps.

Elle se retourna vers moi, son épuisement se lisait dans
son regard et ses yeux étaient rougis.

— Pour quelque temps signifie pour toujours.

Une fois dans la voiture, je tentai de lui poser des questions. Elle alternait entre des sanglots pitoyables et des
bourrasques capables d'enflammer tout ce qui passait à portée. Et puis, elle s'endormit et je n'en savais pas plus qu'au
début. Une pluie glaciale commença de tomber et j'allumai
les feux de brouillard pour suivre la procession de feux

arrière qui me précédaient et dont la brillante lumière rouge zébrait l'obscurité. Par instants, la pluie et les nuages se rassemblaient en tournoyant, rendant la visibilité presque nulle. Plutôt que de me garer et d'attendre que la tempête se calme, je rétrogradai et poursuivis ma route dans ma machine d'acier, de cuir souple et de robuste bois de noyer.

Je ne savais toujours pas vraiment pour quelle raison j'avais acheté ma Mercedes 500E gris anthracite, si ce n'est qu'après la mort de Mark, il m'avait semblé essentiel de conduire une voiture neuve. C'était probablement parce que tant de souvenirs étaient liés à mon ancien véhicule. Nous nous étions désespérément aimés et déchirés dedans. Ou, peut-être était-ce simplement parce que la vie devenait plus dure, que je vieillissais et que j'avais besoin d'une sensation de pouvoir pour me rassurer.

Lorsque je rejoignis Windsor Farms, je sentis Lucy bouger. Windsor Farms est un des vieux quartiers de Richmond, celui où j'habite au milieu d'imposantes maisons de style Géorgien ou Tudor, pas très loin des berges de la rivière James. Les petits catadioptres des chevilles d'un jeune garçon que je ne connaissais pas et qui pédalait sur son vélo se réfléchirent dans la lumière de mes phares. La voiture dépassa un couple qui se tenait par la main et promenait leur chien. Il ne me sembla pas non plus les avoir jamais croisés. Les arbres à gomme avaient encore laissé choir leur cargaison de graines hérissées dans mon jardin, plusieurs journaux toujours roulés attendaient sur le perron et les grosses poubelles n'avaient pas bougé du bord du trottoir. Il suffisait de peu de temps pour que je me sente comme une étrangère et pour que ma maison ait l'air abandonnée.

Lucy monta les valises pendant que j'allumais le gaz sous les bûches de la cheminée et préparais une théière de Darjeeling. Je demeurai un moment assise en face du feu, seule, écoutant les bruits de ma nièce qui s'installait, puis prenait une douche, et n'avait pas l'air de se presser. Nous devions avoir une conversation dont la perspective nous terrorisait l'une comme l'autre.

Lorsque je l'entendis pénétrer dans le salon, je demandai :

— Tu as faim ?

— Non. Tu as de la bière ?

J'hésitai un peu, puis répondis :

— Dans le réfrigérateur du bar.

Je l'écoutai bouger encore un moment sans me retourner, parce que lorsque je regardais Lucy, je la voyais comme j'aimais qu' elle soit. Dégustant mon thé à petites gorgées, je dus rassembler tout mon courage pour affronter cette jeune femme, terriblement belle et follement intelligente, avec laquelle je partageais des bribes de code génétique. Après toutes ces années, il était enfin temps que nous nous rencontrions.

Elle s'approcha de l'âtre et s'assit par terre en s'adossant au manteau de pierre de la cheminée. Elle buvait sa bière Icehouse au goulot. Elle m'avait emprunté un survêtement aux couleurs flamboyantes que je portais lors des rares occasions où je jouais au tennis. Elle était pieds nus et ses cheveux mouillés étaient coiffés en arrière. Je me rendis soudain compte que si elle m'était inconnue et que je la dépasse dans la rue, je me retournerais pour la regarder. Ce n'était pas seulement à cause de sa jolie silhouette, ni même de son visage. L'aisance avec laquelle Lucy parlait, marchait, la façon dont elle savait guider son corps et son regard dans les moindres gestes s'imposaient à tous ceux qui la rencontraient. On avait l'impression que tout était facile pour elle, et c'est sans doute pour cette raison qu'elle n'avait pas beaucoup d'amis.

J'attaquai :

— Lucy, aide-moi à comprendre.

— Je me suis fait baiser, dit-elle en avalant une gorgée de bière.

— Si c'est vrai, comment cela s'est-il produit ?

— Attends un peu. Qu'est-ce que tu veux dire par « si » ?

Elle me fixa d'un regard dur et ses yeux se remplirent de larmes. Elle poursuivit :

— Comment peux-tu penser, ne serait-ce qu'un instant que j'ai... Oh, et puis merde ! À quoi ça sert tout cela !

— Je ne peux pas t'aider si tu ne me dis pas la vérité, Lucy.

Je me levai puis, décidant que je n'avais pas faim non plus, me servis un scotch avec des glaçons. Retournant vers ma chaise, je suggérai :

— Commençons par les faits. Nous savons que quelqu'un a pénétré dans l'ERF aux environs de trois heures du matin, mardi dernier. Nous savons également qu'on s'est servi de ton numéro personnel d'identification et de l'empreinte de ton pouce pour y accéder. On a, par ailleurs, trouvé la trace du passage de cette personne, qui possédait ton numéro personnel et ton empreinte, dans de nombreux dossiers informatiques. Cette personne en est ressortie à 4 heures 38 exactement.

— On m'a tendu un piège, c'est du sabotage.

— Où te trouvais-tu lorsque tout cela s'est produit ?

— Je dormais.

Elle se leva, termina sa bière d'un mouvement coléreux et alla en reprendre une.

Je dégustai lentement mon scotch parce qu'il n'est pas pensable d'avaler d'un coup un Dewar's Mist.

— Il a été rapporté que ton lit était resté inoccupé certaines nuits, dis-je calmement.

— Sans blague ! Eh bien, cela ne regarde personne.

— Si, et tu le sais très bien. Étais-tu dans ta chambre le jour où quelqu'un est entré dans l'ERF ?

— Ça ne regarde que moi, dans quel lit je passe la nuit, quelle nuit et où, personne d'autre.

Nous demeurâmes silencieuses et je songeai à Lucy, assise sur le rebord d'une table de pique-nique, dans la pénombre, son visage seulement illuminé par la flamme d'une allumette qu'une autre femme protégeait dans sa

La Séquence des corps 177

main en coupe. Je me souvins des mots qu'elle lui disait et compris les émotions qu'ils transportaient parce que je connaissais bien le langage de l'intimité. Je sentais toujours lorsque l'amour transparaissait dans la voix de quelqu'un.

— Où te trouvais-tu exactement lorsqu'on a pénétré par effraction dans l'ERF ? Ou devrais-je te demander avec qui tu étais ?

— Je ne te demande pas avec qui tu es.

— Tu n'hésiterais pas si tu savais que cela peut m'éviter pas mal d'ennuis.

— Ma vie privée n'a rien à voir là-dedans, poursuivit-elle.

— Non, ce n'est pas cela. Je crois que ce dont tu as peur, c'est de te sentir rejetée.

— Je ne vois pas de quoi tu veux parler.

— Je t'ai vue l'autre nuit. Tu étais assise dans l'aire de pique-nique et tu parlais à une amie.

Elle détourna le regard :

— Alors maintenant, toi aussi tu m'espionnes ? (Sa voix trembla.) Inutile de perdre ton temps à me sermonner et ce n'est pas la peine de faire jouer la culpabilité catholique, parce que je n'y crois pas.

— Lucy, je ne cherche pas à te juger. (Pourtant, dans un sens, c'est ce que je faisais.) Aide-moi à comprendre.

— C'est donc que, quelque part, tu penses que je suis anormale ou tarée, sans cela, tu n'aurais pas besoin d'apprendre à comprendre. On m'accepterait telle que je suis, c'est tout.

— Ton amie peut-elle témoigner de l'endroit où tu te trouvais à trois heures du matin, cette nuit-là ?

— Non, répondit-elle.

— Je vois.

C'est tout ce que je dis, et le fait que je respecte sa position était une façon de montrer que j'acceptais l'idée que la jeune fille que j'avais connue ait disparu. J'ignorais tout de cette nouvelle Lucy et me demandais ce que j'avais fait de travers.

— Qu'est-ce que tu vas faire ? me demanda-t-elle comme la soirée se traînait.

— J'ai une affaire en Caroline du Nord. J'ai l'impression qu'il faudra que je sois souvent là-bas.

— Et ton bureau, ici ?

— Fielding tient le siège. Je crois qu'il faut que je sois au palais de justice demain matin. En fait, il faut que j'appelle Rose pour vérifier à quelle heure je dois m'y présenter.

— C'est quel genre de dossier ?

— Un meurtre.

— Ça, je m'en serais doutée. Je peux venir avec toi ?

— Si tu veux.

— Oh, peut-être que j'irai plutôt à Charlotteville.

— Pour quoi faire ? demandai-je.

Lucy avait l'air effrayée :

— Je ne sais pas, du reste je ne sais pas non plus comment m'y rendre.

— Tu peux utiliser ma voiture lorsque je ne m'en sers pas. Peut-être que tu pourrais descendre à Miami jusqu'à la fin du semestre et revenir ensuite à l'université ?

Elle avala la dernière gorgée de bière et se leva, les yeux à nouveau pleins de larmes :

— Allez, admets-le, tante Kay : tu penses que c'est moi, n'est-ce pas ?

Je répondis honnêtement :

— Lucy, je ne sais vraiment qu'en penser. Ce que tu me dis est contraire aux faits.

Elle me regarda comme si je venais de lui briser le cœur :

— Moi, je n'ai jamais douté de toi.

— Tu peux rester ici jusqu'après les fêtes de Noël, si tu le désires.

11

Le lendemain matin au tribunal, l'accusé était un des membres du gang de Richmond-nord. Il portait un costume bleu marine à revers croisés et une cravate italienne en soie retenue par un parfait nœud Windsor. Sa chemise blanche était repassée de frais et il était proprement rasé. Il avait enlevé sa boucle d'oreille.

L'avocat de la défense, Tod Coldwell, avait été très vigilant sur la tenue de son client parce qu'il savait que les jurés ont beaucoup de peine à se défaire de cette idée selon laquelle les choses sont forcément ce qu'elles ont l'air d'être. D'un autre côté, je croyais moi aussi à cet axiome, et c'est pour cela que je présentai autant de photos couleur que possible de l'autopsie de la victime. Je crois que l'on pouvait dire, sans risque de se tromper, que Coldwell, propriétaire d'une Ferrari rouge, ne me portait pas dans son cœur.

Ce jour frisquet d'automne, Coldwell pontifiait dans la salle d'audience :

— N'est-il pas exact, Mrs Scarpetta, que les gens qui sont sous l'emprise de la cocaïne peuvent se montrer hyper agressifs et même faire preuve d'une force surhumaine ?

— Il est vrai que la cocaïne peut provoquer des hallucinations et l'excitation de l'utilisateur. (Destinant mes réponses aux jurés, je poursuivis :) Cette force surhumaine à laquelle vous faites allusion, est fréquemment associée à l'usage de la cocaïne ou du PCP, qui est un tranquillisant utilisé pour les chevaux.

— On a retrouvé dans le sang de la victime de la cocaïne ainsi que de la benzoylecgonine, poursuivit Coldwell comme si j'étais d'accord avec ses propos.

— En effet.

— Mrs Scarpetta, pourriez-vous expliquer au jury ce que cela signifie ?

— Je voudrais d'abord expliquer aux membres du jury

que je suis médecin et que je possède un diplôme de droit. Je suis titulaire d'une spécialisation en pathologie avec une option en médecine légale, ainsi que vous l'avez déjà précisé, Mr Coldwell. En conséquence de quoi je vous serais reconnaissante de bien vouloir utiliser mon titre plutôt que « Mrs Scarpetta » lorsque vous vous adressez à moi.

— Oui, Madame.

— Pouvez-vous répéter la question ?

— Pourriez-vous expliquer aux jurés ce qu'implique le fait d'avoir de la cocaïne et... (Il consulta ses notes) de la benzoylecgonine dans le sang.

— La benzoylecgonine est le métabolite de la cocaïne. Si l'on trouve les deux substances dans le sang, cela prouve qu'une partie de la cocaïne qu'a consommée la personne a d'ores et déjà été métabolisée alors que l'autre fraction est encore intacte.

Lucy était dans un coin de la salle au fond. Son visage était partiellement dissimulé par une colonne et elle avait l'air désespérée.

— Ce qui pourrait suggérer que cette personne est un drogué chronique, surtout si l'on rapproche cela des nombreuses marques de piqûres déjà anciennes que l'on a trouvées sur ses avant-bras. Cela pourrait également signifier que lorsque mon client s'est retrouvé en face de lui, cette nuit du 3 juillet, il était, de ce fait, confronté à une personne excitée, agitée, violente et qu'il n'avait pas d'autre choix que de se défendre.

Coldwell arpentait le box, et son pimpant client me regardait comme un chat qui battrait de la queue.

— Mr Coldwell, dis-je, la victime — Jonah Jones — a été abattue de seize coups tirés par une arme de calibre neuf millimètres dont le chargeur contient 36 projectiles. Sept de ces balles ont été tirées dans le dos, et trois autres à l'arrière du crâne de Mr Jones, à bout portant. À mon avis, ceci est incompatible avec l'hypothèse selon laquelle le tireur tentait de se défendre. Du reste, l'alcoolémie de

La Séquence des corps   181

Mr Jones était de 0.29(?), c'est-à-dire à peu près trois fois supérieure à la limite légale dans l'état de Virginie. En d'autres termes, les facultés motrices et le jugement de Mr Jones devaient être sérieusement diminués lorsqu'il a été agressé. Très franchement, je me demande même comment il pouvait tenir debout.

Coldwell se retourna vivement vers le juge Poe, qu'on avait surnommé le « Corbeau » d'aussi loin que je me souvienne. Le juge Poe était las, jusqu'au plus profond de lui même, des dealers qui s'entretuaient, des enfants qui amenaient des armes à l'école et se tiraient dessus dans les bus de ramassage scolaire.

— Votre Honneur, s'exclama Coldwell d'un ton théâtral, je souhaite que la dernière affirmation de Mrs Scarpetta soit retirée du rapport, c'est une pure spéculation, de la provocation et c'est, de toute évidence, en dehors de ses compétences.

— Eh bien, voyez-vous, Mr Coldwell, je ne crois pas que ce qu'a dit le docteur soit en dehors de son domaine d'expertise. De surcroît, elle vous a déjà demandé poliment de l'appeler, comme il se doit, Dr Scarpetta, enfin, je suis en train de perdre patience avec toutes vos bouffonneries et stratagèmes.

— Mais, votre Honneur...

— En réalité, j'ai déjà eu maintes fois l'occasion d'écouter le Dr Scarpetta durant mes audiences, et je connais parfaitement ses compétences, poursuivit le juge avec son accent caractéristique du sud qui me faisait penser à un ruban de caramel mou qu'on étirerait.

— Votre Honneur... ?

— J'ai l'impression qu'elle voit ces choses-là tous les jours.

— Votre Honneur ?

— Mr Coldwell, tonna le Corbeau dont le crâne chauve virait au pourpre, si vous m'interrompez encore une seule fois, je vous condamne pour injures à la cour et je vous envoie passer quelques nuits dans la prison de la ville. Suis-je bien clair ?

— Oui, votre Honneur.

Lucy allongeait le cou pour mieux voir et tous les jurés étaient sur le qui-vive.

— En conséquence, j'autorise le rapport à faire mention exacte des propos du Dr Scarpetta, continua le juge.

— Pas d'autres questions, conclut Coldwell d'un ton abrupt.

Le juge Poe conclut la séance d'un énergique coup de marteau qui réveilla une femme âgée assise au fond de la salle et qui avait dormi une bonne partie de la matinée. Elle portait un chapeau de paille noire. Surprise, elle se redressa et bafouilla : « qui est-ce ? ». Puis, elle se souvint qu'elle se trouvait dans une des salles d'audience du tribunal et pleura.

Lorsque nous nous levâmes pour aller déjeuner, j'entendis qu'une autre femme lui disait :

— Tout va bien, maman.

Avant de quitter le centre ville, je m'arrêtai au département de la santé, dans les bureaux de l'état civil. Une vieille amie et ancienne collègue en était responsable. Nul ne peut naître ou être enterré en Virginie sans la signature de Gloria Loving. Bien qu'elle soit une vraie fille de Virginie, Gloria connaît tous les officiers de l'état civil du pays. J'avais souvent fait appel à elle dans le passé pour vérifier que quelqu'un avait bien existé, qu'il avait été marié, divorcé, adopté ou qu'il était mort.

On m'informa que Gloria était partie déjeuner à la cafétéria du Madison Building. Il était une heure et quart lorsque je la retrouvai assise seule à une table, avalant un yaourt et un ravier de salade de fruits en boîte. Elle semblait surtout captivée par la lecture d'un gros livre épais, qui, si on en croyait sa couverture illustrée d'une critique du *New York Times*, était un des thrillers de l'année.

— Si je devais me contenter du genre de déjeuners que tu avales, je deviendrais anorexique !

Elle leva la tête, et son expression d'abord vide céda place à un sourire joyeux.

— Dieu du ciel ! Mais qu'est-ce que tu fais ici, Kay ?

— Au cas où ta mémoire te jouerait des tours, je te rappelle que je travaille juste en face.

Ravie, elle éclata de rire :

— Je t'offre une tasse de café ? Oh, ma chérie, tu as l'air épuisée.

Le nom de Gloria Loving était un signe du ciel et elle avait dû grandir pour lui ressembler. C'était une grande femme charpentée d'une cinquantaine d'années, aimante, et pour qui chacun des certificats qui atterrissait sur son bureau était important. Les rapports qu'elle recevait étaient davantage pour elle que de simples bouts de papier ou codes de nosographies. Elle pouvait engager quelqu'un, virer quelqu'un d'autre, ou foudroyer l'assemblée générale à cause de l'un de ces actes, n'importe lequel.

— Non, merci, pas de café, répondis-je.

— Donc, j'ai cru comprendre que tu ne travaillais plus en face.

— J'ai toujours été fascinée par la vitesse à laquelle on me démissionne dès que je m'absente une quinzaine de jours. Je suis consultante au FBI maintenant, et donc, je fais pas mal d'allées et venues.

— Vers des États voisins si j'en crois le journal télévisé ? Même Dan Rather a évoqué le cas de la petite Steiner, l'autre soir. Sur CNN. Qu'est-ce qu'il fait froid ici !

Je contemplais un instant la salle triste de la cafétéria réservée aux fonctionnaires. Fort peu de gens avaient l'air enthousiasmés par leur vie. La plupart étaient avachis au-dessus de leur plateau de déjeuner, leur veste ou leur sweater boutonné jusqu'au menton.

— Ils ont bouclé tous les thermostats à 16 °C pour économiser l'énergie. Ça, c'est vraiment le meilleur gag de tous les temps. En réalité, on est chauffé par la vapeur d'eau bouillante qu'éjecte la fac de médecine de Virginie, alors ils peuvent fermer les thermostats, la vapeur est perdue, on se gèle, mais on n'économise pas un watt.

— Moi, j'ai l'impression qu'il fait beaucoup plus froid que 16 °C, dis-je.

— C'est parce qu' on n'a que 14 °C, c'est-à-dire, à peu de chose près, la température du dehors.

— Si tu veux, tu peux occuper mon bureau en face, ajoutais-je avec un sourire espiègle.

— Hum, et ça doit sûrement être le point le plus chaud de la ville, n'est-ce pas ? Bien, que puis-je faire pour toi, Kay ?

— Il faut que je retrouve la trace d'un bébé décédé d'un syndrome de mort subite. C'est censé s'être produit il y a une douzaine d'années en Californie. Le nom de la petite fille était Mary-Jo Steiner et les parents s'appellent Denesa et Charles.

Gloria comprit tout de suite de quelle affaire il s'agissait, mais en vraie professionnelle ne tenta pas de me questionner.

— D'accord, Kay. Tu connais le nom de jeune fille de Mrs Denesa Steiner ?

— Non.

— Et où cela en Californie ?

— Je ne sais pas non plus.

— Tu crois que tu pourrais trouver ? me demanda-t-elle. Plus je possède d'informations, plus la recherche est efficace.

— Écoute, Gloria, pour l'instant, je préférerais que tu te débrouilles avec ce que j'ai. Si cela ne marche pas, j'essayerai d'avoir plus de précisions.

— Pourquoi as-tu dit « censé » ? Existe-t-il des raisons de croire qu'il pouvait s'agir d'autre chose qu'un syndrome de mort subite ? Il faut que je le sache parce que dans ce cas-là, on peut l'avoir codé différemment.

La Séquence des corps

— D'après ce qu'on m'a dit, l'enfant avait un an au moment du décès. Ce point me chiffonne beaucoup. Comme tu le sais, le syndrome de mort subite frappe principalement des nourrissons âgés de trois à quatre mois. C'est déjà très exceptionnel chez un enfant âgé de six mois, mais à partir d'un an cela ne peut plus s'appeler un syndrome de mort subite du nourrisson, et en général il s'agit plutôt d'une autre forme subtile de mort subite. Alors, en effet, le décès a pu être enregistré sous un autre code.

Gloria joua machinalement avec le sachet de thé qui infusait dans sa tasse :

— Si seulement cela s'était produit en Idaho, j'appellerai Jane. Elle nous ferait une recherche avec le code de nosologie attribué à ce syndrome et on aurait la réponse en deux minutes. Mais la Californie est un des États les plus compliqués. Il y a plus de 32 millions d'habitants. Ça va demander pas mal de recherche. Allez viens, je te raccompagne, ça me fera ma gymnastique pour la journée.

Nous empruntâmes un couloir sinistre rempli de gens désespérés tentant d'obtenir une aide quelconque de l'État.

— L'officier de l'état civil est-il à Sacramento ?

— Oui, je l'appelle dès que je suis remontée.

— Alors tu le connais aussi ?

— Oh, bien sûr. On est seulement cinquante dans tout le pays, tu sais. On n'a personne à qui parler, sauf nous, toute la journée, dit-elle en riant.

Ce soir-là, j'entraînai Lucy à « La petite France », où nous rendîmes les armes au chef Paul qui nous condamna à quelques heures langoureuses passées devant des brochettes d'agneau imprégné de marinade de fruits et une bouteille de château-gruaud-larose 1986. Je lui promis une dégustation de crema di cioccolata eletta dès que nous serions rentrées. Il s'agit d'une délicieuse mousse de chocolat aux pistaches et au marsala et j'en garde toujours au congélateur pour faire face aux urgences culinaires.

Avant de rentrer, nous fîmes un détour par Shocko Bottom, un coin de la ville où je n'aurais pas osé me promener seule quelques années plus tôt, et flanâmes un peu le long de la chaussée pavée éclairée de lampadaires. La rivière était proche et le ciel, parsemé d'étoiles, était d'un bleu intense. Je pensai à Benton, et puis à Marino, et pour des raisons différentes.

Lorsque nous entrâmes chez Cetti's pour prendre un cappuccino, Lucy se tourna vers moi :

— Tante Kay, est-ce que je peux prendre un avocat ?

— Pour quelle raison ? demandai-je, bien que consciente de la réponse.

— Même si le FBI ne peut pas prouver que j'ai fait ce qu'ils me reprochent, cette histoire va me casser les reins pour le reste de ma vie.

En dépit de sa voix ferme, elle ne parvenait pas à dissimuler sa peine.

— Dis-moi qui tu veux.

— Je veux un as.

— Je vais t'en trouver un.

Contrairement à ce que j'avais prévu, je ne retournai pas en Caroline du Nord le lundi suivant, mais m'envolai pour Washington. J'avais, certes, des visites à faire au quartier général du FBI, mais il fallait avant tout que je revoie un vieil ami.

Le sénateur Frank Lord et moi avions été élèves dans le même collège catholique de Miami, pas à la même époque, toutefois. Il était beaucoup plus âgé que moi et notre amitié remontait au moment où j'avais commencé à travailler au bureau du médecin légiste du comté de Dade, alors que le sénateur Lord en était le district attorney. J'avais déjà quitté depuis bien longtemps la ville où j'étais née lorsque Frank Lord devint d'abord gouverneur puis sénateur. Nous nous perdîmes de vue jusqu'au jour où il fut nommé président du comité judiciaire du Sénat.

Lord m'avait alors demandé de l'assister comme il se lançait dans une véritable bagarre pour faire accepter un des projets de loi anti-crime les plus marquants de l'histoire des États-Unis. J'avais à mon tour sollicité son aide à diverses reprises. À l'insu de Lucy, il était devenu un peu son parrain, car sans son intervention, elle n'aurait probablement pas obtenu l'inscription ni même la bourse académique lui permettant de poursuivre son internat durant le prochain semestre. Je ne savais pas trop bien comment lui apprendre la nouvelle.

Il était bientôt midi. J'attendais le sénateur Lord, assise sur un élégant canapé de coton dans un petit salon aux murs d'un rouge chaleureux éclairé par un splendide lustre en cristal. Le sol était recouvert de tapis persans. Des voix me parvenaient du couloir en marbre. Parfois, un touriste passait la tête par l'entrebâillement de la porte, espérant apercevoir un politicien, ou quelqu'un de connu en train de déjeuner dans la salle de restaurant du Sénat. Lord arriva précisément à l'heure, débordant d'énergie, et il me serra rapidement dans ses bras. C'était un homme bienveillant, sans prétention, mais que les manifestations d'affection rendaient timide.

— Vous avez une trace de rouge à lèvres sur la joue, précisai-je en l'essuyant.

— Oh, vous auriez dû la laisser. Cela donnerait à mes collègues de quoi parler.

— Je pense qu'ils doivent avoir suffisamment de sujets de conversation comme cela.

M'escortant vers la salle du restaurant, il s'exclama :

— Kay, c'est un tel plaisir de vous voir.

— Attendez un peu, vous pourriez changer d'avis.

— Certainement pas.

Nous choisîmes une table située juste en dessous d'un vitrail représentant George Washington à cheval , et je ne me donnai pas la peine de consulter la carte : elle ne changeait jamais.

Le sénateur Lord était un homme très distingué, grand et

mince. Il avait les yeux d'un bleu profond et une crinière de cheveux gris. Il avait toujours manifesté un penchant pour les élégantes cravates de soie et autres raffinements d'un autre temps comme les montres de gousset, les boutons de manchette, les épingles de cravate et les gilets.

— Qu'est-ce qui vous amène à Washington? demanda-t-il en dépliant sa serviette de lin sur ses genoux.

— Je dois discuter d'indices avec le FBI.

Il hocha la tête.

— Vous êtes chargée de cette horrible histoire qui s'est produite en Caroline du Nord?

— Oui.

— Il faut retrouver ce dingue. Vous croyez qu'il est toujours là-bas?

— Je ne sais pas.

— En réalité, je me demande pour quelle raison il y serait toujours? Il me semble qu'en toute logique, il aurait dû partir au plus vite pour trouver un coin tranquille où se faire oublier un temps. D'un autre côté, on ne peut pas tabler sur le fait que ces gens démoniaques suivent la même logique que les autres.

— Frank, Lucy a beaucoup d'ennuis.

D'une voix calme, il répondit :

— Je sentais bien que quelque chose n'allait pas. Je le vois sur votre visage.

Il m'écouta durant une demi-heure, et je lui racontai tout. Je lui étais très reconnaissante pour sa patience. J'étais consciente qu'on l'attendait pour divers votes ce jour-là et que bien des gens espéraient obtenir quelques minutes de son attention.

Sincèrement émue, je confessai :

— Vous êtes un homme bon, Frank, et je vous ai fait un sale coup. Je vous ai demandé une faveur, chose que je ne fais jamais, et cela se termine en vrai déshonneur.

Il avait à peine touché à son assiette de légumes grillés et demanda :

La Séquence des corps

— Elle a vraiment fait ce dont on l'accuse ?

— Je ne sais pas. Les faits sont accablants. Elle affirme qu'elle n'est pas coupable.

— Elle vous a toujours dit la vérité ?

— C'est ce que je croyais. Mais je me suis récemment rendu compte qu'il existait des tas d'autres facettes importantes de Lucy qu'elle m'a toujours tues.

— Vous lui avez posé des questions ?

— Elle m'a fait clairement comprendre que certaines choses ne me regardaient pas. Et puis, je ne veux pas porter de jugement.

— Si vous avez peur d'en porter, c'est probablement parce que vous l'avez déjà fait, Kay. Et Lucy doit en être consciente, quoi que vous disiez ou taisiez.

Complètement déprimée, je poursuivis :

— Vous savez, je n'ai jamais aimé tenir le rôle de celle qui devait la critiquer ou corriger ses attitudes. Mais sa mère, Dorothy, qui est mon unique sœur, est tellement inféodée aux hommes, tellement centrée sur elle-même qu'elle est incapable de faire face à la réalité de son rôle de mère.

— Or donc, maintenant que Lucy est dans les ennuis jusqu'au cou, vous vous demandez quelle est votre part de responsabilité là-dedans ?

— Je n'en ai pas conscience.

— Nous sommes rarement conscients de ces angoisses primitives qui surgissent sans logique du plus profond de nous. La seule façon de s'en débarrasser, c'est de faire la lumière en grand. Croyez-vous, Kay, être suffisamment forte pour tenter ce genre d'expérience ?

— Oui, je le crois.

— Mais permettez-moi de vous rappeler une chose fondamentale : si vous posez des questions, il faut que vous soyez capable de vivre avec les réponses !

— Je sais.

— Bien, supposons, maintenant, que Lucy soit innocente, proposa le sénateur Lord.

— Oui, et après ?

— Si Lucy n'a pas forcé la sécurité, quelqu'un d'autre l'a fait. La question que je me pose est : pourquoi ?

— Ma question à moi, c'est : comment ?

Il fit un petit signe à la serveuse pour lui demander le café.

— En réalité, ce qu'il faut trouver c'est le mobile. Quel pourrait être le mobile de Lucy, quel pourrait être le mobile de n'importe qui ?

L'argent était le mobile le plus évident, mais je ne pensais vraiment pas que ce soit la bonne réponse, et je le confiai au sénateur Lord.

— L'argent, c'est le pouvoir, Kay, et tout autour de nous est une affaire de pouvoir. Nous autres, créatures déchues, n'en avons jamais assez.

— Oui, le fruit interdit.

— Bien sûr. Tous les crimes plongent leurs racines dans l'argent.

— Tous les jours, cette tragique vérité arrive dans nos locaux sur une civière, acquiesçai-je.

Il tourna sa petite cuillère dans sa tasse et poursuivit :

— Ce qui vous indique quoi, dans le cas présent ?

— Le mobile.

— Bien sûr. Le pouvoir, c'est tout. Que voulez-vous que je fasse ? me demanda mon vieil ami.

— Lucy ne sera reconnue coupable d'aucun crime, sauf si l'on peut prouver qu'elle a vraiment volé quelque chose de l'ERF. Mais de toute façon, sa carrière est fichue, du moins dans la police ou toute autre profession qui implique une enquête sur le passé des candidats.

— Ont-ils pu prouver que c'est bien elle qui a pénétré à trois heures du matin dans l'ERF ?

— Ils ont toutes les preuves dont ils ont besoin, Frank. C'est bien là le problème, parce qu'en ce cas, je doute qu'ils s'acharnent à chercher si elle est innocente.

— Si ?

La Séquence des corps 191

— Je tente de garder un esprit objectif.

Je tendis la main vers ma tasse de café, puis jugeai que j'avais mon compte de stimulants pour le moment. Mon cœur battait à se rompre et mes mains tremblaient.

— Je peux dire un mot au directeur, offrit Lord.

— Tout ce que je demande, Frank, c'est que quelqu'un soit en coulisses et veille à ce que l'enquête soit aussi scrupuleuse que possible. J'ai peur qu'ils pensent que cela n'a pas d'intérêt, surtout maintenant que Lucy n'y est plus et qu'ils ont tellement d'autres choses sur les bras. Après tout, ce n'est qu'une petite étudiante, alors pourquoi se démèneraient-ils ?

La bouche sévère, il répliqua :

— J'espère bien que le FBI se démènera !

— Je connais la bureaucratie, j'y ai travaillé toute ma vie.

— Moi aussi.

— Alors, vous savez de quoi je veux parler.

— Oui.

— Ils veulent qu'elle habite Richmond, chez moi, jusqu'au prochain semestre.

Il reprit sa tasse de café et lâcha :

— C'est donc leur verdict.

— Absolument. C'est simple pour eux de cette façon-là, mais qu'advient-il de ma nièce ? Elle vient d'avoir vingt et un ans. Son rêve s'est fait descendre au décollage. Que peut-elle faire, Frank ? Retourner à l'université de Virginie au prochain semestre et faire comme si de rien n'était ?

Il me caressa le bras avec une tendresse qui me faisait souhaiter qu'il fût mon père et dit :

— Kay, je ferai tout ce que je peux sans avoir l'indécence d'intervenir directement dans un problème administratif. Vous me faites confiance ?

— Oui.

— Cependant, j'espère que vous ne vous offusquerez pas d'un petit conseil personnel...

Il fit signe à la serveuse et regarda sa montre.

— ... Bon, je suis en retard...

Il tourna à nouveau le regard vers moi et poursuivit :

— ... Le problème le plus épineux que vous ayez à régler est un problème domestique.

— Je ne suis pas d'accord, dis-je avec passion.

Il sourit à la serveuse lorsqu'elle déposa l'addition :

— Vous pouvez ne pas être d'accord, cela ne change rien au problème. Vous êtes la chose qui ressemble le plus à une mère et qu'ait jamais eue Lucy. Comment allez-vous faire pour l'aider dans cette tourmente ?

— Je pensais que c'était précisément ce que j'étais en train de faire !

— Moi qui croyais que vous n'étiez venue que pour me rendre une petite visite !

Il rappela la serveuse et lui dit :

— Excusez-moi, mais je doute que ce soit notre addition. Nous n'avons pas pris quatre entrées.

— Attendez. Laissez-moi voir. Oh mon Dieu, oh, je suis vraiment désolée, sénateur Lord ! C'est celle de la table, là-bas.

Il lui tendit l'addition et déclara :

— Eh bien, en ce cas, demandez donc au sénateur Kennedy de régler également la nôtre. Il ne fera pas d'objection puisqu'il croit aux impôts et à la consommation.

La serveuse était une grande femme carrée aux cheveux noirs coiffés à la page, revêtue d'une robe noire et d'un petit tablier blanc. Elle sourit et son erreur lui sembla soudain légitime.

— Comptez sur moi, Monsieur, je vais le dire au sénateur Kennedy.

— Et dites-lui aussi d'ajouter un généreux pourboire, Missouri, lança le sénateur Lord. Dites-lui que c'est moi qui le demande.

Missouri Rivers avait au moins soixante-dix ans. Depuis son départ de Raleigh, une éternité plus tôt, dans un train qui partait vers le nord, elle avait vu des sénateurs se réjouir ou se lamenter, démissionner ou être réélu, tomber amoureux ou tomber en disgrâce. Elle savait exactement quand elle pouvait interrompre une conversation et servir, quand remplir à nouveau une tasse de thé ou quand se faire invisible. Elle connaissait tous les secrets cachés des âmes qui passaient dans cette ravissante salle à manger, parce que la vraie mesure d'un être humain se révèle à la façon dont il traite les gens comme elle lorsque personne ne l'observe. Et elle aimait le sénateur Lord. Je l'avais su à l'éclat de tendresse de son regard lorsqu'elle lui parlait ou que l'on prononçait son nom.

Frank Lord reprit le fil de notre conversation :

— Je tente juste de vous convaincre de passer davantage de temps avec Lucy. Et ne vous mettez pas en tête de terrasser les dragons des autres, Kay, surtout pas les siens.

— Je ne crois pas qu'elle puisse terrasser ce dragon-là toute seule.

— Ce que je veux dire, Kay, c'est qu'il est préférable que Lucy ignore tout de votre visite d'aujourd'hui. Il n'est pas souhaitable qu'elle apprenne de votre bouche que je vais téléphoner pour elle aussitôt que je serais retourné dans mon bureau. Si elle doit l'apprendre, je pense qu'il vaut mieux que ce soit par moi.

— D'accord.

Peu de temps après, je hélai un taxi devant Russel Building et retrouvai Benton à l'endroit convenu, à deux heures et quart tapantes. Il était assis sur le banc d'un des amphithéâtres extérieurs au quartier général du FBI. Bien qu'il parût fasciné par la lecture d'un roman, il perçut mon arrivée avant même que je ne l'appelle. Un groupe de touristes qui suivait une visite guidée nous dépassa sans prêter attention à nous. Wesley se leva, referma son roman et le glissa dans la poche de son manteau.

— Comment s'est déroulé votre voyage ? demanda-t-il.

— C'est aussi long de voler que de faire le trajet en voiture, en fin de compte.

— Vous êtes venue en avion ?

— Oui, j'ai laissé ma voiture à Lucy.

Il me fit passer devant lui, ôta ses lunettes de soleil et nous prit deux laissez-passer visiteurs.

— Connaissez-vous le directeur du labo de criminologie, Jack Cartwright ?

— Je l'ai rencontré.

— Nous passons le voir, pour nous mettre au courant de ce qu'ils ont. Ce sera rapide et peu ragoûtant. Ensuite, il y a un endroit que je veux vous montrer.

— Où cela ?

— C'est un endroit difficile d'accès.

— Benton, si vous persistez à être aussi cryptique, je n'aurais pas d'autre alternative que de riposter en parlant latin.

— Et vous savez que je déteste lorsque vous faites cela.

Nous insérâmes nos passes dans un tourniquet et suivîmes un long couloir qui débouchait sur les ascenseurs. Chaque visite que je faisais au quartier général du FBI me rappelait à quel point je n'aimais pas cet endroit. Les gens que l'on y croisait semblaient éviter votre regard et rares étaient les sourires. On avait l'impression que tout et tous se dissimulaient derrière des cloisons dont les nuances allaient du gris au blanc. Des couloirs sans fin réunissaient entre eux un labyrinthe de laboratoires et j'aurais été incapable de m'orienter sans guide. Mais le pire, c'est qu'on avait l'impression que les gens qui travaillaient ici ignoraient, eux aussi, comment se rendre d'un point à un autre.

Le bureau de Jack Cartwright possédait une fenêtre et le soleil inondait la pièce, me rappelant les journées magnifiques que je ratais lorsque je travaillais avec acharnement.

— Benton et Kay... Bonjour.

Cartwright nous serra la main.

— Asseyez-vous, je vous prie. Je vous présente Georges Kilby et Seth Richards, qui travaillent tous les deux au labo. Vous vous êtes peut-être déjà rencontrés ?

La Séquence des corps   195

— Non, comment allez-vous ? dis-je.

Je serrai la main de Kilby et de Richards. C'étaient de jeunes hommes, à l'air sérieux et très sobrement habillés.

— Quelqu'un veut du café ?

Personne n'en demanda, et Cartwright semblait désireux d'entrer dans le vif du sujet. C'était un homme plein de charme et dont l'impressionnant bureau attestait de la façon dont il aimait que les choses soient faites. Chaque document, enveloppe, ou message téléphonique étaient rangés précisément. Un vieux stylo-plume Parker en argent était posé sur un petit calepin, un stylo-plume de puriste. Des plantes s'épanouissaient sur le rebord de sa fenêtre au milieu des photos de sa femme et de ses filles. Dehors, le soleil nous faisait des clins d'œil au travers des pare-vents, les voitures se traînaient en bouchons, et des vendeurs de rue proposaient aux clients éventuels des tee-shirts, des glaces ou des rafraîchissements.

Cartwright attaqua :

— Bien, nous avons travaillé sur l'affaire de la petite Steiner. On a trouvé des pistes intéressantes. Je vais commencer par le point le plus important, c'est-à-dire la détermination ADN des bouts de peau qu'on a retrouvés dans ce congélateur. Bien que les tests ne soient pas terminés, nous pouvons d'ores et déjà vous affirmer qu'il s'agit bien de tissus humains et qu'ils proviennent d'un individu dont le groupe sanguin est O positif. Comme vous le savez, la victime, Emily Steiner, était bien de groupe O positif et les contours des lambeaux de peau qui ont été retrouvés coïncident avec les marques de ses blessures.

Tout en prenant des notes, je l'interrompis :

— Avez-vous une idée du genre d'instrument qui a été utilisé pour l'excision ?

— Un instrument à lame très affûtée, avec un seul bord tranchant, répondit-il.

— C'est-à-dire à peu près n'importe quel couteau, conclut Wesley.

Cartwright poursuivit :

— On peut distinguer clairement le premier point de pénétration, lorsque l'agresseur a commencé à découper les chairs. En d'autres termes, l'instrument en question est un couteau à bord tranchant unique et avec une pointe. On ne peut pas encore en dire davantage. Ah, tiens, à ce propos (il regarda Wesley), nous n'avons retrouvé aucune trace de sang humain sur les couteaux que vous nous avez amenés. Euh.... Ce sont les trucs qui proviennent de chez Ferguson.

Wesley acquiesça, le visage impénétrable.

— Bon, passons maintenant à la présence de traces, reprit Cartwright, donc à l'analyse microscopique des prélèvements effectués sur le corps d'Emily Steiner, mais également sur ses cheveux et sous la semelle de ses chaussures. Et c'est là que les choses deviennent vraiment intéressantes. Nous avons retrouvé plusieurs fibres acryliques qui sont compatibles avec celles dont était faite la couverture de son lit, ainsi que des fibres de coton vert qui sont similaires à celles du manteau qu'elle portait pour se rendre à son groupe de jeunes.

Il s'interrompit quelques secondes avant de poursuivre :

— Mais, nous avons également analysé d'autres fibres, de laine cette fois, dont nous ne nous expliquons pas l'origine. On a également trouvé des mites de poussière qui peuvent provenir d'à peu près n'importe où, mais ce qui nous chiffonne, c'est cela...

Cartwright pivota sur son siège et se tourna vers une console abritant un magnétoscope. Sur l'écran apparurent les quatre sections d'une coupe qui ressemblait à un assemblage cellulaire rappelant un peu un rayon de miel, si ce n'est que l'image qu'on nous présentait révélait des zones de couleur ambrée.

Cartwright se lança dans les explications :

— Ce que vous voyez sur l'écran est la coupe microscopique d'une plante qui se nomme *Sambucus simpsonii*. Il s'agit en fait d'une espèce d'arbuste indigène de la côte et des lagons de Floride du Sud. Mais ce qui est étonnant, ce sont ces zones sombres, ici.

Il nous montra du doigt les parties ambre sombre que j'avais remarquées plus tôt.

— Georges, dit-il en fixant le jeune chercheur, c'est ta spécialité.

Georges Kilby se rapprocha de nous et expliqua :

— Ces zones que vous voyez sont des vacuoles à tannin. On les distingue particulièrement bien sur la coupe radiale.

— Qu'est-ce que c'est exactement qu'une vacuole à tannin ? s'enquit Wesley.

— C'est une espèce de moyen de transport qu'a la plante pour véhiculer des substances le long de sa tige.

— Quel genre de substances ?

— En général, plutôt les déchets qui résultent des activités cellulaires. Alors là, ce que vous voyez, c'est la moelle, c'est-à-dire l'endroit où se trouvent ces vacuoles à tannin.

— Attendez, ce que vous voulez dire, c'est que l'indice que vous avez est cette moelle ? demandai-je.

L'agent spécial Georges Kilby acquiesça de la tête.

— C'est cela. Le nom commercial de cette partie de la plante est « Bois de Moelle ». En réalité, d'un point de vue technique, cela n'existe pas.

— Et pourquoi utilise-t-on ce bois de moelle ? demanda Wesley.

Ce fut Cartwright qui répondit :

— C'est très souvent utilisé pour la mécanique de précision ou la joaillerie. Cela permet de maintenir de toutes petites pièces. Par exemple, un joaillier s'en servira pour fixer une petite boucle d'oreille, ou pour maintenir en place le rouage d'une montre. C'est une technique qui évite de perdre les toutes petites choses qui roulent facilement d'un plan de travail. Mais maintenant, les gens se servent davantage de mousse en polystyrène.

— Avez-vous retrouvé la présence de ce bois de moelle à divers endroits du corps d'Emily, demandai-je.

— On en a trouvé pas mal, principalement dans les zones ensanglantées. C'est du reste à ces endroits qu'on a retrouvé le maximum de choses.

— Si quelqu'un voulait se procurer du bois de moelle, où s'adresserait-il ? demanda Wesley.

Kilby lui répondit :

— Si vous vous sentez de taille à abattre les arbustes vous-même, il suffit d'aller dans les Everglades. Sans cela, il faut le commander.

— Où cela ?

— Je sais qu'il y a une firme qui le commercialise, à Silver Springs, dans le Maryland.

Wesley me jeta un regard et déclara :

— J'ai l'impression qu'il va falloir trouver qui répare les bijoux à Black Mountain.

— Je serais très surprise qu'ils aient ne serait-ce qu'un bijoutier, rétorquai-je.

Cartwright reprit son exposé :

— En plus de cela, nous avons retrouvé des débris microscopiques d'insectes : cancrelats, criquets, cafards, rien de bien étonnant. De surcroît, nous avons retrouvé sur Emily des particules de peinture blanche et noire, dont nous sommes certains qu'elles ne proviennent pas d'une voiture. Enfin, il y avait de la sciure dans ses cheveux.

— Quel genre de bois ?

— Principalement du noyer, mais nous avons également pu identifier des particules d'acajou.

Cartwright observait Wesley qui regardait par la fenêtre :

— Ah, j'ai oublié, il n'y avait aucune trace de ces différents éléments sur la peau que vous avez trouvée dans le congélateur. Par contre, nous les avons détectés au niveau de ses blessures.

— Cela signifie-t-il que la peau a été excisée avant que le corps n'entre en contact avec ces différents débris ? demanda Wesley.

— On est en droit de le penser, observai-je. D'un autre

côté, il est possible que la personne qui a pratiqué l'excision ait ensuite rincé le morceau de peau, parce qu'il devait y avoir du sang dessus.

— Ces débris ne pourraient-ils pas provenir de l'intérieur d'un véhicule, un coffre ? interrogea Wesley.

— C'est possible, répondit Kilby.

Je savais exactement dans quelle direction progressait la pensée de Wesley. Gault avait assassiné le jeune Eddie Heath, âgé de treize ans, à l'intérieur d'une vieille camionnette dans laquelle traînait un nombre déconcertant d'indices. De façon succincte, disons que Mr Gault, le fils psychopathe d'un riche planteur de noix de pécan de Géorgie, adorait laisser derrière lui une montagne de détails, de traces qui ne menaient nulle part.

— En ce qui concerne ce fameux rouleau de ruban adhésif orange, reprit Cartwright, est-il exact que vous ne l'ayez pas encore retrouvé ?

— Non, nous n'avons rien trouvé, acquiesça Wesley.

L'agent spécial Seth Richards feuilletait les pages de son calepin lorsque Cartwright, s'adressant à lui, déclara :

— Bon, allons-y, parce que personnellement, je suis certain que c'est l'élément clef en notre possession.

Richards prit la parole d'un ton fervent, puisque comme tous les anatomopathologistes que je connais, il avait une véritable passion pour sa spécialité. La bibliothèque de références du FBI possédait une collection de plus de cent échantillons de rouleaux adhésifs qui servait à l'identification de ce genre d'indice. Du reste, l'utilisation de rouleau adhésif argenté était si courante dans nombre de crimes que je ne pouvais plus passer devant un étalage, dans une épicerie ou un magasin de bricolage, sans que mes préoccupations purement ménagères du moment ne dévient, me ramenant au souvenir de scènes d'horreur.

J'avais ramassé des bouts de cadavres de gens qui avaient sauté sur des bombes retenues par ce ruban. J'en avais retiré des cadavres de victimes ligotées par des tueurs sadiques, et de corps lestés de ciment et jetés dans des lacs ou dans des rivières. J'aurais été incapable de compter le nombre de fois où j'avais dû libérer de l'adhésif les bouches fermées de gens qu'on n'avait pas autorisés à hurler avant qu'une civière ne les amène à la morgue. Car la morgue est le seul endroit où un corps peut enfin s'exprimer sans contrainte. C'est seulement là-bas que quelqu'un se préoccupe vraiment de toutes les blessures infligées.

Richards continua de parler :

— Je n'ai jamais rien vu de pareil. Si on en juge par son nombre élevé de fils, je suis prêt à certifier que ce rouleau ne provient pas d'un magasin de détail.

— Comment pouvez-vous en être sûr ? s'enquit Wesley.

— C'est une qualité industrielle. Il est fait de 62 fils de chaîne et de 56 fils de trame. Le genre de rouleau économique que vous achetez chez votre marchand de couleurs ou dans votre supermarché est constitué de 20 fils de chaîne pour 10 de trame. Ce genre de ruban, qu'on utilise uniquement dans l'industrie, peut coûter jusqu'à 10 dollars le rouleau.

— Savez-vous qui a pu le fabriquer ? demandai-je.

— Shuford Mills, à Hickory. C'est en Caroline du Nord. Leur marque la plus connue est l'adhésif Shurtape.

— Hickory est à moins de cent kilomètres à l'est de Black Mountain, précisai-je.

— Avez-vous contacté les gens de chez Shuford Mills ? demanda Wesley à Richards.

— Oui, ils essaient de me trouver des informations au sujet de cet adhésif. Enfin, ils m'ont quand même appris des choses : ce ruban orange était une spécialité que Shuford Mills fabriquait seulement pour un client de « marque particulière » dans les années 80.

— C'est quoi un « client de marque particulière » ?

— C'est quelqu'un qui veut un ruban très spécifique et qui commandera un minimum de 500 boîtes de ce produit. En d'autres termes, il est fort possible que des types très

La Séquence des corps　　　201

différents d'adhésifs se promènent dans la nature, que nous n'ayons aucune référence dans notre collection à leur sujet, et qu'on ignore toujours leur existence sauf s'ils émergent brusquement comme dans notre affaire.

— Mais, à votre avis, quel genre de personne pourrait souhaiter concevoir son propre adhésif ? m'enquis-je.

— Par exemple, je sais que les pilotes de stock-car s'en servent. Celui qu'utilise Richard Petty pour son équipe est rouge et bleu alors que celui de Daryl Waltrip est jaune. Les gens de Shuford Mills m'ont également raconté qu'il y a quelques années, un entrepreneur les avait contactés parce qu'il en avait assez que ses ouvriers lui volent ses rouleaux d'adhésif. Il a commandé des rouleaux mauve flamboyant. C'est évident que si vous réparez la plomberie de votre maison ou bouchez une déchirure de la piscine en plastique de votre gamin avec du ruban mauve, on se doutera que vous l'avez volé.

— Et à votre avis, c'est également pour cette raison qu'on a fait fabriquer ce ruban adhésif orange ? Pour empêcher les ouvriers de le voler ? demandai-je.

— C'est une possibilité, admit Richards. À ce propos, il est également anti-feu.

— Et c'est inhabituel ? s'enquit Wesley.

Ce fut Richards qui lui répondit :

— Assez, oui. À mon avis, on utilise les rubans ignifugés dans les avions ou les sous-marins, et dans un cas comme dans l'autre, je ne vois pas pourquoi on utiliserait un ruban orange fluo, enfin, peut-être que j'ai tort.

— Du reste, pour quelle raison quelqu'un voudrait-il utiliser de l'adhésif de cette couleur ? précisai-je.

— C'est la question à un million de dollars, lâcha Cartwright. Moi, ce qui me vient immédiatement à l'esprit lorsque je pense à du ruban adhésif orange fluorescent, ce sont les cônes en plastique dont on se sert sur les routes pour signaler des travaux ou un danger, ou même celui qu'utilisent les chasseurs.

— Si nous en revenions au tueur et à la manière dont il a ligoté et bâillonné Mrs Steiner et sa fille ? proposa Wesley. Pouvez-vous nous en dire davantage sur la façon dont les choses ont pu se passer ?

— On a retrouvé des traces d'une substance qui ressemble à du vernis à meubles sur certains des bouts de ruban, dit Richards. De surcroît, la séquence d'arrachage des morceaux de ruban n'est pas cohérente avec celle selon laquelle les chevilles et les poignets de la mère ont été ligotés. Ce que tout ceci implique en réalité, c'est que l'agresseur a découpé à l'avance autant de bouts de ruban qu'il jugeait nécessaires et les a collés en attendant sur un coin de meuble. Lorsqu'il a commencé à attacher Mrs Steiner, les bouts étaient déjà tout prêts et il les a décollés au fur et à mesure.

— Mais il les a décollés dans le désordre, c'est bien cela, demanda Wesley ?

— Oui, c'est cela. Je les ai numérotés dans l'ordre selon lequel ils ont été utilisés pour ligoter la mère et la fille. Vous voulez jeter un œil ?

Nous acquiesçâmes.

Wesley et moi passâmes le reste de la journée au labo d'analyse au milieu des appareils de chromatographie en phase gazeuse, des spectromètres de masse, des calorimètres différentiels ainsi que d'une pléthore d'autres appareils intimidants utilisés pour l'identification des matériaux et la détermination des points de fusion.

Je restai dans mon coin, à côté d'un détecteur d'explosifs portatif, écoutant les commentaires de Richards au sujet de cet étrange ruban adhésif utilisé par le tueur pour immobiliser Emily et sa mère.

Il expliqua qu'après avoir utilisé un flux d'air chaud pour décoller les bouts d'adhésif que lui avait fait parvenir la police de Black Mountain, il s'était aperçu qu'il y avait en tout 17 segments distincts dont la taille variait entre 20 et 43 centimètres. Il avait alors collé les bouts de ruban sur d'épaisses plaques en vinyle et les avait numérotés de deux

La Séquence des corps 203

façons. La première précisait la séquence utilisée pour déchirer les bouts du rouleau et l'autre, celle que l'assaillant avait choisie pour ligoter ses victimes.

Il se lança :

— La séquence que le tueur a suivie pour immobiliser la mère est complètement farfelue. Ce morceau, ici, aurait dû être utilisé le premier. Au lieu de cela, c'est le dernier de ma liste. Celui-ci a été déchiré du rouleau en deuxième, or il est le cinquième à avoir été utilisé sur Mrs Steiner. Par contre, la fillette a été ligotée selon une séquence qui est identique à celle de l'arrachage des bouts. Sept bouts ont été utilisés pour l'attacher et l'ordre dans lequel on les a placés autour de ses poignets suit celui selon lequel on les a découpés du rouleau.

— Elle a dû montrer moins de résistance que la mère, remarqua Wesley.

— Cela paraît évident, commentai-je.

Puis me tournant vers Richards, je lui demandai :

— Avez-vous retrouvé sur les bouts de ruban adhésif utilisés pour attacher la fillette, le même genre de résidus de vernis dont vous nous avez parlé tout à l'heure ?

— Non.

— Tiens, c'est intéressant.

Ce détail me perturba.

Enfin, nous nous attaquâmes aux résidus de cette substance que l'on avait retrouvés sur le ruban. L'analyse avait révélé qu'il s'agissait d'hydrocarbures, ce qui n'est que le nom savant de la graisse. Ce résultat ne nous fit pas progresser, ni dans un sens ni dans l'autre, parce que, malheureusement, la graisse, c'est de la graisse. Les hydrocarbures que l'on avait identifiés sur certains des bouts de ruban adhésif pouvaient provenir de n'importe où, d'une voiture ou d'un camion Mack en Arizona.

12

Wesley et moi entrâmes au Red Sage vers 16 heures 30, une heure un peu précoce pour prendre un verre mais ni lui ni moi ne nous sentions très bien.

J'éprouvais une grande difficulté à croiser son regard maintenant que nous étions seuls, et je voulais que ce soit lui qui évoque ce qui s'était passé entre nous l'autre nuit. Il fallait que je sache que je n'étais pas la seule à croire qu'il s'agissait de quelque chose d'important.

— Ils servent de la bière locale à la pression, m'annonça-t-il alors que j'étais plongée dans la lecture du menu. C'est très agréable si on aime ça.

Un peu choquée qu'il me pose une telle question, comme s'il ignorait ce détail de moi, je répondis :

— Je ne suis pas une fan de bière, sauf lorsque je me suis remuée durant deux heures en pleine canicule, que je meurs de soif et que j'ai une envie folle de pizza. En réalité, je n'aime pas la bière, et je ne l'ai jamais aimée. J'en bois quand il n'y a vraiment rien d'autre, et même dans ce cas-là, je ne peux pas dire que cela me plaise.

— Mais, enfin Kay, cela ne mérite vraiment pas de s'énerver.

— Je ne m'énerve pas.

— Ah, bon, j'avais cru. Et vous évitez consciencieusement de croiser mon regard.

— Je me sens très bien.

— Mon métier consiste à étudier les gens, et je peux vous certifier que vous ne vous sentez pas bien.

— Non. Votre métier consiste à étudier les réactions de psychopathes, pas celles des médecins légistes en chef, de sexe féminin, qui se tiennent du bon côté de la loi, et qui désirent simplement se détendre après une longue journée de réfexion intense qui les ramènent vers des enfants assassinés.

La Séquence des corps

— Vous savez, ce n'était pas facile d'obtenir une table dans ce restaurant.

— Oui, je vois pour quelle raison.

— Il a fallu que j'use de toute mon influence.

— J'en suis convaincue.

— Bien, nous allons commander du vin pour accompagner notre repas. Je suis étonné qu'ils servent de l'Opus One. Peut-être que ce vin nous aidera à nous relaxer ?

— C'est beaucoup trop cher pour ce que c'est, et c'est une imitation de bordeaux. Un peu lourd, peut-être, pour déguster comme cela. J'ignorai que nous dînions et j'ai un avion à prendre dans moins de deux heures. Non, je crois que je préférerai un verre de Cabernet.

— Comme vous voulez.

Le problème, c'est que je ne savais pas vraiment ce que je voulais à ce moment précis.

Wesley reprit la parole :

— Je repars pour Asheville demain. Nous pourrions faire le voyage ensemble si vous restiez ici cette nuit.

— Pour quelle raison y allez-vous ?

— Ils ont réclamé notre assistance avant même la mort de Ferguson et l'attaque de Mote. Vous pouvez me faire confiance, Kay, leur panique face à la situation est parfaitement sincère et n'est pas exagérée. J'ai été très clair avec eux, et je leur ai promis que nous allions les aider du mieux possible. S'il s'avérait que je doive mettre davantage d'agents sur l'enquête, je le ferais.

Wesley avait l'habitude de toujours dénicher le prénom du serveur qui s'occupait de notre table et de l'utiliser durant tout le repas. Le prénom de l'homme qui nous servait cet après-midi-là était Stan. Et il eut droit a des « Stan par-ci », « Stan par-là » à chaque fois qu'il discuta avec Wesley de la carte des vins ou des plats du jour. C'était la seule chose stupide que l'on pouvait reprocher à Wesley, une espèce de maniérisme bizarre, mais ce soir-là, le spectacle m'exaspéra à un point fou.

— Vous savez, Benton, ce n'est pas ce qui lui fera croire à la naissance d'une grande amitié entre vous ! En réalité, cette habitude me semble légèrement démagogique, c'est le genre de chose que ferait une star de la radio.

Cherchant de quoi je voulais parler, il demanda :

— Quoi donc ?

— Cette façon de l'appeler par son prénom, et avec insistance, je veux dire.

Il me fixa.

Histoire de m'enfoncer un peu plus, je persistai :

— Enfin, je ne veux pas vous juger. C'est juste à titre amical que je vous dis cela, parce que personne d'autre ne le fera et que je pense que vous devriez en prendre conscience. Ce que je veux dire, c'est qu'un ami doit être honnête, enfin, du moins, un véritable ami.

— Vous avez terminé ?

— Tout à fait, répondis-je dans un petit sourire crispé.

— Bien ! Alors allez-vous me dire ce qui vous ennuie vraiment, ou dois-je témérairement proposer une idée ?

— Mais rien ne m'ennuie du tout, affirmai-je tout en fondant en larmes.

Il me tendit sa serviette :

— Oh, mon Dieu, Kay !

— Merci, mais j'ai la mienne, dis-je en m'essuyant les paupières.

— C'est au sujet de ce qui s'est passé l'autre nuit, n'est-ce pas ?

— Peut-être devriez-vous préciser à quelle « autre nuit » vous faites allusion. Peut-être êtes-vous familier des « autres nuits » ?

En dépit de ses efforts pour se retenir, Wesley éclata de rire. Nous fûmes incapables de parler durant plusieurs minutes, lui parce qu'il riait et moi parce que j'hésitais entre le fou rire et la crise de larmes.

Stan revint vers notre table et servit les boissons que nous

La Séquence des corps   207

avions commandées. J'avalai plusieurs gorgées de la mienne avant de pouvoir parler :

— Écoutez, je suis désolée. Mais je suis très fatiguée, cette enquête est horrible et me mine, Marino et moi ne nous supportons plus et Lucy a de graves ennuis.

— La liste pourrait pousser n'importe qui à la crise de larmes.

Je sentis qu'il était frustré que je ne l'ai pas inclus dans ma liste de problèmes, et j'en fus ravie, d'une façon assez perverse.

J'ajoutai :

— Et oui, je suis préoccupée par ce qui s'est passé en Caroline du Nord.

— Vous le regrettez ?

— À quoi servirait-il que je dise que je le regrette ou que je ne le regrette pas ?

— Cela me ferait du bien que vous admettiez que vous ne le regrettez pas.

— Je ne peux pas.

— Alors vous regrettez.

— Non.

— Donc, vous ne regrettez rien ?

— Flûte, Benton, laissez tomber !

— C'est hors de question, je vous rappelle que j'y étais, moi aussi.

— Je vous demande pardon ? demandai-je, sidérée.

— Le nuit où cela s'est produit ? Vous souvenez-vous ? Du reste, en réalité, c'était très tôt le matin. Ce genre de choses-là se fait à deux. Et moi j'y étais aussi. Vous n'êtes pas la seule à vous être posé des questions pendant des jours. Pourquoi ne me demandez-vous pas si je regrette quelque chose, Kay ?

— Non, c'est vous qui êtes marié.

— Si je suis coupable d'adultère, vous aussi, Kay. Il faut être deux, répéta-t-il.

— Mon avion décolle dans une heure, il faut que j'y aille.

— Il fallait y penser avant d'engager une telle conversation. Vous ne pouvez pas vous lever et partir en plein milieu.

— Mais si, je peux.

— Kay?

Il me regarda droit dans les yeux, sa voix se fit murmure. Il tendit le bras vers moi et prit ma main.

Je réservai une chambre au *Willard* pour la nuit. Wesley et moi discutâmes durant un très long moment et résolûmes suffisamment notre problème pour lui trouver un fond de logique qui nous permette de récidiver. Lorsque nous sortîmes de l'ascenseur le lendemain de bonne heure, nous étions presque éteints et extrêmement courtois l'un avec l'autre, comme si nous venions juste de nous rencontrer mais partagions déjà beaucoup de choses.

Nous prîmes le même taxi jusqu'à l'aéroport National, et le même avion jusqu'à Charlotte. Arrivée là-bas, je passai plus d'une heure au téléphone de l'US Air Club avec Lucy.

— Oui, dis-je. Je crois que je t'ai trouvé quelqu'un et j'ai commencé à déblayer le terrain.

— Il faut que je fasse quelque chose, répéta-t-elle.

— Essaie d'être patiente.

— Non. Je sais qui est en train de me coincer et j'ai bien l'intention de faire quelque chose.

— Qui ? demandai-je, inquiète.

— Je le dirai le moment venu.

— Lucy, qui a fait quoi ? Je t'en prie, dis- moi à quoi tu penses.

— Pour l'instant, je ne peux pas. Il faut d'abord que je fasse quelque chose. Quand penses-tu rentrer ?

— Je ne sais pas. Je t'appellerai d'Asheville dès que j'en saurai un peu plus.

— Donc, ça ne pose pas de problème que j'emprunte ta voiture ?

— Pas du tout.

— Tu es sûre que tu n'en n'auras pas besoin pendant deux jours, au moins ?

De plus en plus anxieuse, je déclarai :

— Je ne crois pas. Lucy, qu'est-ce que tu as derrière la tête ?

— Il faudra peut-être que j'aille à Quantico. Si tel est le cas, j'y passerai la nuit, et je voulais être sûre que cela ne t'ennuie pas pour la voiture.

— Non, cela ne m'ennuie pas. Tout ce que je demande, Lucy, c'est que tu fasses attention à toi.

Wesley et moi montâmes dans un avion à hélice qui faisait tant de bruit qu'il nous fut impossible de parler durant le trajet. Il s'endormit et je fermai les yeux. La lumière du soleil qui inondait la cabine par les hublots rendait l'intérieur de mes paupières complètement rouge. Je laissai mes pensées vagabonder où bon leur semblait, et des images émergèrent de recoins de ma mémoire que j'avais presque oubliés. Je revis mon père, la bague en or blanc qu'il portait à la place d'une alliance, parce qu'il avait perdu la sienne à la plage et qu'il n'avait pas les moyens de la remplacer.

Mon père n'avait jamais été au collège et je me souviens que le chaton de sa bague d'école était orné d'une pierre rouge. À l'époque j'avais souhaité que ce fût un rubis, parce que nous étions si pauvres. Je me disais que nous pourrions la vendre et que cet argent nous permettrait de vivre un peu mieux. Le souvenir de ma déception lorsque mon père m'annonça que cette bague ne valait pas le prix de l'essence pour aller jusqu'à Miami sud, me revint. Quelque chose dans son ton, ce jour-là, m'avertit qu'il n'avait pas vraiment perdu son alliance.

Il l'avait vendue lorsque vraiment il n'avait plus vu quoi vendre d'autre, mais ne l'avait pas dit à maman, qui ne l'aurait pas supporté. Cela faisait si longtemps que je n'avais plus pensé à cet épisode. Ma mère avait dû conserver sa bague quelque part, à moins qu'elle ne l'ait enterrée avec lui. Peut-être, après tout. Je ne m'en souvenais pas, je n'avais que douze ans lorsqu'il était mort.

Mes pensées se promenaient d'un endroit à l'autre de mes souvenirs et des scènes silencieuses défilèrent, sans que je l'aie provoqué. C'était une sensation très étrange. Ainsi, que venait faire sœur Martha, mon institutrice de 9ᵉ, écrivant à la craie sur un tableau noir ? Pourquoi cette fille appelée Jennifer ouvrait-elle une porte pour sortir alors qu'une pluie de grêle rebondissait dans la cour de l'église comme un million de petites billes blanches ?

Tous ces visages venus de mon passé ressurgissaient puis s'évanouissaient et je m'endormais doucement, comme un chagrin terrible s'installait, me faisant sentir le bras de Wesley. Je me concentrai sur le point précis du contact de son bras. Je sentis l'odeur de la laine de son veston réchauffée par le soleil, j'imaginai les longs doigts de mains élégantes qui évoquaient les notes d'un piano, un stylo-plume, ou un verre de cognac dégusté au coin du feu.

Je crois bien que c'est à ce moment précis que je me rendis compte que j'étais amoureuse de Benton Wesley. Parce que j'avais perdu tous les hommes que j'avais aimés, je ne rouvris pas les yeux avant que le steward nous demande de redresser nos sièges pour l'atterrissage.

Comme si c'était la seule chose qui m'ait préoccupée durant toute l'heure de vol, je demandai à Wesley :

— Quelqu'un vient nous chercher ?

Il me considéra durant un long instant. Ses yeux prenaient une couleur verte comme celle d'une bouteille de bière lorsque la lumière se réfléchit sur elle selon un certain angle. Et puis l'ombre d'une immense préoccupation restaura leur véritable couleur, noisette pailleté d'or. Lorsque ses pensées devinrent trop pesantes, même pour lui, il détourna le regard.

La Séquence des corps 211

— Je suppose que nous retournons au *Travel Eze*? demandai-je alors.

Wesley ramassa sa sacoche et déboucla sa ceinture de sécurité avant qu'on nous ait autorisés à le faire. Le steward prétendit ne pas voir, parce que Wesley avait le pouvoir d'envoyer des ondes très personnelles qui faisaient un peu peur à la plupart des gens.

— Vous avez longuement parlé à Lucy, à Charlotte?

— Oui.

Nous dépassâmes une manche à air que l'absence de vent faisait pendre lamentablement.

— Eh bien?

Le soleil jouant avec ses yeux leur redonna leur lumière.

— Eh bien, elle croit savoir qui est derrière tout ce qui s'est passé.

— Que voulez-vous dire? demanda-t-il en fronçant le front.

— Cela me paraît évident. En réalité, si ça ne l'est pas pour vous, c'est que vous êtes convaincu qu'il n'y a personne derrière parce que vous avez décidé que Lucy était coupable.

— L'empreinte de son pouce a été scannée à trois heures du matin, Kay.

— Oui, ça, c'est clair au moins.

— Et ce qui est clair aussi, c'est que cette empreinte ne pouvait pas être enregistrée, à moins que son pouce ne soit appliqué. Cela implique la présence physique de son pouce, donc de sa main, donc d'elle-même au moment précisé par l'ordinateur.

— Je suis parfaitement consciente de la façon dont les choses se présentent, Benton.

Il chaussa ses lunettes de soleil et nous nous levâmes.

— Et c'est moi qui vous le rappelle, murmura-t-il contre mon oreille en me suivant dans l'allée de la cabine.

Nous aurions pu éviter de revenir au *Travel Eze* et installer nos quartiers dans un hôtel plus luxueux d'Asheville. Pourtant, la classe de l'hôtel qui nous accueillait ne sembla plus avoir aucune importance lorsque nous rejoignîmes Marino au Coach House Restaurant, un endroit célèbre pour des raisons qui ne me paraissaient pas évidentes.

Dès que le policier de Black Mountain, qui était venu nous chercher à l'aéroport, nous déposa sur le parking du restaurant et redémarra lentement, une sensation étrange m'envahit. La splendide. Chevrolet de Marino était garée devant l'entrée du restaurant. Quant à lui, il était attablé à l'intérieur, seul, juste devant la caisse, comme le ferait n'importe quel flic.

Il ne se leva pas à notre entrée mais nous détailla sans émotion en remuant le contenu d'un grand verre de thé glacé. J'avais la troublante sensation que lui, le Marino avec lequel j'avais travaillé durant des années, l'homme juste, le flic rusé qui détestait les potentats et le protocole, nous accordait une audience.

La prudence calme de Wesley m'indiqua que lui aussi était conscient que quelque chose ne tournait pas rond. D'ailleurs, Marino portait ce jour-là un costume sombre qui semblait neuf.

— Bonjour Pete, lança Wesley en attrapant une chaise.

— Bonjour, dis-je en m'installant à mon tour.

Sans nous regarder, Marino annonça :

— Ils ont vraiment d'excellents steaks de poulet, ici. Ils ont aussi des chef-salades, si vous préférez quelque chose de plus léger, ajouta-t-il de toute évidence à mon seul bénéfice.

La serveuse arriva, nous versa de l'eau, nous tendit les menus et entreprit de débiter à toute vitesse les plats du jour avant qu'aucun de nous n'ait eu le temps de dire un mot. Lorsqu'enfin elle repartit avec nos commandes sans enthousiasme, la tension à la table frisait l'insupportable.

Wesley se lança :

— Marino, nous avons de nouvelles choses du labo d'analyses, mais pourquoi ne pas commencer par nous mettre au courant de ce que vous avez, vous ?

Marino, l'air malheureux comme je ne l'avais jamais vu, attrapa son verre de thé glacé, et le reposa sans y avoir goûté. Il palpa sa poche de chemise à la recherche de ses cigarettes puis s'aperçut qu'elles étaient sur la table. Il n'ouvrit pas la bouche avant d'en avoir allumé une, et la façon dont il s'évertuait à éviter nos regards me terrorisait. Il devenait tellement distant que c'était comme si nous ne nous connaissions pas. Pour avoir déjà rencontré cette attitude dans le passé de la part de personnes avec lesquelles je travaillais, je savais ce que cela signifiait : Marino avait de gros problèmes ! Il s'était fermé, nous bouchant les chemins de son esprit parce qu'il ne voulait pas que nous sachions ce qui s'y passait.

Marino exhala une longue bouffée de fumée et tapota nerveusement la cendre de sa cigarette :

— Oh, le gros truc en ce moment, c'est ce gardien de l'école d'Emily Steiner. Euh, le nom du sujet est Creed Lindsey, mâle caucasien, 34 ans et qui travaille depuis deux ans à l'école. Avant d'occuper ce poste, il était gardien à la bibliothèque municipale de Black Mountain, et encore avant, gardien d'une école secondaire à Weaverville. Il faut que j'ajoute qu'à l'époque où il travaillait à Weaverville, un petit garçon de dix ans a été renversé par une voiture qui s'est enfuie, et qu'on a soupçonné Lindsey de ne pas être étranger à l'affaire.

— Attendez un peu, dit Wesley.

— Un accident avec délit de fuite ? m'enquis-je. Qu'est-ce que vous voulez dire par « pas étranger à l'affaire » ?

— Attendez, attendez, attendez, interrompit Wesley. Avez-vous parlé à Creed Lindsey ?

Il regarda Marino, qui ne lui rendit que fugacement son regard.

— J'y venais. Ce bon-à-rien a disparu. Dès qu'il a su qu'on cherchait à lui parler, il s'est tiré. Je ne sais pas qui a ouvert encore son clapet, mais ça lui est venu aux oreilles. Il se pointe plus au boulot ni dans sa piaule.

Marino alluma une autre cigarette. La serveuse apparut soudainement et s'empressa de lui servir un autre verre de thé. Il lui fit un petit signe de tête, comme s'il était un vieux client et qu'il avait toujours distribué de généreux pourboires.

— Racontez-moi cette histoire d'accident avec délit de fuite, insistai-je.

— Ça fera quatre ans en novembre. Ce gosse de dix ans est sur son vélo, il se fait percuter par un connard qui a pris son virage trop sec et roule au milieu de la route. Le môme est mort avant d'arriver à l'hôpital... Tout ce que les flics arrivent à dégotter, c'est des témoins qui ont vu un pick-up blanc qui roulait très vite dans le coin, au moment où l'accident s'est produit. Ils retrouvent aussi des résidus de peinture blanche sur le jean du gosse. Parallèlement, Creed Lindsey possède une camionnette de ce genre, et blanche. On sait qu'il emprunte souvent le chemin où l'accident s'est produit. On sait également qu'il fait une descente les jours de paye au magasin de spiritueux, et c'est précisément un jour de paye que le gosse a été tué.

Durant tout le temps qu'il parla, le regard de Marino sembla ne pas pouvoir se reposer une seconde. Wesley et moi-même nous sentions de plus en plus mal à l'aise.

— Alors lorsque les flics veulent l'interroger, bingo, il a filé ! Il ne réapparaîtra dans le coin que cinq semaines plus tard, prétendant qu'il a rendu visite à un parent malade, ou une connerie de ce genre. Seulement à ce moment-là, sa camionnette blanche est devenue aussi bleue qu'un œuf de merle. Tout le monde est certain que c'est ce fils de pute qui a fait le coup, mais il n'y a pas de preuves.

Wesley interrompit Marino d'un ton autoritaire :

— Bon, d'accord. C'est très intéressant et peut-être bien

La Séquence des corps

que ce gardien est impliqué dans l'accident du petit garçon. Mais cela vous mène où ?

— Tiens, je pensais que c'était évident !

— Eh bien cela ne l'est pas. Aidez-moi, voulez-vous, Pete ?

— Lindsey aime les gosses, c'est aussi simple que ça. Alors il choisit des boulots qui le mettent en contact avec eux.

— J'avais plutôt l'impression qu'il acceptait ce genre de boulot parce qu'il était incapable de faire autre chose que de balayer par terre.

— Putain, merde ! Il pourrait balayer par terre chez l'épicier ou chez des vieux. Chacun des endroits où il a travaillé est bourré de gosses.

— Bon d'accord, admettons. Donc il balaie dans des endroits où il y a des enfants, et alors ?

Wesley étudia Marino, qui, de toute évidence, s'était forgé une hypothèse dont il ne démordrait pas.

— Alors, il tue ce premier gosse il y a quatre ans. Attention, je ne dis pas, certainement pas, que c'était volontaire. Mais c'est comme ça que ça se passe et il est forcé de mentir. Et puis, cet affreux secret qu'il traîne finit par complètement le démolir. C'est comme ça qu'il y a des choses qui commencent chez les gens.

D'un ton très apaisant, Wesley s'enquit :

— Des choses ? Quelles autres choses, Pete ?

— Il se sent coupable. Et il regarde ces gosses chaque putain de journée et il veut aller vers eux, se faire pardonner, les approcher, défaire le mal qu'il a fait. Merde, je sais pas, moi ! Et puis ses émotions lui montent à la tête, et il voit cette petite fille. Il essaie d'être gentil avec elle, il veut l'approcher. Peut-être qu'il l'a aperçue la nuit où elle rentrait chez elle après la réunion à l'église. Peut-être même qu'il lui a adressé la parole. Et puis, merde, c'est pas un problème de savoir où elle habite. C'est une putain de petite ville, ici. Il connaît.

Marino avala une gorgée de son thé glacé et alluma une autre cigarette avant de poursuivre :

— Il l'enlève. Son idée, au début, c'est de la garder un peu avec lui pour lui faire comprendre qu'il n'a jamais voulu faire de mal à personne, qu'il est gentil. Il veut devenir son ami. Il veut qu'on l'aime parce que si la petite fille l'aime ça défera la chose terrible qu'il a faite quatre ans plus tôt. Seulement, ça ne marche pas comme il voulait. Elle ne veut rien savoir parce qu'elle est terrorisée. Et quand ça commence à merder c'est parce que la réalité ne colle pas aux fantasmes. Il panique et il la tue. Et maintenant, putain de merde, il a recommencé, il a tué deux gosses !

Wesley ouvrit la bouche pour parler mais la serveuse s'approcha de notre table, apportant nos plats sur un grand plateau marron.

C'était une femme assez âgée, aux jambes lourdes et épaisses, des jambes fatiguées. Elle nous servit avec lenteur. Elle voulait que tout soit parfait et convienne au monsieur important, à l'étranger vêtu d'un beau costume bleu marine neuf.

La serveuse y alla de ses « certainement, Monsieur » et parut contente lorsque je la complimentai sur ma salade, que je n'avais pas l'intention de manger. J'avais perdu tout appétit, si tant est que j'en ai eu en arrivant au Coach House Restaurant, dont j'étais sûre qu'il était célèbre pour quelque chose. Mais j'évitais de regarder la julienne de jambon, dinde et Cheddar dans mon assiette. J'évitais principalement de regarder l'œuf dur en tranches. Je ne me sentais pas bien.

— Vous désirez autre chose ?

— Non merci.

— Ça a l'air vraiment très bon, tout cela, Dot. Vous pourriez m'amener un peu de beurre ?

— Mais certainement, Monsieur. Ça vient tout de suite. Et vous, Madame, peut-être désirez-vous encore un peu d'assaisonnement ?

La Séquence des corps   217

— Oh non, merci beaucoup, c'est parfait comme ça.

— Oh merci mille fois. Vous êtes vraiment des gens gentils, et je peux vous dire qu'on est rudement contents que vous soyez ici. Je ne sais pas si vous êtes au courant, mais on fait un buffet tous les dimanches après l'église.

— Nous nous en souviendrons, Madame, déclara Wesley.

J'avais déjà décidé de lui laisser un pourboire de 5 dollars si seulement elle me pardonnait de ne pas avoir touché à ma salade.

Je me rendais compte que Wesley tentait de trouver quelque chose à dire à Marino, et c'était la première fois que quelque chose de cet ordre se passait entre eux.

Enfin, Wesley dit :

— En fait, ce que je me demande, Pete, c'est si vous avez abandonné votre première théorie ?

— Quelle théorie ?

Marino entreprit de découper son steak grillé avec le tranchant de sa fourchette. Voyant que cela ne marchait pas, il attrapa le poivre et la bouteille de sauce A1.

— Temple Gault. J'ai l'impression qu'il ne vous intéresse plus.

— J'ai rien dit de tel.

— Marino, insistai-je. Parlez-moi de ce petit garçon qui a été écrasé.

Marino fit un geste de la main en direction de la serveuse :

— Dot, je crois que je vais avoir besoin d'un couteau qui coupe bien. Ce délit de fuite est important parce que ça prouve que ce type a un passé violent. Les gens du coin sont en train de s'énerver à cause de cette histoire mais aussi parce qu'il s'intéressait un peu trop à Emily Steiner. Moi, je vous mets au courant de ce qui se passe.

— Mais comment la culpabilité de Creed explique-t-elle la présence de peau humaine dans le congélateur de Ferguson, demandai-je ? À propos, Marino, le groupe sanguin des tissus correspond bien à celui d'Emily Steiner. Nous attendons toujours les résultats de l'analyse d'ADN.

— Ça explique rien du tout.

Dot, la serveuse, revint avec un couteau à dents et Marino la remercia. Il scia son steak. Wesley grignotait du bout des dents son filet de flétan grillé, plongé dans la contemplation de son assiette et tout en écoutant son camarade du VICAP. Marino reprit :

— Écoutez, si on s'en tient à ce qu'on sait, c'est Ferguson qui s'est fait la gamine. Il est évident qu'on ne peut pas exclure la possibilité que Gault soit dans le coup, et du reste, ce n'est pas ce que j'ai dit.

Wesley prit la parole :

— Que sait-on d'autre au sujet de Ferguson ? À propos, saviez-vous que l'empreinte qu'on a relevée sur la culotte qu'il portait est celle de Denesa Steiner ?

— C'est parce que la culotte a été volée chez elle la nuit où le type s'est introduit dans la maison pour kidnapper sa gosse. Vous vous rappelez ? Elle a dit que lorsqu'elle était bouclée dans le placard elle l'a entendu ouvrir ses tiroirs et qu'après, elle a eu l'impression qu'on avait dérobé quelque chose.

— Cette histoire et la présence de cette peau dans son congélateur me donnent très envie de fouiller dans la vie de Ferguson, remarqua Wesley. À votre avis, y a-t il une chance pour qu'il ait eu des contacts avec l'enfant ?

— Avec sa profession, il est évident qu'il connaissait cette affaire qui s'est produite en Virginie, le petit Eddie Heath. Il a pu tenter de maquiller le meurtre de la petite Steiner pour faire croire que c'était le même assassin. Ou alors, peut-être que les meurtres de Virginie lui ont donné des idées, lançai-je.

Tout en débitant un autre morceau de viande, Marino précisa :

— Ferguson était un drôle de mec. Ça, je le sais, mais

pour ce qui est du reste, les gens d'ici n'ont pas l'air de savoir grand-chose à son sujet.

— Durant combien d'années a-t-il travaillé pour le FBI ? demandai-je.

— Une dizaine d'années. Avant cela il était CRS et avant encore, il était dans l'armée.

— Il était divorcé ? demanda Wesley.

— Pourquoi, y a des gens qui le sont pas ?

Wesley ne pipa mot.

— Divorcé deux fois. Une de ses ex-femmes vit dans le Tennessee et l'autre à Enka. Il a quatre gosses, des grands, qui sont dispersés dans tout le pays.

— Et en quels termes parle de lui sa famille ? m'enquis-je.

Marino attrapa à nouveau la bouteille de sauce A1 :

— Vous savez, c'est pas comme si j'étais déjà ici depuis six mois ! Je peux juste arriver à parler à un certain nombre de gens chaque jour, et ça, c'est quand j'ai de la chance et que j'arrive à les coincer chez eux à ma première ou deuxième visite. Si on ajoute à ça que vous vous êtes tirés tous les deux en me laissant le bébé sur les bras, j'espère que je ne vous vexerai pas en vous disant qu'il y a que vingt-quatre putains d'heures par journée.

Wesley le rassura d'un ton posé :

— Mais nous en sommes parfaitement conscients, Pete. C'est pour cette raison que nous sommes ici, parce que nous sommes convaincus qu'il y a un gros travail d'enquête à faire. Peut-être même davantage que ce que j'avais cru au début, parce que rien ne colle parfaitement dans cette histoire. J'ai l'impression que cette enquête part dans trois directions différentes et jusque-là, je ne vois pas de points communs, si ce n'est que j'ai vraiment envie de m'intéresser de près à la vie de Ferguson. Après tout, nous avons des résultats d'analyse qui le désignent, la peau dans son congélateur et la lingerie de Denesa Steiner.

Marino chercha la serveuse du regard. Elle se tenait juste

devant la porte de la cuisine, attendant le moindre de ses appels.

— Ils ont une excellente tourte aux cerises, ici.

— Vous venez souvent ? demandai-je.

Marino haussa le ton au profit de notre vigilante serveuse lorsqu'elle arriva à notre table.

— Il faut bien que je mange quelque part, n'est-ce pas, Dot ?

Wesley et moi commandâmes un café.

— Eh bien mon petit, la salade n'était pas bonne ? me demanda-t-elle d'un ton sincèrement désolé.

— Pas du tout, elle était excellente. J'avais juste moins faim que je ne le pensais.

— Vous voulez que je vous l'emballe ?

— Non merci.

Lorsqu'elle eut disparu, Wesley aborda les différents détails des analyses. Nous parlâmes un moment du bois de moelle et du ruban adhésif. Lorsque la tourte de Marino eut été engouffrée, et qu'il se remit à fumer, il devint clair que nous avions épuisé tous les sujets de conversation possibles. Marino n'avait pas plus d'idée au sujet du bois ou du ruban ignifugé que nous.

— Merde, lâcha-t-il. C'est une vraie purée de merde, cette histoire. Rien de ce que j'ai appris n'a de relation avec ces trucs.

L'attention de Wesley semblait s'amenuiser. Il dit pourtant :

— Ce ruban orange fluorescent est très inhabituel. Quelqu'un d'ici l'a forcément déjà vu. Du moins s'il vient de ce coin. Dans le cas contraire, on finira bien par connaître sa provenance.

— Je m'en charge, dis-je en ramassant l'addition.

— Ils n'acceptent pas la carte American Express dans ce restaurant, précisa Marino.

Wesley se leva et repoussa sa chaise :

La Séquence des corps 221

— Il est deux heures moins dix. Disons qu'on se retrouve à l'hôtel à six heures et qu'on essaie d'établir un plan.

— Je suis désolée de devoir vous rappeler ces points, mais d'une part, c'est un motel, pas un hôtel, et en plus nous n'avons pas de voiture.

— Je vais vous déposer au *Travel Eze*. Votre voiture devrait vous y attendre. Quant à vous, Benton, on pourra vous en trouver une si vous pensez en avoir besoin.

Marino parlait comme s'il était devenu le nouveau chef de la police de Black Mountain, ou même peut-être son maire.

— Moi, je ne sais pas ce dont je vais avoir besoin, maintenant.

13

On avait déplacé le détective Mote dans une chambre privée lorsque je lui rendis visite un peu plus tard ce jour-là. Son état de santé était stationnaire mais il demeurait toujours sous surveillance.

Étant encore trop peu familière avec les alentours, je me rabattis sur la petite boutique de cadeaux de l'hôpital qui proposait un choix fort restreint de bouquets de fleurs, à l'abri derrière la glace d'une armoire réfrigérée.

— Détective Mote, demandai-je depuis le pas de la porte de la chambre, hésitante.

Il était assis dans son lit, somnolent malgré le volume sonore de la télévision.

— Bonjour, insistai-je plus fort.

Il ouvrit les yeux et je sentis que durant quelques secondes, il cherchait qui je pouvais être. Puis, la mémoire lui revint et il me sourit comme s'il avait rêvé de moi depuis des nuits.

— Doux Jésus, si je m'attendais, le Dr Scarpetta... Je croyais que vous étiez repartie.

Lui tendant le pitoyable petit bouquet de marguerites dans leur épais vase vert, je précisai :

— Je suis désolée, mais ils n'avaient pas grand choix en bas. Cela vous convient si je les pose là ?

Je déposai le vase, et la vue des rares autres fleurs qui se trouvaient sur sa table de nuit m'affligea : elles étaient encore plus pathétiques que les miennes !

— Prenez cette chaise, si vous avez le temps de vous asseoir un instant.

— Comment vous sentez-vous, détective Mote ?

Il était pâle et amaigri, et le regard qu'il dirigea vers la fenêtre par laquelle filtrait la lumière de cette jolie journée était très triste.

— Oh, j'essaie de nager avec le courant, comme on dit. On ne peut jamais prévoir ce qui vous attend, mais j'ai bien envie de me mettre à pêcher et puis aussi à bricoler le bois. Vous savez, ça fait longtemps que j'ai envie de me construire un petit chalet, quelque part. J'aime bien sculpter la teille pour faire des cannes de marche. C'est de l'écorce de chanvre.

Avec précaution, ne souhaitant pas le bouleverser, je demandai :

— Détective Mote, vous avez reçu la visite de vos collègues ?

Il me répondit tout en continuant à fixer l'éclatant ciel bleu :

— Oh, bien sûr, une ou deux personnes sont passées ou m'ont appelé.

— Quel est votre avis sur ce qui se passe dans l'enquête de la petite Steiner ?

— Pas trop bon.

— Pourquoi cela ?

— Ben, d'abord parce que je n'y suis pas, et puis ensuite,

La Séquence des corps　　　223

j'ai l'impression que chacun part dans sa direction, au petit bonheur la chance, et ça m'inquiète.

— Vous étiez un des premiers sur l'affaire. Vous deviez bien connaître Max Ferguson ?

— Pas aussi bien que je le pensais, j'ai l'impression !

— Vous savez qu'il pèse des soupçons sur lui ?

— Oui, je sais tout cela.

La lumière du soleil rendait ses yeux si pâles qu'on aurait dit de l'eau. Il cligna des yeux à plusieurs reprises et essuya les larmes qui naissaient dans ses yeux : la lumière trop vive, ou l'émotion.

Il reprit la parole :

— Je suis aussi au courant qu'ils s'intéressent de près à Creed Lindsey. Et vous voyez, moi je trouve que c'est assez moche pour les deux.

— Dans quel sens ?

— Ben, Dr Scarpetta, Max est plus là pour se défendre.

— C'est vrai.

— Quant à Creed, il ne saurait pas par où commencer à se défendre, même s'il était là.

— Vous savez où il se trouve ?

— J'ai entendu dire qu'il s'était caché quelque part. C'est pas la première fois, d'ailleurs. Il a fait la même chose quand ce petit garçon a été écrasé et qu'il est mort. À l'époque, tout le monde pensait que Creed était coupable comme les sept péchés capitaux. Alors, il a disparu et il est revenu un peu plus tard. De temps en temps, il retourne vers ce qu'ils appelaient la ville de couleur, dans le temps. Et il boit comme un trou.

— Où vit-il ?

— Après la route de Montreat, plus haut dans Rainbow Mountain.

— Je ne sais pas très bien où cela se trouve.

— Quand vous arrivez à hauteur de la grande porte de Montreat, c'est la route qui part à droite vers la montagne. Avant, il n'y avait que des montagnards qui habitaient là-haut, ce que vous appelleriez des ploucs. Mais au fil des années, pas mal sont morts et d'autres ont déménagés, et les gens comme Creed les ont remplacés.

Il s'interrompit un instant, songeur.

— Vous pouvez apercevoir l'endroit depuis la route en contre bas. Il y a une vieille machine à laver sur son porche et il balance toutes ses ordures de la porte de derrière, directement dans les arbustes. (Mote soupira.) À la vérité, Creed est passé à côté le jour de la distribution de méninges.

— C'est-à-dire ?

— Ça veut dire qu'il ne comprend pas grand-chose et qu'il a peur de ce qu'il ne comprend pas. Il doit pas comprendre ce qui se passe en ce moment par ici.

— Cela signifie-t-il que vous ne croyez pas non plus qu'il soit impliqué dans le meurtre de la petite Steiner ? demandai-je.

Le détective Mote ferma les yeux. Le moniteur suspendu au-dessus de sa tête enregistrait un rythme cardiaque de 66 battements par minute. Il avait l'air exténué.

— Non, Madame. J'y crois pas une seule seconde. Mais si vous voulez mon avis, il a une raison pour se cacher. Et je n'arrive pas à me sortir cette idée de la tête.

— Mais vous dites qu'il a pris peur. Cela me semble une bonne raison pour se cacher.

— J'ai comme l'impression qu'il y a autre chose. D'un autre côté, ça ne sert à rien que je me creuse la tête à ce sujet, je ne peux plus rien faire. Sauf s'ils acceptent tous de faire la queue devant ma porte et de répondre à mes questions. Et y a peu de chances que ça se produise.

Je n'avais pas vraiment envie de l'interroger au sujet de Marino, mais je sentis qu'il était de mon devoir de le faire.

— Et le capitaine Marino ? Avez-vous eu l'occasion de le voir souvent ?

Mote me regarda droit dans les yeux :

— Il est passé l'autre jour avec une bouteille de Wild Turkey, c'est dans le placard, là-bas, dit-il en sortant un bras des couvertures et en m'indiquant l'endroit.

Nous demeurâmes silencieux un moment.

— Mais je sais qu'il faut pas que je boive, ajouta-t-il.

— Vous devez écouter les conseils des médecins, détective Mote. Il va falloir apprendre à vivre avec ce que vous avez et cela signifie renoncer aux choses qui vous ont mises dans cet état.

— Je sais que je dois arrêter de fumer.

— On peut y parvenir. Moi-même je n'aurais jamais cru pouvoir m'y habituer.

— Ça vous manque toujours ?

— En tout cas, ce qui ne me manque pas c'est la façon dont je me sentais lorsque je fumais.

— Moi non plus, je n'aime pas la façon dont je me sens avec toutes ces mauvaises habitudes. Mais ça n'a rien à voir.

— Alors, oui, cela me manque toujours, mais c'est de moins en moins difficile, répondis-je en souriant.

— J'ai dit à Pete que je ne voulais pas le voir finir ici, comme moi, Dr Scarpetta. Mais il a la tête dure.

Le souvenir de Mote, écroulé par terre, de son visage virant au bleu pendant que je m'acharnais à lui sauver la vie me revint et me perturba. J'étais sûre que tôt ou tard, Marino subirait le même sort. Je songeai au steak frit, à son nouveau costume, à la voiture et à son étrange comportement. On aurait dit qu'il avait décidé de faire comme s'il ne m'avait jamais connue. La seule façon dont il pouvait y arriver, c'était de devenir lui-même quelqu'un que je ne pourrais reconnaître.

— Il est vrai que Marino s'est terriblement investi dans cette affaire. C'est une enquête très éprouvante, dis-je faiblement.

— Mrs Steiner ne pense à rien d'autre, remarquez, je la comprends. Si j'étais à sa place, je crois bien que je mettrais tout ce que je possède dedans aussi.

— Qu'a-t-elle mis dedans ?

— Elle est très riche, répondit Mote.

— Je m'étais déjà posé la question, remarquai-je en me souvenant de la voiture de Denesa Steiner.

— Elle a beaucoup fait pour participer à l'enquête.

— À quel sujet ?

— Ben, pour les voitures. Comme celle que Pete conduit, par exemple. Faut bien que quelqu'un paie pour tout ça.

— Mais je croyais que ce genre d'équipement était offert par les entreprises du coin.

— C'est-à-dire que ce que Mrs Steiner a fait a donné l'exemple aux autres. Grâce à elle, toute la région se sent concernée par cette histoire et compatit avec elle. Personne ne veut qu'un autre enfant subisse la même chose. Je dois reconnaitre que je n'avais jamais rien vu de tel au cours de mes 24 ans de carrière dans la police. D'un autre côté, j'avais jamais eu de cas comme celui-ci.

Je fis un effort considérable pour conserver une voix calme et paraître parfaitement à l'aise lorsque je demandai à Mote :

— Mais, la voiture que je conduis, c'est également un de ses dons ?

— Oui, c'est elle qui a offert les deux voitures, et puis d'autres commerçants ou industriels ont donné pour les projecteurs, ou les radios ou encore les scanners.

— À votre avis, détective Mote, quelle somme d'argent Mrs Steiner a-t-elle offert à votre police ?

— Pas loin de cinquante, je dirais.

Je le regardai, incrédule :

— Cinquante ? Vous voulez dire cinquante mille dollars ?

— Oui, c'est cela.

— Et cela ne pose de problèmes à personne ?

— En ce qui me concerne, je trouve pas ça très différent de quand la station hydroélectrique nous a offert une voiture il y a quelques années, parce qu'ils voulaient qu'on surveille un peu un de leurs transformateurs. Il y a aussi les Quick Stops et les 7-Eleven qui nous offrent toujours le café,

La Séquence des corps 227

comme ça les gars y passent souvent et ils jettent un œil.
Tout ça, c'est des gens qui nous aident à les protéger. Ça
marche bien tant que personne n'essaie d'en tirer profit.

Son regard me fixait toujours et ses mains reposaient
immobiles sur les couvertures :

— Je me doute que dans une grande ville comme
Richmond, vous devez avoir plus de règles.

— Toute donation à la police de Richmond d'un montant
supérieur à deux mille cinq cents dollars doit d'abord être
approuvée par une O et R.

— Je sais pas ce que c'est.

— Une Ordonnance et Résolution qui passe devant le
conseil municipal.

— Ça m'a l'air rudement compliqué.

— Il y a d'excellentes et évidentes raisons à ce que ce
soit compliqué.

— C'est sûr, admit-il.

Pourtant, il semblait surtout las et assommé par la révélation qu'il ne pouvait plus faire confiance à son corps.

— Pouvez-vous me dire à quoi seront utilisés ces cinquante mille dollars, en dehors de l'achat des voitures ?
demandai-je.

— Il nous faut un nouveau chef de police. Avant, j'étais
à peu près le seul candidat possible, mais pour être franc,
les choses n'ont pas l'air éblouissantes pour moi en ce
moment. Même si j'arrive à reprendre mes fonctions, on me
réservera quelque chose de pas trop fatigant. Il est temps
que cette ville ait à sa tête quelqu'un qui a de l'expérience.
Les choses ne sont plus ce qu'elles étaient.

— Je vois.

Le contour des événements qui étaient en train de se produire se dessinait d'une façon assez perturbante. J'ajoutai :

— Je vais vous laisser vous reposer.

— Je suis rudement content que vous soyez passée.

Il me serra la main si fort qu'il me fit mal. Je sentis en lui
un désepoir si profond qu'il n'aurait probablement pas pu

l'expliquer même s'il en avait été complètement conscient. Échapper d'un cheveu à la mort, c'est apprendre qu'un jour on mourra, et il est impossible de penser ensuite aux choses de la même façon.

Avant de retourner au *Travel-Eze*, je me rendis jusqu'à la porte de Montreat, pour la contourner après être passée dessous. Une fois parvenue de l'autre côté, je me demandai ce qu'il convenait de faire. La circulation était très fluide, et lorsque je m'arrêtai un instant sur le bord, les automobilistes me dépassant durent penser que j'étais encore une de ces touristes égarées ou bien à la recherche de la maison de Billy Graham. De l'endroit où je m'étais garée, j'avais une vue parfaite du coin de montagne qu'habitait Creed. Je pouvais même distinguer sa maison avec la machine à laver blanche, comme un cube posé sur le porche.

On avait dû baptiser Rainbow Mountain par un après-midi d'octobre comme celui-là. Les feuilles se paraient de couleurs, des nuances plus ou moins intenses de rouge, d'orange et de jaune, ardentes sous le soleil et profondes dans la pénombre. Les ombres s'avançaient de plus en plus profondes comme le soleil tombait, recouvrant les vallées et les crevasses. Dans moins d'une heure, il ferait nuit. Si je n'avais pas aperçu des volutes de fumée s'échapper de la cheminée inclinée en pierre de Creed, peut-être n'aurais-je pas décidé d'emprunter le chemin de terre qui conduisait chez lui.

Je remis le contact, traversai la route et obliquai dans le chemin étroit et coupé d'ornières. La passage de ma voiture provoquait un nuage de poussière rouge comme je m'avançais dans cet endroit qui était un des plus inhospitaliers qu'il m'ait été donné de découvrir. Je me rendis compte que la route continuait vers le sommet de la montagne pour s'arrêter soudain. Quelques vieilles caravanes bombées, quelques maisons délabrées étaient disséminées tout le long. Des planches sans peinture ou des rondins avaient servi à construire les murs des maisons et les toits étaient de papier

La Séquence des corps 229

goudronné ou de tôle. Les rares véhicules que j'aperçus étaient de vieilles camionnettes, et même une estafette dont la carrosserie était d'une étrange couleur crème de menthe.

Seul un petit carré de poussière du terrain de Creed était inoccupé, et j'en conclus que ce devait être l'endroit où il se garait. J'y dirigeai la voiture et coupai le moteur. Je restai un instant assise, contemplant sa cabane branlante et le porche en pente. J'eus l'impression qu'il y avait de la lumière à l'intérieur, à moins qu'il ne se soit agi de la réflexion du soleil couchant sur la vitre. Tout en pensant à cet homme qui vendait des cure-dents épicés aux enfants et qui avait cueilli des fleurs sauvages pour les offrir à Emily, à ce gardien qui balayait les sols et vidait les poubelles de l'école, je me demandais si j'avais bien fait de venir.

En fait, mon intention première était juste de savoir où vivait Creed par rapport à l'église presbytérienne et au lac Tomahawk. Mais maintenant que j'avais résolu ce point, d'autres questions me venaient. Je ne pouvais pas me résigner à tourner le dos à cette maison dans laquelle brûlait un feu de cheminée alors que nul n'était censé s'y trouver. Je ne parvenais pas à m'ôter de l'esprit les phrases de Mote, et bien sûr, il y avait également ces Fireballs que j'avais retrouvés près du lac. Du reste, ces bonbons étaient la raison première de ma venue ici, et c'était à cause d'eux qu'il fallait que je parle à cet homme qui s'appelait Creed.

Je frappai à la porte à plusieurs reprises, pensant entendre le mouvement de quelqu'un à l'intérieur et avec la nette impression qu'on m'observait. Mais personne ne vint m'ouvrir, et nul ne répondit à mes salutations. La fenêtre qui se trouvait sur ma gauche n'avait pas de rideaux, et je pus apercevoir au travers un plancher de bois sombre et une chaise en bois, éclairée par la lumière d'une petite lampe posée sur une table.

Je me raisonnai en pensant que cette lampe allumée ne signifiait pas forcément que quelqu'un fût à l'intérieur, mais d'un autre côté, je perçus l'odeur d'un feu de bois, et remarquai que le tas de petit bois entreposé sous le porche était assez fourni et avait été coupé depuis peu.

Je frappai à nouveau, et sentis la porte jouer sous la pression de mes phalanges. Il aurait fallu peu de chose pour l'ouvrir d'un coup de pied.

— Bonjour... Il y a quelqu'un ?

Seules les rafales de vent qui agitaient les arbres me répondirent. L'air était très frais à l'ombre, et l'odeur légère des choses en décomposition, de la moisissure, me parvint. Les bois flanquaient de chaque côté cette cabane d'une ou deux pièces au toit rouillé et à l'antenne de télé de guingois, et les monticules d'ordures accumulés au fil des années qu'ils abritaient avaient été miraculeusement recouverts de feuilles mortes. Mon regard balaya des bouteilles de lait en plastique, des bouts de papier, des bouteilles de soda qui avaient traîné assez longtemps dehors pour que leurs étiquettes soient indéchiffrables.

J'en déduisis donc que le seigneur du château avait renoncé à son habitude de balancer ses ordures de la porte dans les bois, puisqu'aucun des déchets ne me semblait récent. Plongée dans cette contemplation, je mis un certain temps à me rendre compte que quelqu'un était derrière moi. Je sentis si précisément un regard fixé sur mon dos que les cheveux de ma nuque se hérissèrent. Je me retournai lentement.

C'était une étrange apparition que cette fille qui se tenait près du pare-choc arrière de ma voiture. Elle était aussi immobile que l'eût été un daim et me fixait dans la lumière crépusculaire. Ses cheveux châtains ternes pendaient autour de son visage étroit et pâle. Elle louchait légèrement. Elle ne faisait pas un mouvement. À la tension de ses longues jambes maigres, je compris qu'elle bondirait et se sauverait au moindre geste brusque ou au moindre son trop fort. Elle continua à me fixer durant un long moment, et je lui rendis son regard, comme si je comprenais le protocole de cette étrange rencontre. Lorsqu'enfin, elle changea de posture et parut capable de respirer et de cligner des paupières à nouveau, je me risquai à parler.

— Je me demandai si tu pourrais m'aider, dis-je gentiment d'un ton tranquille.

Elle fourra ses mains nues dans les poches d'un manteau en laine sombre bien trop petit pour elle. Elle portait un pantalon kaki froissé et retourné sur les chevilles et des bottes de cuir marron éraflées. Je décidai qu'elle devait avoir treize ou quatorze ans, mais c'était malaisé à évaluer.

— Je ne suis pas du coin et il est très important que je trouve Creed Lindsey. C'est l'homme qui habite cette maison, enfin du moins, je crois. Peux-tu m'aider ?

— Qu'est-ce qu'y veut avec lui ?

Sa voix était très aiguë et me rappelait le son des cordes d'un banjo qu'on pince. À son accent, je compris que j'allais avoir beaucoup de difficultés à comprendre quelques mots de ce qu'elle voudrait bien me dire.

— J'ai besoin de le voir parce que je veux l'aider, articulai-je très lentement.

Elle se rapprocha de moi de quelques pas, sans jamais me quitter du regard. Elle avait les yeux très pâles et un strabisme léger qui faisait penser au regard d'un chat siamois.

Avec un calme olympien, je repris :

— Je sais qu'il croit qu'on le recherche. Mais je ne fais pas partie de ces gens-là. Pas du tout. Je ne veux lui faire aucun mal.

— C'est quoi son nom ?

— Je suis le Dr Kay Scarpetta.

Elle me fixa avec une intensité renouvelée, comme si je venais de lui confier le plus étonnant des secrets. Soudain, l'idée me traversa que si elle savait peut-être ce qu'était un médecin, elle n'en n'avait probablement jamais vu qui soit de genre féminin.

— Tu sais ce que c'est qu'un médecin ? demandai-je.

Elle examina ma voiture comme si le résultat de cet examen était en totale contradiction avec ce que je venais de lui dire.

— Il y a des médecins qui aident la police quand des gens ont des problèmes. C'est ce que je fais. J'aide la police d'ici. C'est pour cela que j'ai cette voiture-là. La police me permet de la conduire tant que je suis ici, parce que je ne suis pas du coin. Je viens de Richmond, en Virginie.

Ma voix mourut sur mes derniers mots. Elle contemplait toujours silencieusement la voiture. J'eus brusquement la sensation déprimante que j'étais allée trop loin, que j'en avais trop dit et que tout était perdu. Je ne retrouverais jamais Creed Lindsey. Quelle invraisemblable folie de ma part d'avoir cru ne serait-ce qu'un instant que je pourrais communiquer avec quelqu'un que je ne connaissais pas et que je ne parvenais pas à comprendre.

J'étais sur le point de remonter dans ma voiture et de repartir lorsque la jeune fille s'avança vers moi. Je sursautai de surprise lorsqu'elle saisit ma main et me tira par la manche, sans un mot, jusqu'à ma voiture. Elle pointa la fenêtre par laquelle on apercevait ma trousse médicale posée sur le siège passager.

— C'est ma trousse médicale. Tu veux que je la prenne ?

— Oui, faut qu'y le prenne.

C'est ce que je fis. Je me demandai s'il s'agissait d'une simple curiosité de sa part, mais elle me tira vers le chemin où nous nous étions rencontrées un peu plus tôt. Sans un mot, elle se dirigea vers la colline. Sa main, tenant toujours la mienne fermement, était rugueuse et sèche comme la pellicule qui entoure les épis de maïs. Elle avait une idée bien précise en tête.

Nous gravîmes la colline au pas de course et je lui demandai :

— Tu veux bien me dire ton nom ?

— Deborah.

Ses dents étaient très abîmées, elle était efflanquée et prématurément vieillie, signes typiques des cas de malnutrition

La Séquence des corps 233

chronique dont j'avais souvent été le témoin dans une société où la nourriture n'est pas forcément une solution. J'étais convaincue que la famille de Deborah, comme tant d'autres des familles qu'il m'arrivait de croiser en ville, subsistait sur des repas trop riches en calories mais vides, le genre de repas que permettent de se procurer les timbres alimentaires.

— Deborah comment ? demandai-je.

Nous étions arrivées à hauteur d'une petite cabane faite de plaques. Elle avait sûrement été construite avec les ébarbures d'une scierie et recouverte de feuilles de papier goudronné dont certaines tentaient d'imiter le dessin de la brique.

— Deborah Washburn.

Je gravis à sa suite les marches branlantes qui menaient à une véranda délabrée sur laquelle s'empilait du bois de chauffage et reposait un planeur d'un bleu turquoise délavé. Elle poussa une porte qui n'avait pas été repeinte depuis si longtemps qu'elle ne parvenait même plus à se souvenir de sa couleur d'origine, et me tira à l'intérieur, où la raison de sa mission me devint évidente.

Deux petits visages, beaucoup trop vieux pour leurs tendres années, se levèrent vers moi. Les enfants étaient assis sur un matelas nu posé à même le sol. Un homme y était également assis. Il tentait de recoudre la coupure qui entaillait son pouce droit, et le sang dégoulinait dans les loques qu'il avait posées sur ses genoux. Une carafe en verre était posée à même le sol, proche de lui. Elle contenait un liquide clair dont j'étais sûre qu'il ne s'agissait pas d'eau. Il avait déjà réussi à poser un point de suture à l'aide de son aiguille et de son fil de couture. Durant un instant, nous nous examinâmes dans la lueur que dispensait une ampoule nue pendue au-dessus de nos têtes.

— C'est un docteur, lui annonça Deborah.

Il me dévisagea encore un moment, le sang dévalait de son pouce. Il devait approcher de la trentaine. Ses cheveux noirs, trop longs, lui tombaient dans les yeux, et sa peau avait une pâleur maladive, comme si elle n'avait jamais pris le soleil. Il était de grande taille et trop épais, et sentait la vieille graisse, la sueur et l'alcool.

— Y le cherchait.

Je réalisai que Deborah utilisait « y » et « le » pour désigner toutes choses et que l'homme que j'avais en face de moi devait être Creed Lindsey.

— Pourquoi tu l'as ramenée ici ? demanda-t-il à la jeune fille sans pour autant avoir l'air en colère ou inquiet.

— Y souffre.

— Comment vous êtes-vous blessé ? demandai-je en ouvrant ma sacoche.

— Avec mon couteau.

J'examinai sa main de près. Il était parvenu à rapprocher un bon morceau de peau.

— Les points de suture ne sont pas la meilleure solution dans ce genre de cas.

Je sortis de ma trousse un antiseptique, des pansements et de la Benzoïne.

— Quand vous êtes-vous fait cela ?

— Cet après-midi. J'ai essayé d'ouvrir une boîte de conserve avec mon couteau.

— Vous vous souvenez à quand remonte votre dernier rappel anti-tétanique ?

— Non.

— Il faudrait que vous vous fassiez faire une injection de sérum dès demain. Je l'aurais bien fait, mais je n'ai pas ce qu'il faut ici.

Je cherchai du regard des serviettes en papier et je sentis qu'il m'observait. La cuisine n'était qu'un âtre en bois et il y avait une pompe au-dessus de l'évier. Je me lavai les mains et les séchai du mieux que je pus puis retournai m'agenouiller à côté de lui. Je saisis sa main. Une main dure et pleine de callosités, aux ongles sales et déchiquetés.

La Séquence des corps   235

Jetant un regard vers la carafe remplie d'un liquide clair, je le prévins :

— Ça va faire mal et je n'ai rien pour vous épargner cela. Si vous avez quelque chose, n'hésitez pas.

Il suivit mon regard, attrapa la carafe de sa main valide et avala une longue gorgée de ce qu'elle contenait, liqueur de maïs ou autre, je ne sais pas. En tout cas, cet alcool lui fit monter les larmes aux yeux. J'attendis qu'il ait avalé une autre rasade avant de poursuivre le nettoyage de sa plaie, puis tirai le lambeau de peau pour le maintenir en place avec un cicatrisant spécial et des bandes de pansement adhésif. Lorsque j'eus terminé, Creed était apaisé. J'enveloppai son pouce dans de la gaze et regrettai de n'avoir pas trouvé de bande Ace dans ma trousse.

— Où est ta mère ? demandai-je à Deborah en rangeant l'aiguille et les linges souillés dans ma sacoche, puisqu'il ne semblait pas y avoir de poubelle dans la pièce.

— Y l'est au Burger Hut.

— C'est là qu'elle travaille ?

Elle acquiesça. Un de ses frères, à moins que ce ne fût une sœur, se souleva du matelas pour changer de chaîne.

D'un ton dégagé, je demandai à mon patient :

— Vous êtes bien Creed Lindsey, n'est-ce pas ?

— Ça vous regarde ?

Il parlait de cette même voix nasillarde, mais contrairement à ce que le lieutenant Mote m'avait dit, j'étais sûre que ce n'était pas un débile.

— Il faut que je lui parle.

— Pourquoi ?

— Parce que je suis convaincue qu'il n'a rien fait à Emily Steiner, tout comme je suis sûre qu'il sait quelque chose qui conduira jusqu'au coupable.

Il attrapa la carafe d'alcool :

— Et qu'est-ce qu'il pourrait bien savoir ?

— C'est la question que j'aimerais lui poser. Je crois qu'il aimait beaucoup Emily et qu'il est bouleversé par ce qui s'est produit. Je crois aussi que lorsqu'il est bouleversé de la sorte, il se sauve, surtout lorsqu'il croit qu'on va essayer de le rendre coupable de quelque chose. C'est ce qu'il vient de faire.

Il fixait la carafe, faisant tournoyer lentement le liquide qu'elle contenait.

— Il lui a jamais rien fait cette nuit-là !

— Cette nuit-là ? Vous voulez dire, la nuit où Emily a disparu ?

— Il l'a vue partir avec sa guitare, alors il a ralenti son camion, juste pour lui dire bonsoir. Mais il a rien fait. Il l'a pas fait monter dans le camion, ni rien du tout !

— Mais, lui a-t-il demandé si elle voulait qu'il la dépose chez elle ?

— Non, parce qu'il savait qu'elle aurait rien voulu savoir.

— Et pourquoi cela ?

— Parce qu'elle l'aimait pas. Elle aime pas Creed, même qu'il lui donne des cadeaux.

Sa lèvre inférieure tremblait. Je lui dis :

— Oui, j'ai entendu dire qu'il était très gentil avec Emily. Il lui a offert des fleurs et même des bonbons.

— Non, il lui a jamais donné des bonbons, parce qu'elle les aurait pas pris.

— Elle n'en n'aurait pas voulu ?

— Non, elle les aurait pas pris. Même ceux qu'elle aimait. Et pourtant je l'ai vue qui les acceptait d'autres gens.

— Des Fireballs ?

— Wren Maxwell me les échange contre des cure-dents et j'ai vu qu'il lui donnait des bonbons, à Emily.

— Et était-elle toute seule, cette nuit-là, lorsqu'elle a quitté l'église avec sa guitare ?

— Oui.

— Où était-elle, à ce moment-là ?

— Quand je l'ai vue, elle marchait sur la route, à plus d'un kilomètre de l'église.

La Séquence des corps

— Alors, elle n'avait pas pris le raccourci qui contourne le lac ?

— Elle marchait sur la route et il faisait nuit.

— Où se trouvaient les autres enfants de son groupe de jeunes ?

— Ils étaient loin derrière elle, ceux que j'ai vus. J'en ai vu que trois ou quatre. Elle marchait vite et elle pleurait. J'ai ralenti quand j'ai vu qu'elle pleurait. Mais elle a continué à marcher alors je suis reparti. J'ai continué à la surveiller un moment parce que j'avais peur que quelque chose tournait pas rond.

— Pourquoi avez-vous pensé que quelque chose n'allait pas ?

— Elle pleurait.

— L'avez-vous surveillée jusqu'à ce qu'elle arrive chez elle.

— Ouais.

— Vous savez où elle habitait ?

— Oui, je sais.

Je posai la question suivante en étant parfaitement consciente des raisons qui poussaient la police à le rechercher. Je comprenais leurs soupçons, et je savais que si seulement ils avaient entendu ce que Creed me disait, leurs soupçons n'en seraient devenus que plus épais.

— Et que s'est-il passé ?

— Je l'ai vue rentrer chez elle.

— Et Emily, vous a-t-elle vu ?

— Non, parce que la plupart du trajet, j'avais éteint mes phares.

Oh, mon Dieu !

— Creed, est-ce que vous comprenez pourquoi la police se pose des questions ?

Il remua encore le liquide dans la carafe, et ses yeux prirent une étrange couleur marron vert.

— Je lui ai rien fait, dit-il, et je le crus.

— Vous la surveilliez parce que vous avez vu qu'elle avait de la peine et que vous l'aimiez bien, c'est cela ?

Il avala une gorgée à même le goulot :

— J'ai vu qu'elle avait de la peine, je l'ai vu !

— Vous savez où on a retrouvé son corps, Creed. Où le pêcheur l'a retrouvée ?

— Oui, je sais.

— Vous y êtes allé ?

Il ne répondit pas.

— Vous êtes allé là-bas et vous lui avez laissé des bonbons. Après sa mort.

— Y'a beaucoup de gens qui sont allés là-bas. Ils vont pour voir. Mais son sang y va pas.

— Son sang ? Vous voulez dire sa mère ?

— Elle y va pas.

— Quelqu'un vous a vu là-bas ?

— Non.

— C'est vous qui avez laissé les bonbons, n'est-ce pas ? C'était un cadeau pour Emily.

Ses lèvres tremblèrent à nouveau et ses yeux se remplirent de larmes.

— Je lui ai laissé des Fireballs.

Son accent était si prononcé que j'eus du mal à comprendre qu'il parlait des bonbons.

— Pourquoi là-bas, pourquoi pas sur sa tombe ?

— Je voulais pas que personne me voie.

— Pourquoi ?

Il fixa la carafe sans répondre. Il n'avait d'ailleurs pas besoin de me le dire. Je savais. Je pouvais entendre les vilains noms dont l'affublaient les enfants alors qu'il balayait leurs couloirs. J'imaginais les moqueries, les rires et les terribles plaisanteries dont il deviendrait l'objet si l'on savait qu'il éprouvait une tendresse spéciale pour quelqu'un. Et Emily Steiner l'avait attendri, et elle ne pensait qu'à Wren.

Il faisait nuit noire lorsque je ressortis de la cabane. Deborah me suivit comme un chat silencieux jusqu'à la voiture.

Mon cœur me faisait physiquement mal comme si j'avais forcé sur les muscles de ma cage thoracique. J'aurais aimé lui donner un peu d'argent mais je savais que ce n'était pas bien.

Je me tournai vers la jeune fille en ouvrant la portière de ma Chevrolet :

— Il faut qu'il surveille sa main et qu'il garde la plaie propre. Tu t'en occupes, il faut que vous alliez chercher le médecin. Vous avez un médecin dans le coin ?

Elle secoua la tête.

— Demande à ta mère d'en trouver un. Quelqu'un devrait pouvoir la renseigner au Burger Hut. Tu t'en occupes ?

Elle me regarda et prit ma main.

— Deborah, si tu as besoin de moi, tu peux m'appeler au *Travel Eze*. Je n'ai pas le numéro sur moi, mais tu le trouveras dans l'annuaire. Tiens, prends ma carte de visite, comme cela tu te souviendras de mon nom.

Cramponnant toujours ma main, elle me fixa avec une étrange intensité et dit :

— Y a pas de téléphone.

— Je sais, mais si tu as besoin de téléphoner, il doit y avoir une cabine quelque part, non ?

Elle acquiesça d'un signe de tête.

Le bruit d'une voiture escaladant la colline nous parvint.

— C'est la voiture de ma mère.

— Quel âge as-tu, Deborah ?

— Onze.

— Tu vas à l'école à Black Mountain ? demandai-je, stupéfaite à l'idée qu'elle ait le même âge qu'Emily.

Elle hocha de nouveau la tête.

— Tu connaissais Emily Steiner ?

— L'étais avant.

— Vous n'étiez pas dans la même classe, c'est cela ?

— Non.

Elle lâcha ma main.

La voiture, un antique tas de ferraille qui avait dû être une Ford, nous dépassa en bringuebalant. J'aperçus très brièvement la femme qui conduisait et regardait dans notre direction. Je savais que je ne parviendrais jamais à oublier la fatigue qui se lisait sur ce visage flasque, cette bouche avachie. Ses cheveux étaient serrés dans un filet. Deborah sautilla derrière la voiture de sa mère et je claquai la portière de la mienne.

De retour au motel, je me pris un long bain chaud et me dis qu'il était temps de manger quelque chose. Pourtant, lorsqu'un peu plus tard j'épluchai la carte du service en chambre, je restai pensive, les yeux fixés sur le mur, et optai pour un peu de lecture à la place. Le téléphone me réveilla en sursaut à dix heures trente.

— Oui ?

— Kay ? Il faut que je vous parle, c'est très important.

C'était la voix de Wesley.

— J'arrive, Benton.

Je fonçai jusqu'à sa chambre et frappai :

— C'est Kay.

— Une seconde.

Un instant s'écoula puis la porte s'ouvrit. Le visage de Wesley confirma ma peur : quelque chose de terrible venait de se produire.

— Qu'est-ce qui se passe ? lançai-je en pénétrant dans sa chambre.

— Il s'agit de Lucy.

Il referma la porte derrière moi, et à en juger par l'état de désordre de son bureau jonché de notes et de bouts de papier, je compris qu'il avait passé la majeure partie de l'après-midi au téléphone. Sa cravate gisait sur le lit et les pans de sa chemise sortaient de son pantalon.

— Lucy a eu un accident, Kay.

— Quoi ?

Wesley était dans tous ses états.

— Comment va-t-elle ? demandai-je, incapable d'aligner deux pensées cohérentes.

— Cela s'est produit un peu plus tôt, sur l'autoroute 95, au nord de Richmond. Il semble qu'elle se soit rendue à Quantico. Elle en est ensuite repartie, a mangé un morceau quelque part et puis a repris la voiture pour rentrer à Richmond. Elle s'était arrêtée au Outback, vous savez, ce steakhouse australien. On sait qu'elle s'est rendue chez un armurier de Hanover, le Green Top. C'est après cela qu'elle a eu cet accident.

Il faisait les cent pas dans la chambre en m'annonçant tout ceci.

J'étais incapable de faire un mouvement :

— Benton, est-ce qu'elle va bien ?

— Elle est aux urgences. C'est assez sérieux, Kay !

— Mon Dieu.

— Il semble que son véhicule soit sorti de la route non loin de la sortie qui va vers Atlee-Elmont. Elle a trop redressé. La police locale a identifié les plaques numéralogiques comme étant celles de votre voiture. Ils ont appelé votre bureau depuis le lieu de l'accident et l'un de vos assistants a demandé à Fielding de vous contacter. Il m'a téléphoné parce qu'il avait peur qu'on vous apprenne cela par téléphone. En fait, et puisqu'il est de la partie, il craignait que vous ne vous affoliez si on vous disait juste comme ça que Lucy venait d'avoir un accident...

— Benton !

Il posa les mains sur mes épaules :

— Je suis désolé. Je ne suis vraiment pas à la hauteur pour ce genre de chose, surtout lorsque... Enfin, surtout lorsque vous êtes en jeu. Elle a été blessée à plusieurs endroits et elle a une commotion cérébrale. C'est un véritable miracle qu'elle s'en soit sortie vivante. La voiture a fait plusieurs tonneaux, votre voiture. C'est un vrai tas de ferraille, maintenant. Ils ont dû la sortir avec le chalumeau. On l'a ramenée par hélicoptère. Pour être parfaitement franc avec vous, ils m'ont dit que lorsqu'ils avaient vu l'état de la voiture, ils ont cru qu'elle était morte. C'est incroyable qu'elle n'y soit pas passée.

Je m'assis sur le bord du lit et fermai les yeux :

— Elle avait bu ?

— Oui.

— Dites-moi tout.

— Elle est accusée de conduite en état d'ébriété. À l'hôpital, ils lui ont fait une prise de sang et son alcoolémie était élevée. Je ne sais pas exactement combien.

— Il n'y a pas d'autres victimes ?

— Non, aucune autre voiture.

— Merci, mon Dieu.

Il s'assit à côté de moi et me massa la nuque.

— En fait, c'est même étonnant qu'elle ait parcouru cette distance depuis le restaurant sans problème. Elle a dû boire trop là-bas.(Il m'entoura les épaules de son bras et m'attira contre lui.) Je vous ai retenu une place dans le premier avion.

— Pourquoi s'est-elle arrêtée au magasin Green Top ?

— Elle a acheté une arme. Un Sig Sauer P230. La police l'a retrouvé dans la voiture.

— Il faut que je retourne à Richmond, tout de suite, dis-je.

— Il y a un avion demain matin, très tôt. Ça peut attendre jusque-là, Kay.

— J'ai froid.

Wesley alla chercher son veston et le posa sur mes épaules. Je frissonnais. La terreur panique que j'avais ressentie en entrant un peu plus tôt dans la chambre, en découvrant l'expression de son visage, en déchiffrant la tension de sa voix, fit ressurgir le souvenir de cette nuit où il m'avait téléphoné pour m'apprendre la mort de Mark.

Dès que j'avais entendu la voix de Wesley, j'avais compris que ce qu'il avait à me dire serait affreux. Il commença à

La Séquence des corps   243

parler de cet attentat à Londres, de Mark qui se trouvait dans la gare et passait au moment même où la bombe avait explosée. Cela n'avait rien avoir avec Mark, il n'était pas visé, mais il était mort. La souffrance me submergea comme une attaque, me secoua comme si j'avais été au milieu d'une tempête. À la violence de cette peine fit suite un état d'épuisement comme je n'en avais jamais ressenti, pas même lorsque mon père était mort, parce qu'à cette époque-là j'étais si jeune, incapable d'une quelconque réaction. Parce qu'à cette époque-là, ma mère pleurait et que tout semblait perdu.

Wesley se leva et me servit un verre :

— Ça va aller, Kay.

— Vous ne savez rien d'autre ?

— Non, rien. Tenez, cela va vous faire du bien.

Il me tendit un scotch sec.

Si à cet instant j'avais trouvé une cigarette dans la chambre, je l'aurais prise et allumée. J'aurais mis fin à mon abstinence, juste comme cela.

— Connaissez-vous le nom de son médecin ? Où a-t-elle été blessée ? Les air-bags se sont-ils déployés ?

Wesley me massa à nouveau la nuque, sans répondre, parce qu'il ne savait rien de plus, ainsi qu'il me l'avait déjà dit. J'avalai rapidement mon verre, parce que j'avais besoin de la sensation de l'alcool.

— Je partirai donc demain matin.

La pression des doigts de Wesley qui remontaient jusqu'à mon cuir chevelu me fit un bien fou.

Mes paupières se fermèrent et je lui racontai mon après-midi, la visite que j'avais rendue au lieutenant Mote à l'hôpital. Je lui racontai ma découverte des habitants de Rainbow Mountain et de la petite fille qui ne connaissait qu'un pronom. Enfin, je lui parlai de Creed Lindsey, qui savait qu'Emily n'avait pas emprunté le raccourci du lac cette nuit-là, après avoir quitté sa réunion de jeunes à l'église.

Repensant à ce qu'Emily avait écrit dans son journal, je dis à Wesley :

— C'était tellement triste, parce qu'au fur et à mesure que Creed me parlait, je voyais la scène. Wren lui avait donné rendez-vous à l'église un peu avant l'arrivée des autres et bien sûr, il n'est pas venu. Ensuite, il a fait comme s'il ne la voyait pas pendant toute la soirée. Alors, elle n'a pas attendu la fin de la réunion et elle s'est sauvée avant tout le monde. Elle s'est sauvée parce qu'elle avait de la peine, parce qu'il l'avait humiliée et qu'elle ne voulait pas que les autres s'en rendent compte. Il se trouve qu'à ce moment-là, Creed passait à proximité dans son camion. Il a aperçu la fillette, il a compris qu'elle était bouleversée et il l'a suivie pour s'assurer qu'elle rentrerait chez elle sans problèmes. Il l'aimait de loin, de la même façon qu'Emily aimait Wren de loin. Et maintenant elle est morte, et de façon affreuse. C'est encore une de ces histoires de gens qui aiment des gens qui ne les aiment pas. C'est une de ces histoires où la souffrance se passe de l'un à l'autre.

— Les meurtres sont toujours des histoires de souffrance qu'on se passe de l'un à l'autre.

— Où est Marino ?

— Je ne sais pas.

— Il est en train de faire n'importe quoi. Et pourtant, il sait bien, dis-je.

— Je crois qu'il a une liaison avec Denesa Steiner.

— Oui, je le savais.

— Je vois très bien comment les choses ont pu en arriver là. Marino est seul et il n'a jamais eu de chance avec les femmes. En fait, il ne s'est pas vraiment passé grand-chose dans sa vie amoureuse depuis que Doris l'a quitté, et il ne comprend toujours pas grand-chose aux femmes. Denesa Steiner est désespérée, elle a besoin de se reposer sur quelqu'un, bref tout cela flatte son ego masculin, qui en avait pris un coup dans l'aile.

— Elle a beaucoup d'argent, d'après ce que l'on a dit.

— Oui.

— Comment se fait-il qu'elle soit si riche ? Je croyais que son mari était professeur.

— D'après ce que j'ai cru comprendre, sa famille à lui était très riche. Ils étaient dans le pétrole ou quelque chose dans ce goût-là, à l'ouest. Kay, il va falloir que vous fassiez état de tous les détails de votre rencontre avec Creed à la police, ce qui ne va pas arranger ses affaires.

Cela, je le savais. Wesley poursuivit :

— Je comprends très bien ce que vous ressentez. Mais même moi, il y a des choses qui me perturbent dans ce que vous m'avez raconté. Cela me chiffonne qu'il ait suivi Emily au volant de son camion avec ses phares éteints. Cela me chiffonne qu'il ait connu son adresse et ait été si sensible à la petite fille. Cela me chiffonne qu'il l'ait surveillée en permanence lorsqu'elle était à l'école. Et ce qui me chiffonne le plus, c'est qu'il soit allé au bord du lac, à l'endroit où son corps a été retrouvé, pour y déposer des bonbons.

— Et en ce qui concerne la peau que l'on a retrouvée dans le congélateur de Ferguson. Comment Creed intervient-il là-dedans ?

— De deux choses l'une : ou c'est Ferguson qui l'y a rangée, ou c'est quelqu'un d'autre, c'est aussi simple que cela. Et je ne crois pas que ce soit Ferguson.

— Pourquoi cela ?

— Son profil psychologique ne colle pas avec ce genre de chose, et vous le savez aussi bien que moi.

— Et Gault ?

Wesley ne répondit pas.

Je le fixais. J'avais appris à me guider à l'aide de ses silences. Je pouvais les suivre, comme l'on suit du bout des doigts les murs frais d'une cave.

— Vous me cachez quelque chose, Benton.

— Nous venons juste de recevoir un appel de Londres. Nous pensons qu'il a tué de nouveau, là-bas, cette fois.

— Ah, mon Dieu, non, dis-je en fermant les yeux.

— Un jeune garçon de quatorze ans, cette fois. Il a été tué il y a quelques jours.

— La même mise en scène qu'Eddie Heath ?

— Assez semblable, oui. Les marques de morsures ont été excisées, l'adolescent a été tué d'une balle dans la tête et le corps a été soigneusement disposé.

— Cela ne signifie pas que Gault n'était pas à Black Mountain avant, dis-je alors même que mes doutes s'épaississaient.

— Au point où nous en sommes, on ne peut effectivement rien dire de tel. Gault pourrait être partout. Cependant, j'ai l'impression de ne plus parvenir à le cerner. Il existe beaucoup de similarités entre le meurtre d'Eddie Heath et celui d'Emily Steiner, mais il y a également pas mal de dissemblances.

— Il y a des différences parce que le cas est différent. Et par ailleurs, Benton, je ne crois pas que ce soit Creed qui ait déposé les bouts de peau dans le congélateur de Ferguson.

— Écoutez, Kay. On ne sait pas pourquoi ces tissus se sont retrouvés dans son congélateur. On pourrait par exemple imaginer que quelqu'un ait déposé le paquet sur le perron de Ferguson, que celui-ci, le trouvant comme il rentrait de la réunion, l'a placé lui-même au froid, comme n'importe quel bon enquêteur le ferait. Simplement, il n'a pas eu le temps d'en parler à quiconque.

— Vous suggérez que Creed a attendu le retour de Ferguson et a déposé la peau ?

— Ce que je suggère, c'est que la police envisagera sérieusement la possibilité que Creed a pu déposer la peau chez Ferguson.

— Mais pourquoi aurait-il fait cela ?

— Le remords.

— Alors ce que ferait Gault, c'est nous mener en bateau pour se payer notre tête ?

— C'est cela.

Je demeurai silencieuse un moment avant de reprendre :

La Séquence des corps   247

— Bien, si on admet que le coupable est Creed, comment expliquez-vous alors que l'empreinte qu'on a retrouvée sur la culotte que portait Ferguson soit celle de Denesa Steiner ?

— De toute évidence, Ferguson avait des tendances fétichistes lorsqu'il pratiquait ses séances d'auto-érotisme. Il peut avoir volé la culotte chez les Steiner alors qu'il s'y trouvait pour l'enquête. Cela ne devait présenter aucune difficulté pour lui. Peut-être que le fait de porter la lingerie de Mrs Steiner alors qu'il se masturbait ajoutait au fantasme.

— Est-ce vraiment le fond de votre pensée ?

— Je ne sais plus ce que je pense, en ce moment. Si je balance ces raisonnements comme cela, c'est parce que je sais ce qui va se passer, je sais ce que Marino va penser. Creed Lindsey est un suspect. Pour tout vous dire, ce qu'il vous a confié au sujet d'Emily et du fait qu'il l'a suivie dans son camion tous feux éteints nous donne une raison valable pour fouiller chez lui ainsi que son véhicule. Si nous trouvons quoi que ce soit ou si Mrs Steiner pense qu'il ressemble ou qu'il a la même voix que l'homme qui s'est introduit cette nuit-là chez elle, Lindsey sera accusé de meurtre avec préméditation.

— Où en est-on avec les analyses ? Y a-t-il du nouveau ? demandai-je.

Wesley se leva et rentra les pans de sa chemise dans son pantalon.

— Ils ont réussi à identifier la provenance du ruban adhésif orange fluorescent : il vient de la maison de correction d'Attica, dans l'État de New York. Il semble qu'un des directeurs de la prison en ait eu assez qu'on dérobe son adhésif à canalisations. Il a passé une commande pour un genre de rouleaux qui serait beaucoup plus délicat à subtiliser. Il a choisi cette couleur très voyante parce que c'était également celle de l'uniforme que portaient ses pensionnaires. L'adhésif était utilisé pour des travaux internes à la prison, la réparation des matelas par exemple, c'est ce qui explique la nécessité d'avoir du matériel ignifugé. Shuford Mills a effectué une seule fabrication de ce ruban en 1986. Cela représente à peu près huit cents boîtes.

— C'est très étrange.

— Pour ce qui concerne les traces qu'on a retrouvées sur l'extrémité de certaines des bandes, l'analyse confirme qu'il s'agit de paillettes de vernis, et c'est cohérent avec le vernis qui recouvre la table de nuit de la chambre de Denesa Steiner. Cette information n'a pas grand intérêt puisqu'on sait qu'elle a été ligotée dans sa chambre.

— Gault n'a jamais fait de séjour dans cette prison d'Attica, n'est-ce pas ? demandai-je.

Wesley renouait sa cravate devant le miroir de la chambre :

— Non, mais ce n'est pas cela qui peut nous permettre d'exclure la possibilité qu'il se soit quand même procuré le ruban qu'on utilisait là-bas. Quelqu'un peut lui avoir donné. Après tout, il avait une relation très intime avec la surveillante du pénitencier de Richmond, celle qu'il a tuée un peu plus tard. Je crois que cela vaudrait le coup d'être vérifié, si toutefois le ruban a atterri au pénitencier de Richmond, d'une façon ou d'une autre.

Il fourra un mouchoir propre dans la poche arrière de son pantalon et rangea son pistolet dans la gaine qui pendait à sa ceinture.

— On va quelque part ? demandai-je.

— Je vous invite à dîner.

— Et si je n'en ai pas envie ?

— Vous en aurez envie !

— Vous êtes drôlement sûr de vous, dites-moi.

Il se pencha vers moi, retira sa veste toujours posée sur mes épaules et m'embrassa :

— Je ne veux pas que vous restiez toute seule.

Il enfila sa veste. Il était très beau à sa façon sombre et précise.

Nous dénichâmes un gigantesque restaurant de routiers,

violemment éclairé, dont la carte proposait à peu près tout depuis les côtes de bœuf jusqu'à la cuisine chinoise. Je commandai une soupe aux œufs et du riz à la vapeur parce que je ne me sentais pas trop bien. Des hommes en vêtements de travail et bottes empilaient des montagnes de côtes de bœuf, de morceaux de porc ou de crevettes baignant dans d'épaisses sauces orange sur leurs assiettes. Ils nous dévisageaient comme si nous tombions de la planète Oz. Le petit biscuit chinois qui contenait ma prédiction me mit en garde contre les amis que la pluie chasse, quant à celui que découvrit Wesley, il lui promettait le mariage.

Lorsque nous revînmes au motel, peu après minuit, Marino nous attendait. Je lui racontai mes découvertes, et le moins qu'on puisse dire c'est qu'elles ne lui firent pas plaisir.

Après que nous soyons retournés dans la chambre de Wesley, Marino me lança :

— J'aurais préféré que vous n'alliez pas là-bas. C'est pas votre rôle d'interroger les gens.

— Marino, mes fonctions m'autorisent à enquêter comme je le souhaite dans n'importe quelle affaire de mort violente. Je suis fondée à interroger quiconque. Il est donc parfaitement grotesque de votre part de dire une telle chose. Je vous rappelle que nous avons travaillé ensemble durant pas mal d'années.

Wesley renchérit :

— On est une équipe, Pete. C'est du reste l'essence même de cette unité d'enquête. C'est pour cette raison que nous sommes tous là. Écoutez, je ne veux pas être un emmerdeur, mais je préfère que vous ne fumiez pas dans ma chambre.

Marino rangea son paquet de cigarettes et son briquet dans sa poche :

— Denesa m'a dit qu'Emily se plaignait souvent au sujet de Creed.

— Elle sait que la police le recherche ? demanda Wesley.

— Elle est pas là, répondit Marino de façon évasive.

— Où est-elle ?

— Sa sœur qui habite le Maryland est malade. Elle est montée lui rendre visite pour quelques jours. Ce que je veux dire, c'est que ce Creed foutait les jetons à Emily.

L'image de Creed assis sur son matelas, recousant son pouce, me revint. Je me souvins de son regard de biais, de son teint terreux et ne fus pas étonnée qu'il ait pu faire peur à une petite fille.

— Il nous reste des tas de questions en suspens, dis-je.

— Ouais, eh bien beaucoup d'autres ont quand même trouvé une réponse, rétorqua Marino.

— L'hypothèse selon laquelle Creed est coupable ne tient pas la route, insistai-je.

— Moi, je trouve que ça la tient de plus en plus !

— Je me demande s'il a la télévision dans sa cabane ? intervint Wesley.

Je réfléchis une seconde avant de répondre.

— Sans doute. Les gens là-haut n'ont pas grand-chose, mais on dirait qu'ils ont la télé.

— Creed pourrait avoir glané des renseignements sur le meurtre d'Eddie Heath. Plusieurs programmes de reality-shows ont fait des émissions sur le cas.

— Merde, des trucs de l'enquête ont été vus par toute la putain de planète.

— Je vais me coucher, annonçai-je.

Marino se leva et nous regarda :

— Surtout ne vous gênez pas pour moi. Je m'en voudrais de vous empêcher de vous coucher.

Ma colère menaçait d'exploser :

— Je commence à en avoir soupé de vos insinuations !

— J'insinue rien du tout et j'ai l'habitude d'appeler un chat par son nom quand j'en vois un.

D'un ton très calme, Wesley nous interrompit :

— Je crois qu'il vaudrait mieux éviter ce genre de discussion.

J'étais fatiguée, tendue et remontée par le verre de whisky, et contre-attaquai :

— Pas du tout. On va au contraire en discuter et tout de suite, ici, et tous les trois puisqu'il semble que ceci nous concerne tous !

— Certainement pas, lâcha Marino. Parce qu'il n'y a qu'une seule relation dans cette pièce et que j'en suis exclu. Quant à l'opinion que j'en ai, c'est mon problème !

Furieuse, je rétorquai :

— Votre opinion est stupide, et c'est une autre preuve de votre obstination et de votre auto-satisfaction. Vous vous conduisez comme un adolescent de treize ans qui a un béguin pour un de ses profs !

Le visage de Marino s'assombrit :

— C'est le plus phénoménal tas de conneries que j'aie jamais entendu !

— Vous êtes tellement possessif et jaloux que vous me rendez folle.

— C'est ça, continuez à rêver.

— Il faut que vous cessiez, Marino ! Vous êtes en train de démolir notre relation.

— Je savais pas qu'on en avait une.

— Bien sûr que si.

Wesley tenta d'intervenir :

— Il se fait tard. Tout le monde est très tendu. Nous sommes fatigués. Kay, je ne crois vraiment pas que ce soit le bon moment de parler de tout cela.

— C'est le seul moment que nous avons. Mince, Marino, je tiens à vous mais vous êtes en train d'essayer de me repousser. Vous vous collez en ce moment dans des histoires qui me terrorisent. Je ne suis même pas sûre que vous soyez conscient de ce que vous êtes en train de faire.

Marino me regarda comme s'il me détestait :

— Eh bien, permettez-moi de vous dire que je ne crois pas que vous soyez en position de me donner des leçons à ce sujet. D'abord, ce que vous croyez avoir compris c'est de

252   *Patricia Cornwell*

la merde. Et en plus, moi, je ne m'envoie pas quelqu'un qui est marié !

— Ça suffit, maintenant, Pete, jeta Wesley.

— Ça, vous avez foutrement raison : ça suffit !

Marino cria presque ses derniers mots et sortit en claquant la porte si violemment que j'étais sûre que tous les autres clients du motel avaient dû l'entendre.

— Seigneur, c'est affreux.

— Kay, vous avez repoussé Marino, et ça le rend dingue.

— Je ne l'ai pas repoussé.

Wesley arpentait la chambre tout en parlant :

— Je savais qu'il avait beaucoup d'affection pour vous. Au cours de toutes ces dernières années, il était devenu évident qu'il tenait énormément à vous. Simplement, je ne savais pas que c'était aussi fort. *Je n'en avais aucune idée.*

Je restai silencieuse, ne sachant pas quoi répondre.

Wesley reprit :

— Marino est loin d'être bête. Il était évident qu'il finirait tôt ou tard par comprendre ce qui se passait. Mais je n'ai jamais pensé que cela pourrait le bouleverser de la sorte.

— Je vais me coucher, répétai-je.

Je réussis à m'assoupir un peu, puis me réveillai complètement. Les yeux grands ouverts dans l'obscurité de ma chambre, je repensai à Marino et à ce que j'étais en train de vivre. J'avais une liaison, mais curieusement je ne m'en sentais pas vraiment affectée, et c'était un sentiment que je ne parvenais pas à comprendre. Marino avait senti ce qui se passait entre Wesley et moi et il était fou de jalousie. Il m'était impossible de tomber amoureuse de Marino, de l'aimer d'une façon romantique. C'était une chose qu'il faudrait que je tente de lui faire comprendre, même si la possibilité d'une telle discussion avec lui me paraissait hautement inimaginable.

Je me levai à quatre heures du matin et sortis m'asseoir sur le balcon. Il faisait très froid, et je contemplai les étoiles un moment. La Grande Ourse brillait juste au-dessus de ma

La Séquence des corps   253

tête, et le souvenir de Lucy enfant, alors même qu'elle marchait à peine, me revint. Elle disait qu'elle en avait peur parce que l'ourse allait lui pleuvoir dessus si elle la regardait trop longtemps. Mon souvenir s'arrêta sur les méplats parfaits de son visage, sur la finesse de sa peau et ses invraisemblables yeux verts.

Et puis, je me souvins de la façon dont elle avait regardé Carrie Grethen, et ce regard faisait partie des raisons pour lesquelles les choses avaient mal tourné.

14

On n'avait pas donné à Lucy de chambre privée, et lorsque j'arpentai les salles communes de l'hôpital, je dépassai d'abord son lit, parce qu'elle ne ressemblait plus à rien de familier. Ses cheveux, raidis de sang, avaient pris une couleur rouge sombre et se dressaient sur sa tête. Elle était assommée par les sédatifs et les antalgiques et semblait vagabonder dans un espace intermédiaire. Je me rapprochai d'elle et lui pris la main :

— Lucy ?

Elle ouvrit à peine les yeux et répondit d'un ton pâteux :

— Salut !

— Comment te sens-tu ?

— Ca peut aller. Je suis désolée, tante Kay. Comment es-tu venue ?

— J'ai loué une voiture.

— Quelle marque ?

— Une Lincoln.

Elle sourit tristement :

— Je suis sûre que tu en as pris une avec des air bags de chaque côté ?

— Lucy, que s'est-il passé ?

— La seule chose dont je me souvienne, c'est que je suis allée au restaurant. Ensuite, je me suis retrouvée aux urgences et quelqu'un était en train de me recoudre le cuir chevelu.

— Tu as une commotion cérébrale.

— Je crois que ma tête a heurté le toit de la voiture lorsqu'elle s'est retournée. Je suis vraiment embêtée pour ta voiture, tu sais.

Ses yeux se remplirent de larmes.

— Ne t'en fais pas pour la voiture, Lucy. Ce n'est pas très important. Est-ce que tu te souviens de l'accident, d'un détail ?

Elle eut un geste de dénégation et attrapa un mouchoir en papier.

— Lucy, peux-tu te rappeler que tu as dîné dans un restaurant qui s'appelle le *Outbuck* et qu'ensuite tu t'es rendue chez un armurier, le Green Top ?

— Comment tu sais cela ? Oh zut !

J'eus l'impression que son esprit vagabondait durant quelques secondes. Ses paupières paraissaient trop lourdes pour les tenir ouvertes. Elle reprit :

— Je suis arrivée au restaurant aux environs de quatre heures.

— Avec qui avais-tu rendez-vous ?

— Juste une amie. J'en suis ressortie trois heures plus tard et j'ai repris la route pour rentrer à Richmond.

— Il paraît que tu avais beaucoup bu ?

— Je ne me souviens pas avoir bu tant que cela. Je ne sais pas pourquoi j'ai perdu le contrôle de la voiture, mais j'ai le sentiment que quelque chose a dû se produire.

— Que veux-tu dire ?

— Je ne sais pas. Je ne me souviens pas mais j'ai vraiment l'impression qu'il s'est passé quelque chose.

— Et pour l'armurier ? Te souviens-tu t'être arrêtée làbas ?

— Oui, mais je ne me revois pas partant.

La Séquence des corps   255

— Tu as acheté un pistolet semi-automatique, Lucy. Tu
t'en souviens ?

— Je sais que c'est pour cette raison que j'y suis allée.

— Tu t'arrêtes chez un armurier alors que tu as bu ?
Qu'est-ce qui se passait dans ta tête ?

— J'avais peur de rester chez toi, sans aucun moyen de
défense. C'est Pete qui m'a conseillé d'acheter le pistolet.

— Marino ? répétai-je, sidérée.

— Je l'ai appelé hier. Il m'a dit d'acheter un Sig et que le
meilleur endroit c'était le Green Top.

— Mais Marino est en Caroline du Nord.

— Je ne sais pas où il était. J'ai juste laissé un message
sur son bip et il m'a rappelée.

— Mais pourquoi ne m'en as-tu pas parlé ? J'ai des armes
à la maison.

Elle ne parvenait plus à garder les yeux ouverts :

— Je voulais le mien, tante Kay, et j'ai l'âge légal pour en
acheter un.

Je dénichai le médecin qui s'occupait d'elle à l'étage et
lui parlai un peu. Il était très jeune et il me répondit d'un
ton qui indiquait qu'il me prenait pour une mère ou une
tante inquiète mais incapable de distinguer un rein d'une
rate. Lorsqu'il m'expliqua de façon assez sèche qu'une
commotion cérébrale était en fait le résultat d'un choc violent qui provoquait comme un bleu sur le cerveau, je
demeurai impassible et ne dit pas un mot. Un étudiant en
médecine nous dépassa dans le couloir. Il s'agissait d'un de
ceux que j'avais la charge d'orienter dans leurs études. Il
me salua par mon nom. Le jeune médecin rougit jusqu'à la
racine des cheveux.

Après avoir quitté l'hôpital, je me rendis à mon bureau
où je n'avais pas mis les pieds depuis plus d'une semaine.
Malheureusement, il était dans l'état où je craignais de le
retrouver, et je passai les heures qui suivirent à tenter d'y
apporter un peu d'ordre tout en essayant de contacter
l'officier de police qui était chargé de l'enquête sur l'acci-

dent de Lucy. Je laissai un message pour qu'il me rappelle dès son retour. Le téléphone sonna : Gloria Loving, de l'état-civil, était au bout du fil.

— Tu as trouvé quelque chose ? demandai-je.

— Je n'arrive pas à croire que j'aie la chance de te parler deux fois dans la même semaine, c'est un vrai miracle ! Tu es de l'autre côté de la rue ?

— Oui, répondis-je en ne parvenant pas à réprimer un sourire.

— Je n'ai pas découvert grand-chose jusque-là, Kay. On n'a rien trouvé au sujet d'une petite Mary-Jo Steiner qui serait morte d'un syndrome de mort subite du nourrisson en Californie. On essaie avec d'autres codes de maladies. Te serait-il possible de dégoter la date du décès et l'endroit précis où il a été enregistré ?

— Je vais voir ce que je peux faire, l'assurai-je en raccrochant.

Je songeai à téléphoner à Denesa Steiner mais me contentai de fixer l'appareil. J'allais enfin me décider à le faire lorsque l'officier de police qui s'occupait du cas de Lucy me rappela :

— Vous serait-il possible de me faxer votre rapport ? demandai-je.

— En fait, c'est Hanover qui l'a.

— Mais je croyais que l'accident s'était produit sur l'autoroute 95.

L'autoroute faisait partie de la juridiction de la police d'État, et pas de la police locale.

— L'officier de police Sinclair est arrivé au même moment que moi et il m'a donné un coup de main. Lorsqu'on a réussi à identifier les plaques minéralogiques et qu'on s'est rendu compte que c'étaient les vôtres, je me suis dit qu'il vallait mieux qu'on vérifie tout.

Curieusement, je n'avais pas songé un instant avant qu'il me dise cela, que l'identification des plaques minéralogiques de la Mercedes avait dû provoquer une petite panique.

La Séquence des corps 257

— Quel est le prénom de l'officier de police Sinclair ?

— Je crois que ses initiales sont A.D.

J'eus la chance de tomber immédiatement sur Andrew D. Sinclair lorsque j'appelai son bureau. Il me raconta que Lucy était à l'origine d'un accident n'ayant impliqué qu'une seule voiture, la mienne, et alors qu'elle conduisait très vite sur la branche de la 95 qui se dirigeait vers le sud. L'accident s'était produit juste au nord de la frontière du comté d'Henrico.

— A quelle vitesse ? demandai-je.

— 110 kilomètres/heure.

— Y a t-il des marques de dérapage sur la chaussée ?

— On en a retrouvé une longue d'une dizaine de mètres. Elle a été faite probablement au moment où elle a écrasé le frein et perdu le contrôle de son véhicule.

— Mais pourquoi aurait-elle freiné comme cela ?

— Elle allait très vite, madame, et elle était en état d'ébriété. Il se peut qu'elle se soit endormie quelques secondes, et lorsqu'elle s'est réveillée, elle a vu qu'elle allait percuter un autre véhicule devant elle.

— Officier Sinclair, il faut exactement 98 mètres à une voiture lancée à 110 kilomètres/heure pour s'arrêter, tous freins bloqués ! La marque que vous avez retrouvée est longue de 10 mètres, alors ce que je voudrais savoir, c'est comment vous pouvez affirmer qu'elle roulait à cette allure ?

— La vitesse limite sur cette portion d'autoroute est fixée à 100 kilomètres/heure, se contenta-t-il de dire.

— Quelle était son taux d'alcoolémie ?

— 0.12.

— Je vous serais très reconnaissante de me faxer vos rapports et de m'indiquer dans quel garage on a remorqué ma voiture.

— Le garage s'appelle Covey, c'est une station Texaco, dans Hanover. La nationale 1 passe juste devant. Elle est complètement démolie, madame. Donnez-moi votre numéro de fax, je vous envoie immédiatement tous mes rapports.

Je les reçus moins d'une heure plus tard. Lorsque je finis de déchiffrer les codes, je me rendis compte que Sinclair s'était contenté de « croire » que Lucy était ivre et qu'elle s'était endormie au volant. Sa théorie était la suivante : Lucy, en se réveillant quelques secondes après, avait écrasé le frein, perdu le contrôle de la voiture qui avait dérapé pour sortir de la chaussée. Lucy avait tenté de contre-braquer trop brusquement. La voiture avait alors traversé les deux voies de l'autoroute en effectuant une série de tonneaux avant de percuter un arbre et de se renverser sur le toit.

Les hypothèses de l'officier de police Sinclair me laissaient assez sceptique, et un détail me troublait énormément. Ma Mercedes était équipée d'un système de freinage anti-blocage. En d'autres termes, si Lucy avait bien écrasé le frein, on n'aurait pas dû retrouver la marque de dérapage sur la chaussée que décrivait Sinclair.

Je sortis de mon bureau et descendis à la morgue. Mon premier assistant, Fielding, et deux jeunes femmes anatomopathologistes que j'avais engagées l'année précédente s'affairaient autour de trois dossiers, allongés sur les tables en acier inoxydables. Le son tranchant de l'acier contre l'acier se détacha au milieu du bruit sourd de l'eau s'écoulant dans les éviers, du ronronnement de l'air conditionné et de celui des générateurs électriques. Un assistant de la morgue tira la porte d'une énorme armoire réfrigérée en inox. Elle s'ouvrit avec un bruit de succion et il tira un autre cadavre.

— Dr Scarpetta, pourriez-vous jeter un œil ? me demanda le Dr Wheat, une des jeunes femmes, originaire de Topeka.

Son regard gris d'une vive intelligence me fixait, protégé par un masque facial en plastique éclaboussé de sang.

Je m'approchai de sa paillasse.

Elle désigna d'un doigt ganté la marque laissée par une balle à l'arrière de la tête de cadavre.

— Vous croyez que ces traces sont de la suie, là, dans la blessure ?

— Les contours de la plaie sont brûlés. Il pourrait s'agir de marques de cautérisation, remarquai-je en me penchant vers le corps. Il portait des vêtements ?

— Il ne portait pas de chemise. La chose s'est produite chez lui.

— C'est assez déroutant. Il faut faire un examen microscopique, dis-je.

Fielding, plongé dans l'examen de son cadavre, me lança :

— J'en profite tant que je vous ai sous la main. A votre avis, c'est une blessure d'entrée ou de sortie ?

— Je dirais : entrée.

— Moi aussi. Vous restez dans le coin ?

— Plus ou moins. J'ai pas mal de choses à faire à l'extérieur.

— A l'extérieur de la ville ou du bureau ?

— Les deux, mais j'ai mon bip sur moi.

Ses impressionnants biceps saillirent sous sa blouse lorsqu'il commença à découper la cage thoracique :

— Vous croyez que ça va aller ?

— C'est un véritable cauchemar, Fielding.

Il me fallut plus d'une demi-heure pour parvenir à la station service Texaco et dénicher le garage ouvert vingt-quatre heures sur vingt-quatre qui avait remorqué ma voiture.

Je découvris ma Mercedes, dans un coin, garée à côté de la grille. Je sentis mes genous fléchir et mon estomac se serrer lorsque je constatai l'ampleur de la destruction.

L'avant de la voiture était complètement écrasé et remontait vers le pare-brise. L'ouverture, côté conducteur, béait comme une bouche édentée. On avait forcé les portières à l'aide de vérins hydrauliques et on les avait arrachées en même temps que le levier de vitesse. Mon cœur s'emballa au fur et à mesure que je me rapprochais, et je sautai littéralement lorsqu'une voix traînante et grave résonna derrière moi.

— J'peux vous aider ?

Je me retournai pour me trouver face à face avec un vieil homme grisonnant qui portait une casquette de base-ball d'un rouge fané avec PURINA écrit sur la visière.

— C'est ma voiture, dis-je.

— Ben dites donc, ma petite dame, j'espère que c'était pas vous qui la conduisiez.

Je constatai que les pneus ne s'étaient pas dégonflés et que les deux air bags avaient bien fonctionné.

— Pour sûr, c'est vraiment une pitié !

Il secoua la tête en contemplant ma Mercedes Benz, hideusement mutilée.

— Je crois bien que c'est le première fois que j'en vois une en vrai. Une 500 E. Un des gamins qui travaillent ici connait bien les Mercedes, et il m'a dit que c'était Porsche qui avait aidé à mettre au point le moteur. Et il m'a dit qu'il y en avait pas beaucoup en circulation. C'est quoi comme modèle ? Une 1993 ? Votre mari a pas dû la trouver dans le coin, hein ?

Je m'aperçus que le feu arrière gauche était brisé et repérai une égratignure sur la peinture qui semblait maculée par quelque chose de verdâtre. Je me penchai vers le feu arrière et mes nerfs commencèrent à se tendre.

L'homme poursuivait son monologue :

— D'un autre côté, comme vous n'aviez pas beaucoup de kilomètres au compteur, c'est peut-être un modèle 94. Si je suis pas indiscret, ça vaut dans les combien une voiture comme ça ? Dans les cinquante mille, non ?

Je me redressai. Mon regard enregistrait à toute vitesse des détails qui déclenchaient des signaux d'alarme dans mon esprit, les uns après les autres.

— C'est vous qui l'avez remorquée ?

— Non, c'est Toby qui l'a ramenée cette nuit. Vous devez pas connaître la puissance, hein ?

La Séquence des corps   261

— La voiture était-elle exactement dans cet état lorsqu'il l'a chargée depuis le lieu de l'accident ?

L'homme me jeta un regard incertain.

— Par exemple, est-ce que le téléphone était décroché ?

— Ben, quand une voiture se renverse et qu'elle se colle dans un arbre, ça peut se décrocher.

— Le pare-soleil est remonté.

Il se pencha et inspecta le pare-brise arrière :

— J'ai pensé que c'était sombre parce que le verre était coloré. Je n'avais pas remarqué qu'on avait mis le pare-soleil. Mais pourquoi est-ce qu'on l'a mis puisque l'accident s'est produit en pleine nuit ?

Je m'allongeai précautionneusement dans l'habitacle et inspectai le rétroviseur. On l'avait basculé pour minimiser l'aveuglement provoqué par les phares d'une voiture se trouvant à l'arrière. Je sortis mes clefs de mon calepin et m'assis sur le siège conducteur, les jambes toujours à l'extérieur.

— A votre place, Madame, je ne ferais pas ça. Le métal de la carrosserie fait comme des petits couteaux et il y a plein de sang sur les sièges, partout.

Je raccrochai le téléphone et mis le contact. A la tonalité, je sus que le téléphone fonctionnait toujours, et une petite ampoule rouge s'alluma pour me prévenir que j'étais en train de vider la batterie. La radio et la platine CD étaient éteintes. Les phares avant et les feux de brouillard étaient allumés. Je pris le combiné et appuyai sur la touche « bis ». La sonnerie résonna et une voix de femme répondit :

— 911 ?

Le numéro des urgences ! Je raccrochai. Je sentis les battements de mon cœur à la base de mon cou et des frissons glacés remontèrent jusque dans ma nuque. J'examinai les éclaboussures rouges qui maculaient les sièges en cuir gris foncé, le tableau de bord et l'intérieur de toit. Les traces étaient beaucoup trop rouges et trop épaisses. Des petits bouts de pâtes cheveu d'ange s'étaient collés un peu partout dans l'habitacle.

A l'aide d'une lime à ongles métallique, je grattai les paillettes de peinture verte qui s'étaient incrustées à hauteur du feu arrière. Je les déposai précieusement dans un mouchoir en papier puis tentai de soulever le capuchon endommagé du feu. Devant mon insuccès, je demandai à l'homme d'aller chercher un tournevis.

Lorsque je quittai le garage, je lançai à l'homme, qui me fixa bouche ouverte :

— C'est un modèle de l'année 92. 315 chevaux. Elle vaut quatre-vingt mille dollars. Il y en a, ou plutôt, il y en avait 600 dans tout le pays. Je l'ai achetée au garage McGeorge de Richmond. Et je n'ai pas de mari.

J'étais complètement essoufflée lorsque je remontai dans la Lincoln. Je claquai la portière en marmonnant pour moi :

— Ce n'est pas du sang, merde ! Il n'y a pas de sang à l'intérieur, merde, merde, merde !

Les pneus hurlèrent lorsque je démarrai en trombe pour rejoindre la 95, en direction du sud. Je refis le chemin inverse à vive allure jusqu'à la sortie qui desservait Atlee/Elmont. Arrivée à cette hauteur, je ralentis, et me garai sur le bas-côté. J'essayai de rester aussi loin que possible de la chaussée mais des murs de vent me frappaient lorsque les voitures ou les camions me dépassaient.

Selon le rapport de Sinclair, ma Mercedes avait quitté la route à une vingtaine de mètres au nord de la borne qui indiquait le kilomètre 130. Arrivée à 600 mètres environ de la borne, je repérai une trace d'embardée. Non loin de là, sur la partie droite de la chaussée, je découvris des morceaux de verre provenant d'un feu arrière. Cette trace de moins d'un mètre laissée par les pneus était oblique. Trois mètres plus loin, je distinguai une autre série de marques de frottement, droites celles-là, et longues d'une dizaine de mètres. Je ramassai les morceaux de verre éparpillés sur

La Séquence des corps

la chaussée en faisant de fréquents sauts vers la bande d'arrêt pour éviter les voitures.

Je continuai d'avancer et ne découvrit que 30 mètres plus loin les fameuses marques sur la chaussée dont le dessin figurait sur le rapport de Sinclair. Mon cœur rata un battement comme je contemplais, abasourdie, les traînées de caoutchouc noir laissées par mes pneus Pirelli la nuit précédente. Il ne s'agissait pas de traces de dérapage mais d'accélération, comme en laissent des pneus qui se mettent à tourner à toute vitesse sur une ligne droite. Comme j'en avais laissé tout à l'heure en quittant la station Texaco.

Lucy avait perdu le contrôle de la voiture juste après, et elle avait quitté la route. Je suivis les empreintes dans la poussière de la bande d'arrêt, la traînée de caoutchouc laissée par un pneu contre le rebord de l'asphalte alors qu'elle tentait de contre-braquer. Les tonneaux de la voiture avaient laissé des entailles profondes dans le revêtement de la route et une gouge baîllait dans le tronc de l'arbre planté sur la bande médiane. Des morceaux de plastique et de métal avaient volé un peu partout.

Lorsque je rentrai vers Richmond, je ne savais trop que faire ensuite, ou qui appeler. Soudain, je pensai à l'inspecteur McKee, qui faisait partie de la police d'Etat. Nous avions souvent travaillé ensemble sur des affaires d'accidents de la circulation, examinant les lieux et passant de longues heures ensuite dans mon bureau à avancer des petites voitures miniatures jusqu'à ce que nous soyons sûrs d'avoir reconstitué la façon dont s'était déroulés les accidents. Je laissai un message à son bureau et il me rappela peu de temps après que je sois rentrée chez moi.

Je résumai rapidement les détails de l'affaire pour lui et remarquai :

— Je n'ai pas demandé à Sinclair s'il avait fait un moulage des marques de pneus à l'endroit où Lucy a quitté la route. Je ne crois pas qu'il l'aie fait.

McKee confirma mon sentiment :

— Oh non, certainement pas, Dr Scarpetta. Il faut vous dire que l'accident a créé pas mal d'agitation. En fait, la chose qui a vraiment marqué Reed lorsqu'il a répondu à l'appel et s'est rendu sur les lieux, c'est le chiffre sur vos plaques d'immatriculation.

— J'ai parlé brièvement à Reed. Il a très peu participé aux premières constatations.

— Oui, c'est juste. Dans un cas habituel, lorsque l'officier de la police d'Hanover est arrivé....Euh, Sinclair, c'est ça, Reed lui aurait sûrement dit que la situation était bien en mains et il aurait fait tous les croquis et le rapport lui-même. Mais quand il a aperçu le petit nombre à trois chiffres de votre plaque minéralogique, cela a déclenché son signal d'alarme. Il a compris tout de suite que la voiture appartenait à quelqu'un d'important dans la hiérachie administrative. C'est pour cette raison que c'est Sinclair qui s'est chargé des examens préliminaires pendant que Reed téléphonait et appelait un supérieur. Ils ont fait une recherche au sujet des plaques et bingo, il en est ressorti que la voiture était à vous. La première chose à laquelle il a dû penser, c'est que c'était vous qui étiez à l'intérieur, je vous laisse imaginer la panique.

— Un vrai cirque !

— Gagné ! Le problème, c'est que Sinclair est frais émoulu de l'école de police. Cet accident est son deuxième.

— Même si c'était son vingtième, il était assez facile de se tromper. Il n'avait aucune raison de rechercher des traces de pneus 600 mètres avant l'endroit de l'accident.

— Et vous êtes certaine que c'est bien une trace d'embardée que vous avez vue ?

— Absolument. Faites les moules des différentes marques, de celle-ci et de celle qu'on a trouvée plus loin, et vous constaterez qu'elles sont similaires. Et la seule raison qui explique cette embardée, c'est si une force extérieure a contraint la voiture à changer de trajectoire.

— Et ensuite, les traces d'accélération violente, continua-

La Séquence des corps 265

t-il. Lucy se fait rentrer dedans par derrière. D'abord elle tente de freiner, et continue de rouler. Quelques secondes plus tard, elle accélère brutalement et perd le contrôle de la voiture.

— C'est probablement à ce moment là qu'elle a essayé d'appeler les urgences, poursuivis-je.

— Je vais appeler la compagnie de téléphone et me renseigner sur l'heure exacte de son appel. Ensuite, on pourra le trouver sur la bande.

— Quelqu'un collait son pare-choc arrière et avait allumé ses feux de route. Lucy a d'abord fait basculer le rétroviseur parce qu'elle était aveuglée, et ensuite il a fallu qu'elle monte le pare-soleil du pare-brise arrière. Elle avait éteint la radio et la platine CD parce qu'elle se concentrait sur la route, et elle était parfaitement réveillée. Elle avait peur parce que quelqu'un la pourchassait. Et puis l'autre voiture l'a percutée par l'arrière, et Lucy a tenté de freiner...

Parlant au fur et à mesure que la scène se reconstruisait dans mon esprit, je poursuivis pour McKee à l'autre bout du fil :

— ... Elle continue à rouler et soudain, elle se rend compte que la voiture derrière regagne du terrain. Paniquée, Lucy écrase l'accélérateur et perd le contrôle. Cela n'a dû durer que quelques secondes.

— Si ce que vous m'avez dit de vos découvertes sur place est exact, l'accident a pu se passer comme cela.

— Voudriez-vous vous en occuper ?

— Un peu ! Et la peinture que vous avez ramassée ?

— Je vais confier les paillettes, les morceaux du capuchon arrière et le reste au labo, en leur demandant de s'en occuper tout de suite.

— Inscrivez mon nom sur le rapport et demandez leur de m'appeler dès qu'ils ont quelque chose.

Il était cinq heures et il faisait déjà nuit lorsque je reposai enfin le combiné du téléphone de mon bureau, situé à l'étage de ma maison. Je jetai un regard hagard autour de moi. J'avais l'impression d'être une étrangère chez moi. La faim me mordit l'estomac, mais la nausée me submergea. J'avalai quelques gorgées de Mylanta au goulot et fouillai dans le tiroir à médicaments à la recherche de Zantac. Mon ulcère m'avait abandonnée depuis l'été, mais, contrairement aux anciens amants, il revenait toujours.

Mes deux lignes téléphoniques sonnèrent en même temps, et le serveur vocal répondit à ma place. J'entendis le fax se déclencher alors que je trempais dans la baignoire en sirotant un verre de vin par dessus les médicaments. J'avais tant de choses à faire. J'étais sûre que ma sœur Dorothy allait exiger de venir dès qu'elle apprendrait la nouvelle.

Les situations de crise la faisaient toujours réagir parce qu'elles nourrissaient son besoin de drame. Elle l'utiliserait ensuite. J'étais certaine que dans un de ses prochains livres pour enfants, un des personnages devrait affronter un accident de voiture. Les critiques se répandraient encore sur l'extrême sensibilité, la grande sagesse de ma sœur, qui semblait davantage capable de s'occuper des gens qu'elle imaginait que de sa fille.

Lorsque je détachai le fax, je constatai qu'il s'agissait des horaires de vols de Dorothy. Elle arriverait le lendemain en fin d'après-midi et resterai avec Lucy chez moi.

Quelques minutes plus tard, je l'eus au téléphone :

— Elle ne va pas rester trop longtemps à l'hôpital, n'est-ce-pas ? demanda-t-elle.

— Je crois que je pourrai la ramener dès demain après-midi.

— Elle doit avoir une sale tête.

— C'est assez fréquent chez les gens qui ont eu un accident de voiture.

Murmurant presque, elle me demanda :

La Séquence des corps 267

— Mais, a-t-elle des blessures... permanentes ? Elle ne sera pas défigurée, n'est-ce-pas ?

— Non, Dorothy, elle ne sera pas défigurée ! Étais-tu au courant qu'elle buvait ?

— Et comment veux tu que je le sache ? Je te signale qu'elle passe son temps à l'université, pas très loin de chez toi, et qu'elle ne manifeste pas grande envie de descendre nous voir. Et lorsqu'elle passe, elle ne se confie ni à moi ni à sa grand-mère. Si quelqu'un devait être au courant, je pense que ce serait toi.

D'un ton aussi patient que possible, je poursuivis :

— Si elle est reconnue coupable de conduite en état d'ébriété, il se peut que la cour exige qu'elle suive un traitement.

Silence.

Puis : « Mon Dieu ! ».

Je repris :

— Même si tel n'est pas le cas, ce ne serait pas une mauvaise chose, et pour deux raisons. La plus évidente c'est, bien sûr, qu'il faut qu'elle résolve ce problème. La deuxième, c'est que le juge risque d'être plus indulgent si Lucy demande d'elle-même de l'aide.

— Bon... Eh bien, je crois que je vais te laisser te débrouiller avec tout cela. Après tout, tu es le médecin-juriste de la famille. Mais je connais mon bébé. Elle n'acceptera jamais de le faire. Je ne la vois vraiment pas se rendre volontairement dans un service de psychiatrie où ils n'ont même pas d'ordinateurs ! Elle ne pourrait plus jamais regarder les autres en face.

— Il ne s'agit pas d'un service de psychiatrie et il n'y a rien de honteux à se faire soigner pour se débarrasser d'une addiction à l'alcool ou à la drogue. Ce qui est honteux, c'est de ne rien faire et de laisser ces choses démolir votre vie.

— Je m'arrête toujours après trois verres de vin.

— Il existe de nombreuses formes d'addiction. La tienne, c'est les hommes.

Elle éclata de rire :

— Oh, Kay. Ça ne manque pas de sel, venant de toi. À ce propos, tu fréquentes quelqu'un en ce moment ?

15

La rumeur parvint aux oreilles du sénateur Frank Lord, qui crut que j'avais été blessée dans un accident de voiture. Il m'appela chez moi le lendemain matin, avant même qu'il ne fasse jour.

J'étais assise, à moitié habillée sur le rebord de mon lit :

— Non, c'est Lucy qui conduisait ma voiture.

— Oh, mon Dieu !

— Elle s'en sort sans trop de mal, Frank. Je la ramène à la maison cet après-midi.

— Il semble qu'un des journaux d'ici ait publié un article qui prétendait que vous aviez eu un accident de voiture et que vous aviez bu.

— Lucy est restée coincée dans la voiture pendant un bon moment. J'ai l'impression qu'un policier a tiré des conclusions un peu trop rapides lorsqu'on a identifié les plaques de la voiture comme étant les miennes. L'histoire a dû remonter aux oreilles d'un journaliste qui s'apprêtait à boucler.

Tout en disant cela, je songeai à l'officier Sinclair. Il pouvait compter sur moi pour me souvenir de sa bêtise, celui-là !

— Kay, puis-je vous être d'une aide quelconque ?

— Avez-vous d'autres informations sur ce qui a pu se produire à l'ERF ?

— Oui, j'ai des pistes très intéressantes. Connaissez-vous une femme du nom de Carrie Grethen ?

— Elle travaillait avec Lucy. Je l'ai rencontrée.

La Séquence des corps 269

— La piste remonte jusqu'à une boutique pour espions.
Vous savez, ces magasins, parfaitement légaux, où l'on vend
du matériel de haute technologie pour la surveillance.

— Vous plaisantez ?

— Pas du tout, ma chère Kay.

— Eh bien, je commence à comprendre pour quelle raison le fait de travailler à l'ERF devait l'intéresser vivement.
Ce qui me sidère, c'est que le FBI n'ai past fait une enquête
et l'ait engagée comme cela sans vérifier ses accointances.

— Personne n'était au courant. À ce que j'ai cru
comprendre, son petit ami est le propriétaire du magasin en
question. En fait, on sait qu'elle s'y rend très souvent parce
qu'elle est sous surveillance.

— Son petit ami, dites-vous ?

— Je vous demande pardon, ma chère ?

— Vous dites que le propriétaire du magasin est un
homme ?

— Oui.

— Et comment sait-on que c'est son amant ?

— Mais c'est elle qui nous l'a dit lorsqu'elle a été interro-
gée au sujet de ses allées et venues au magasin.

— Que savez-vous d'autre à leur sujet ?

— Pas grand-chose encore. Mais j'ai l'adresse, si la chose
vous intéresse. Attendez, une seconde, je devrais la retrouver quelque part.

— Et son adresse à elle, et celle de son petit ami ?

— Je ne les ai pas, je suis désolé.

— Tant pis, donnez-moi déjà ce que vous avez.

Je cherchai des yeux un crayon et notai l'adresse. Mon
esprit fonctionnait à toute vitesse. Le nom de la boutique
était Eye-Spy. C'était à Springfield, sur l'autoroute 95. Si je
partais immédiatement, j'y serais aux environs de midi, et je
pourrais être de retour à temps pour aller chercher Lucy.

Le sénateur Lord poursuivit :

— Pour votre information, miss Grethen a été renvoyée
de l'ERF en raison de ses rapports avec cette boutique

d'espions, rapports qu'elle avait omis de mentionner lors-qu'elle a rempli son dossier d'embauche. Mais jusque-là, Kay, nous n'avons aucune preuve de sa participation dans cette histoire de l'ERF.

Tentant de maîtriser ma colère, je lui répondis :

— En attendant, elle avait d'excellentes raisons pour cela. L'ERF est une véritable caverne d'Ali Baba pour quelqu'un qui fait le commerce d'équipements réservés à l'espionnage.

Je m'interrompis une seconde, pensive, avant de poursuivre :

— Savez-vous à quelle date elle a été engagée par le FBI ? Est-ce elle qui a soumis sa candidature ou le bureau qui l'a recrutée ?

— Attendez, voyons voir, c'est dans mes notes quelque part. Ah, c'est indiqué ici qu'elle a soumis un dossier d'embauche au mois d'avril dernier et qu'elle a été engagée vers la mi-août.

— Mi-août. C'est approximativement à ce moment que Lucy a commencé son stage. Que faisait Carrie avant cela ?

— Il semble qu'elle ait passé sa vie avec des ordinateurs : électronique, informatique, création de logiciels. Mais son domaine c'est principalement l'ingénierie, c'est pour cette raison qu'elle intéressait le Bureau. C'est quelqu'un de très créatif et d'ambitieux, malheureusement, c'est également quelqu'un de malhonnête. Parmi les gens qui la connaissaient et qu'on a interrogés récemment, certains ont brossé le portrait d'une femme qui est parvenue à se hisser aux premiers rangs à coup de mensonges et de tromperies.

— Frank, si elle a voulu entrer à l'ERF, c'est parce qu'elle souhaitait espionner pour le compte de la boutique. C'est peut-être aussi une de ces personnes qui détestent le FBI.

— Les deux scénarios sont plausibles, admit-il. Le problème, c'est qu'il faut trouver des preuves. Même si on en trouve, on ne peut pas la poursuivre à moins de prouver qu'elle a dérobé quelque chose.

La Séquence des corps   271

— Avant que toute cette histoire n'explose, Lucy m'avait confié qu'elle participait à une recherche qui faisait partie du programme de sécurité biométrique de l'ERF. Savez-vous quelque chose à ce sujet?

— Je n'ai eu aucune connaissance de projets de cet ordre.

— Mais, seriez-vous forcément informé si un projet de cette nature était lancé?

— C'est très probable. Je suis mis au courant, et en détail, sur les programmes confidentiels en cours à Quantico. La raison pour laquelle je suis informé, c'est cette loi anti-crime, parce que j'essaie de récupérer de l'argent pour le FBI.

— Eh bien, c'est tout de même étrange que Lucy me dise qu'elle travaille sur un projet qui n'a pas l'air d'exister, dis-je.

— Malheureusement, Kay, ce détail risque de charger encore son dossier.

Je savais qu'il avait raison. Aussi trouble que Carrie Grethen apparaisse, il n'en demeurait pas moins que les preuves contre Lucy s'accumulaient.

— Frank, auriez-vous des informations sur le genre de voiture que possèdent Carrie Grethen et son petit ami?

— Non, mais je peux trouver sans difficulté. Pourquoi la chose vous intéresse-t-elle?

— J'ai de bonnes raisons de penser que l'accident de Lucy n'en était pas un, et de craindre qu'elle soit toujours en danger.

Il resta silencieux durant quelques instants puis proposa :

— Ce serait peut-être une bonne idée qu'elle reste à l'étage de haute sécurité du FBI?

— En temps normal ce serait la meilleure solution. Cependant, en ce moment, je crois qu'il ne faut surtout pas qu'elle s'approche de trop près du FBI.

— Je vois. Il existe d'autres endroits très sûrs. Je suis à votre disposition si mon intervention peut vous être utile.

— Je crois que j'ai trouvé quelque chose.

— Je m'envole pour la Floride demain matin. Vous savez où me joindre en cas de besoin.

— Vous allez à la pêche aux crédits ?

Je savais qu'il devait être épuisé. L'élection avait lieu dans un peu plus d'une semaine.

— Entre autres. Et puis, il va falloir éteindre les habituels feux de forêt. L'organisation nationale de défense des droits de la femme brosse de moi le portrait d'un homme qui déteste les femmes, vous voyez, avec les cornes et la queue fourchue.

— Vous avez fait plus pour la cause des femmes que n'importe quel homme que je connais. Particulièrement pour celle qui est en train de vous parler.

Je terminai de m'habiller. Il était sept heures et demie, et j'avalai ma première tasse de café, au volant de ma voiture de location. Le temps était sinistre et froid, et je remarquai à peine ce que je dépassais en me dirigeant vers le nord.

Comme avec n'importe quel autre système de sécurité, il avait fallu crocheter la serrure biométrique pour pénétrer dans l'ERF. On pouvait facilement faire sauter certaines serrures, parfois, une simple carte de crédit faisait l'affaire. Dans d'autres cas, on pouvait les démolir ou les faire jouer en utilisant divers outils comme une pince-monseigneur. Mais violer un système capable de reconnaître les empreintes digitales requérait des moyens autrement plus subtils que de simples outils mécaniques. Comme je m'interrogeais sur l'effraction ayant eu lieu à l'ERF et sur les différents stratagèmes utilisables pour pénétrer dans cette zone de haute sécurité, des pensées traversèrent mon esprit.

L'empreinte de Lucy avait été scannée dans le système à trois heures du matin environ. Cela supposait donc que son pouce ait été physiquement présent ou du moins une reproduction de son pouce. Le souvenir des congrès de l'association internationale d'identification auxquels j'avais participé au fil des ans me revint en mémoire. L'une des conclusions de ces réunions était que de nombreux criminels fameux avaient tenté de modifier leurs empreintes en faisant parfois preuve de pas mal d'imagination.

John Dillinger, l'impitoyable gangster, avait brûlé ses empreintes à l'acide, tandis que Roscoe Pitts, un autre brigand de moindre célébrité, avait fait éradiquer les siennes chirurgicalement depuis le bout du doigt jusqu'à la première articulation. Mais toutes ces tentatives avaient été vaines, et ces messieurs auraient bien mieux fait de conserver, sans souffrance, les empreintes digitales que Dieu leur avait octroyées. Leurs empreintes modifiées finirent tout simplement dans le fichier que le FBI réservait aux mutilations. Et très sincèrement, il est beaucoup plus aisé de repérer une empreinte mutilée qu'une empreinte native, d'autant qu'un individu suspect dont le bout des doigts est brûlé ou mutilé éveille beaucoup plus la curiosité de la police.

Mais c'est le souvenir de ce cambrioleur particulièrement ingénieux et dont le frère travaillait dans une maison de pompes funèbres qui s'imposa le plus à mon esprit. L'idée de ce voleur, qui avait fait pas mal de séjours en prison, consistait à se doter de gants qui laisseraient les empreintes de quelqu'un d'autre. Grâce à l'aide de son frère, il trempa de façon répétitive les mains d'un homme décédé dans une solution de caoutchouc liquide, formant, couche après couche, une sorte de paire de gants qu'il pouvait enfiler.

Le plan échoua pour deux raisons principales. Notre cambrioleur avait omis d'expulser les petites bulles d'air qui s'étaient formées entre chaque couche de caoutchouc, ce qui conféra aux empreintes qu'il abandonna dans la maison qu'il dévalisa ensuite une allure assez étrange. La deuxième raison, c'est que l'homme avait négligé de se renseigner sur le passé du décédé qui lui avait servi de moule. S'il l'avait fait, il se serait rendu compte qu'il s'agissait d'un malfaiteur bien connu de la police, mort paisiblement alors qu'il jouissait d'une remise en liberté sous parole.

Le souvenir de ma visite à l'ERF, ce bel après-midi ensoleillé, me revint. J'avais l'impression que cela remontait des années plus tôt. J'avais senti, ce jour-là, que la présence de Wesley et la mienne dans ces locaux déplaisaient à Carrie Grethen. Elle était revenue vers son bureau, mélangeant toujours la substance visqueuse contenue dans le bol qu'elle tenait et rétrospectivement, je me demandai si ce liquide n'était pas du silicone ou du caoutchouc. C'était, du reste, au cours de cette visite que Lucy avait évoqué le programme de sécurité biométrique sur lequel elle travaillait. Peut-être Lucy n'était-elle pas consciente qu'à ce moment précis, elle était effectivement en plein dedans, peut-être Carrie Grethen s'apprêtait-elle à ce moment précis à mouler l'empreinte de Lucy.

Si ma théorie était exacte, il était évident que j'allais devoir la prouver. Mais pourquoi aucun de nous n'avait-il pensé jusque-là à se poser une question très simple ? L'empreinte scannée par le système de sécurité biométrique était-elle *physiquement* la réplique de celle de Lucy ? Ou n'étions-nous pas en train de nous contenter simplement de la parole de l'ordinateur ?

— Eh bien, mais cela me semble évident, répondit Wesley lorsque je l'eus appelé depuis ma voiture.

— Bien sûr que « cela semble évident », et pour tout le monde. Mais si quelqu'un a coulé le moule de l'empreinte de Lucy et l'a fait scanner par le système, l'empreinte enregistrée par l'ordinateur doit être *inversée* par rapport à celle qui est photographiée sur sa carte d'identification du FBI. En réalité, ce doit être une image symétrique, comme celle qu'on obtiendrait avec un miroir.

Wesley resta silencieux quelques secondes puis lâcha, d'un ton surpris :

— Merde ! Mais, dans ce cas, le scanner n'aurait-il pas

La Séquence des corps 275

détecté qu'il s'agissait d'une image inverse, et il l'aurait alors rejetée ?

— Je ne connais pas beaucoup d'appareils de ce type capables de distinguer une empreinte de son inverse. Un spécialiste, par contre, s'en aperçoit tout de suite. Benton, l'empreinte scannée doit toujours être stockée dans la banque de données de l'ordinateur.

— Mais si c'est vraiment Carrie Grethen qui est à l'origine de tout cela, ne croyez-vous pas qu'elle s'est débrouillée pour déléter cette partie de la banque de données ?

— J'en doute, répliquai-je. Elle n'est pas spécialiste de l'analyse d'empreintes. Je ne crois pas qu'elle ait compris qu'à chaque fois qu'une empreinte est retrouvée sur une surface, il s'agit en fait de l'empreinte inverse de celle qui est sur le doigt. Elle est donc en tous points identique à celle qu'on voit sur une carte d'identification, parce qu'il s'agit dans ce cas d'une empreinte photographiée, et qu'elle est également inverse de celle de la personne.

— En d'autres termes, une empreinte laissée par le moule d'un pouce en plastique est donc une empreinte inverse de celle qu'aurait laissée le vrai pouce ?

— Précisément.

— Mon Dieu, je ne suis vraiment pas au point pour ce genre de gymnastique.

— Ne vous inquiétez pas, Benton, je sais que tout cela n'est pas évident, mais croyez-moi sur parole.

— Je vous crois toujours sur parole. Bien, j'ai l'impression qu'il nous faut une copie de ce qui est stocké dans la mémoire.

— Tout à fait, et au plus vite ! Je voulais vous demander autre chose. Êtes-vous au courant d'un projet de programme ayant trait au système de sécurité biométrique ERF ?

— Un projet de recherche concernant le Bureau ?

— Oui.

— Je n'ai pas la moindre idée de ce que cela pourrait être.

— C'est ce que je pensais. Merci, Benton.

Un silence se fit des deux côtés de la ligne, chacun attendant de l'autre un mot, quelque chose de plus personnel. Mais je ne savais pas quoi dire, tant de choses m'habitaient.

— Soyez prudente, Kay.

Nous nous quittâmes.

Une demi-heure plus tard, je dénichai la boutique pour espions dans un énorme centre commercial rempli de gens et de voitures. La boutique était à l'intérieur du centre, coincée entre Ralph Lauren et Crabtree & Evelyn. De taille assez modeste, sa vitrine proposait tout ce que l'espionnage légal a de mieux à offrir. J'hésitai devant la porte, immobile, à une distance prudente, jusqu'à ce qu'un client qui se trouvait devant la caisse fasse un mouvement me permettant de distinguer la personne qui était derrière le comptoir. Un homme d'un certain âge, beaucoup trop gros, enregistrait la commande du client. Je n'arrivais pas à croire qu'il puisse s'agir de l'amant de Carrie Grethen. Encore un de ses mensonges, probablement.

Lorsque le client eut réglé et fut sorti de la boutique, il ne restait à l'intérieur que le gros homme et un dernier client : un jeune homme vêtu d'une veste de cuir qui déchiffrait attentivement les étiquettes d'une vitrine d'exposition proposant des magnétophones à déclenchement sonore et des analyseurs portables de stress vocal. L'homme gras installé derrière la caisse portait des lunettes aux verres épais et de nombreuses chaînes en or. Il avait l'air du type qui a toujours une excellente affaire à vous proposer.

D'une voix aussi détachée que possible, je m'adressai à l'homme :

— Excusez-moi, je cherche Carrie Grethen.

Il me détailla :

— Elle est sortie boire un café. Elle ne devrait pas tarder. Je peux vous aider ?

— Je vais jeter un œil sur ce que vous avez en l'attendant.

La Séquence des corps 277

— D'accord.

J'étais en train d'examiner un attaché-case assez spécial qui dissimulait un petit magnétophone, un système de sécurité protégeant l'ouverture, un décodeur de brouillage des lignes téléphoniques et des lunettes pour la vision de nuit, lorsque Carrie Grethen entra dans la boutique. Elle s'immobilisa lorsqu'elle m'aperçut, et durant un déroutant instant, je me dis qu'elle allait me balancer son café chaud au visage. Son regard me transperça comme l'eussent fait des clous d'acier.

— J'aimerais vous parler, dis-je.

— Je ne crois pas que le moment soit bien choisi.

Elle tentait de sourire et conservait un ton aimable parce que quatre autres clients venaient d'entrer.

— Mais si, voyons, répondis-je en lui rendant son regard.

Elle se tourna vers l'homme de la caisse :

— Jerry, tu peux t'en sortir seul quelques minutes ?

Il me fixa comme un chien qui s'apprête à sauter à la gorge d'un intrus.

— Je vous promets que nous n'en n'avons pas pour longtemps, l'assurai-je.

— Ben voyons, répondit-il avec la méfiance des gens malhonnêtes.

Je sortis à la suite de Carrie Grethen et nous nous assîmes sur un banc vide près d'une fontaine.

— J'ai appris pour l'accident de Lucy, je suis désolée. J'espère qu'elle va bien, dit-elle froidement en dégustant son café.

— Vous vous fichez éperdument de la santé de Lucy, et il est inutile de jouer de vos charmes avec moi parce que je sais exactement à qui j'ai affaire. Je sais ce que vous avez fait.

L'air résonnait du son de l'eau qui giclait dans la fontaine et elle m'adressa un sourire gelé :

— Vous ne savez rien du tout.

— Je sais que vous avez fait un moule en caoutchouc du

pouce de Lucy. Quant à dénicher son numéro personnel d'identification, la chose était aisée pour vous, puisque vous étiez très souvent avec elle. Tout ce que vous aviez à faire consistait à être attentive et à noter son code lorsqu'elle l'utiliserait devant vous. C'est de cette façon que vous avez « forcé » le système de sécurité biométrique ce matin-là et que vous avez pénétré dans l'ERF.

Elle éclata de rire et ses yeux devinrent encore plus durs :

— Mince, vous avez une imagination délirante, dites-moi ? Mais si vous voulez un bon conseil, à votre place je ferais très attention avant de porter ce genre d'accusations.

— Vos conseils me sont totalement indifférents, miss Grethen. Au contraire, la seule chose qui m'intéresse, c'est de vous mettre en garde. Nous serons bientôt en mesure de prouver que ce n'est pas Lucy qui a violé l'ERF. Vous êtes très fine, mais pas assez toutefois, et vous avez commis une fatale omission.

Elle restait muette mais, derrière son expression impénétrable, je sentais que son cerveau fonctionnait à plein régime. Elle voulait désespérément savoir à quoi je faisais allusion.

D'une voix dont l'assurance commençait à s'effriter, elle lança :

— Je ne vois pas de quoi vous parlez.

Avec l'aplomb d'un avocat qui connaît les règles du jeu, je lançai :

— Vous êtes peut-être un as de l'informatique, mais vous n'êtes pas spécialiste en médecine légale. Ce que vous avons contre vous est d'une simplicité enfantine. Vous avez demandé à Lucy de vous aider dans le cadre d'un soi-disant projet de recherche ayant pour objet le système de sécurité biométrique de l'ERF.

— Projet de recherche ? Il n'y a pas de projet de recherche, siffla-t-elle, haineuse.

— C'est précisément là où je veux en venir, miss Grethen, il n'y a pas de projet de recherche. Vous lui avez menti pour la convaincre de vous laisser prendre un moule de caoutchouc de l'empreinte de son pouce.

Elle eut un petit rire bref :

— Dieu du ciel ! Vous regardez beaucoup trop les films de James Bond. Vous ne pensez quand même pas que quiconque va croire...

Je l'interrompis :

— Le moule de plastique de cette empreinte a ensuite été utilisé pour pénétrer dans le système, et vous ou vos complices vous êtes livrés alors à ce qui s'appelle de l'espionnage industriel. Mais vous avez commis une erreur.

Elle était livide.

— Aimeriez-vous, miss Grethen, savoir de quelle erreur il s'agit ?

Elle ne dit toujours rien, mais je sentais son envie de savoir. Sa paranoïa enflait et irradiait d'elle comme de la chaleur.

Du même ton posé, je repris :

— Voyez-vous, miss Grethen, lorsque vous moulez une empreinte, l'impression que vous obtenez est en réalité, une image inverse du vrai doigt, en quelque sorte, c'est la même image que celle que vous pourriez observer dans un miroir. En d'autres termes, l'empreinte que vous avez obtenue de Lucy était l'empreinte inverse de celle de son pouce, vous comprenez ? *L'empreinte que vous aviez était à l'envers !* L'analyse des données qui ont été enregistrées par l'ordinateur à trois heures ce matin-là, prouvera sans équivoque ce que je vous dis.

Elle déglutit avec peine, et la phrase qui lui vint valida toutes mes spéculations :

— Vous ne pouvez pas prouver que c'est moi la coupable.

— Oh, on y arrivera. Mais j'ai pour vous une information encore plus intéressante et qui vous permettra d'occuper votre journée...

Je me penchai vers elle et je sentis l'odeur de café de son haleine.

— ... Vous avez utilisé ma nièce, vous avez abusé des sentiments qu'elle éprouvait pour vous. Vous avez tiré profit de sa jeunesse, de sa naïveté et de sa droiture...

J'étais maintenant si proche de son visage que je pouvais presque le toucher.

— ... Ne tentez jamais de la revoir, ne vous avisez pas d'essayer de lui parler, ni même de lui téléphoner. Cessez même de penser simplement à elle.

Ma main, fourrée dans ma poche, se resserra autour de la crosse de mon calibre 38. J'avais presque envie qu'elle me donne un motif pour l'utiliser.

Ma voix me faisait penser au son produit par un acier chirurgical, je poursuivis avec un calme glacial :

— Si j'arrive à la conclusion que vous conduisiez la voiture qui a provoqué l'accident de Lucy, je veillerai personnellement à faire de votre vie un véritable enfer. Je serai sur vos basques tout le reste de votre vie. Je serai toujours là lorsqu'il sera question de vous libérer sur parole et j'interviendrai systématiquement pour prévenir les services concernés, jusqu'au gouverneur, que vous êtes une menace pour la société et un danger public, et pour que l'on vous refuse la mise en liberté.

— Allez au diable !

— Je n'irai jamais, mais vous, vous y êtes déjà.

Elle se leva brusquement et d'une démarche rageuse, rentra dans la boutique. J'aperçus un homme qui pénétrait derrière elle et lui parlait. J'étais toujours assise sur le banc, et mon cœur battait la chamade. J'ignore ce qui m'obligea à le dévisager sans bouger, peut-être quelque chose dans son profil aigu, ou dans ses épaules larges et son dos mince et musclé, peut-être même dans sa chevelure lisse d'un noir artificiel. J'étais sur le point de me retourner pour rejoindre ma voiture, lorsque l'homme se tourna vers moi. Durant

La Séquence des corps   281

quelques secondes intenses, chargées de tension, nos yeux se rencontrèrent. Les siens étaient d'un bleu perçant.

Je ne fuis pas. Je restai là, comme un écureuil au milieu d'une route, pris dans les phares d'une voiture qui hésiterait à s'élancer à droite ou à gauche et se retrouverait toujours à son point de départ. Enfin, je me mis à marcher, aussi vite que je pus, puis à courir. Le bruit de l'eau de la fontaine me parvenait et c'était comme une course de pas derrière moi, je me crus poursuivie. Je dépassai la cabine téléphonique, terrorisée à l'idée de m'arrêter pour appeler quelqu'un. Je crus à un moment que mon cœur allait exploser dans ma poitrine tant il battait de plus en plus fort.

Je fonçai, traversant le parking à la course. Mes mains tremblaient lorsque j'essayai d'ouvrir ma portière de voiture. Je ne décrochai le téléphone que lorsque je fus loin du centre commercial, de lui.

— Benton ? Oh, mon Dieu !

— Kay, qu'est-ce qui se passe ?

Le voix inquiète de Wesley me parvenait dans un crachouillement affreux. La Virginie du Nord est réputée pour héberger une population beaucoup trop excessive de téléphones cellulaires.

— Gault, m'écriai-je, hors de souffle et en écrasant les freins pour éviter d'un cheveu la Toyota que je suivais de trop près. J'ai vu Gault !

— Vous avez vu Gault ? Où ?

— Dans la boutique pour espions.

— Où cela ? Que dites-vous ?

— La boutique dans laquelle travaille Carrie Grethen. C'est l'enquête qui a permis de la localiser. Il était là-bas, Benton. Je l'ai vu entrer dans la boutique au moment où je partais. Il a commencé à parler à Carrie et après, il m'a vue et je me suis sauvée.

— Calmez-vous, Kay. Où vous trouvez-vous, là ?

La voix de Wesley était tendue. Plus tendue que je ne l'avais jamais entendue.

282   *Patricia Cornwell*

— Je suis dans la voiture. Je roule sur l'autoroute I-95 en direction du sud. Je vais bien.

— Roulez, ne vous arrêtez pas. Ne vous arrêtez sous aucun prétexte, Kay, vous m'entendez ? Vous croyez qu'il vous a vue monter dans la voiture ?

— Je ne crois pas... Merde, je ne sais pas !

D'une voix calme et autoritaire, il poursuivit :

— Kay ? Calmez-vous. Je veux que vous vous calmiez, d'accord ? Je n'ai pas envie que vous ayez un accident. Je vais contacter des gens et on va le trouver.

Mais je savais qu'on ne le trouverait pas. Je savais que Gault serait déjà loin lorsque Wesley passerait le premier de ses coups de fil. Je l'avais lu dans son regard bleu de glace. Il savait, dès ce moment-là, ce que j'allais faire aussitôt que je le pourrais et il n'attendrait pas pour disparaître à nouveau.

— Mais vous disiez qu'il était en Angleterre, dis-je sottement.

— J'ai dit que nous pensions qu'il s'y trouvait, répondit Wesley.

Parce que mon esprit ne voulait pas s'arrêter de marcher et qu'il générait des connections dans tous les sens, je poursuivis :

— Gault a un rapport avec tout cela, Benton. Il est directement impliqué dans ce qui s'est passé à l'ERF. Si cela se trouve, *c'est lui qui a commandité Carrie Grethen, c'est lui qui l'a convaincue de faire ce qu'elle a fait, elle est son espion.*

Wesley resta muet à l'autre bout du fil, digérant cette idée, et c'était une hypothèse si terrorisante qu'il ne voulait pas y penser.

Je perçus la fissure dans sa voix. Je savais qu'il paniquait, entre autres parce que ce genre de conversation ne doit pas avoir lieu grâce à l'intermédiaire d'un téléphone de voiture non protégé.

— Pour obtenir quoi, qu'est-ce qui l'intéressait à l'ERF ?

Je savais. Je savais exactement ce qui intéressait Gault.

— CAIN.

La communication fut coupée juste après mon dernier mot.

16

Je retournai à Richmond sans percevoir l'ombre malveillante de Gault derrière moi. Peut-être avait-il d'autres priorités, d'autres démons à combattre, et il n'avait pas choisi de me poursuivre. En dépit de cela, je rebranchai l'alarme de ma maison aussitôt que je fus rentrée et me promenai partout chez moi avec mon revolver, même aux toilettes.

À deux heures, je me rendis à l'hôpital, et Lucy se traîna jusqu'à la voiture dans son fauteuil roulant. J'avais essayé de la convaincre que je pouvais pousser son fauteuil, avec douceur, comme toute tante aimante qui se respecte ferait, mais elle avait insisté pour se déplacer sans mon aide. Pourtant, dès que nous arrivâmes à la maison, elle se laissa attendrir et subit mes attentions. Je la mis au lit et elle s'assit, s'endormant à moitié.

Je réchauffai une casserole de zuppa di anglio fresco, une soupe à l'ail frais, très prisée dans les montagnes de Brisighella, et qu'on avait donnée de tous temps aux bébés et aux personnes âgées. Je lui préparai pour la suite des raviolis fourrés de purée de marrons et de courges. Le feu qui crépitait dans le salon et les odeurs de cuisine qui emplissaient l'air me mirent du baume au cœur. Lorsque je ne cuisinais pas pendant longtemps , j'avais vraiment l'impression que personne ne vivait chez moi, que personne ne s'intéressait à moi et même la maison semblait devenir triste.

Un peu plus tard, alors que le ciel se chargeait en pluie, je me rendis à l'aéroport pour chercher ma sœur. Cela faisait pas mal de temps que je ne l'avais pas vue, et elle avait changé. Dorothy était une inquiète, c'est probablement la raison pour laquelle elle pouvait également être si mauvaise. C'est peut-être aussi ce qui expliquait cette manie qu'elle avait de changer de coiffure et de garde-robe aussi fréquemment.

J'attendais donc, près du guichet de l'US Air, dévisageant les passagers qui sortaient de l'avion, cherchant un détail, quelque chose qui me parût un peu familier. Je reconnus Dorothy à son nez et à la fossette de son menton, c'étaient deux caractéristiques difficilement modifiables. Elle portait, cette fois-ci, les cheveux courts et très bruns, plaqués contre sa tête comme un casque de cuir. Ses yeux étaient protégés par de grosses lunettes et un foulard d'un rouge vif était enroulé autour de son cou. Elle se dirigea vers moi, d'une allure vive. Sa silhouette mince, comme l'exigeait la mode, était moulée dans des jodhpurs et ses pieds chaussés de bottes lacées. Elle déposa un baiser sur ma joue.

— Kay.... C'est si bon de te voir ! *Tu as l'air très fatiguée.*

— Comment va maman ?

— Sa hanche....Tu sais ! Qu'est-ce que tu as comme voiture ?

— Une voiture de location.

— Écoute, c'est vraiment la première chose à laquelle j'ai pensé : comment allais-tu faire sans ta Mercedes ? Moi, je ne sais pas ce que je deviendrais sans la mienne.

Dorothy avait une 190 E. Elle avait eu la voiture alors qu'elle sortait avec un flic de Miami. Elle avait été confisquée à un trafiquant de drogue et vendue pour une bouchée de pain. Elle était bleu marine, avec des becquets et la carrosserie spéciale était rehaussée de fines rayures.

— Tu as des valises ? demandai-je.

— Juste ceci. À quelle allure conduisait-elle ?

— Lucy ne se souvient de rien.

— Tu ne peux pas savoir ce que j'ai ressenti lorsque le

téléphone a sonné. Mon Dieu, mon cœur s'est littéralement arrêté de battre !

Il pleuvait et j'avais oublié mon parapluie.

— Personne ne peut comprendre ces choses à moins d'être passé par là. Ce moment ! Ce moment précis durant lequel tu ne sais pas exactement ce qui s'est passé, mais tu sais que les nouvelles sont mauvaises et qu'il s'agit de quelqu'un que tu aimes. J'espère que tu n'es pas garée trop loin. Le mieux est peut-être que je t'attende ici ?

— Il faut que je sorte du parking, que je paie et que je fasse un demi-tour pour revenir ici. Cela prendra au moins dix à quinze minutes.

J'apercevais ma voiture sur le parking d'où nous nous trouvions.

— Oh, mais cela ne fait rien, c'est très bien. Ne t'inquiète pas pour moi. Je vais rester ici et t'attendre. De toute façon, il faut que j'aille aux toilettes. Oh, ce que ça doit être bien de ne plus avoir à se préoccuper de ces choses-là !

Elle ne rentra pas dans les détails, du moins pas avant que nous fûmes dans la voiture.

— Tu prends des hormones ?

— Pour quoi faire ?

Il commençait à pleuvoir très fort. Les gouttes de pluie s'écrasaient sur le toit de la voiture et résonnaient comme une horde piétinante de petits animaux.

Dorothy tira une pochette en plastique de son sac à main et sortit un biscuit au gingembre qu'elle grignota :

— Mais le Changement, voyons.

— Quel changement ?

— Mais enfin tu sais bien, la ménopause, quoi ! Les bouffées de chaleur, les crises de déprime. Je connais une femme qui a commencé à prendre des hormones dès son quarantième anniversaire. La tête, c'est quelque chose, quand même.

J'allumai la radio.

— Ils nous ont juste donné d'affreux amuse-bouche dans

l'avion, et tu sais dans quel état je suis lorsque je ne mange pas.

Elle attaqua un autre biscuit.

— Chacun de ces biscuits fait vingt-cinq kilocalories, et je m'en autorise huit par jour. Il va falloir qu'on s'arrête quelque part pour que j'en achète. Et puis je mange des pommes, bien sûr. Tu as tellement de chance, Kay. Tu n'as jamais à t'affoler au sujet de ton poids ! D'un autre côté, si je faisais le même métier que toi, je suis convaincue que je n'aurais pas non plus beaucoup d'appétit.

— Dorothy, il y a un centre de soins à Rhode Island dont j'aimerais te parler.

Elle soupira :

— Je suis si inquiète au sujet de Lucy.

— Ils ont un programme qui dure quatre semaines.

— Je me demande si je pourrais supporter l'idée qu'elle soit là-bas, enfermée comme cela.

Elle entama un autre biscuit.

— Eh bien, il va falloir que tu t'y fasses, Dorothy. C'est très sérieux, tu sais ?

— Je ne crois pas qu'elle acceptera d'y aller. Tu sais combien elle est obstinée. (Elle réfléchit une seconde). D'un autre côté, ce séjour serait sûrement une bonne chose. (Elle soupira à nouveau). Peut-être que lorsqu'elle sera là-haut, ils pourront également régler d'autres problèmes.

— Quels autres problèmes, Dorothy ?

— Oh, je peux bien t'avouer que je ne sais vraiment pas quoi faire avec Lucy. Je ne parviens pas à comprendre comment les choses ont pu tourner de cette façon....

Elle se mit à pleurer.

— ... Avec tout le respect que je te dois, tu ne peux simplement pas imaginer ce que c'est d'avoir un enfant qui dévie comme cela. Tordu comme une brindille. Je ne sais pas ce qui a pu se passer. Et ce n'est certainement pas mon exemple. Je veux bien accepter certaines responsabilités, mais pas celle-là !

J'éteignis la radio et lui jetai un regard :

— Mais de quoi parles-tu ?

La vive antipathie que j'éprouvais pour ma sœur me surprit encore une fois. Le fait qu'elle fût du même sang que moi n'avait aucune signification et nous n'avions rien en commun si ce n'est une mère et le souvenir d'avoir habité un jour la même maison.

— Tu ne me feras pas croire que tu ne t'es jamais posé de questions à ce sujet, à moins que pour toi la chose soit, en quelque sorte, normale....

Il me semblait que ses émotions prenaient en force et que notre conversation s'enfonçait de plus en plus.

— .... Et ce ne serait pas honnête de ma part si je ne te confiais pas que je me suis inquiétée de l'influence que tu pouvais avoir sur elle à ce sujet. Je ne te juge pas, Kay, parce que je suis consciente que ta vie privée te regarde et qu'il est des choses contre lesquelles on ne peut pas lutter....

Elle pleura de plus belle et se moucha. La pluie tombait de plus en plus fort.

— Oh, c'est tellement difficile !

— Mais, bon sang, Dorothy ! De quoi veux-tu parler ?

— Elle épie tout ce que tu fais. Si tu te brosses les dents d'une certaine façon, tu peux être assurée qu'elle la copiera. Et par ailleurs, pour ta gouverne, sache que j'ai été d'une rare tolérance toutes ces années, et je ne connais pas beaucoup de gens qui auraient fait la même chose. Tante Kay par-ci, tante Kay par-là, toutes ces années !

— Dorothy...

— Je ne me suis jamais plainte, je n'ai jamais tenté de l'écarter de ton giron, si tu me passes l'expression. J'ai toujours désiré ce qu'il y avait de mieux pour elle, aussi ai-je cédé devant son admiration pour le héros.

— Dorothy...

Elle se moucha bruyamment :

— Tu ne peux pas comprendre le sacrifice que cela représente. Comme si je n'en avais déjà pas eu assez qu'on me compare toujours à toi à l'école, et de supporter les réflexions de maman parce que toi, tu étais toujours si *parfaite en tout !* Putain de merde ! Tu savais faire la cuisine, tu bricolais, tu réparais tout à la maison, tu t'occupais de la voiture et tu payais les factures. C'était toi l'homme de la maison lorsqu'on a grandi, et ensuite tu es devenu *le père de ma fille*, pour couronner le tout !

— Dorothy !

Mais rien ne l'aurait arrêtée.

— Et je ne suis pas de taille contre cela. Je ne peux pas être son père. J'admets que tu es beaucoup plus un homme que moi. Oh oui, là-dessus, tu gagnes à cent pour cent. *Monsieur le docteur Scarpetta !* Merde, enfin ! C'est tellement injuste, et par-dessus le marché, c'est toi qui a hérité des nichons dans la famille. *Les plus gros nichons de la famille sont ceux de l'homme de la famille !*

— Dorothy, ferme-la !

Elle murmura, furieuse :

— Non, je ne la fermerai pas, et tu ne peux pas m'y forcer !

Nous revenions des années en arrière, dans notre petite chambre, avec ce petit lit que nous devions partager, où nous apprenions à nous haïr sans bruit pendant que mon père se mourait. Nous étions à nouveau assises devant la table de la cuisine, avalant une assiette de macaroni en silence, alors qu'il dominait toujours nos vies depuis son lit de malade installé dans le couloir du bas.

Et puis, nous arrivâmes devant chez moi, où Lucy blessée reposait. Je ne parvenais pas à comprendre comment Dorothy ne reconnaissait pas un scénario aussi vieux et aussi prévisible que nous.

J'ouvris la porte du garage et lui demandai :

— Qu'est-ce que tu me reproches au juste ?

— Eh bien, disons que Lucy n'a pas de petit ami, et que ce n'est certainement pas de moi qu'elle tient cela. Ça, c'est sûr...

J'éteignis le moteur et la contemplai.

— ... Ce que je veux dire, Kay, c'est que personne ne recherche et n'apprécie la compagnie des hommes autant que moi. Alors, la prochaine fois que tu entreprends de me critiquer dans mon rôle de mère, je souhaiterais que tu aies l'honnêteté d'analyser la contribution que tu as faite à son éducation. Non, mais c'est vrai : à qui ressemble-t-elle ?

— Lucy ne ressemble à personne, dis-je.

— Conneries ! C'est ton portrait craché. En plus maintenant elle est alcoolique, et je crois qu'elle est gouine.

Elle éclata à nouveau en larmes.

J'avais dépassé le stade de la colère :

— Es-tu en train d'insinuer que je suis lesbienne ?

— Eh bien, ça lui vient bien de quelque part !

— Je crois qu'on ferait mieux de rentrer.

Elle sortit de la voiture et parut surprise que je ne l'imite pas.

— Tu ne viens pas ?

Je lui tendis les clefs de la maison et le code de l'alarme :

— Je vais à l'épicerie.

Une fois chez Ukrop's, j'achetai des biscuits au gingembre et des pommes et flânai entre les rayons parce que je n'avais pas envie de rentrer. À la vérité, je ne tirais plus aucun plaisir de la présence de Lucy lorsque sa mère était là, et cette visite avait débuté encore plus mal que les autres. Je parvenais à comprendre une partie de ce que me reprochait Dorothy, et ses insultes et ses jalousies ne me surprenaient pas parce que rien de tout cela n'était nouveau.

Ce n'était pas tant son comportement qui me rendait malade mais plutôt le fait que cela me remettait en mémoire que j'étais seule. Je dépassai les présentoirs de bonbons, de gâteaux, de condiments et de pâtes de fromage en déplorant de ne pas pouvoir me calmer en me gavant. Si une boulimie de scotch avait pu combler les espaces vides, je crois que je me serais laissé tenter. Au lieu de cela, je rentrai avec mon petit sac de provisions et servis le dîner à ma famille, pitoyablement restreinte.

Après le dîner, Dorothy s'installa sur une chaise près du feu pour lire et siroter son verre de Rumple Minze. Je me préparai à coucher Lucy.

— Tu as mal ? demandai-je.

— Non, pas vraiment. Mais je n'arrive pas à rester éveillée. J'ai l'impression que mes yeux chavirent.

— Tu as besoin de dormir.

— Mais je fais des rêves affreux.

— Tu veux m'en parler ?

— Quelqu'un me fonce dessus, par derrière. C'est quelqu'un qui me poursuit, en voiture surtout. Et puis j'entends les bruits de l'accident et cela me réveille.

— Quel genre de bruits ?

— Le métal qui heurte quelque chose, le bruit de l'airbag qui se déploie, des sirènes. Quelquefois j'ai l'impression de dormir mais en fait, je ne suis pas endormie et toutes ces images défilent devant mes yeux. Je vois des lumières rouges qui pulsent sur la chaussée et des hommes avec des cirés jaunes. J'essaie de me débattre et je suis en nage.

— C'est normal, c'est un stress post-traumatique. Cela durera probablement encore un peu.

Elle me fixa, affolée, et les bleus qui couvraient son visage me déchirèrent.

— Tante Kay, est-ce que je vais être arrêtée ?

— Tout ira bien. Mais je voudrais te suggérer quelque chose, et je sais que cela ne va pas te plaire.

Je lui parlai du centre privé de traitement de Newport, Rhode Island, et elle se mit à pleurer.

— Lucy, tu es accusée de conduite en état d'ivresse, donc, de toute façon, il y a de grandes chances pour que ce traitement fasse partie de ta peine. Est-ce que tu crois qu'il ne serait pas préférable que tu décides toi-même d'y aller et d'en finir au plus vite ?

Elle s'essuya doucement les yeux :

— Je n'arrive pas à croire que cela m'arrive à moi. Tout ce dont j'ai rêvé s'effondre.

— Tu es complètement dans l'erreur, Lucy. Tu es vivante et personne d'autre n'a été blessé. On peut parfaitement résoudre tes problèmes et je veux t'aider. Mais il faut que tu me fasses confiance et que tu m'écoutes.

Elle fixait ses deux mains qui reposaient sur les couvertures. Les larmes coulaient le long de ses joues.

— Lucy, il faut que tu me dises la vérité.

Elle ne leva pas la tête.

— Tu n'as pas dîné à l'Outback. À moins qu'ils n'aient rajouté des spaghetti à leur menu. Il y avait des spaghetti un peu partout dans la voiture, et je suis sûre qu'ils proviennent du petit carton de restes que le restaurant t'as préparé. Où es-tu allée cette nuit-là ?

Elle leva la tête et me regarda :

— Chez Antonio's.

— À Stafford ?

Elle acquiesça d'un hochement de tête.

— Pourquoi as-tu menti ?

— Parce que je ne veux pas en parler. Où je vais ne regarde personne.

— Qui était avec toi ?

Elle secoua la tête :

— Cela n'a pas de rapport.

— C'était Carrie Grethen, n'est-ce pas ? Et quelques semaines auparavant, elle était parvenue à te convaincre de participer à un petit projet de recherche. Voilà la raison de tous tes ennuis présents. Tu te rappelles lorsque je suis venue te rendre visite à l'ERF ? Elle était en train de mélanger une solution de caoutchouc liquide.

Lucy détourna le regard.

— Pourquoi ne me dis-tu pas la vérité, Lucy ?

Une larme glissa le long de sa joue. Il était inutile de tenter de discuter de Carrie avec elle. Prenant une grande inspiration, je me lançai :

— Lucy, je crois que quelqu'un a essayé de te faire quitter la route...

Ses yeux s'écarquillèrent.

— .... J'ai examiné la voiture et je suis allée voir l'endroit où s'est produit l'accident. Beaucoup de détails me dérangent. As-tu essayé de composer le numéro d'urgence ?

Elle me regardait, stupéfaite :

— Non, je l'ai fait ?

— En tout cas, c'est le dernier numéro qui a été composé sur le téléphone, donc je crois que c'est toi. Un officier de la police d'État recherche la bande d'enregistrement de la compagnie pour cette nuit-là. On saura exactement à quel moment le coup de fil a été passé et ce que tu as dit.

— Mon Dieu.

— De plus, j'ai des indices qui me permettent de penser que quelqu'un collait à ton pare-choc arrière et que cette personne avait ses feux de route allumés. Tu avais basculé le rétroviseur et remonté le pare-soleil. À mon avis, la seule chose qui puisse expliquer cela, alors que tu conduisais en pleine nuit sur l'autoroute, c'est qu'une autre voiture arrivait derrière toi et que la réverbération de ses phares dans le pare-brise t'éblouissait....

Je m'interrompis quelques secondes. Elle était sous le choc.

— .... Tu ne te souviens de rien ?

— Non.

— Tu ne te souviens pas avoir vu une voiture verte. Vert pâle, peut-être ?

— Non.

— Connais-tu quelqu'un qui a une voiture verte ?

— Il faut que je réfléchisse.

— Carrie ?

Elle nia d'un signe de tête :

— Non, elle a une décapotable BMW rouge.

— Et l'homme qui travaille avec elle ? T'a-t-elle parlé de quelqu'un qui s'appelle Jerry ?

La Séquence des corps 293

— Non.

— Eh bien, un véhicule a laissé des traces de peinture verte sur la partie endommagée de l'arrière de ma voiture en arrachant du même coup le feu stop. En substance, l'histoire est la suivante : lorsque tu es sortie de chez l'armurier de Hanover, quelqu'un t'a suivie et a percuté ma voiture par l'arrière. Quelques centaines de mètres plus loin, tu as brusquement accéléré, perdu le contrôle de la voiture et quitté la route. Je pense que tu as dû composer le numéro d'urgence au moment où tu tentais d'accélérer. Tu étais affolée, peut-être parce que la personne qui t'avait heurtée était revenue à la charge.

Lucy remonta les couvertures sous son menton. Elle était pâle :

— Quelqu'un a essayé de me tuer.

— Je crois même qu'on peut dire que quelqu'un a bien failli te tuer. C'est pour cette raison que je t'ai posé toutes ces questions qui t'ont peut-être semblées indiscrètes. Parce qu'on va te les poser. Tu ne crois pas qu'il serait préférable que tu me le dises ?

— Tu en sais assez.

— Est-ce que tu vois un lien entre cet accident et ce qui t'est arrivé à l'ERF ?

— Bien sûr que j'en vois un, dit-elle avec force. Je me suis fait piéger, tante Kay. Je n'ai jamais mis les pieds là-bas à trois heures du matin et je n'ai jamais rien dérobé.

— Il va falloir que nous le prouvions.

Elle me fixa droit dans les yeux :

— Je ne suis pas sûre que tu me croies.

Bien sûr, je la croyais, mais je ne pouvais pas lui avouer, pas plus que je ne pouvais lui raconter ma rencontre avec Carrie Grethen. Il me fallait rassembler toute la discipline dont j'étais capable pour être aussi professionnelle que possible avec ma nièce. Je savais qu'il ne fallait pas que je guide sa conduite.

— Lucy, je ne peux pas vraiment t'aider si tu ne me dis

pas tout. Je fais mon possible pour garder l'esprit ouvert et clair afin de faire ce qui est le mieux. Mais sincèrement, je ne sais que penser.

— Je n'arrive pas à croire que tu.... Putain, merde ! Et puis, pense ce que tu veux.

Ses yeux se remplirent à nouveau de larmes.

— Je t'en prie, Lucy, ne te mets pas en colère contre moi. Nous avons un problème très grave sur les bras et la façon dont on va essayer de s'en sortir influencera toute ta vie. Nous avons deux priorités. La première, c'est ta sécurité. Peut-être comprends-tu mieux maintenant que je t'ai raconté ce que j'avais conclu de ton accident pourquoi je veux que tu ailles dans ce centre de traitement ? Personne ne saura où te trouver. Tu seras en parfaite sécurité. La deuxième priorité, c'est de te tirer de ce sac d'embrouilles pour que ton avenir ne soit pas compromis.

— Je ne serai jamais agent du FBI, c'est trop tard.

— Pas si on arrive à te laver de tout soupçon à Quantico, et si le juge se laisse attendrir et réduit ta peine pour conduite en état d'ivresse.

— Comment cela ?

— Tu m'as demandé de te trouver un as du barreau, je crois que nous en avons un.

— Qui ?

— Tout ce que tu as besoin de savoir en ce moment, c'est que tu as de bonnes chances de t'en sortir, si tu m'écoutes et que tu fais ce que je te dis.

— J'ai l'impression qu'on m'envoie en prison.

— La thérapie te fera du bien, pour beaucoup de raisons.

— Je préférerai rester avec toi. Je ne veux pas qu'on me colle une étiquette d'alcoolique pour le restant de mes jours. En plus, je ne crois pas que je sois alcoolique.

— Peut-être pas, en effet. Mais il faut que tu parviennes à comprendre pour quelles raisons tu as commencé à trop boire.

La Séquence des corps   295

— Peut-être que cela me fait du bien d'avoir l'impression de ne pas être là. Personne n'a jamais voulu que je sois là, de toute façon, alors c'est logique, dit-elle avec amertume.

Nous parlâmes encore un peu puis je m'installai au téléphone. J'appelai des compagnies aériennes, le personnel de l'hôpital et un psychiatre de Newport qui était un vieil ami.

Edgehill, un centre de traitement très réputé de Newport, pouvait recevoir ma nièce dès le lendemain après-midi. J'aurais aimé accompagner moi-même Lucy, mais Dorothy ne voulut rien savoir. « Il y a des moments où une mère se doit d'être avec sa fille », me déclara-t-elle. Ma présence n'était ni nécessaire ni souhaitable.

Je me sentais dans un curieux état d'esprit lorsque le téléphone sonna aux environs de minuit.

— J'espère que je ne vous ai pas réveillée, dit Wesley.

— Non, je suis très contente que vous appeliez.

— Vous aviez raison au sujet de l'empreinte, elle est à l'envers, et Lucy ne peut pas l'avoir laissée, à moins qu'elle n'ait elle-même pris un moule de son pouce.

D'un ton énervé, je répondis :

— Évidemment que ce n'est pas elle qui a moulé sa propre empreinte ! Mon Dieu, j'espérais qu'on en avait fini avec cela.

— Non, ce n'est pas tout à fait fini.

— Et Gault ?

— Aucun signe. Et le connard du magasin Eye Spy nie formellement que Gault soit jamais venu dans sa boutique. Vous êtes sûre de l'avoir reconnu ?

— Je suis prête à le déclarer sous serment.

J'aurais été capable de reconnaître Temple Gault absolument partout. Ses yeux me poursuivaient dans mon sommeil, des yeux brillants comme un morceau de glace bleue, me fixant par l'entrebâillement d'une porte entrouverte qui donnait sur une pièce à l'odeur putride. L'image d'Helen, la gardienne de prison, encore vêtue de son uniforme, décapitée, se reformait dans mon cerveau. Elle était soutenue par le dossier de la chaise, assise par Gault. Je pensais parfois au pauvre fermier qui avait commis l'erreur d'ouvrir le sac de bowling qu'il avait trouvé dans son champ.

— Je suis désolé, vous ne pouvez pas savoir à quel point je suis désolé.

Je lui racontai alors que j'envoyais Lucy à Rhode Island, en fait je lui racontai tout ce à quoi je pouvais penser et qu'il ignorait encore. Lorsqu'à son tour, il me dit tout ce qu'il avait appris, j'éteignis la lampe de ma table de chevet et écoutai Wesley dans l'obscurité.

— Cela ne va pas fort, ici. Comme je vous l'ai dit, Gault s'est encore évanoui dans la nature. Il est en train de jouer avec nous. On ne sait pas dans quoi il a trempé au juste, et ce dont il est innocent. On a d'un côté une affaire en Caroline du Nord et de l'autre l'histoire de ce petit garçon en Angleterre. Et puis, brusquement, il refait surface à Springfield, et tout laisse à penser qu'il est impliqué dans cette affaire d'espionnage à l'ERF.

— Il n'y a pas de « laisse à penser » qui tienne, Benton ! Gault a pénétré dans le cerveau du Bureau. Et la question est simple : que comptez-vous faire ?

— Pour le moment, l'ERF est en train de changer les codes et les mots de passe, ce genre de choses. Espérons qu'il n'ait pas appris trop de choses.

— C'est cela, espérez donc.

— Kay, la police de Black Mountain a obtenu un mandat de perquisition pour fouiller le domicile et le véhicule de Creed Lindsey.

— Ils l'ont trouvé ?

— Non.

— Qu'en pense Marino ? demandai-je.

— Qui sait ?

— Vous ne l'avez pas vu ?

— Pas beaucoup. Je crois qu'il passe pas mal de temps en compagnie de Denesa Steiner.

— Je croyais qu'elle n'était pas en ville ?

La Séquence des corps   297

— Elle est revenue.

— À votre avis, Benton, c'est sérieux entre eux ?

— Pete semble obsédé. Je ne l'ai jamais vu dans cet état. Je crois qu'on aura du mal à le convaincre de repartir.

— Et vous ?

D'un ton désenchanté, il répondit :

— Oh, je serai ici et là, c'est difficile à dire. Tout ce que je peux faire c'est essayer de leur donner des conseils, mais les flics du coin ne jurent que par Marino, et Marino ne veut plus écouter personne.

— Mrs Steiner a-t-elle fait une déclaration au sujet de Creed ?

— Elle dit que l'homme qui s'est introduit chez elle, cette nuit-là, pourrait être Creed. Mais elle n'est pas sûre parce qu'elle n'a pas eu le temps de vraiment le voir.

— Il parle pourtant d'une façon caractéristique.

— On le lui a fait remarquer. Mais elle dit qu'elle ne se rappelle pas très bien sa voix, si ce n'est qu'elle croit bien qu'il s'agissait d'une voix de blanc.

— Il sent également très fort.

— Peut-être qu'il ne sentait pas cette nuit-là ?

— Je doute que sa conception de l'hygiène soit meilleure d'une nuit sur l'autre.

— En réalité, la chose essentielle dans tout cela, c'est que les hésitations de Mrs Steiner renforcent les soupçons contre Creed. Et les flics commencent à recevoir des tas de coups de fil à son sujet. On l'a aperçu ici ou là en train de faire des choses suspectes, comme fixer un gamin alors qu'il était dans son camion. Ou alors, on a vu un camion comme le sien aux abords du lac Tomahawk peu de temps après la disparition d'Emily. Mais vous savez ce qui se passe lorsque les gens décident de se faire une opinion au sujet de quelque chose.

— Et vous, quelle est votre opinion ?

L'obscurité m'enveloppait, comme une couverture chaude et réconfortante. Je parvenais à distinguer le timbre derrière les sons de Wesley. Il avait une voix mince et puissante, comme lui, subtile jusque dans sa beauté et dans sa force.

— Ce type, Creed, ne colle pas. Et le cas Ferguson m'embarrasse toujours. À ce propos, nous avons reçu l'analyse d'ADN des tissus trouvés dans son congélateur. Il s'agit bien de la peau d'Emily.

— Ce n'est pas vraiment une surprise.

— Il y a quelque chose qui ne va pas dans cette histoire avec Ferguson.

— Vous avez d'autres renseignements à son sujet ?

— Non, mais j'attends des retours.

— Et Gault ? demandai-je

— On ne doit pas l'oublier. On doit toujours garder en tête qu'il a pu la tuer...

Il s'interrompit, puis :

— ... J'ai envie de vous voir.

Mes paupières devenaient lourdes et le son de ma voix me parvenait comme dans un rêve. J'étais appuyée contre mes oreillers dans l'obscurité.

— Il faut que j'aille à Knoxville. Ce n'est pas très loin de vous.

— Vous rendez visite à Katz ?

— Oui, lui et le Dr Shade expérimentent pour moi. Ils devraient avoir bientôt fini.

— La Ferme est le dernier endroit où j'irais me promener.

— Est-ce que cela signifie que vous ne me rejoindrez pas ?

— Ce n'est pas la raison.

— Vous rentrez chez vous pour le week-end ? demandai-je

— Oui, je pars demain matin.

— Tout va bien ?

C'était très étrange de lui poser des questions au sujet de sa famille, et nous ne mentionnions que très exceptionnellement sa femme.

La Séquence des corps   299

— Oh, les enfants sont maintenant trop grands pour Halloween et nous échappons donc aux surprises-parties et à la confection des costumes.

— Personne n'est jamais trop vieux pour Halloween.

— Vous savez, la tradition du « des bonbons ou des farces » était une grande spécialité domestique. Il fallait que j'accompagne les enfants en voiture dans tout le quartier.

— Et vous portiez sûrement votre revolver ainsi qu'un appareil pour passer leurs bonbons aux rayons X.

— C'est l'hôpital qui se moque de la charité, remarqua-t-il.

17

Le lendemain, samedi, je fis ma valise pour mon voyage à Knoxville à l'aube, et j'aidai Dorothy à rassembler la garde-robe nécessaire à quelqu'un qui se rendait où se rendait Lucy. Ce ne fut pas une mince affaire de rentrer dans la tête de ma sœur que Lucy n'aurait pas besoin de vêtements de couturiers, ou de tenues exigeant un nettoyage à sec ou un coup de fer à repasser. Lorsque j'insistai sur le fait que Lucy ne devait rien emmener qui eût de la valeur, Dorothy en fut toute bouleversée :

— Oh mon Dieu, mais on dirait qu'elle entre dans un pénitencier !

Nous nous affairions dans la chambre d'amis qu'elle occupait, ne souhaitant pas réveiller Lucy.

Je fourrai un survêtement dans la valise ouverte sur le lit :

— Écoute, Dorothy, je ne crois pas davantage qu'il soit raisonnable de porter des bijoux de valeur dans un hôtel, même dans un hôtel de luxe.

— Eh bien, moi, j'emmène mes bijoux les plus précieux dans les hôtels de luxe où je séjourne ! Mais il est vrai que moi, je n'ai pas à m'inquiéter de tous ces drogués qui traînent dans les couloirs des hôtels !

— Dorothy, il y a des drogués dans tous les hôtels et il n'est pas nécessaire d'aller jusqu'à Edgehill pour les trouver.

— Elle va nous faire une crise lorsqu'elle se rendra compte qu'elle ne peut pas emmener son portable.

— Je lui expliquerai que ce n'est pas autorisé et je suis certaine qu'elle comprendra.

— Je trouve cela très rigide de leur part.

— Dorothy, Lucy entre dans cet établissement pour réfléchir sur elle-même, pas sur des programmes informatiques.

Je ramassai les Nikes de Lucy et la scène du vestiaire de Quantico me revint. Elle était couverte de boue de la tête aux pieds, et en sang parce qu'elle avait fait le parcours de Yellow Brick Road. Elle m'avait semblée si heureuse à ce moment-là et pourtant, elle ne pouvait pas l'être. La certitude qu'à l'époque je n'avais eu aucune prescience de ses problèmes me rendit malade. Si seulement je m'étais davantage occupée d'elle, peut-être que rien de tout cela ne serait arrivé.

— Enfin, je demeure convaincue que tout ceci est parfaitement ridicule. Si j'étais forcée d'aller dans un endroit comme cela, ils ne pourraient certainement pas m'empêcher d'écrire. Écrire c'est ma meilleure thérapie. Du reste, c'est vraiment dommage que Lucy ne soit pas captivée par une chose comme ça, je suis sûre qu'elle n'aurait pas tous ces problèmes. Mais pourquoi n'as-tu pas plutôt choisi la clinique Betty Ford ?

— Parce que c'est sur la côte ouest et que c'est plus long pour y entrer.

Dorothy plia une paire de jeans délavés d'un air pensif :

— Oui, ils doivent avoir une longue liste d'attente. Imagine un peu, tu passes un mois avec une star de cinéma ! Après tout, cela peut parfaitement finir par une histoire d'amour, et avant que tu aies compris, tu te retrouves dans une maison sublime de Malibu.

— Je ne crois pas que la chose dont Lucy ait le plus besoin en ce moment soit une star de cinéma, répondis-je d'un ton irrité.

— Enfin, j'espère que tu es consciente qu'elle n'est pas la seule à avoir quelques angoisses au sujet de ce qu'on va penser de tout cela !

Je m'arrêtai net pour la regarder :

— De temps en temps, j'éprouve une envie folle de te cogner dessus.

Dorothy me regarda, surprise et aussi un peu effrayée. Je ne lui avais jamais montré la pleine mesure de ma rage. Je n'avais jamais tendu de miroir devant elle pour lui renvoyer l'image de son narcissisme et de sa petite vie insignifiante, celle que je voyais. Bien sûr, elle ne l'aurait pas vue, et c'était bien là le problème.

— Ce n'est pas toi qui as un livre sur le point de sortir. Et attention, c'est une affaire de jours maintenant, et ensuite je pars en tournée de promotion. Et qu'est-ce que je suis censée répondre si un journaliste me demande des nouvelles de ma fille ? Comment crois-tu que mon éditeur va prendre la chose ?

Je jetai un regard circulaire dans la chambre, cherchant ce que nous avions pu oublier de ranger dans la valise :

— Très sincèrement , Dorothy, je me fous complètement de la façon dont ton éditeur va prendre la chose. D'ailleurs, je me contrefous de ce tout qu'il peut penser.

Elle poursuivit comme si elle n'avait rien entendu :

— Mais cette histoire pourrait discréditer mon travail. Il faut que j'appelle le publicitaire qui s'occupe de moi pour que nous discutions de la meilleure stratégie à adopter.

— Tu ne diras pas un mot de Lucy à ton publicitaire, Dorothy.

— Mais tu deviens violente, Kay !

— Peut-être bien, oui.

— Eh bien, je suppose que c'est un des risques du métier. À force de découper des gens toute la journée, il fallait s'y attendre, rétorqua-t-elle cinglante.

Lucy aurait besoin de son savon. Ils n'auraient pas celui qu'elle utilisait. J'allai dans la salle de bains pour prendre le savon Lazlo à l'argile et sa bouteille de Chanel. La voix de Dorothy me parvenait toujours. Je me dirigeai ensuite vers la chambre qu'occupait Lucy. Elle était assise sur le lit.

Je l'embrassai :

— Je ne savais pas que tu étais réveillée. Il faut que je me sauve. Une voiture passera vous prendre, toi et ta mère.

— Et les points de suture, sur mon cuir chevelu ?

— On devrait pouvoir les retirer d'ici quelques jours. Quelqu'un s'en chargera au centre. Je les ai déjà mis au courant.

Elle tâta son crâne, fit une grimace et dit :

— J'ai mal à la tête.

— Ce sont des petits nerfs qui ont été atteints. Ça finira par partir.

Je pris ma voiture jusqu'à l'aéroport. Il tombait une autre de ces pluies tristes. Les feuilles mortes qui jonchaient le sol finissaient par former une sorte de pâte, comme un bol de céréales détrempées, et la température avait baissé d'un coup. Il faisait à peine dix degrés.

Mon avion atterrit d'abord à Charlotte, puisqu'il ne semblait pas possible de se rendre directement de Richmond dans une autre ville sans faire escale quelque part, et parfois complètement en dehors du chemin. Lorsqu'enfin j'arrivai à Knoxville, le temps était un peu similaire à celui que j'avais quitté, en plus froid, et il faisait nuit.

Je montai dans un taxi. Le chauffeur était un gars du coin qui s'était lui-même rebaptisé « Cowboy ». Il me raconta qu'il composait des chansons et était pianiste lorsqu'il ne conduisait pas son taxi. Au moment où nous arrivâmes au Hyatt, je savais qu'il se rendait une fois l'an à Chicago pour faire plaisir à sa femme et qu'il promenait souvent des clientes de Johnson City qui venaient à Knoxville pour faire du shopping. Son monologue me rappela que certaines personnes ont su conserver cette innocence que des gens comme moi ont perdue, et je donnai à Cowboy un pourboire particulièrement généreux. Il m'attendit dans la voiture pendant que je prenais mes clefs à la réception puis me conduisit chez Calhoun's, un restaurant qui surplombait la rivière Tennessee et se vantait de proposer les meilleures *spare ribs* de tous les États-Unis.

C'était le coup de feu, et je dus attendre un moment au bar. Je m'aperçus que la soirée était consacrée à la célébration des anciens de l'université du Tennessee. J'étais entourée de gens qui arboraient des vestes et des sweaters d'un orange flamboyant et de représentants de tous âges des diverses associations d'anciens élèves, buvant, riant et paraissant tous obsédés par le match de l'après-midi. Leurs commentaires bruyants semblaient naître de partout à la fois et un roulement sourd et constant de sons me parvenait en permanence.

Les Vols avaient défait les Gamecocks et il semblait que ce fut une des batailles les plus sérieuses que le monde eût jamais connue.

Certains des hommes coiffés de la casquette de l'université du Tennessee se tournaient parfois vers moi, quêtant une approbation et mes petits hochements de tête et mes onomatopées appropriées à la situation avaient un véritable accent de sincérité : admettre dans cette salle de restaurant que je n'avais pas suivi le match passerait au mieux pour une trahison.

Lorsqu'enfin on me conduisit à ma table, il était plus de dix heures du soir, et mon inquiétude culminait.

Ce soir-là, je ne commandai rien qui fût italien ni même raisonnable parce que je n'avais pas mangé correctement depuis plusieurs jours, et que j'étais affamée. Je m'offris des côtes de veau, des biscuits et une salade, et puisque la bouteille de sauce de piment Tennessee Sunshine arborait une étiquette « Essayez-moi », je me laissai tenter. Je conclus avec une tarte Jack Daniels's. Bref, le repas fut délicieux. Ma table, située dans un coin assez calme du restaurant, était éclairée par des lampes Tiffany et surplombait la rivière. Le fleuve Tennessee semblait palpiter des lumières d'intensité et de couleurs variables qui s'y réfléchissaient depuis les ponts, comme si l'eau servait d'étalon électronique pour mesurer des musiques que je n'aurais pas entendues.

Je tentai de repousser le crime de mon esprit, mais l'orange flamboyant brûlait autour de moi comme de petits incendies, me remettant en mémoire les bouts du ruban adhésif qui entourait les petits poignets d'Emily. Je le revoyais collé sur sa bouche. Je repensai aux créatures immondes qu'hébergaient des endroits comme Attica, je repensai à Gault et aux individus de sa trempe. Lorsqu'enfin je commandai un taxi, Knoxville me sembla être devenue une ville aussi effrayante que n'importe laquelle des villes que je connaissais.

Mon malaise ne fit que croître lorsque je dus attendre quinze minutes à l'entrée du restaurant, puis une demi-heure, attendre Cowboy et son taxi. De toute évidence, il s'était envolé vers d'autres horizons et à minuit, je me retrouvai au même endroit, seule et en plan, observant les serveurs et les cuisiniers quitter le restaurant pour rentrer chez eux.

Je rentrai dans le restaurant une dernière fois :

— Cela fait plus d'une heure que j'attends dehors le taxi que vous avez commandé pour moi, dis-je au jeune homme qui nettoyait le bar.

— C'est que ce soir, c'est la fête. Les gars de l'université rentrent. Fatalement, ça pose un problème.

— Oui, je comprends, mais il faut que je retourne à mon hôtel.

La Séquence des corps 305

— Où êtes-vous descendue ?
— Le Hyatt.
— Oh, mais ils ont une navette. Vous voulez que je les appelle ?
— Oui, s'il vous plaît.

La navette était une estafette et le jeune homme bavard qui conduisait me posa mille questions au sujet d'un match de football auquel je n'avais pas assisté. En lui répondant, je ne pus pas m'empêcher de penser comme il était facile d'engager la conversation avec quelqu'un qu'on ne connaissait pas et pourrait s'avérer être un Ted Bundy ou un Gault. C'était de cette façon-là qu'Eddie Heath était mort. Sa mère l'avait envoyé chercher une boîte de soupe au magasin le plus proche et on l'avait retrouvé, plusieurs heures plus tard, nu, mutilé et une balle dans la tête. Lui aussi avait été ligoté avec du ruban adhésif, sauf qu'on ignorait la couleur de celui-là puisqu'on ne l'avait pas retrouvé.

Le petit jeu de dingue de Gault avait également consisté à attacher les poignets d'Eddie après l'avoir tué. Puis, il avait enlevé les bouts de ruban avant d'abandonner le corps contre une grosse poubelle. Nous n'avions pas vraiment percé les motivations de ce geste. Mais il est vrai que les raisons qui expliquaient les manifestations de ces fantasmes aberrants nous échappaient souvent.

Pourquoi un nœud du bourreau plutôt qu'un autre type de nœud coulant qui pouvait aisément se défaire, beaucoup moins dangereux ? Pourquoi un adhésif à canalisations orange fluorescent ? Je me posai la question de savoir si Gault aimerait utiliser un ruban de cette couleur, et la réponse fut affirmative. Gault était indiscutablement une personnalité flamboyante, et il aimait le bondage.

Tuer Ferguson et déposer un bout de la peau d'Emily dans son réfrigérateur lui ressemblait également. Mais lui faire subir des violences sexuelles ne cadrait pas avec son portrait, et ce point continuait de me harceler. Gault avait déjà tué deux femmes et n'avait manifesté aucun intérêt sexuel à leur égard. C'est le jeune garçon qu'il avait déshabillé et mordu. C'est Eddie qu'il avait impulsivement enlevé pour lui faire subir son plaisir de pervers, pas les femmes. Et puis, il y avait cet autre jeune garçon en Angleterre, du moins le croyait-on.

De retour à l'hôtel, je tombai sur une foule bruyante et heureuse massée au bar de l'hôtel. Lorsque je montai tranquillement à ma chambre, des éclats de rire me parvinrent et je songeai à allumer la télé pour regarder un film lorsque mon bip posé sur la table de nuit se mit à sonner. Je crus d'abord que ma sœur Dorothy ou même Wesley tentaient de me joindre. Mais le numéro de mon correspondant s'afficha sur le petit écran, et commençait par 704, le code de zone pour l'ouest de la Caroline du Nord. Je pensai immédiatement à Marino, et cette pensée me surprit et me ravit à la fois. Assise sur le bord du lit, je composai le numéro d'appel.

— Allô ?

C'était une voix douce de femme.

D'abord trop surprise pour parler, je restai silencieuse quelques instants.

— Allô ?

— Je rappelle, dis-je. Euh, on a laissé ce numéro sur mon bip, aussi, je rappelle.

— Oh, c'est le Dr Scarpetta ?

— Qui êtes-vous ? demandai-je.

Et pourtant je le savais. J'avais déjà entendu cette voix-là dans le cabinet du juge Begley et dans la maison des Steiner.

— C'est Denesa Steiner, dit-elle. Je suis désolée de vous appeler si tard, et je suis tellement contente de vous avoir au téléphone.

— Comment avez-vous trouvé mon numéro de bip ?

Il n'était pas inscrit sur ma carte de visite parce que je n'avais pas envie qu'on me dérange à tout instant. En fait, je l'avais confié à fort peu de gens.

— C'est Pete qui me l'a donné. J'ai eu une très mauvaise

passe et je lui ai dit que cela me ferait du bien de pouvoir vous parler. Je suis vraiment désolée de vous embêter.

J'étais sidérée que Marino ait pu faire une telle chose, et c'était comme une autre preuve de son changement radical. Je me demandai s'il se trouvait avec elle en ce moment ,et je me demandai ce qui pouvait être tellement important aux yeux de Denesa Steiner pour justifier son appel à cette heure tardive.

Parce qu'il m'était impossible d'être désagréable avec une femme qui avait tant perdu, je m'enquis :

— Mrs Steiner, en quoi puis-je vous être utile ?

— Eh bien, c'est-à-dire que j'ai entendu la nouvelle pour votre accident de voiture....

— Je vous demande pardon ?

— Je suis tellement reconnaissante à Dieu que vous alliez bien.

Un peu perplexe, j'expliquai :

— Je n'étais pas dans la voiture. Quelqu'un d'autre était au volant.

— Oh, je suis tellement contente. Le Seigneur veille sur vous. Mais j'ai pensé à quelque chose et je voulais vous en faire part....

Je l'interrompis :

— Mrs Steiner, comment avez-vous appris pour l'accident ?

— Ils ont en parlé dans le journal d'ici et mes voisins étaient au courant. Les gens du coin savent que vous êtes venus aider Pete, vous et ce monsieur du FBI, Mr Wesley.

— Que disait exactement l'article ?

Elle hésita, comme embarrassée :

— Eh bien.... Ils disaient que vous aviez perdu le contrôle de votre voiture et que vous aviez été arrêtée pour conduite en état d'ivresse.

— C'était dans le journal d'Asheville ?

— Oui, et ensuite, l'article a été repris dans le *Black Mountain News* et ils en ont parlé à la radio. Je suis tellement soulagée que vous soyez en parfaite santé. Vous savez, ces accidents laissent des séquelles psychologiques affreuses, et personne ne peut comprendre cela, sauf si on a soi-même subi ce genre de choc. J'ai eu un accident terrible lorsque j'étais encore en Californie et j'en ai encore des cauchemars.

— Oh, je suis désolée, répondis-je, parce que je ne trouvais rien d'autre à lui dire.

Toute cette conversation me paraissait très étrange.

— Cela s'est produit de nuit. Et ce conducteur a changé de file brusquement. Je devais me trouver dans son angle mort, il ne m'a pas vue. Il m'a percutée par derrière, j'ai perdu le contrôle et j'ai traversé toutes les autres files en percutant à mon tour une voiture qui arrivait. La conductrice que j'ai heurtée a été tuée sur le coup. C'était une pauvre femme âgée dans une Volkswagen. Je ne m'en suis jamais remise. Ce genre de souvenir peut laisser des cicatrices profondes, qui ne partent jamais.

— Oui, certainement.

— Et quand je pense à ce qui est arrivé à Socks. En fait, je crois que c'est pour cette raison que je vous appelle.

— Socks ?

— Oui, vous vous souvenez ? Le petit chaton qui a été tué ?

Je restai silencieuse.

— Vous voyez, il m'a fait cela, et vous savez que j'ai reçu des coups de téléphone.

— Vous en recevez toujours, Mrs Steiner ?

— Quelques-uns. Pete veut que je fasse installer un identificateur d'appels.

— Ce serait une bonne idée.

— Ce que j'essaie de vous faire comprendre, Dr Scarpetta, c'est que d'abord toutes ces choses me sont tombées dessus et ensuite, cela a été le tour de Max Ferguson, et puis celui de Socks, et maintenant, c'est vous qui avez un accident. J'ai peur qu'il y ait un lien dans tout cela. J'ai dit et redit à Pete qu'il devait faire attention lui aussi, surtout depuis qu'il a glissé hier. Je venais juste d'essuyer le sol de la cuisine et il a perdu l'équilibre et il est tombé. On dirait vraiment une malédiction de l'Ancien Testament.

— Marino va-t-il bien ?

— Il a quelques bleus. Mais cela aurait pu très mal tourner parce qu'il porte toujours son gros pistolet dans la poche arrière de son pantalon. C'est un homme tellement bon. Je ne sais pas ce que je deviendrais sans lui en ce moment.

— Et où est-il ?

— Oh, il doit dormir.

Je finissais par me rendre compte que Denesa Steiner était passée maître dans l'art de ne pas répondre aux questions.

— Si vous voulez, Dr Scarpetta, je me ferai un plaisir de lui dire de vous rappeler. Vous n'avez qu'à me donner le numéro où il peut vous joindre.

— Il a mon numéro de bip, répondis-je.

Je sentis, à son bref silence, qu'elle comprenait que je n'avais pas confiance en elle.

— Oui bien sûr.

Je ne parvins pas à m'endormir après cet appel, et je formai le bip de Marino. Le téléphone retentit dans ma chambre quelques secondes plus tard, mais la sonnerie s'interrompit au moment où j'allais décrocher. J'appelai la réception.

— Avez-vous essayé de me passer un appel, juste à l'instant ?

— Oui madame, mais la personne avait raccroché.

— Savez-vous qui m'appelait ?

— Non, madame, je n'en ai pas la moindre idée.

— C'était un homme ou une femme ?

— Une femme.

— Merci.

Lorsque je compris ce qui venait de se passer, la peur me réveilla tout à fait. J'imaginai Marino endormi, dans son lit à elle, et la main que je vis se tendre pour saisir dans l'obscurité le bip était la sienne. Elle avait lu le numéro de l'hôtel s'afficher sur l'écran du bip et s'était levée pour m'appeler d'une autre chambre.

De cette façon, elle avait découvert que le numéro inscrit était celui de l'hôtel Hyatt de Knoxville. Elle avait appelé la réception pour vérifier que j'avais bien pris une chambre et avait raccroché dès que le réceptionniste avait passé la communication dans ma chambre. Parce qu'elle ne voulait pas me parler, elle désirait seulement savoir où je me trouvais et maintenant, elle le savait.

Merde ! Knoxville n'était qu'à deux heures de route de Black Mountain. Non, elle ne viendrait pas jusqu'ici, tentai-je de raisonner. Mais je ne parvenais pas à me débarrasser de mon sentiment de malaise, et j'avais peur de suivre les chemins obscurs où mon esprit essayait de m'entraîner.

Dès que le jour se leva, j'appelai différentes personnes. Le premier de mes appels fut destiné à l'officier McKee, de la police de l'État de Virginie, et je compris au son de sa voix que je le tirais d'un profond sommeil.

— Ici le Dr Scarpetta, dis-je. Je suis désolée de vous appeler si tôt.

Il s'éclaircit la gorge :

— Oh, attendez une seconde. Bien, bonjour. Vous avez bien fait de m'appeler, j'ai des informations qui devraient vous intéresser.

— Oh, c'est magnifique, dis-je, terriblement soulagée. J'espérais que vous me diriez cela.

— Bien, donc le feu stop est en acrylate de méthyle, comme à peu près tous les feux stop que l'on fait maintenant. On a reconstitué le feu complet grâce aux morceaux que vous nous avez donnés. De plus, sur un de ces morceaux, on a retrouvé le logo de Mercedes. En d'autres termes, ces morceaux proviennent bien du feu arrière de votre voiture.

— Donc, c'est bien ce que nous pensions. Et les morceaux de phare ?

— Ce coup-là était un peu plus difficile, mais on a eu de la chance. Ils ont analysé le morceau de verre que vous aviez retrouvé et si on s'en réfère à l'indice de réfraction, la densité du matériau, la forme et le logo, on peut affirmer qu'il provient d'une Infiniti J30. Cette trouvaille nous a permis d'éliminer pas mal de pistes pour la peinture. On a regardé les Infiniti J30, et l'un des modèles a une carrosserie vert pâle, dite « brume de bambou ». En conclusion et pour nous résumer, vous avez été percutée par une Infiniti J30, modèle 1993, de couleur verte.

Sous le choc, je demeurai incapable de réfléchir. Des frissons me parcoururent et je parvins à murmurer :

— Seigneur.

— Ça vous dit quelque chose ? demanda-t-il, surpris.

— Il doit y avoir une erreur, ce n'est pas possible.

J'avais accusé Carrie Grethen, je l'avais menacée parce que j'étais certaine que c'était elle.

— Vous connaissez quelqu'un qui possède une voiture comme celle-là ?

— Oui.

— Qui ?

— La mère d'une petite fille qui a été assassinée en Virginie du Nord, répondis-je. Je suis sur cette enquête, et j'ai déjà eu différents contacts avec cette femme.

McKee se tint coi. Je savais que ce que j'étais en train de dire devait lui paraître complètement fou.

— De surcroît, elle n'était pas à Black Mountain lorsque l'accident s'est produit, poursuivis-je. Elle a prétendu qu'elle était allée rendre visite à une sœur malade au nord du pays.

— Si c'est bien elle qui a fait le coup, sa voiture devrait être abîmée, Dr Scarpetta. Et vous pouvez être sûre qu'elle l'a emmenée au garage. Elle est peut-être déjà réparée, d'ailleurs.

— Mais en ce cas, la peinture que j'ai retrouvée sur ma voiture doit correspondre à celle de son véhicule.

— Espérons.

— Vous avez l'air dubitatif ?

— Si elle a conservé la peinture d'origine, et que la voiture n'a jamais été repeinte depuis qu'elle est sortie de l'usine, on risque d'avoir un problème. Vous voyez, docteur, la technologie a beaucoup évolué. La plupart des fabricants de voiture passent d'abord une sorte d'enduit pâle qui est un émail de polyuréthane. C'est beaucoup plus économique, mais cela donne quand même des reflets très luxueux. Cette technique leur évite de passer ensuite plusieurs couches de peinture sur la carrosserie, et ce qui est unique dans une peinture de voiture, c'est la séquence des différentes couches.

— Et donc, si dix mille Infiniti « brume de Bambou » sont sorties de l'usine au même moment, on est baisés.

— On est baisés jusqu'à l'os, oui. L'avocat de la défense se servira du fait que vous ne pouvez pas prouver que la peinture que vous avez retrouvée provient bien de sa voiture, surtout puisque l'accident s'est produit sur une autoroute, donc un axe qu'empruntent des véhicules de tout le pays. Même si on cherchait à savoir combien d'Infinitis de cette couleur ont été livrées à une certaine époque et à qui, cela ne servirait à rien, d'autant que cette femme n'habite pas dans le coin où a eu lieu l'accident.

— Vous avez quelque chose au sujet de l'appel au service d'urgence ?

— J'ai écouté la bande. L'appel a été enregistré à vingt heures quarante-sept. Votre nièce a dit : « C'est une urgence ». Elle n'a rien eu le temps de sortir d'autre avant d'être interrompue par un énorme bruit et des parasites. À sa voix, on sent qu'elle est paniquée.

Tout ceci était atroce, et lorsque j'appelai ensuite Wesley et que ce fut sa femme qui décrocha, mon moral ne s'arrangea pas.

La Séquence des corps 313

Elle se montra aussi aimable qu'elle l'avait toujours été, alla chercher son mari, et pendant que je patientais à l'autre bout de la ligne, des idées étranges me traversèrent. Je me demandai s'ils dormaient dans la même chambre, ou si elle s'était levée avant lui. Bref, je me demandai pourquoi elle devait se déplacer pour aller le prévenir de mon appel.

Bien sûr, il se pouvait aussi qu'elle fût toujours dans leur lit alors qu'il était déjà dans la salle de bains. Mon cerveau virevoltait d'une supposition à l'autre, et j'étais très déconcertée par le tour que prenaient mes sentiments. J'aimais beaucoup la femme de Wesley, mais je ne voulais pas qu'elle soit sa femme. Du reste, je ne voulais pas qu'il soit marié du tout. Lorsqu'enfin il prit le téléphone, je tentai sans succès de tout expliquer calmement.

J'eus l'impression qu'il venait également de se réveiller :

— Kay, une seconde. Vous êtes restée debout toute la nuit ?

— Plus ou moins. Benton, il faut que vous retourniez là-bas. On ne peut plus faire confiance à Marino et si vous tentez de le joindre, elle le saura immédiatement.

— Kay, vous ne savez pas de façon certaine que c'est elle qui vous a appelée.

— Et qui cela pouvait-il être sinon elle ? J'avais laissé mon numéro à l'hôtel sur le bip de Marino, et le téléphone a sonné quelques instants plus tard.

— C'était peut-être Marino.

— Le réceptionniste a dit qu'il s'agissait d'une femme.

— Oh merde ! C'est l'anniversaire de Michèle, aujourd'hui.

J'étais au bord de la crise de larmes sans vraiment savoir pourquoi.

— Je suis désolée, Benton. Il faut qu'on sache si la voiture de Denesa Steiner a été endommagée. Quelqu'un doit y aller. Il faut que je sache pour quelle raison elle a pris Lucy en chasse.

— Mais pourquoi s'en prendrait-elle à Lucy ? Comment

aurait-elle pu être au courant des allées et venues de Lucy cette nuit-là ? Et comment aurait-elle su qu'elle conduisait votre Mercedes ?

Je me souvins que Lucy m'avait raconté qu'elle avait téléphoné à Marino pour lui demander conseil au sujet de l'arme qu'elle voulait acheter. Il se pouvait que Mrs Steiner ait entendu leur conversation. Je confiai mon hypothèse à Wesley.

— Mais Lucy a-t-elle pris un rendez-vous précis chez l'armurier, ou s'est-elle simplement arrêtée, comme cela, en quittant Quantico ?

— Je ne sais pas, répondis-je, mais je vais trouver.

La rage me faisait trembler.

— La salope. Lucy aurait pu être tuée.

— Bon sang, Kay, *vous* auriez pu être tuée.

— Foutue salope !

— Kay, calmez-vous et écoutez-moi.

Il articulait lentement pour m'apaiser :

— ... Je vais retourner en Caroline du Nord et essayer de comprendre ce qui se passe. Mais je veux que vous quittiez l'hôtel aussi vite que vous le pourrez. Combien de temps pensez-vous rester à Knoxville ?

— Je pourrai repartir lorsque j'aurai vu les Docteurs Katz et Shade à la Ferme. Katz passe me prendre à huit heures. Oh mon Dieu, j'espère qu'il s'est arrêté de pleuvoir. Je n'ai même pas regardé par la fenêtre.

— Il fait beau ici, dit-il d'un ton qui semblait impliquer qu'il devait faire beau ici aussi. Si quelque chose se produisait qui vous fasse changer d'avis et rester à Konxville plus longtemps, changez d'hôtel.

— D'accord.

— Ensuite, retournez à Richmond.

— Non, je ne serais d'aucune utilité à Richmond. En plus, Lucy n'y est plus. Je sais au moins qu'elle est en sécurité, maintenant. Si vous parvenez à joindre Marino, ne lui dites rien à mon sujet. Et surtout, ne mentionnez pas l'endroit où

La Séquence des corps 315

se trouve Lucy. Partez du principe qu'il pourra le raconter à Denesa Steiner. Il a perdu les pédales, Benton. Il lui fait confiance à elle, maintenant, je le sais.

— Kay, je ne crois pas qu'il soit sage que vous retourniez en Caroline du Nord en ce moment.

— Il faut que j'y aille.

— Pourquoi ?

— Il faut que je mette la main sur tous les anciens dossiers médicaux d'Emily Steiner. Il faut que je les étudie un à un. Je veux aussi connaître tous les endroits dans lesquels a vécu Denesa Steiner. Il faut que je découvre si elle a eu d'autres enfants, ou d'autres maris. Il se pourrait qu'on tombe sur d'autres décès. Il se pourrait que nous ayons besoin d'autres exhumations.

— À quoi êtes-vous en train de penser ?

— En premier lieu, je suis sûre que vous allez découvrir qu'il n'y a jamais eu de sœur malade habitant le Maryland. La seule raison de son voyage vers le nord, c'était de pousser ma voiture hors de la route et d'espérer que Lucy mourrait dans l'accident.

Wesley ne répondit pas. Je pouvais presque sentir ses hésitations et ses tergiversations, et je n'aimais pas cela. En fait, j'avais peur de lui avouer exactement le fond de ma pensée, mais je ne pouvais plus me taire. Je poursuivis donc :

— Ensuite, nous n'avons pas retrouvé la trace de cette enfant qu'elle prétend avoir perdue à la suite d'un syndrôme de mort subite du nourrisson. Le bureau de l'état civil de Californie, où le décès est censé s'être produit, n'a rien à ce sujet. Je crois que cette petite fille n'a jamais existé, et cela colle parfaitement bien avec le profil.

— Quel profil ?

— Benton, rien ne nous dit que Denesa Steiner n'a pas tué sa propre fille.

Il expira longuement :

— Vous avez raison, nous n'avons aucune preuve de son

innocence. En fait, nous ne savons toujours pas grand-chose.

— De plus, lors de notre première réunion à Quantico, Mote a souligné qu'Emily était maladive et chétive.

— Où voulez-vous en venir ?

— Munchausen par procuration.

— Kay, personne n'acceptera de croire une telle chose. Moi-même, je n'ai pas envie d'y croire.

Il s'agit d'un syndrôme presque incroyable dans lequel ceux qui distribuent les soins, en général les mères, maltraitent intelligemment et très discrètement leurs enfants pour attirer l'attention. Elles infligent des coupures à leurs enfants, les empoisonnent, leur brisent les os, les étouffent presque jusqu'à ce que mort s'ensuive. Et puis ces femmes se précipitent chez le médecin, aux urgences, et racontent des histoires à dormir debout pour expliquer de quelle façon leur pauvre petit chéri s'est blessé, est tombé malade, et le personnel de l'hôpital ou le médecin s'apitoient sur le sort de Maman. Et Maman est l'objet de tant d'attentions. Elle finit par devenir experte dans l'art de mentir, d'abuser les professionnels de santé, jusqu'au jour où l'enfant finira par mourir.

— Pensez un peu à toutes les attentions dont Mrs Steiner est l'objet depuis la mort d'Emily.

— Je ne discuterai pas sur ce point précis, Kay. Mais comment un syndrôme de Munchausen vous permet-il d'expliquer la mort de Ferguson et ce qui est arrivé à Lucy ?

— Toute femme capable de faire subir à un enfant ce qu'a subi Emily est capable de n'importe quoi. D'un autre côté, peut-être que Mrs Steiner est à court de parents à assassiner. Je serais très étonnée que son mari soit vraiment mort d'une crise cardiaque. Elle l'a probablement tué lui aussi d'une façon bien sournoise et subtile. Ces femmes sont des menteuses pathologiques et elles ignorent le remords.

— Ce que vous avancez dépasse largement le cadre du

La Séquence des corps   317

Munchausen, Kay. Là, on est en train de parler de véritables meurtres en série.

— Les cas ne sont pas figés dans des cadres parce que les gens ne le sont pas non plus. Vous le savez aussi bien que moi, Benton. Et les femmes serial killers tuent en général leurs maris, leurs enfants ou des gens qui ont un lien avec elles. Leurs méthodes aussi sont très différentes de celles qu'adoptent les hommes serial killers. Les psychopathes féminins ne violent pas et n'étranglent pas. Elles aiment les poisons. Elles aiment surtout étouffer des gens qui ne peuvent pas se défendre parce qu'ils sont soit trop jeunes, soit trop âgés, soit incapables de se rebeller en raison d'un handicap quelconque. Leurs fantasmes sont différents parce que les femmes sont différentes des hommes.

— Personne la connaissant ne voudra jamais croire ce que vous me dites. Ce sera impossible à prouver, même si vous avez raison.

— C'est toujours impossible de prouver des cas comme celui-ci.

— Souhaitez-vous que j'en parle à Marino, Kay ?

— Certainement pas. Je ne veux surtout pas que Mrs Steiner ait vent de ce dont nous venons de discuter. J'ai besoin de lui poser certaines questions et je veux qu'elle coopère.

— Je suis d'accord. À la vérité, nous ne pouvons plus nous permettre de laisser Marino sur l'enquête. Il a une relation sentimentale avec un suspect, au mieux, et au pire, il couche avec une meurtrière.

À son ton, je sus que cette décision avait dû lui coûter.

— Comme Max Ferguson.

Wesley ne répondit pas. Nul n'était besoin d'expliquer tout haut notre inquiétude mutuelle pour Marino. Max Ferguson était mort et on avait retrouvé sur un article de lingerie qu'il portait au moment de son décès, l'empreinte de Denesa Steiner. Cela n'aurait pas été très difficile pour elle de l'entraîner dans une séance de sexe inhabituel puis de basculer le tabouret sur lequel il était juché.

318   *Patricia Cornwell*

— Je n'aime pas l'idée que vous vous impliquiez encore davantage dans cette histoire, Kay.

— C'est un des gros désavantages lorsqu'on se connaît si bien, dis-je. Moi non plus, je n'aime pas cela. Moi aussi je préfèrerai que vous ne soyez pas si impliqué là-dedans.

— Ce n'est pas la même chose : vous êtes une femme et vous êtes médecin. Si vous avez raison à son sujet, Kay, vous allez provoquer son déclic. Elle va vouloir jouer avec vous.

— Elle a déjà commencé à jouer avec moi.

— Le jeu va devenir beaucoup plus sérieux.

La rage me revint :

— Mais je l'espère bien.

Il murmura :

— Je veux vous voir.

— Bientôt.

18

L'ensemble des locaux et équipements que l'université du Tennessee réservait aux recherches sur la décomposition était connu sous le nom de « la Ferme des Corps », et c'est du reste sous ce nom-là que je l'avais toujours connu. Qu'on ne voie dans ce surnom aucune irrévérence. Personne ne respecte davantage les morts que les gens comme moi, qui travaillent avec eux et qui écoutent leurs histoires muettes. Notre objet est d'aider les vivants.

Cette idée était à l'origine de la création de la Ferme des Corps il y a maintenant un peu plus d'une vingtaine d'années. Les scientifiques sentaient la nécessité d'en connaître davantage sur la séquence de décomposition des corps et sur l'heure de la mort. Le terrain boisé qu'occupait la Ferme des Corps recelait en permanence des dizaines de cadavres dans différents états de décomposition. Des expériences m'avaient souvent conduite ici, et bien que consciente que je ne saurais jamais parfaitement déterminer le moment de la mort, ces visites m'avaient permis d'affiner mes connaissances.

La Ferme des Corps était la propriété et la responsabilité administrative du département d'anthropologie dirigé par le Dr Lyall Shade, et curieusement situé sous le stade où avaient lieu les matchs de football.

À huit heures quinze, ce matin-là, le Dr Katz et moi-même descendîmes, laissant derrière nous les laboratoires consacrés à l'étude des mollusques fossiles et des primates néotropicaux , la collection de tamarins et autres ouistitis et toute une série d'études étranges répertoriées par des chiffres romains. Des petits dessins humoristiques et des citations amusantes étaient collés sur certaines des portes menant aux laboratoires, et ils me firent sourire.

Nous découvrîmes le Dr Shade, penché au-dessus de son bureau, plongé dans l'examen de fragments d'os humain carbonisé.

— Bonjour.

— Bonjour, Kay, répondit-il avec un sourire distrait.

Le Dr Shade portait admirablement son nom, et pour des raisons qui n'avaient pas seulement à voir avec le rappel ironique de sa profession. Certes, il communiait avec les ombres des gens décédés par l'intermédiaire de leurs chairs et de leurs os, et par ce qu'ils voulaient bien révéler après être restés des mois allongés sur le sol.

Mais le Dr Shade était un homme bon, sans prétention et très réservé, bien plus ancien que les soixante années de sa vie. Ses cheveux gris étaient coupés courts, et son visage était à la fois avenant et préoccupé. C'était un homme de grande stature, charpenté comme un fermier, et c'était là une autre ironie des choses puisqu'on l'avait surnommé le « Fermier Shade ». Sa mère, âgée, habitait une maison de retraite et confectionnait pour son fils des « anneaux à crâne » à partir de chutes de tissus. Le Dr Shade m'en avait envoyé quelques-uns. Ces anneaux ressemblaient à des beignets en tissu mais se révélaient d'une aide précieuse lorsque je devais examiner un crâne. Il est très malaisé de manipuler un crâne car il a tendance à rouler, quel que soit le cerveau qu'il ait un jour contenu.

Me rapprochant du bureau, je jetai un regard sur les fragments d'os qui faisaient penser à de petites brindilles carbonisées :

— Qu'est-ce que c'est ?

— Une femme assassinée. Son mari a tenté de brûler son cadavre. Il s'est très bien débrouillé d'ailleurs, mieux que certains crématoriums. Mais ce qu'il a fait était particulièrement stupide : il a construit le feu dans son jardin.

— Ce n'était pas malin de sa part, mais on peut en dire autant des violeurs qui font tomber leur portefeuille lorsqu'ils s'enfuient.

— Oh, cela me rappelle une histoire sur laquelle j'ai travaillé, dit Katz. J'étais très fier de moi parce que j'avais réussi à retrouver une empreinte du violeur dans la voiture de la jeune femme, jusqu'à ce qu'on m'apprenne que le type avait fait tomber ses papiers sur le siège arrière. Évidemment, après cela, ils n'ont pas eu besoin de mon empreinte !

— Et comment se porte votre « souffleur de colle », Dr Katz, demandai-je ?

— C'est pas avec ce truc que je deviendrai riche.

— Il a réussi à relever une empreinte latente sur une culotte de femme, poursuivis-je.

— C'est le type qui la portait qui était *latent*, pour s'habiller comme ça.

Katz sourit de sa réplique. Il pouvait se laisser aller à des plaisanteries pas trop fines de temps en temps.

Shade se leva et s'adressa à moi :

— Votre expérience est prête. Je suis impatient de voir ce que cela donne.

— Vous n'avez pas encore regardé ?

La Séquence des corps　　　321

— Non, pas aujourd'hui. Nous préférions attendre votre visite pour le lever de rideau final.

— Bien sûr, comme d'habitude.

— Oui, je trouve que c'est mieux, sauf si un jour vous ne souhaitiez pas être présente. Certaines personnes préfèrent ne pas être là.

— Pas moi, je veux être avec vous. Dans le cas contraire, il vaudrait meiux que je change de métier, répondis-je.

— La météo a été très accommodante, intervint Katz.

— Parfaite, annonça Shade d'un ton ravi. Je pense que nous avons eu des conditions météorologiques très voisines de ce qu'elles ont dû être entre le moment où la petite fille a disparu et celui où on a retrouvé son corps. En plus, nous avons eu beaucoup de chance avec les cadavres, parce qu'il nous en fallait deux, et jusqu'au dernier moment, nous avons bien cru ne pas pouvoir nous les procurer. Vous savez ce que c'est.

Oui, je le savais.

— Parfois, on en obtient plus que ce que nous pouvons traiter, et parfois pas moyen d'en avoir un, poursuivit Shade.

Nous étions dans l'escalier lorsque Katz me dit :

— C'est une bien triste histoire que celle des deux que nous avons reçus.

— C'est toujours triste, déclarai-je.

— Oui, vous avez raison, parfaitement raison. L'homme avait un cancer et il nous a téléphoné pour savoir s'il pouvait donner son corps à la science. Nous avons accepté, et il est venu remplir les papiers pour la donation. Et puis, il est parti se promener dans les bois, et il s'est tiré une balle dans la tête. Le lendemain matin, sa femme, qui n'était pas non plus en très bonne santé, a avalé un flacon de Nembutal.

J'eus l'impression que mon cœur ratait quelques battements, comme à chaque fois qu'on me racontait des histoires comme celle-ci. Je demandai :

— Et ce sont ces corps-là ?

— Cela s'est produit juste après que vous nous ayez appelés pour nous expliquer ce que vous vouliez, m'informa le Dr Shade. Le moment était parfait. Nous n'avions pas de cadavres frais, et puis, ce pauvre homme a téléphoné. Ces deux-là ont fait quelque chose de vraiment utile.

— En effet.

J'aurais voulu trouver un moyen pour remercier ces pauvres gens malades qui avaient préféré la mort parce que la vie s'en allait d'une façon insupportablement douloureuse.

Une fois dehors, nous montâmes dans le camion blanc bâché qui arborait le sceau de l'université, avec lequel le Dr Katz et le Dr Shade ramassaient les corps donnés ou que personne ne réclamait pour aller les déposer à l'endroit où nous nous rendions.

C'était une matinée claire et fraîche et si les supporters de l'équipe de Calhoun ne m'avaient donné une leçon sur la loyauté inflexible que l'on doit à son équipe de football, j'aurais pu dire que la couleur du ciel était d'un bleu de Caroline.

On apercevait au loin les contreforts des Smoky Mountains et les arbres qui nous entouraient flamboyaient. Je revis les taudis que j'avais visités le long de ce chemin de terre non loin de Montreat Gate, je pensai à Deborah et à ses yeux qui louchaient, et je repensai à Creed. C'était un de ces moments où le monde m'accablait parce qu'il était à la fois si merveilleux et si terrible. Creed Lindsey irait en prison, sauf si je me débrouillais pour l'empêcher. J'étais terrorisée à l'idée que Marino ne meure, et je ne voulais pas que la dernière vision que j'emporterai de lui ressemble à celle que m'avait laissée Max Ferguson.

Nous papotâmes durant le trajet et dépassâmes les fermes occupées par la faculté de Sciences Vétérinaires, puis les champs de maïs et de blé expérimentaux réservés à la Faculté d'agriculture. Je songeai à Lucy, là-haut à Edgehill, et j'avais peur pour elle, aussi. De toute évidence, j'avais

La Séquence des corps

peur pour tous les gens que j'aimais. Pourtant j'étais si réservée, si logique. Peut-être que ma plus grande honte était de ne pas savoir montrer ce qu'il aurait fallu que je montre et l'idée que personne ne saurait jamais combien j'avais tenu à certaines personnes m'affolait. Des corbeaux picoraient le long de la route, et le soleil qui tapait sur le pare-brise me fit cligner des yeux.

— Que pensez-vous des photos que je vous ai fait parvenir ? demandai-je.

— Je les ai prises avec moi, répondit le Dr Shade. J'ai placé sous les corps différentes choses pour voir ce qui se passerait.

— Des clous, un bout de tuyau de canalisation en acier, une capsule de bouteille, des pièces et différents autres objets en métal, précisa Katz.

— Pourquoi en métal ? m'enquis-je.

— Oh, je suis presque sûr qu'il s'agit d'une pièce métallique, répondit le Dr Shade.

— Vous aviez cette conviction avant de commencer l'expérience ?

— Oui. Le corps de la petite fille a reposé sur un objet en métal. Cette chose a commencé à s'oxyder, oxydant par là même le corps, donc après sa mort.

— Mais quoi, qu'est-ce qui aurait pu faire cette marque ?

— Je l'ignore, mais nous en saurons beaucoup plus dans quelques minutes. Ce que je crois, c'est que cette décoloration bizarre qu'on a retrouvée sur la fesse de la petite fille a été provoquée par quelque chose qui s'est oxydé et qui se trouvait sous son corps.

— J'espère que la presse n'est pas là, dit Katz. J'ai beaucoup de problèmes avec eux, principalement à cette époque de l'année.

— Halloween approche, dis-je.

— Oui, vous voyez le tableau. On en a même retrouvé accrochés au fil de fer barbelé qui protège la Ferme, ils ont fini à l'hôpital. La dernière fois, on a eu affaire aux étudiants de la faculté de droit.

Nous nous garâmes sur un parking qui dans quelques mois, lorsque la chaleur serait revenue, deviendrait très désagréable à fréquenter pour les employés de l'hôpital situé à proximité. Le parking s'arrêtait devant une haute enceinte en bois vierge surmontée de torsades de fil de fer barbelé. De l'autre côté commençait La Ferme. Des relents à peine perceptibles et nauséabonds semblaient ternir la lumière solaire, lorsque nous sortîmes du gros camion. C'était une odeur que je connaissais bien mais à laquelle je ne parviendrais jamais à m'habituer. J'avais appris à la tenir à distance sans pourtant l'ignorer, et je n'utilisais jamais de cigares, de parfum ou de crème Vicks pour la minimiser, parce que les odeurs font partie intégrante du langage des morts, au même titre que les tatouages ou les cicatrices.

Le Dr Shade composa la combinaison qui déverrouillait le gros cadenas du portail d'entrée. Je lui demandai :

— Combien avez-vous de résidents aujourd'hui ?

— Quarante-quatre.

— Ils sont tous là depuis un certain temps, ajouta Katz, sauf les deux vôtres. Eux, cela fait exactement six jours que nous les avons.

Je suivis les deux hommes dans leur royaume étrange mais nécessaire. L'odeur n'était pas trop insupportable parce que l'air était glacial, et que la majorité des pensionnaires du Dr Katz et du Dr Shade étaient là depuis suffisamment longtemps pour avoir dépassé les pires étapes de la décomposition. En dépit de cela, les scènes qui s'offraient à la vue étaient suffisamment anormales pour que je m'arrête. Je vis une sorte de civière roulante sur laquelle on chargeait les cadavres abandonnée non loin de moi, un de ces grands chariots d'hôpital, des petits monticules d'argile rouge, et des puits remplis d'eau et tapissés de feuilles de plastique dans lesquels étaient plongés des corps lestés par des blocs de ciment. De vieilles carcasses de voiture rouillées recelaient d'infectes surprises dissimulées dans leurs coffres ou assises derrière leurs volants. Du conducteur d'une Cadillac blanche, il ne restait qu'un squelette aux os nus.

Il y avait bien sûr de nombreux corps reposant à même le sol, et ils se fondaient si bien dans le paysage que j'aurais pu en dépasser certains sans les voir, n'eût été l'éclat d'une dent en or ou les os d'une mâchoire béante. Les os finissaient par ressembler à des branches d'arbres ou à des cailloux, et les mots ne feraient plus de mal à ceux qui reposaient là, à l'exception peut-être des donneurs des membres amputés, dont j'espérai qu'ils étaient toujours en vie.

Un crâne à moitié dissimulé derrière le tronc d'un mûrier m'adressa une grimace, et l'orifice de la balle qui avait pénétré entre ses sourcils lui faisait comme un troisième œil. Un peu plus loin, je tombai sur un arc parfait de dents roses. L'émail s'était probablement teinté lors de l'hémolyse, bien que cette théorie fût encore contestée systématiquement à tous les congrès de médecine légale. Des noyers poussaient partout alentour mais je n'aurais pour rien au monde mangé un de leurs fruits, parce que la mort saturait le sol, et que les fluides corporels filaient sous terre, s'infiltrant dans les collines. La mort était dans l'eau, chargeait le vent et montait jusqu'aux nuages. Il pleuvait de la mort sur les terres de La Ferme et les insectes et les animaux en étaient gavés. Du reste, ils ne parvenaient en général pas à terminer ce qu'ils avaient commencé, le stock était trop important.

Katz et Shade avaient reproduit deux situations pour moi. Dans le premier cas, un cadavre reposait dans un sous-sol, pour nous permettre d'enregistrer toutes les altérations post mortem survenant à l'obscurité et dans une atmosphère réfrigérée. Dans le deuxième, le corps était resté dehors pour la même durée.

La situation devant reproduire les conditions existant dans un sous-sol avait été mise en scène dans l'unique bâtiment de la Ferme, qui n'était rien de plus qu'une espèce de hangar en ciment. Le sujet, l'homme qui souffrait d'un cancer, avait été déposé sur une dalle de ciment à l'intérieur du hangar , et une sorte de tente en carton l'entourait, pour protéger le corps des prédateurs et des variations météorologiques. Des photographies de son état avaient été prises quotidiennement, et le Dr Shade me les passa. Les quelques premières photos ne révélaient pas de grands changements du corps. Puis, je constatai que ses doigts et ses yeux se desséchaient.

— Vous êtes prête ? demanda le Dr Shade.

Je lui rendis les photographies et leur enveloppe :

— Allons-y.

Ils soulevèrent l'espèce de tente et je m'accroupis à côté du cadavre pour l'examiner soigneusement. Le mari était un homme mince et de petite taille. Sur son bras s'étalait un magnifique tatouage représentant une ancre de navire à la Popeye, et il était mort avec une barbe blanche de plusieurs jours. Au cours de ces six jours passés dans son abri en carton, ses yeux s'étaient enfoncés dans leurs orbites, sa peau était devenue pâteuse et terreuse, et le quart gauche inférieur du corps était décoloré.

L'état de sa femme, au contraire, était bien moins satisfaisant, en dépit du fait que les conditions athmosphériques en dehors du hangar n'étaient pas très différentes de celles qui régnaient à l'extérieur. Mes collègues m'informèrent qu'il avait plu à une ou deux reprises et que par moments le soleil avait réchauffé le corps. Quelques plumes de buzzard qui traînaient non loin du corps expliquaient une partie des dégâts que je constatai. La décoloration du cadavre de la femme était beaucoup plus avancée, la peau s'était détachée par endroits et n'avait pas du tout cet aspect pâteux que nous avions remarqué chez le mari.

Je détaillai un moment le corps reposant dans ce bosquet non loin du hangar. Elle était allongée sur le dos, nue, sur le tapis de feuilles abandonnées par les caroubiers et les noyers d'Amérique avoisinants. Elle me parut plus âgée que son mari, et elle était si voûtée et parcheminée par les ans

La Séquence des corps   327

que son corps avait retrouvé cette espèce d'androgynie qu'ont les enfants. Ses ongles étaient vernis de rose et elle portait un dentier. Les lobes de ses oreilles étaient percés.

Katz nous héla du hangar :

— Nous venons de le retourner, si vous voulez jeter un œil.

Je regagnai le hangar, m'accroupis de nouveau près du cadavre, et le Dr Shade éclaira de sa lampe torche les marques laissées sur le dos de l'homme. La trace laissée par le bout de canalisation en métal était facile à reconnaître, mais celle des clous ressemblait à des rayures rouges qui rappelaient davantage des brûlures. Mais ce furent les marques laissées par les pièces de monnaie qui retinrent surtout notre attention, et notamment celle qui correspondait à une pièce d'un quarter. Même en étudiant avec soin les contours de la marque, j'avais peine à reconnaître le profil de l'aigle incrusté partiellement sur la peau de l'homme. Je sortis les photographies d'Emily pour comparer les deux dessins.

Le Dr Shade reprit :

— Ce que j'en déduis, c'est que les impuretés contenues dans le métal de la pièce provoquent par endroits une oxydation qui n'est pas homogène des parties du corps qui sont en contact avec l'objet. C'est pour cette raison que vous constatez des zones vierges et une incrustation irrégulière. En fait, cela ressemble beaucoup à l'empreinte que laisse une chaussure dans le sol, laquelle n'est jamais complète sauf si vous répartissez parfaitement le poids de votre corps et que vous marchez sur une surface rigoureusement plane.

— A-t-on réalisé des agrandissements des photographies Steiner ? demanda le Dr Katz.

— Les labos du FBI sont en train de le faire.

— Ils sont parfois si lents, dit-il. Ils ont tellement de choses en retard, et cela ne va pas en s'arrangeant, parce qu'ils ont de plus en plus d'enquêtes à traiter.

— Et puis, vous savez ce que c'est, avec les crédits.

— Ne m'en parlez pas, les nôtres sont devenus squelettiques.

— Thomas, Thomas, quel épouvantable jeu de mots.

En réalité, c'était moi qui avais offert les morceaux de carton épais nécessaires à cette expérience, et j'avais même proposé d'offrir un appareil à air conditionné. Mais, en raison des conditions météo, un tel achat n'avait pas été utile.

— Évidemment, il n'est pas très aisé de fasciner les politiques avec ce que nous accomplissons ici, pas plus qu'avec ce que vous faites, Kay.

— Le gros problème, c'est que les morts ne votent pas, dis-je.

— Pourtant, je connais des cas où ils l'ont fait.

Nous reprîmes le camion et roulâmes le long de Neyland Drive. Je suivais la rivière des yeux. J'aperçus le haut de la palissade qui protégeait La Ferme et surplombait les arbres au détour de l'un de ses coudes, et songeai à la rivière Styx. Je m'imaginai traversant la rivière pour finir au même endroit que cet homme et cette femme qui nous avaient permis de travailler. Je les remerciai silencieusement parce que les morts forment de muettes armées auxquelles je faisais appel pour qu'elles nous sauvent tous.

Katz, avec sa coutumière gentillesse, me dit :

— Quel dommage que vous n'ayez pas pu arriver un peu avant.

— Vous avez raté un drôle de match, précisa Shade.

— J'ai pourtant presque l'impression d'y avoir assisté.

19

Je ne suivis pas les conseils de Wesley, et conservai la même chambre à l'hôtel Hyatt. Je n'avais pas envie de passer le reste de la matinée à déménager dans un autre hôtel alors que j'avais tant de coups de téléphone à passer et que je devais prendre un avion.

Toutefois, je demeurai en permanence sur le qui-vive lorsque je traversai le hall de réception ou montai dans l'asencseur, scrutant le visage de toutes les femmes que je rencontrais. Et puis, je me souvins que Denesa Steiner était une femme très intelligente, et que je ferais mieux de surveiller également les hommes. Elle avait passé sa vie à tromper les gens et à monter d'incroyables stratagèmes. Et je savais comme le mal peut être rusé.

Néanmoins, personne n'attira mon attention, comme je me dirigeais à vive allure jusqu'à ma porte de chambre. Cependant, je sortis mon revolver de ma serviette et le posai à côté de moi pendant que je téléphonais. Mon premier appel fut pour l'armurier Green Top, et Jon me répondit, aussi charmant que d'habitude. C'est lui qui s'occupait en général de moi lorsque je passais au magasin, aussi n'hésitai-je pas à lui poser des questions très précises au sujet de ma nièce.

— Dr Scarpetta, je ne peux pas vous dire à quel point je suis désolé de ce qui s'est produit. Lorsque j'ai lu la nouvelle dans le journal, je n'en croyais pas mes yeux.

— Elle s'en sort plutôt bien, répondis-je. Son ange gardien était à ses côtés cette nuit-là.

— C'est une jeune fille comme on n'en voit pas tous les jours, et vous devez être drôlement fière d'elle.

Je m'aperçus soudain que je n'en étais plus si certaine, et cette pensée me rendit malade.

— Jon, j'ai besoin de connaître certains détails très importants. Étiez-vous au magasin lorsqu'elle est venue ce soir-là pour acheter le Sig ?

— Bien sûr, c'est moi qui lui ai vendu.

— Elle a acheté autre chose ?

— Un chargeur supplémentaire, et plusieurs boîtes de balles à pointe vides. Euh... Je crois qu'il s'agissait de Federal Hydra Shock. Euh... oui, j'en suis presque sûr. Je lui ai également vendu un holster matelassé Uncle Mike et un holster de cheville comme celui que vous m'avez pris l'année dernière. Le mieux dans le genre, un Bianchi en cuir.

— Comment a-t-elle réglé ?

— En liquide et cela m'a un peu surpris, pour être franc, parce que la facture était importante, vous vous en doutez.

Lucy avait toujours su faire des économies, et je lui avais offert une somme d'argent substantielle pour son vingt et unième anniversaire. Mais elle possédait aussi des cartes de crédit, et j'en déduisis qu'elle n'avait pas voulu les utiliser parce qu'elle craignait que ses achats soient enregistrés. En soi, la chose me semblait assez logique. Elle était d'une nature anxieuse et paranoïaque, comme tous les gens qui se sont frotté trop intensément au crime et à la loi. Tout le monde est suspect pour les gens de notre espèce. Nous avons tendance à réagir de façon parfois abusive, à regarder en permanence par-dessus notre épaule et à recouvrir notre piste dès que nous nous sentons vaguement menacés.

— Lucy avait-elle pris rendez-vous avec vous ou est-elle passée à la boutique, juste comme cela ?

— Oh, elle a d'abord téléphoné pour nous avertir de l'heure de sa visite. Du reste, elle a même rappelé un peu plus tard pour confirmer le rendez-vous.

— C'est vous qui lui avez répondu les deux fois ?

— Non, juste la première fois. Ensuite c'est Rick qui l'a eue au téléphone.

— Jon, pouvez-vous vous souvenir précisément de ce qu'elle a dit la première fois ?

— Pas grand-chose. Elle a dit qu'elle avait parlé au capitaine Marino, qui lui avait conseillé d'acheter un Sig P230 et qui lui avait également recommandé de s'adresser à moi. Peut-être n'êtes-vous pas au courant, mais je pêche avec lui. Enfin bref, elle m'a demandé si je serais encore à la boutique vers vingt heures mercredi.

— Vous souvenez-vous quel jour elle a appelé ?

La Séquence des corps 331

— Eh bien, c'était la veille ou l'avant-veille de sa visite, je dirais le lundi précédent. Tiens, à propos, je lui ai aussi demandé si elle avait vingt et un ans.

— Vous a-t-elle dit que j'étais sa tante ?

— Oui. Et c'est fou ce qu'elle m'a fait penser à vous, jusqu'à sa voix qui ressemble à la vôtre. Vous avez toutes les deux des voix graves et calmes. Je dois dire qu'elle m'a fait une excellente impression au téléphone. Elle avait l'air si intelligente, et très courtoise également. Elle avait l'air de s'y connaître en armes, et j'ai vu tout de suite qu'elle savait tirer. Du reste, elle m'a dit qu'elle avait appris avec le capitaine Marino.

J'étais très soulagée d'apprendre que Lucy s'était présentée comme étant ma nièce. Ce détail m'indiquait qu'il lui était assez égal que j'apprenne qu'elle avait acheté une arme. De toute façon, Marino le savait également, et aurait bien fini par me le dire. J'étais seulement un peu attristée qu'elle ne m'en ait pas parlé d'abord.

— Jon, poursuivis-je, vous m'avez dit qu'elle avait rappelé un peu plus tard. Vous souvenez-vous de cet appel ? et quand était-ce ?

— Le même lundi, deux heures plus tard, peut-être.

— Donc, c'est Rick qui lui a répondu, cette fois ?

— Oui. Ils ont parlé quelques instants. Moi, je m'occupais d'un client, c'est pour cela que Rick a répondu. Il m'a dit que c'était Scarpetta au bout du fil, et qu'elle ne parvenait pas à se souvenir de l'heure qu'elle avait fixée. J'ai répondu que c'était mercredi à vingt heures, il lui a passé le message et voilà, c'est tout.

— Je vous demande pardon ? *Qu'est-ce qu'elle a dit ?*

— Attendez, je ne comprends pas très bien votre question, hésita Jon.

— Le nom de famille qu'a donné Lucy lorsqu'elle vous a rappelé était bien *Scarpetta ?*

— Ben, c'est ce que m'a dit Rick. Il a dit : « C'est Scarpetta au bout du fil » !

— Lucy ne s'appelle pas Scarpetta.

La surprise le rendit muet quelques instants, puis il s'exclama :

— Mince, vous plaisantez ! Je ne me suis pas posé la question une seconde. C'est bizarre, ce truc.

J'eus la vision de Lucy appelant Marino sur son bip, et celui-ci la rappelant probablement de chez les Steiner. Denesa Steiner avait dû s'imaginer que c'était moi qu'il rappelait. Cela n'avait pas dû être compliqué pour elle d'attendre que Marino sorte de la pièce puis d'appeler les renseignements et de se procurer le numéro de téléphone de Green Top. Ensuite, il lui suffisait d'appeler l'armurier et de poser quelques questions. Un curieux mélange de soulagement mêlé à une fureur noire m'envahit. Denesa Steiner n'avait jamais essayé de tuer Lucy, pas plus que Carrie Grethen ni n'importe qui d'autre. La victime sélectionnée n'était autre que moi.

Je posai une dernière question à Jon :

— Je ne voudrais pas vous embarrasser, Jon, mais, à votre avis, Lucy semblait-elle avoir bu lorsque vous vous êtes occupée d'elle ?

— Si j'avais eu l'impression qu'elle était saoule, je ne lui aurais rien vendu.

— Comment s'est-elle conduite ?

— Elle avait l'air pressée mais elle a plaisanté un peu, et elle était charmante.

Si Lucy, comme je le soupçonnais, avait pris l'habitude de trop boire, et ce depuis des mois ou même davantage, elle aurait parfaitement pu afficher une alcoolémie de 0.12 et se conduire comme si de rien n'était. Mais son appréciation des situations et ses réflexes auraient été considérablement altérés, en d'autres termes, elle n'aurait pas réagi aussi bien lors de l'accident un peu plus tard.

Je raccrochai pour appeler le *Asheville Citizen Times* : la personne qui me répondit m'informa que l'auteur de l'article concernant l'accident était Linda Mayfair. Heureusement, elle était au journal, et je l'eus rapidement en ligne.

— Je suis le Dr Scarpetta.

— Oh, mon Dieu, que puis-je faire pour vous ?

Elle avait la voix d'une très jeune femme.

— J'aimerais vous poser quelques questions au sujet d'un article que vous avez écrit. Il s'agissait de l'accident de ma voiture en Virginie...

Je poursuivis d'un ton calme mais ferme.

— ... Êtes-vous consciente que ce que vous avez écrit était faux, puisque vous indiquiez que j'étais au volant et que j'avais ensuite été arrêtée pour conduite en état d'ivresse ?

— Oh, oui Madame. Je suis tellement désolée, mais permettez-moi de vous expliquer ce qui s'est produit. On a reçu une dépêche très brève, très tard cette nuit-là. Tout ce que disait cette dépêche, c'est qu'un accident s'était déroulé sur l'autoroute, que la voiture était votre Mercedes, que l'on soupçonnait que vous conduisiez et que l'alccol était en partie responsable de ce qui s'était passé. Il se trouve que j'étais encore là, cette nuit-là, parce que j'avais quelque chose à terminer. Lorsque le rédacteur m'a montré le texte en question il m'a dit de le faire passer si je parvenais à avoir la certitude que vous étiez bien la conductrice du véhicule. C'était le moment de boucler, et je ne pensais pas avoir l'information à temps pour envoyer l'article. Et puis, tout d'un coup, on me passe un appel. Et cette femme se présente comme l'une de vos amies et me dit qu'elle est à votre chevet dans un hôpital de Virginie. Elle souhaite nous informer que vous n'avez pas été gravement blessée dans l'accident. Elle a dit qu'elle pensait préférable de nous appeler elle-même puisque vous — le Dr Scarpetta — vous avez toujours quelques collègues qui sont restés dans notre coin pour enquêter sur le meurtre Steiner. En fait, cette dame a peur que nous ne recevions de fausses nouvelles au sujet de cet accident et que nous n'imprimions des choses erronées qui affoleraient vos collègues si jamais ils tombaient sur le journal le lendemain matin.

— Et vous avez cru sur parole une étrangère, et vous avez écrit une telle histoire ?

— Mais elle m'a donné son nom et son numéro de téléphone, et j'ai vérifié. Et je me suis dit qu'elle devait vous connaître puisqu'elle était au courant des détails de l'accident, et qu'elle savait que vous travailliez chez nous sur l'enquête Steiner.

— Comment avez-vous vérifié son nom et son numéro de téléphone ?

— J'ai immédiatement rappelé au numéro qu'elle m'avait donné et qui commençait par un code de Virginie.

— Vous l'avez toujours ?

— Mince, je dois l'avoir quelque part... Ça devait être inscrit sur mon calepin.

— Pourriez-vous regarder ?

J'entendis le bruit de feuilles qu'on tournait, de papier froissé, de frottements divers, puis elle me donna le numéro.

— J'espère que vous envisagez sérieusement de publier un démenti, n'est-ce pas ?

Je sentis qu'elle était impressionnée. J'étais désolée pour elle, car j'étais sûre qu'elle n'avait voulu porter préjudice à personne. Elle devait être très jeune et manquer d'expérience, et n'était certainement pas de taille face à une psychopathe décidée à s'amuser avec moi.

— Nous avons publié un rectificatif hier. Voulez-vous que je vous en envoie un exemplaire ?

— Ce ne sera pas nécessaire, répondis-je.

Je revis la scène où les journalistes avaient déboulé au cimetière lors de l'exhumation. Je connaissais maintenant l'identité de la personne qui les avait renseignés. Mrs Steiner. Elle ne pouvait pas résister à l'attention.

Je composai le numéro que la journaliste m'avait donné,

et la sonnerie retentit longuement. Enfin, un homme me répondit.

— Excusez-moi, dis-je.

— Allô ?

— Oui, j'aimerais savoir où se trouve ce téléphone ?

— Lequel ? Le vôtre ou le mien ? répondit l'homme en riant. Parce que si vous ne savez pas où se trouve votre appareil, ça se présente assez mal pour vous.

— Le vôtre.

— Je suis dans une cabine téléphonique devant le Safeway, et je m'apprêtais à appeler ma femme pour savoir quelle glace elle voulait que je ramène. Elle a oublié de me le dire. Le téléphone s'est mis à sonner et j'ai répondu.

— Quel Safeway ? demandai-je. Où cela ?

— Dans Cary Street.

— À *Richmond* ?

J'étais pétrifiée.

— Ben oui. Mais où êtes-vous ?

Je remerciai l'homme puis raccrochai. J'arpentai ma chambre. Ainsi, elle avait été à Richmond. Pourquoi ? Voir où j'habitais ? Était-elle passée devant chez moi ?

Je contemplai par ma fenêtre, ce bel après-midi, le ciel d'un bleu clair et les feuilles aux couleurs vives, et tout semblait dire que rien d'aussi mauvais ne pouvait arriver. Aucune force obscure n'œuvrait , et rien de ce que j'étais en train de découvrir n'avait de réalité. Mais j'étais toujours saisie par cette même incrédulité lorsqu'il faisait beau, lorsque la neige tombait, ou encore lorsque la ville s'éclairait et résonnait des chants de Noël. Et pourtant, chaque matin, lorsque j'arrivais à la morgue, d'autres cas m'attendaient. Et il y avait des gens violés, abattus, ou morts dans de stupides accidents.

Avant de quitter ma chambre, je donnai un dernier appel aux labos du FBI. Je fus surprise de tomber sur le scientifique que je cherchais et auquel je m'apprêtais à laisser un message. Mais comme bon nombre d'entre nous, il passait sa vie à travailler. Les week-ends semblaient réservés aux autres.

— J'ai fait ce que j'ai pu, m'annonça-t-il au sujet des agrandissements sur lesquels il travaillait depuis plusieurs jours.

— Et vous n'avez rien trouvé ? demandai-je, déçue.

— J'ai un peu étoffé. C'est un peu plus clair mais je n'ai pas la moindre idée de la nature de ce qu'on aperçoit.

— Vous restez au labo jusqu'à quelle heure ?

— Encore une heure ou deux.

— Où habitez-vous ?

— Aquia Harbor.

La perspective du trajet que devaient effectuer les habitants de ce coin tous les jours pour aller travailler m'aurait découragée. Mais, beaucoup de gens travaillant à Washington et ayant des familles habitaient là-bas, ainsi qu'à Stafford ou à Montclair. Aquia Harbor devait se situer à une trentaine de minutes de voiture de l'endroit où vivait Wesley.

— Écoutez, je m'en veux de vous demander cela, dis-je, mais il est d'une extrême importance que je puisse examiner une copie de vos agrandissements aussitôt que possible. Serait-il possible que vous les déposiez chez Benton Wesley ? Aller et retour cela devrait vous retarder d'une heure seulement.

Il hésita un instant avant de répondre :

— Je peux si je pars tout de suite. Bon, je vais l'appeler et lui demander le chemin.

J'attrapai mon sac de voyage et ne remis mon revolver dans ma sacoche qu'une fois derrière la porte fermée des toilettes pour dames de l'aéroport de Knoxville. Comme à l'accoutumée, j'enregistrai ce bagage en signalant la présence d'une arme à feu à l'intérieur. Ils apposèrent l'habituelle marque sur ma sacoche : une étiquette orange fluorescente qui me rappela instantanément le ruban adhésif pour canalisations. Je me demandai pour quelle raison Denesa Steiner avait ce ruban en sa possession, et où elle avait pu l'obtenir. Je ne voyais pas comment elle aurait pu avoir un contact quelconque avec la prison d'Attica. J'en arrivai à la conclusion, comme je traversai la piste pour grimper à bord du petit avion à hélice, que le pénitencier n'avait rien à voir dans cette histoire.

Je m'assis à ma place, côté couloir, et j'étais tellement plongée dans mes réflexions que je ne me rendis pas compte de la tension qui régnait parmi les vingt autres passagers de l'avion, jusqu'à ce que je m'aperçoive soudain que la police était montée à bord. L'un des policiers disait quelque chose à quelqu'un qui se trouvait sur la piste, et leurs regards passaient furtivement d'un visage à l'autre. Inconsciemment, mes yeux suivirent le même mouvement. Je connaissais si bien ce comportement que mon esprit s'emballa, cherchant qui était le fugitif qu'ils traquaient et ce qu'il avait pu commettre. J'anticipai déjà sur ce que je ferais si le fugitif tentait de quitter son siège. Je le ferais trébucher puis le plaquerais par-derrière au moment où il passerait devant moi.

Il y avait maintenant trois policiers dans l'avion, essoufflés et suants, et l'un d'entre eux s'arrêta à ma hauteur, son regard tombant sur ma ceinture.

De son ton le plus officiel, il me déclara :

— Madame, je vous demanderai de me suivre.

J'étais sidérée.

— Ces sacs sous le siège sont à vous ?

— Oui.

L'adrénaline dévalait dans mes veines. Les autres passagers s'étaient figés.

Le policier se pencha prestement pour ramasser mon sac à main et mon petit sac de voyage, sans jamais me quitter des yeux. Je me levai et les suivis à l'extérieur de l'appareil. La seule chose à laquelle j'arrivais à penser, c'est que quelqu'un avait dissimulé de la drogue dans l'un de mes bagages. Denesa Steiner. Je regardai comme une folle autour de moi, sur les pistes, vers les cloisons vitrées du terminal. Je cherchai un regard qui m'aurait fixée, une femme qui, dissimulée dans l'ombre, contemplait le dernier coup qu'elle me réservait.

Un des membres de l'équipage au sol revêtu d'une combinaison rouge me pointa du doigt et s'écria d'un ton excité :

— C'est bien elle. Il est dans sa ceinture !

Je compris brusquement de quoi il s'agissait. Je décollai lentement les coudes du corps pour leur permettre de voir ce que cachait ma veste de tailleur.

— C'est juste un téléphone portatif.

J'accrochai très souvent mon téléphone à ma ceinture lorsque je portais des pantalons afin de m'éviter d'avoir à le rechercher dans l'un de mes sacs.

Un des policiers fit la grimace, quant à l'homme en combinaison rouge, il eut l'air horrifié.

— Seigneur, dit-il. Ça ressemble à s'y méprendre à un neuf millimètres. J'ai déjà vu souvent des gens du FBI, et je l'ai prise pour un agent.

Je me contentai de le fixer.

— Madame, avez-vous une arme à feu dans l'un de ces sacs ? demanda l'un des policiers.

— Non, répondis-je en secouant la tête.

— Nous sommes désolés, mais il a cru que vous aviez un revolver dans votre ceinture, et lorsque les pilotes ont vérifié la liste des passagers, aucun n'était enregistré avec l'autorisation de conserver son arme à bord.

— Quelqu'un vous a-t-il dit que je portais une arme ? demandai-je à l'homme en combinaison. Qui ? insistai-je en regardant encore autour de moi.

Il répondit d'un ton piteux :

— Non, personne ne m'a rien dit. J'ai cru apercevoir une arme lorsque vous êtes passée devant moi. C'est à cause de cet étui noir. Je suis vraiment désolé.

— Ce n'est pas grave, conclus-je avec une courtoisie un peu forcée. Vous faisiez votre travail.

Un des policiers intervint pour m'autoriser à remonter à bord.

Lorsque je retrouvai ma place, je tremblais si violemment que mes genoux s'entrechoquaient presque, et je sentis des regards peser sur moi. Je ne regardai personne et tentai de lire un journal. Le pilote eut l'élégance d'annoncer ce qui s'était passé.

— Elle était armée d'un téléphone portatif de calibre neuf millimètres, dit-il pour expliquer les raisons de notre retard.

Tous les passagers se mirent à rire.

Il s'agissait donc d'un incident dont je ne pouvais pas la rendre responsable. Mais je compris avec une clarté éblouissante que je l'avais soupçonnée presque automatiquement. Denesa Steiner contrôlait ma vie. Les gens que j'aimais étaient devenus ses pions. Elle avait fini par dominer mes actions et mes pensées, et ne décollait pas de mes talons. Cette révélation me rendit malade. J'avais l'impression de devenir à moitié folle. Une main douce se posa sur mon bras, me faisant sursauter.

Une hôtesse se pencha vers moi. Elle était jolie, blonde permanentée, et me dit d'une voix douce :

— Nous sommes vraiment désolés de ce qui s'est passé. Permettez-nous de vous offrir un verre.

— Non, merci.

— Vous voulez manger quelque chose ? Malheureusement nous n'avons que des sachets de cacahuètes.

Je secouai la tête :

— Ne vous inquiétez pas. En fait, j'espère bien que vous vérifiez toutes choses qui risquent de mettre la sécurité de vos passagers en péril.

Je parlais, choisissant exactement les bons mots, mais mon esprit planait, volait en suivant des schémas qui n'avaient rien à voir avec l'endroit où nous nous trouvions.

— C'est vraiment très gentil de votre part d'être si compréhensive.

Nous atterrîmes à Asheville au moment où le soleil se couchait, et ma mallette apparut rapidement sur l'unique tapis roulant de l'aéroport. Je refis une visite aux toilettes pour dames et transférai mon revolver de ma mallette à mon sac à main, puis sortis de l'aéroport et hélai un taxi du bord du trottoir. Le chauffeur était un homme âgé. Il portait une casquette en tricot qu'il avait tirée jusque sous ses oreilles. Sa veste en nylon était défraîchie et effilochée aux poignets, et ses grosses mains qui reposaient sur le volant avaient l'air à vif. Il conduisait à une allure prudente, et mit un point d'honneur à me faire comprendre que la route était longue entre l'aéroport et Black Mountain. Il semblait s'inquiéter pour moi de ce que la course ferait au moins vingt dollars. Je fermai les yeux et sentis les larmes me monter aux yeux. J'en rendis responsable la chaleur ventilée par la voiture pour combattre l'air froid.

Le vrombissement de la vieille Dodge rouge et blanche me rappela mon voyage en avion, et nous prîmes le chemin d'une petite ville située à l'est dont la quiétude avait volé en éclats sans même qu'elle s'en rende compte. Les habitants n'étaient guère à même de comprendre ce qui avait bien pu arriver à une petite fille qui rentrait chez elle, sa guitare sous le bras. Ils ne pouvaient pas non plus comprendre ce qui nous arrivait à nous, ceux que l'on avait appelés à l'aide.

Nous étions détruits, les uns après les autres, parce que l'ennemi possédait une étrange habileté à découvrir nos faiblesses et nos points sensibles. Marino était le prisonnier et le porte-flingue de cette femme. Ma nièce, que je considérais comme ma fille, souffrait de blessures à la tête dans un centre de traitement, et elle avait échappé par miracle à la mort. Un homme un peu simple qui balayait et qui sirotait de l'alcool de contrebande dans ses montagnes risquait de se faire lyncher pour un crime immonde qu'il n'avait pas commis, Mote prendrait sa retraite avec une pension d'invalidité, et Ferguson était mort.

Les tenants et les aboutissants de cette malignité se propageaient comme les ramifications d'un arbre bloquant toute entrée de lumière dans mon cerveau. Il était impossible de savoir où remontait cette méchanceté, et où elle se terminerait, et j'avais peur de chercher trop profondément si l'un de ses membres tordus ne m'avait pas déjà rattrapée. Je ne voulais pas en arriver à me dire que je ne marchais plus sur la terre ferme.

— Madame, je peux faire autre chose pour vous ?

Je n'avais qu'une vague conscience que le chauffeur s'adressait à moi.

J'ouvris les yeux. Nous étions arrêtés devant le *Travel Eze*, et je me demandai depuis combien de temps nous étions là.

— Ça m'ennuie de vous réveiller, mais vous seriez plus confortablement installée dans votre lit, plutôt qu'assise dans mon taxi. Ce sera moins cher aussi.

Le même jeune homme aux cheveux jaunes m'accueillit à la réception et inscrivit mon nom. Il me demanda dans quelle aile de l'hôtel je préférais une chambre. Si mon souvenir était exact, l'hôtel faisait face, d'un côté à l'école que fréquentait Emily et de l'autre à l'autoroute. Cela n'avait aucune importance puisque les montagnes nous environnaient, éclatantes sous le soleil et sombres contre le ciel nocturne étoilé.

— Donnez-moi seulement une chambre du côté non-fumeur. Pete Marino est-il toujours à l'hôtel ?

— Oui, bien sûr, bien qu'on ne le voie pas souvent ici. Vous voulez que je vous donne une chambre située à côté de la sienne ?

— Non, je ne le souhaite pas. Il fume et je préfère éviter cela autant que possible.

Ce n'était pas la vraie raison, bien sûr.

— Alors, je vais vous mettre dans une autre aile.

— Ce serait parfait. Lorsque Benton Wesley arrivera, pourriez-vous lui demander de m'appeler aussitôt ?

Je lui demandai ensuite de contacter une agence de location de voitures, et de leur demander de m'amener quelque chose avec des air-bags dès le lendemain matin.

Une fois dans ma chambre, je repoussai le verrou, mis la chaîne de sécurité et poussai le dossier d'une chaise sous la poignée de la porte. Je déposai mon revolver au sommet du tank d'eau des toilettes pendant que je prenais un long bain très chaud parfumé de quelques gouttes d'Hermès. Le parfum me caressa comme des mains chaudes et aimantes remontant le long de ma gorge, de mon visage et légèrement dans mes cheveux. Pour la première fois depuis pas mal de temps je me sentais apaisée. Je rajoutais de temps en temps un peu plus d'eau chaude, et les gouttelettes huileuses et sucrées du parfum tourbillonnaient comme des petits nuages. J'avais tiré le rideau de douche, et je rêvais dans cette ambiance de sauna parfumée.

Je ne parvenais plus à compter le nombre de fois où j'avais revécu mes nuits avec Benton Wesley. Je n'avais pas envie d'admettre à quel point les images forçaient mes pensées, jusqu'à ce que je n'y tienne plus et que je les laisse m'envelopper. Elles étaient plus puissantes que tout ce que j'avais connu avant, et j'avais gardé en moi chaque détail de notre première rencontre ici, bien que ce ne fût pas dans la même chambre. J'avais mémorisé jusqu'au numéro de cette chambre-là et je savais que je ne l'oublierais jamais.

En vérité, je n'avais eu que peu d'amants. Mais c'étaient tous des hommes extraordinaires qui n'étaient pas dénués d'une certaine sensibilité, et qui avaient tous accepté dans une certaine mesure que j'étais une femme qui n'était pas une femme. J'avais le corps et les sensibilités d'une femme, mais l'énergie et la volonté d'un homme, et prendre de moi c'était prendre d'eux. Aussi donnèrent-ils ce qu'ils avaient de mieux, même mon ex-mari, Tony, qui était le moins évolué , et l'acte sexuel devenait une rivalité érotique partagée. Comme deux animaux de force égale qui se découvriraient dans la jungle, nous basculions et prenions autant que nous donnions.

La Séquence des corps

Mais Benton était si différent que je ne parvenais pas encore à y croire. Nos facettes mâles et femelles s'étaient soudées entre elles d'une façon sans précédent et très déroutante, parce que c'était comme s'il était l'autre face de moi-même. À moins que nous ne fûmes pareils.

Je ne savais pas très bien ce que j'en attendais, même si j'imaginais depuis longtemps que nous nous trouverions. Je l'imaginais tendre sous sa réserve dure, comme un guerrier endormi et tiède allongé dans un hamac tendu entre deux arbres majestueux. Mais lorsque nous avions commencé à nous caresser sur le balcon à l'aube, ses mains m'avaient surprise.

Ses doigts défirent mes vêtements et me trouvèrent, ils se murent comme s'ils connaissaient le corps d'une femme aussi bien qu'une femme, et je ressentis bien davantage que sa passion. Je sentis son empathie, comme s'il voulait guérir ces endroits qu'il savait avoir été tant détestés et meurtris. Il semblait affligé par tous ceux qui avaient un jour violé, frappé, ou manqué de bonté, comme si leur péché collectif lui avait retiré le droit d'aimer un corps de femme comme il aimait le mien.

Couchés l'un contre l'autre, je lui avais confié que je n'avais jamais connu un homme qui sache véritablement apprécier un corps de femme, que je n'aimais pas que l'on me dévore ou que l'on me domine, et que c'était la raison pour laquelle j'avais si peu de relations sexuelles.

Il avait répondu dans l'obscurité de la chambre, comme si c'était l'évidence :

— Pourtant, je comprends parfaitement que quiconque ait envie de dévorer ton corps.

J'avais répondu, avec une certaine candeur :

— Moi aussi, je vois très bien pourquoi on voudrait dévorer le tien. Mais la raison pour laquelle toi et moi avons les métiers que nous avons, c'est parce que des gens ont voulu en dominer d'autres.

— Bien, en ce cas, nous n'utiliserons plus les mots

« dévorer » et « dominer ». Nous allons trouver un autre langage.

Le vocabulaire de notre nouvelle langue fut aisé à trouver, et nous le parlâmes très vite couramment.

Je me sentis nettement mieux après mon bain, et farfouillai dans mon sac de voyage à la recherche d'une tenue nouvelle et différente. La chose se révélant impossible, je réenfilai la veste d'un bleu profond, le pantalon et le pull à col roulé que je portais depuis plusieurs jours. La bouteille de scotch était presque vide, et je bus lentement mon verre en regardant les informations nationales. Je saisis à plusieurs reprises le combiné dans le but d'appeler Marino, mais le reposai à chaque fois avant d'avoir même composé son numéro. Mes pensées s'envolaient sans cesse vers le nord, vers Newport, et j'aurais aimé parler à Lucy, mais là encore je résistai à cette impulsion. Même si on me la passait, cette conversation ne pouvait pas lui faire de bien. Il fallait qu'elle se concentre sur le traitement, et pas sur ce qu'elle avait laissé derrière elle. Je finis par téléphoner à ma mère.

— Dorothy passe la nuit au Marriott et elle prend l'avion demain matin pour rentrer à Miami. Kathie, où es-tu ? J'ai essayé d'appeler chez toi toute la journée.

— Je suis sur la route, répondis-je.

— Eh bien, cela ne m'avance pas beaucoup. Toujours ces histoires de détectives et de romans policiers. Enfin, il y en a quand même qui mettraient leur mère au courant de ce qu'ils font.

Je l'imaginai comme si j'y étais, tirant sur une cigarette, le téléphone à la main. Ma mère aimait les grosses boucles d'oreille et les maquillages voyants. Elle n'avait pas du tout l'air d'une Italienne du nord, contrairement à moi. Elle n'était pas blonde.

— Maman, comment va Lucy ? Qu'a dit Dorothy ?

— Elle dit que Lucy est gouine, d'une part, et ensuite elle dit que c'est de ta faute. Je lui ai dit que c'était ridicule. Je lui ai dit que ce n'était pas parce que tu ne sortais jamais avec un homme et que tu n'aimais probablement pas le sexe que tu étais forcément homo. Après tout, c'est la même chose pour les bonnes sœurs. Quoique je me suis laissé dire...

Je l'interrompis :

— Maman, est-ce que Lucy va bien ? Comment s'est passé le voyage à Edgehill ? Quelle était son attitude ?

— Quoi, elle est dans le box des témoins, maintenant ? Son *attitude* ? Non mais, cette façon que tu as de parler à ta mère qui est une femme simple, et tu ne t'en rends même pas compte. Elle s'est saoulée sur le chemin, si tu veux tout savoir !

— Je ne peux pas le croire ! m'écriai-je, furieuse, encore une fois, contre ma sœur. J'avais cru comprendre que si Dorothy l'accompagnait c'était précisément pour éviter ce genre de choses.

— Dorothy a dit que si Lucy n'était pas ivre en arrivant en cure de désintoxication, l'assurance ne rembourserait pas les frais du traitement. Alors, Lucy a avalé des screwdrivers durant tout le vol.

— Mais je me fous que l'assurance paie ou pas, et Dorothy n'est pas vraiment fauchée.

— Tu sais comment elle est avec l'argent.

— Je paierai pour tout ce dont aura besoin Lucy. Tu le sais bien, maman.

— Tu parles comme si tu étais Ross Perot.

— Et qu'a dit encore Dorothy ?

— Tout ce que je sais, en résumé, c'est que Lucy a eu une de ses crises, et qu'elle est bouleversée parce que tu n'as même pas pris la peine de l'accompagner jusqu'à Edgehill. Après tout, c'est toi qui as choisi ce centre, et en plus tu es un docteur et tout ça.

Je gémis, mais cette discussion ne servait à rien :

— Dorothy ne voulait pas que j'accompagne Lucy.

— Comme d'habitude, c'est ta parole contre la sienne. Tu descends quand pour Thanksgiving ?

Inutile de préciser que lorsque je mis un terme à notre conversation, c'est-à-dire lorsque je raccrochais parce que j'étais au maximum de ma résistance, tous les bienfaits de mon bain s'étaient volatilisés. J'entrepris de me resservir un scotch mais décidai que c'était inutile : tout l'alcool du monde ne suffisait pas lorsque ma famille me mettait en colère. Et puis, je pensai à Lucy. J'écartai la bouteille. Quelques minutes plus tard, on frappa à ma porte.

— C'est Benton.

Il me serra dans ses bras durant un long moment ,et sentit mon désespoir à la façon dont je m'accrochai à lui. Il m'entraîna vers le lit et s'assit à côté de moi.

Il prit mes deux mains dans les siennes et dit :

— Commencez par le commencement, d'accord ?

Ce que je fis. Lorsque j'eus fini, son visage avait repris cette expression d'inaccessibilité, l'expression qu'il avait lorsqu'il travaillait. Cette constatation me dérouta. Je ne voulais pas de cette expression dans cette chambre lorsque nous étions seuls.

— Kay, je crois qu'il faut que vous preniez les choses avec davantage de calme. Vous rendez-vous compte de l'énormité d'une telle accusation ? On ne peut pas se lancer à la légère. On ne peut pas décider d'éliminer la possibilité que Denesa Steiner soit innocente. *On ne sait pas.* D'autant que ce qui s'est produit dans l'avion devrait vous prouver que vous n'êtes plus totalement objective. Je veux dire, ce truc me dérange vraiment. Un débile de l'équipage au sol a envie de jouer les héros, et vous vous imaginez immédiatement que la Steiner est encore derrière ça, qu'elle essaie de vous démolir le cerveau.

— Il n'y a pas que mon esprit qu'elle essaie de démolir, elle a également tenté de me tuer, dis-je en retirant une de mes mains, toujours entre les siennes.

— C'est encore une spéculation.

— Pas si on considère ce que j'ai appris durant mes divers coups de téléphone, je vous l'ai dit.

La Séquence des corps 347

— Vous ne pouvez pas le prouver, et je doute que vous le puissiez jamais.

— Il faut que nous trouvions sa voiture.

— Voulez-vous que nous passions devant chez elle, ce soir ?

— Oui, mais je n'ai pas de voiture.

— J'en ai une.

— Avez-vous la photocopie de l'agrandissement ?

— C'est dans ma serviette. Je l'ai déjà regardée...

Il se leva et haussa les épaules.

— ... Je ne vois pas très bien ce que cela pourrait être. C'est une sorte de tache floue sur laquelle ils ont passé des billions de nuances de gris jusqu'à obtenir une autre tache, juste un peu plus détaillée et un peu plus dense.

— Benton, on doit faire quelque chose.

Il me contempla durant un long moment puis serra ses lèvres comme il le faisait toujours lorsqu'il était déterminé mais sceptique.

— Mais c'est pour cette raison que nous sommes là, Kay. Pour faire quelque chose.

Nous descendîmes et je me rendis compte que l'hiver s'installait. C'était particulièrement évident dans cette région de montagnes. Wesley avait loué une Maxima rouge sombre. Je frissonnai lorsque je m'installai dans la voiture mais je savais que c'était en partie dû au stress.

— À propos, comment vont votre jambe et votre main ?

— Presque aussi bien que si elles étaient neuves.

— Eh bien, mais cela tient du miracle alors, puisqu'elles n'étaient plus neuves lorsque vous vous êtes coupé.

Il éclata de rire, plus de surprise que d'autre chose. Wesley ne s'attendait pas à un trait d'humour en ce moment.

Puis, il annonça :

— J'ai une petite information au sujet du ruban adhésif. Nous avons recherché qui, dans ce coin, aurait pu avoir un lien professionnel avec l'entreprise qui l'a fabriqué, Shuford Mills, à l'époque où le ruban est sorti de l'usine.

— Excellente idée, commentai-je.

— Il y avait ce type, Rob Kesley, qui était contremaître à l'usine. À l'époque où le ruban a été produit, il vivait dans la région d'Hickory mais il a pris sa retraite à Black Mountain, il y a cinq ans.

— Il vit toujours ici ?

— Il est mort.

« Merde ! » pensai-je.

— Mais que savez-vous de lui, Benton ?

— Homme de race caucasienne, décédé à l'âge de soixante-huit ans, d'une attaque. Il avait un fils qui habitait Black Mountain, et c'est pour cette raison, je suppose, que Rob Kesley a pris sa retraite ici. Son fils est toujours en vie.

— Avez-vous son adresse ?

— Je peux la trouver, répondit-il en se tournant vers moi.

— C'est quoi le prénom du fils ?

— Le même que celui du père. La maison de Denesa Steiner est juste après le tournant. Vous avez vu comme le lac est sombre ? On dirait un puits de goudron.

— Absolument, et vous savez parfaitement qu'Emily n'aurait jamais emprunté ce chemin de nuit. Et ce qu'a dit Creed corrobore ce point.

— Je ne discute pas. Moi-même, je ne le ferais pas.

— Benton, je ne vois pas sa voiture.

— Elle est peut-être sortie.

— La voiture de Marino est là.

— Cela ne veut pas dire qu'ils ne sont pas sortis.

— Non, mais cela ne veut pas dire non plus qu'ils le soient.

Il ne répondit pas.

Les fenêtres étaient éclairées, et je sentais qu'elle était à l'intérieur. Je n'en avais ni preuve, ni indice mais je savais qu'elle aussi sentait ma présence, même si elle n'en était pas vraiment consciente.

— À votre avis, que font-ils ?

— À votre avis ?

La Séquence des corps 349

Il m'avait répondu sur un ton qui indiquait sans équivoque ce à quoi il pensait.

— C'est un peu facile. Évidemment, tout le monde pense toujours que les gens sont en train de coucher ensemble !

— C'est facile d'y penser parce que c'est facile à faire.

Sa phrase m'insultait parce que j'aurais aimé que Benton soit plus profond que cela.

— Cela me surprend beaucoup venant de vous.

— Cela ne devrait pas vous surprendre venant d'eux. C'est ce que je voulais dire.

Pourtant, je n'étais pas complètement rassurée.

— Kay, nous ne sommes pas en train de discuter de notre relation, à nous, ajouta-t-il.

— Mais je n'y avais pas songé une seconde, rétorquai-je.

Il savait que je ne disais pas toute la vérité. Je n'avais jamais été aussi formelle qu'en décidant qu'il était dangereux d'engager des relations sentimentales avec des collègues.

— Nous devrions rentrer. On ne peut rien faire d'autre pour l'instant, dit-il.

— Comment va-t-on savoir pour sa voiture ?

— Nous allons nous renseigner demain matin. Mais nous avons déjà trouvé quelque chose : la voiture n'est pas là, et on ne peut donc pas affirmer qu'elle n'a pas été accidentée.

Le lendemain matin, un dimanche, je fus tirée du sommeil par le son des cloches, et je me demandai si c'étaient celles de la petite église presbytérienne où Emily était enterrée. Je louchai sur ma montre et conclus que non, ce n'était pas la même église parce qu'il était neuf heures passées de quelques minutes et que le service là-bas devait commencer à onze heures. Par ailleurs, j'ignorais presque totalement les rites de l'église presbytérienne.

Wesley était toujours endormi sur ce que j'avais l'habitude

de considérer comme étant « mon côté du lit ». C'était du reste peut-être notre seule incompatibilité d'amants. Nous avions, tous les deux, l'habitude de dormir sur le côté du lit le plus éloigné de la fenêtre ou de la porte que risquait de forcer un intrus. Comme si cet espace de quelques dizaines de centimètres de matelas ferait toute la différence en nous donnant le temps de saisir notre arme. Le pistolet de Wesley était posé sur sa table de chevet et mon revolver reposait sur la mienne. Avec un peu de chance, si un agresseur pénétrait dans notre chambre, Wesley et moi nous tirerions mutuellement dessus.

Les rideaux s'éclairaient comme des abat-jours annonçant une journée ensoleillée. Je me levai et téléphonai à la réception pour que l'on m'apporte du café et m'informer au sujet de ma voiture de location. Le réceptionniste me promit qu'elle allait être livrée. Je m'installai sur une chaise, tournant le dos au lit pour ne pas être distraite par la vision des épaules nues et des bras de Wesley qui émergeaient des couvertures enchevêtrées. Je ramassai le photo de l'agrandissement, trouvai différentes pièces de monnaie, sortis une loupe et me mis au travail. Wesley n'avait pas exagéré en me disant que l'agrandissement ne faisait qu'ajouter des nuances de gris à une pâte à peine discernable. Mais, plus je fixais la marque qui s'était incrustée sur la fesse de la petite fille, plus j'avais l'impression que des formes naissaient.

L'intensité des gris semblait croître lorsqu'on s'éloignait du centre de cette marque incomplètement circulaire. En réalité, je ne savais pas comment préciser la localisation exacte de l'intensité maximum parce que j'ignorais la position de l'objet qui avait créé la marque sur le corps d'Emily en s'oxydant. Avait-il été posé droit, à l'envers ou de côté ?

La forme qui retenait mon attention me rappelait un peu la tête d'un canard ou d'un oiseau quelconque. Je distinguai une sorte de dôme, et une espèce de protubérance qui aurait pu être un bec épais. Pourtant, il ne pouvait pas s'agir de la tête de l'aigle qu'on trouve sur le côté pile d'un *quar-*

ter, parce que la forme était beaucoup trop large. Ce que je voyais occupait presque un quart de la marque, il y avait quelque chose qui ressemblait à une bosse et qui aurait pu être la nuque de l'oiseau.

Je ramassai le *quarter* dont je me servais et le fis tourner entre mes doigts, en le fixant. Et soudain, je trouvai la réponse. Cela collait parfaitement , et semblait si évident que j'en fus à la fois sidérée et folle de joie. L'objet qui avait commencé à s'oxyder sous le corps de la petite Emily était bien un *quarter*, mais côté face ! La forme d'oiseau que j'avais cru percevoir était en réalité le contour de l'œil de George Washington, et ce que j'avais pris pour la tête et le bec d'un aigle n'était autre que le crâne fier et la frisure de la perruque poudrée de notre premier président. Bien sûr, cette identification n'était valable que dans une certaine position, lorsque je tournais la pièce de sorte que Washington contemple ma table de chevet et que son nez d'aristocrate soit pointé vers mon genou.

Mais où le corps d'Emily avait-il pu reposer ? À l'évidence, on pouvait trouver des *quarters* à peu près n'importe où. Mais on avait également retrouvé des particules de bois de moelle et de peinture. Où pouvait-on trouver du bois de moelle et un *quarter* ? Dans un sous-sol, bien sûr, un sous-sol où, un jour, on avait fait quelque chose qui nécessitait l'utilisation de peinture, de bois de moelle et de bois de noyer et d'acajou.

Peut-être ce sous-sol avait-il été aménagé par qui souhaitait s'y livrer à son passe-temps... Nettoyer des bijoux ? Non, cela n'avait pas de sens. Quelqu'un qui réparait des montres et des horloges ? Cela non plus ne semblait pas coller. Et puis, je me souvins de toutes les horloges que j'avais vues chez Denesa Steiner, et mon pouls s'accéléra un peu plus. Je finis par me demander si son mari n'avait pas aménagé le sous-sol de leur maison dans ce but, s'il n'avait pas eu besoin de bois de moelle pour maintenir et nettoyer de petits engrenages d'horlogerie.

Wesley respirait profondément, des lentes expirations de dormeur. Il frotta sa joue comme si quelque chose s'était posé dessus, et remonta le drap jusqu'à ses oreilles. Je saisis l'annuaire téléphonique pour trouver le fils de l'homme qui avait travaillé à Shuford Mills. Il existait deux Robert Kesley dans l'annuaire, un junior et un troisième du nom. Je composai un numéro :

— Allô ? répondit une femme.

— C'est bien Mrs Kesley ?

— Ça dépend si vous voulez me parler à moi ou à Myrtle.

— Je voudrais parler à Robert Kesley junior.

Elle éclata de rire, et je compris que j'avais affaire à une femme chaleureuse et gentille.

— Oh, alors, ce n'est pas du tout à moi que vous vouliez parler ! Mais Rob n'est pas là, il est à l'église. Vous savez, certains dimanches il aide le pasteur pour la communion. Alors, il part de bonne heure.

J'étais sidérée qu'elle me raconte tout cela, sans même s'informer de mon identité. Et j'étais à la fois émue qu'il puisse encore exister dans ce monde des endroits où les gens se font confiance.

— Et à quelle église est-ce ? demandai-je encore à Mrs Kesley.

— Troisième Église presbytérienne.

— Leur service commence bien à onze heures ?

— Comme toujours, oui. À ce propos, je ne sais pas si vous le connaissez, mais le révérend Crow est un homme remarquable. Je peux faire une commission à Rob quand il rentrera ?

— Je le rappellerai plus tard.

Je la remerciai de son aide et raccrochai. Lorsque je me tournai vers le lit, Wesley était assis et me fixait d'un air endormi. Son regard balaya la chambre, se posant quelques instants sur ma loupe, les pièces et l'agrandissement photographique abandonnés sur la table. Il s'étira en riant.

— Quoi ? lançai-je d'un ton assez indigné.

Il secoua la tête.

— Il est dix heures et quart, et si vous voulez venir avec moi à l'église, vous feriez bien de vous dépêcher, dis-je.

— À l'église ? répéta-t-il en fronçant le front.

— Oui, vous savez cet endroit où les gens vont prier Dieu.

— Ils ont une église catholique dans le coin ?

— Je ne sais pas, rétorquai-je.

Il avait l'air complètement perdu.

— Je vais assister au service de l'église presbytérienne, aujourd'hui. Si vous avez mieux à faire, j'ai quand même besoin que vous me déposiez là-bas parce que ma voiture n'est toujours pas arrivée.

— Mais si je vous dépose là-bas, comment allez-vous rentrer à l'hôtel ?

— Je verrai cela plus tard.

Dans cette ville où les habitants aidaient encore des étrangers au téléphone, il me semblait que je pouvais me passer de planifier toutes choses. J'avais envie de voir ce qui se passerait.

— De toute façon, vous pouvez me biper, dit Wesley.

Il posa les pieds par terre et je récupérai une des piles supplémentaires qui était en train de se recharger dans la prise à côté du poste de télévision.

— Parfait !

Je fourrai mon téléphone portatif dans mon sac à main.

20

Wesley me déposa devant la petite église un peu en avance, mais les gens arrivaient déjà. Je les observai garer leurs voitures, en sortir en clignant des yeux sous le soleil, battre le rappel de leurs enfants. Les portières claquaient avec un bruit sourd et tous descendaient ensuite l'étroite ruelle. Je sentis des regards curieux posés sur mon dos comme je descendais le petit chemin pavé qui obliquait sur la gauche et conduisait au cimetière.

L'air du matin était très frisquet, et en dépit de la lumière éclatante, j'avais l'impression que le soleil était comme un drap mince et frais contre moi. Je poussai la grille en fer forgé ouvragé, rouillée, et dont le véritable objet ne semblait pas être de garder quoi que ce soit mais constituait davantage une sorte de marque de respect ornementale. Elle n'empêcherait personne de s'introduire dans le cimetière, mais de toute façon qui pourrait en avoir envie ?

De nouvelles dalles de marbre poli brillaient d'un éclat froid et d'autres, anciennes, penchaient de guingois comme des langues exsangues sorties de la bouche des tombes. Les morts parlaient, ici aussi. Ils s'exprimaient à chaque fois que nous nous souvenions d'eux. La gelée matinale craquait doucement sous mes chaussures comme je me dirigeais vers l'endroit où elle reposait. Sa tombe gardait toujours la cicatrice d'argile rouge que lui avaient infligé l'exhumation, puis la ré-inhumation. Les larmes me montèrent aux yeux lorsque je regardai le monument funéraire surmonté de son ange et lus à nouveau la triste épitaphe :

« Car il n'en existe pas d'autre dans le monde,
La mienne était la seule. »

Mais ce vers d'Emily Dickinson prenait maintenant pour moi une signification nouvelle. Je le lisais avec une sensibilité nouvelle, et une appréciation différente de la femme qui l'avait choisi. C'est le mot « mienne » qui me sauta aux yeux soudain, *« mienne »* ! Emily n'avait jamais existé en tant qu'elle-même, elle n'avait été qu'une extension narcissique de cette femme démente dont l'appétit pour son propre ego et sa satisfaction n'avait pas de borne.

Emily n'avait été pour sa mère qu'un pion, au même titre

que nous étions tous devenus ses pions. Nous étions les poupées de Denesa Steiner, des jouets qu'elle pouvait habiller puis déshabiller, cajoler et démantibuler, et je me souvins de son intérieur, ses dentelles et ses duvets, les imprimés de chambre de petite fille que l'on voyait partout. Denesa était une petite fille affamée d'attention, qui en grandissant avait appris comment elle pourrait réussir à la capter. Elle avait détruit toutes les vies qui l'avaient approchée, sanglotant à chaque fois dans le giron plein de compassion des gens qui l'entouraient. Pauvre, pauvre Denesa, s'exclamait-on à chaque fois en parlant de cette mère meurtrière, dont les crocs étaient tachés de sang.

Des petites colonnes de givre s'élevaient de l'argile rouge déposée sur la tombe d'Emily. Bien qu'ignorant les lois physiques expliquant ce phénomène, j'en déduisis que lorsque l'humidité prisonnière dans l'argile imperméable se changeait en glace, son volume augmentait, comme toujours lorsqu'un liquide se change en solide, et qu'elle ne pouvait plus que s'échapper vers le haut. C'était un peu comme si son esprit tentait de se dégager du froid pour s'élever au-dessus du sol, et elle étincelait sous la lumière solaire comme seuls étincèlent l'eau pure et le cristal. Une vague de souffrance me submergea et je m'aperçus que j'aimais cette petite fille que je n'avais connue que morte. Elle aurait pu être Lucy, ou bien Lucy aurait pu être Emily. Aucune des deux n'avait reçu l'amour maternel qu'on lui devait, l'une avait été renvoyée chez elle, l'autre était sauve pour l'instant. Je m'agenouillai pour dire une prière, puis me relevai en expirant longuement et m'en retournai vers l'église.

Lorsque j'y pénétrai, l'orgue entamait « Rock of ages ». J'étais en retard, et la congrégation chantait le premier hymne. Je m'assis aussi discrètement que possible tout au fond, mais des regards et des têtes se tournèrent quand même vers moi. C'était le genre d'église où l'on remarque immédiatement un étranger car il en vient rarement. Le service se poursuivit et je me signai après la prière. Un petit garçon assis sur le même banc que moi me fixait pendant que sa sœur sortait le bulletin paroissial.

Le révérend Crow, avec son nez busqué et sa longue robe noire, ressemblait à son nom. Ses bras étaient deux grandes ailes qu'il agitait en tous sens durant le sermon, et aux moments les plus intenses et théatraux j'eus l'impression qu'il allait s'envoler loin de là. Des vitraux représentant les différents miracles du Christ brillaient comme des pierres précieuses, et les paillettes de mica qui saupoudraient les blocs de pierre des murs de l'église ressemblaient à une poussière d'or.

Lorsque vint le moment de la communion, nous entonnâmes « Just as I am », et je regardai les gens autour de moi suivre la mesure. Ils ne se levèrent pas pour se rapprocher en file indienne de l'hostie et du vin. Au lieu de cela, les enfants de chœur remontèrent les ailes en silence, apportant aux fidèles des petits dés à coudre remplis de jus de raisin ainsi que de petits bouts de pain sec. Je pris ce que l'on me tendait, puis tout le monde entama la doxologie et les bénédictions, et brusquement, tous se levèrent pour sortir. Je ne me hâtai pas. J'attendis que le pasteur ait fini de saluer chacun de ses paroissiens et soit seul à la porte de l'église. Puis, je l'appelai :

— Merci pour votre édifiant sermon, révérend Crow. J'ai toujours beaucoup apprécié l'histoire du voisin importun.

Il sourit en saisissant ma main :

— Il y a tant à apprendre de cette histoire. Je la raconte souvent à mes enfants.

— Je crois que c'est également important pour nous tous.

— Nous sommes très heureux que vous vous soyez jointe à nous aujourd'hui. Vous êtes ce médecin qui travaille avec les gens du FBI, n'est-ce pas ? J'ai entendu parler de vous, et je vous ai vue aux informations de la télévision l'autre jour.

— En effet, je suis le Dr Scarpetta. Je me demandai si

vous pourriez m'indiquer où trouver Rob Kesley ? J'espère qu'il n'est pas déjà parti.

Comme je l'espérais, le révérend se récria :

— Oh non. Rob nous aide pour la communion. Il doit être en train de ranger.

Il tourna le regard vers le sanctuaire.

— Voyez-vous un inconvénient à ce que j'aille le chercher ? demandai-je.

— Pas du tout. À propos, ajouta-t-il tandis que son visage s'attristait, je voulais vous dire combien nous sommes sensibles à l'aide que vous nous apportez. Nul d'entre nous ne sera jamais plus comme avant. (Il secoua la tête.) Sa pauvre, pauvre, maman. Certaines personnes se détourneraient de Dieu après ce qu'elle a subi. Mais non, madame ! Pas Denesa Steiner, pas elle. Elle vient assister à l'office tous les dimanches, une des meilleures chrétiennes que j'aie jamais rencontrée.

Une sensation étrange grimpa le long de mon épine dorsale :

— Elle était là ce matin ?

— Mais oui, elle chantait dans le chœur, comme d'habitude.

Je ne l'avais pas aperçue, mais il y avait au moins deux cents fidèles dans l'église ce matin, et le chœur était installé au balcon, derrière les bancs.

Rob Kesley était un homme vigoureux, d'une cinquantaine d'années. Il portait un costume bleu à rayures fines de qualité médiocre. Il ramassait les verres de communion déposés dans les porte-verres des bancs. Je me présentai, très ennuyée à l'idée que je risquais de l'affoler, mais il semblait être du genre imperturbable. Il s'installa à côté de moi sur un banc et se tira songeusement le lobe de l'oreille pendant que je lui expliquai l'objet de ma venue.

Il me répondit avec l'accent le plus lent et le plus épais de Caroline du Nord que j'aie jamais entendu.

— C'est ça. Papa a travaillé toute sa vie entière aux Mills.

Quand il a pris sa retraite, ils lui ont offert une super console télé et une épingle de cravate en or massif.

— Ce devait être un très bon contremaître.

— Ben, il n'est pas devenu contremaître avant qu'il monte en grade avec les années. Avant ça, il était leur inspecteur pour les boîtes et avant ça encore, c'est lui qui s'occupait des boîtes.

— Mais son travail consistait en quoi exactement ? Par exemple lorsqu'il s'occupait des boîtes ?

— Il faisait attention que tous les rouleaux soient bien dans les boîtes et après, il a supervisé les autres pour s'assurer que tout était bien fait.

— Je vois. Vous souvenez-vous si l'usine a un jour fabriqué un ruban adhésif orange fluorescent, un adhésif pour les canalisations ?

Rob Kesley réfléchit à ma question. Il portait les cheveux très courts, coupés en brosse, et ses yeux étaient marron foncé. Enfin, une lueur s'alluma sur son visage :

— Mais oui, je me souviens de cela parce que ce n'était pas un adhésif qu'on voit partout. D'ailleurs, je ne l'avais jamais vu auparavant, ni depuis. Je crois que c'était pour une prison quelque part.

— En effet. Mais je me demandais si un ou deux rouleaux n'avaient pas atterri ici, vous voyez ?

— Normalement, ça ne devrait pas. Mais ce sont des choses qui arrivent parce qu'il y a des déchets et des trucs comme ça. Des rouleaux qui ne sont pas parfaits.

Je me souvins qu'on avait retrouvé des traces de graisse sur certains des fragments utilisés pour ligoter Mrs Steiner. Peut-être ce rouleau-là était-il tombé dans une machine ou avait-il été souillé de graisse d'une autre façon.

Je poursuivis, extrapolant :

— Et en général, lorsque des produits sont rejetés à l'inspection, on les donne aux employés, ou alors on leur vend à prix réduit.

Kesley resta muet. Il avait l'air perplexe.

— Mr Kesley, savez-vous si votre père a fait cadeau d'un de ces rouleaux à quelqu'un ?

— La seule personne à laquelle je pense, c'est Jake Wheeler. Maintenant, il est mort depuis déjà quelque temps, mais c'était le propriétaire de la laverie automatique. Je crois qu'il possédait aussi le drugstore du coin.

— Mais pourquoi votre père lui a-t-il donné ce rouleau d'adhésif orange ?

— Eh bien, Jake était chasseur. Je me souviens que mon père disait toujours que Jake avait tellement peur de se faire tirer dessus par un autre chasseur qui le confondrait avec une dinde que plus personne ne voulait chasser avec lui.

Je me tins coite, ne sachant pas où tout cela nous menait.

— Il avait si peur qu'il faisait un bruit terrible pour qu'on l'entende, et il portait même des vêtements qui réfléchissent la lumière lorsqu'il faisait sombre. Il a fini par faire fuir tous les autres chasseurs. À part des écureuils, je ne crois pas qu'il ait jamais ramené grand-chose.

— Et quel rapport avec l'adhésif ?

— Je suis presque sûr que mon père lui en a offert un rouleau, pour lui faire une plaisanterie. Il a dit à Jake d'en coller tout autour de son fusil et sur ses vêtements.

Rob Kesley sourit à ce souvenir, et je remarquai qu'il lui manquait plusieurs dents.

— Où habitait Jake ?

— Pas loin de Pine Lodge, c'est à mi-chemin entre le centre de Black Mountain et Montreat.

— Vous croyez qu'il aurait pu offrir ce rouleau à quelqu'un d'autre ?

Kesley contempla un moment le plateau qu'il tenait entre ses mains et sur lequel étaient posés les verres de la communion. Son front se rida comme il cherchait dans ses souvenirs.

— Par exemple, Jake chassait-il avec quelqu'un ? Peut-être quelqu'un qui aurait également eu besoin du ruban puisque les chasseurs utilisent l'orange fluorescent.

— Je ne sais pas s'il l'a donné à quelqu'un d'autre. Tout ce que je peux vous dire, c'est qu'il était très lié avec Chuck Steiner. Ils partaient tous les deux à la chasse à l'ours à la saison alors que nous autres on souhaitait tous qu'ils n'en rencontrent jamais un seul. J'arrive pas à comprendre comment des gens peuvent avoir envie qu'un grizzli débouche devant eux ! Et si vous en descendez un, qu'est-ce que vous pouvez en faire à part une descente de lit ? Vous pouvez même pas le manger, à moins que vous soyez Daniel Boone et sur le point de mourir de faim !

En essayant de contrôler ma voix pour ne pas laisser transparaître ce que je ressentais, je demandai :

— Et Chuck Steiner était bien le mari de Denesa Steiner, n'est-ce pas ?

— Oui, c'est ça. Et c'était un homme rudement bien, ça nous a démoli quand il a passé. Si on avait pu savoir qu'il avait un si mauvais cœur, on l'aurait retenu, on l'aurait obligé à s'économiser.

Il fallait que je sache :

— Mais il chassait ?

— Oh oui, bien sûr. Je les ai souvent accompagnés, lui et Jake. Ces deux-là aimaient se balader dans la forêt. Je leur disais toujours qu'ils devraient aller en Afrique. Parce que c'est là-bas qu'on chasse le gros gibier. Vous savez, personnellement, j'arriverai pas à tuer un insecte brindille.

— Si c'est la même chose qu'une mante religieuse, vous faites mieux de ne pas les tuer. Cela risquerait de vous porter malheur.

Comme si c'était évident, il répondit :

— Non, c'est pas la même chose, un insecte brindille c'est comme un phasme. Une mante religieuse, c'est tout différent comme insecte. Mais, je pense comme vous à leur sujet. Non, madame, j'en toucherais pas un.

— Mr Kesley, connaissiez-vous bien Chuck Steiner ?

— Je le connaissais par la chasse et l'église.

— Il enseignait, je crois ?

La Séquence des corps 361

— Il enseignait la Bible dans une école religieuse privée.
Si j'avais pu, j'aurais envoyé mon fils là-bas.

— Et que savez-vous d'autre sur Mr Steiner ?

— Il a rencontré sa femme en Californie lorsqu'il était
dans l'armée.

— A-t-il un jour mentionné devant vous un bébé qu'il
aurait eu et qui serait mort ? Une toute petite fille qui s'appelait Mary Jo et qui serait née en Californie ?

Il me jeta un regard surpris :

— Ben non. J'ai toujours eu l'impression qu'Emily était
leur seul petit. Ils ont aussi perdu une autre petite fille ? Oh
mon Dieu !

Il avait l'air peiné.

— Que s'est-il passé lorsqu'ils ont quitté la Californie,
êtes-vous au courant ?

— Ils sont venus vivre ici. Chuck n'aimait pas l'Ouest et
il connaissait le coin parce qu'il y venait en vacances avec
ses parents. En général, ils occupaient un chalet situé sur
Gray Beard Mountain.

— Où est-ce ?

— À Montreat. La même ville que celle où vit Billy Graham. Sauf que le Révérend est plus trop souvent là, maintenant, mais j'ai vu sa femme. Est-ce qu'on vous a raconté
que Zelda Fitzgerald avait brûlé vive dans un hôpital, dans
le coin ?

— Oui, je sais.

— Chuck était vraiment doué pour réparer les montres
et les horloges. C'était une sorte de passe-temps pour lui, et
petit à petit il s'est retrouvé à réparer toutes les horloges de
Biltmore House.

— Où les réparait-il ?

— Pour celles de Biltmore House, il allait là-bas. Mais les
gens du coin lui apportaient les leurs directement chez lui.
Il avait aménagé une boutique dans son sous-sol.

Mr Kesley aurait bien discuté toute la journée, et je parvins à prendre congé avec difficulté et le plus gentiment

possible. Une fois dehors, je composai le numéro du bip de Wesley sur mon téléphone portatif, et laissai le code de police « 10-25 » comme seul message, ce qui signifiait « Venez ». Il saurait où me trouver. Je songeais sérieusement à rentrer de nouveau pour me protéger du froid lorsque je saisis des bribes de conversation qui me parvenaient d'un groupe de personnes toujours en train de discuter dehors. Il s'agissait des membres du chœur. Je faillis céder à la panique. À l'instant où je pensai à elle, elle apparut. Denesa Steiner attendait devant la porte de l'église, et elle me souriait.

Les yeux durs comme du métal mais la voix chaude, elle me salua :

— Bienvenue.

— Bonjour, Mrs Steiner, répondis-je. Le capitaine Marino est-il avec vous ?

— Il est catholique.

Elle portait un long manteau de laine noire qui effleurait le dessus de ses souliers noirs à brides. Elle enfila des gants noirs de petite fille. Elle ne portait pas de maquillage, si ce n'est une touche de rouge à lèvres qui rehaussait ses lèvres sensuelles, et ses cheveux blonds comme du miel cascadaient en boucles indisciplinées sur ses épaules. Sa beauté était aussi froide que la journée, et je me demandai comment j'avais pu éprouver du chagrin pour elle ou même seulement croire au sien.

— Et qu'est-ce qui vous amène dans notre église ? continua-t-elle. Il y a une église catholique à Asheville.

Je me demandai ce qu'elle savait d'autre à mon sujet, ce qu'avait pu lui raconter Marino. La fixant droit dans les yeux, je répondis :

— Je voulais me recueillir sur la tombe de votre fille.

Souriant toujours et sans jamais détourner son regard du mien, elle s'exclama :

— Oh, n'est-ce pas gentil ?

— En fait, cela tombe à pic que nous nous rencontrions.

Je dois vous poser quelques questions. Peut-être le mieux est-il de s'en débarrasser tout de suite ?

— Ici ?

— Je préférerais que nous allions chez vous.

— J'avais l'intention de faire quelque chose de très léger pour le déjeuner. Je n'avais pas envie de cuisiner un de ces repas du dimanche, et Pete essaie de faire un peu de régime.

— Je n'ai pas l'intention de manger.

Je ne faisais pas grand effort pour dissimuler mes sentiments. Mon cœur était aussi dur que l'expression de mon visage. Elle avait tenté de me tuer et elle était presque parvenue à tuer ma nièce.

— Eh bien, je vous rejoindrai chez moi, répliqua-t-elle.

— Je vous serai reconnaissante de m'y conduire. Je n'ai pas de voiture.

Je voulais voir sa voiture. Il fallait que je la voie.

— La mienne est chez le concessionnaire.

— Tiens, ce n'est pas banal. Elle est presque neuve pourtant, je crois ?

Si j'avais eu des lasers à la place des yeux, elle aurait été brûlée sur place.

— Oh, j'ai bien peur d'avoir hérité d'une casserole. J'ai dû la laisser chez un concessionnaire d'un autre État. La voiture est tombée en panne durant mon voyage. Je suis venue avec une voisine, mais je suis certaine qu'elle sera ravie de vous raccompagner. Elle nous attend dans sa voiture.

Nous descendîmes les marches de pierre qui conduisaient à l'église, et je la suivis le long d'une allée puis, encore des marches. Il ne restait que quelques voitures garées dans la rue et une ou deux démarraient. La voisine en question était une dame âgée portant un petit chapeau rond de couleur rose et un petit sonotone. Elle était au volant d'une vieille Buick blanche dont le chauffage était poussé au maximum. La radio était allumée sur du Gospel. Mrs Steiner me proposa de m'installer sur le siège passager mais je déclinai. Je ne voulais pas la savoir dans mon dos. Je voulais voir ses moindres gestes, en permanence, et je regrettai de ne pas avoir mon 38. Mais sur le coup, il m'avait paru déplacé d'emmener une arme à l'église, et puis j'ignorai que tout ceci se produirait.

Mrs Steiner et sa voisine papotèrent sur le siège avant et je gardai le silence à l'arrière. Le trajet ne dura pas plus de quelques minutes, et nous nous retrouvâmes devant la maison des Steiner. Je constatai que la voiture de Marino était toujours garée au même endroit que la nuit dernière, lorsque nous l'avions aperçue, Wesley et moi. Je n'arrivais pas à savoir ce que je ressentirais lorsque je verrais Marino. Je ne savais pas du tout comment il se conduirait à mon égard, ni ce que je lui dirais. Mrs Steiner ouvrit la porte. Je la suivis dans l'entrée et remarquai que les clefs de la chambre de motel de Marino et de sa voiture étaient dans un plat de Norman Rockwell posé sur la table du couloir.

— Où est le capitaine Marino ?

— À l'étage. Il dort. Il ne se sentait pas bien. Il y a une espèce de microbe qui traîne dans le coin en ce moment.

Elle retira ses gants, déboutonna son manteau et s'en dégagea d'un petit mouvement d'épaules. Elle détourna le regard en l'enlevant comme si elle avait l'habitude d'offrir à qui que ce soit d'intéressé l'opportunité de contempler ses seins, qu'aucun accoutrement sévère ne pouvait dissimuler. Le langage de son corps était séduisant, et elle s'exprimait maintenant pour mon seul bénéfice. Elle me provoquait, mais pas pour les mêmes raisons qu'elle aurait provoqué un homme. Denesa Steiner faisait étalage de sa féminité. Elle était en rivalité avec les autres femmes, et ceci ne fit que renforcer davantage l'image que je me faisais de sa relation avec Emily.

— Je devrais peut-être monter le voir, dis-je.

— Pete a juste besoin de sommeil. Je vais lui monter un peu de thé et je redescends tout de suite. Pourquoi ne vous

La Séquence des corps   365

installez-vous pas confortablement dans le salon en attendant ? Voulez-vous du thé ou du café ?

— Non merci, rien, répondis-je, et le silence de cette maison me pesait.

Dès que je l'entendis monter, je jetai un regard circulaire
autour de moi. Je retournai dans l'entrée, attrapai les clefs
de la voiture de Marino pour les mettre dans ma poche puis
pénétrai dans la cuisine. Une porte menant à l'extérieur se
trouvait à gauche de l'évier. À droite, une autre porte était
fermée par une targette. Je repoussai la targette et tournai
la poignée.

L'air froid et chargé d'une odeur de moisi m'indiqua qu'il
s'agissait de la porte menant au sous-sol. Je tâtonnai le long
du mur à la recherche d'un interrupteur. Mes doigts le rencontrèrent et j'allumai, inondant de lumière des marches en
bois peintes de couleur rouge sombre. Je descendis parce
qu'il fallait que je sache ce qu'il y avait en bas. Rien ne
pouvait m'arrêter, pas même la peur qu'elle me découvre.
Mon cœur tapait fort contre ma cage thoracique comme s'il
cherchait à s'en échapper.

L'atelier de Chuck Steiner était toujours là. Des outils, des
engrenages et le cadran d'une vieille horloge figé dans le
temps s'empilaient dessus. Des petits boutons de bois de
moelle traînaient un peu partout, certains portant encore
l'empreinte graisseuse des petites pièces délicates d'horlogerie qu'ils avaient retenus et permis de réparer ou de nettoyer. D'autres avaient roulé par terre sur le sol en ciment ,
ici ou là, se mélangeant à de petits clous, des bouts de fil
électrique et des vis. Les carcasses vides de vieilles horloges
de grand-père veillaient silencieusement, comme des senti-
nelles dans l'ombre. Je distinguai également de vieilles
radios, des postes de télévision et divers meubles recouverts
d'une épaisse couche de poussière.

Les murs sans fenêtre étaient faits de blocs de ciment
blanc. Des rouleaux bien nets de câble de téléphone, de
ficelle et autres cordes de diamètre et de nature variables

étaient proprement rangés sur un tableau rabattable fixé au mur. Je me souvins des macramés qui recouvraient les meubles de l'étage, des macassars faits d'un assemblage compliqué de cordelettes nouées qui servaient à protéger les accoudoirs et les dossiers des fauteuils, et des cache-pots dans lesquels elle avait suspendu des plantes au plafond. La vision du nœud coulant du bourreau qu'il avait fallu trancher pour dégager le cou de Max Ferguson me revint. Rétrospectivement, il me paraissait invraisemblable que l'on n'ait pas songé à visiter ce sous-sol avant. Parce que lorsque la police avait commencé à chercher Emily, la petite fille était encore probablement là.

Je tirai une cordelette qui pendait du plafond pour allumer une autre lampe, mais l'ampoule était grillée. Je n'avais toujours pas remplacé ma lampe torche, et mon cœur battait si fort que je respirais avec difficulté tout en continuant mon inspection. Non loin d'un mur contre lequel était empilé du bois de chauffage couvert de toiles d'araignées, se trouvait une porte fermée qui conduisait à l'extérieur. Près du ballon d'eau chaude, une autre porte débouchait sur une salle de bains complètement équipée, et j'allumai la lumière.

La vieille porcelaine blanche était constellée de taches de peinture, et l'on n'avait certainement pas tiré la chasse d'eau depuis des années puisque l'eau stagnante avait laissé sa marque couleur rouille dans la cuvette des w.-c. Un pinceau recourbé comme une main et dont les soies étaient raidies était toujours posé sur le rebord du lavabo. Puis, je regardai dans la baignoire. Je découvris le *quarter*, presque au milieu, le visage de George Washington tourné vers moi, et j'aperçus une trace de sang autour de la bonde. Je me précipitai hors de la salle de bains lorsque j'entendis la porte de communication avec la cuisine se refermer plus haut et le bruit de la targette que l'on tirait. Denesa Steiner venait de m'enfermer.

Je m'affolai, courant en tous sens, mes yeux cherchant autour de moi, tentant de trouver quoi faire. Je me précipitai vers la porte située à côté du tas de bois, la déverrouillai, repoussai la chaîne de protection et me retrouvai brutalement dehors dans la cour inondée de soleil. Je ne vis ni n'entendis rien, mais je savais qu'elle m'observait. Elle devait pourtant savoir que je parviendrais à m'échapper par cette porte-là, et je compris avec une panique croissante ce qui se passait. Denesa Steiner n'essayait pas de m'enfermer à l'intérieur de la maison. Elle essayait au contraire de m'interdire de rentrer, afin que je ne puisse pas monter à l'étage.

Soudain, je pensai à Marino, et mes mains se mirent à trembler si fort que je ne parvenais pas à tirer ses clefs de voiture de la poche de ma veste. Je courus jusqu'à l'endroit où était garée sa voiture. J'ouvris la portière de sa rutilante Chevrolet. La Winchester en acier luisant était bien sous le siège, l'endroit où il rangeait toujours son fusil.

L'arme était froide comme de la glace dans ma main et je me précipitai vers la maison, laissant la portière de la voiture ouverte. Comme je m'y attendais, la porte était fermée. Mais des panneaux en verre la flanquaient de chaque côté, et j'en brisai un avec la crosse du fusil. Le verre éclata, et les éclats tombèrent doucement sur la moquette. Bandant ma main de mon foulard, je passai le bras à l'intérieur précautionneusement, et ouvris le verrou. Puis, je me vis monter l'escalier quatre à quatre, et c'était comme si une autre personne agissait à ma place, ou que j'avais abandonné mon cerveau pour un temps. J'avais l'impression d'être devenue une sorte de machine. Me rappelant la lumière que nous avions aperçue de la voiture, hier soir en passant devant la maison, je me précipitai dans cette direction.

La porte de la chambre était fermée, et lorsque je la repoussai, je la découvris, assise placidement sur le rebord du lit où Marino gisait, avec sur la tête un sac poubelle en plastique fixé autour du cou par de l'adhésif. Tout se passa ensuite simultanément. Je basculai le cran de sécurité du fusil, l'armai en même temps qu'elle saisissait le pistolet de

Marino posé sur la table et se levait. Les canons des deux armes se soulevèrent ensemble et j'appuyai sur la détente. La détonation assourdissante la projeta comme une rafale de vent, et elle tomba à la renverse contre le mur tandis que j'armais à nouveau et tirais, armais et tirais, encore et encore.

Elle glissa le long du mur, et des traînées de sang maculèrent le papier peint de petite fille. La fumée et l'odeur de la poudre brûlée emplissaient la chambre. J'arrachai le sac qui recouvrait la tête de Marino. Son visage était bleu, et je ne parvins pas à trouver son pouls en palpant le carotide. Je lui bourrai la poitrine de coups de poing, soufflai dans sa bouche puis comprimai son torse à quatre reprises et il hoqueta. Sa respiration revint.

Agrippant le téléphone, je composai le numéro d'urgence et hurlai comme s'il s'agissait d'un *mayday* sur une radio de police

— Officier de police à terre ! Officier de police à terre ! Envoyez une ambulance !

— Où êtes-vous, Madame ?

Je ne connaissais pas l'adresse.

— La maison des Steiner, dépêchez-vous, je vous en prie !

J'oubliai de raccrocher le téléphone.

J'essayai d'asseoir Marino sur le lit, mais il était trop lourd.

— *Bougez-vous. Bougez-vous !*

Je basculai son visage sur le côté, et glissai mes doigts sous sa mâchoire pour tirer son maxillaire vers l'avant et libérer son larynx. Puis je jetai un regard autour de moi à la recherche de boîtes de médicaments, à la recherche de ce qu'elle avait pu lui faire avaler. Des verres étaient posés sur le chevet du lit. Je reniflai leur contenu, reconnus l'odeur du bourbon, et la fixai, comme anesthésiée. Je vis du sang et des fragments de cervelle partout, et me mis à trembler comme un animal à l'agonie. Mon corps se contractait par saccades comme dans les affres de la mort. Elle était affaissée, presque assise contre le mur, et la mare de sang autour d'elle s'élargissait. Ses vêtements noirs étaient trempés de rouge et criblés de trous de balles, sa tête avait basculé sur le côté et le sang gouttait sur le sol.

Lorsque j'entendis les sirènes, il me sembla qu'elles mugissaient pendant une éternité avant que je ne perçoive la course de nombreuses personnes qui montaient l'escalier précipitamment, le bruit d'une civière qui cognait contre quelque chose puis qu'on dépliait, et puis, je ne sais trop comment, Wesley fut là. Il m'entoura de ses bras, me serra presque violemment , et des hommes revêtus de combinaisons s'approchèrent de Marino. La pulsation de lumières bleues et rouges me parvint de la fenêtre, et je me rendis compte que j'avais fait voler le carreau en éclats. Un air glacé pénétrait dans la chambre. Le courant d'air faisait frémir des rideaux constellés de sang dont les petits ballons libérés s'envolaient vers un ciel d'un jaune pâle. Je contemplai l'édredon bleu de glace et les animaux en peluche posés un peu partout dans la chambre. Le miroir était décoré de décalcomanies représentant un arc-en-ciel, et au mur était accroché un poster de Winnie l'ourson.

— C'est sa chambre, dis-je à Wesley.

— Tout va bien, répondit-il en me caressant les cheveux.

— C'est la chambre d'Emily.

21

Je quittai Black Mountain le lendemain matin, un lundi. Wesley voulut m'accompagner, mais je préférais y aller seule. Il fallait que je termine certaines choses, et il devait rester aux côtés de Marino, qui était à l'hôpital. Un lavage d'estomac avait permis de le débarrasser du Demerol qu'on lui avait fait avaler. Il s'en sortirait bien, du moins physiquement, puis ensuite, Wesley l'emmènerait avec lui à Quantico. Il fallait à Marino cette période de mise hors circuit que l'on impose aux agents qui sont restés en sous-marin lors d'une mission. Il avait besoin de repos, de se sentir en sécurité et d'être entouré de ses amis.

Durant le vol, je m'offris une petite explication avec moi-même et pris mentalement des notes. Le dossier Emily Steiner s'était refermé lorsque j'avais abattu sa mère. J'avais fait une déclaration à la police et une enquête aurait lieu pendant quelque temps. Mais je ne me faisais aucun souci, du reste je n'avais aucune raison de m'en faire. Je ne savais plus que ressentir. Cela m'ennuyait un peu de n'éprouver aucune peine, aucun remords.

Je me sentais seulement si épuisée que le moindre effort devenait insurmontable. On aurait dit que l'on m'avait transfusé du plomb dans les veines. Le simple fait de tenir mon stylo me devenait difficile, et mon cerveau travaillait au ralenti. De temps en temps, je me surprenais à fixer le vide, sans rien voir ni même cligner des paupières et parfois même, je perdais la notion du temps, incapable de me souvenir combien de temps m'avait demandé une tâche quelconque, ni même où j'étais allée.

Mon premier travail consista à rédiger un rapport des événements, en partie parce que le FBI en avait besoin mais aussi pour le donner à la police qui faisait une enquête à mon sujet. Les différentes pièces du puzzle se plaçaient bien entre elles mais certaines questions demeureraient toujours sans réponse, parce qu'il n'y avait plus personne pour répondre. Ainsi, nous ne saurions jamais exactement ce qui s'était passé la nuit où Emily était morte. Mais j'avais développé une théorie à ce sujet.

Mon idée, c'était qu'elle était rentrée précipitamment chez elle avant la fin de la réunion à l'église et s'était disputée avec sa mère. La dispute avait pu se produire au cours du dîner, et je soupçonnais Mrs Steiner d'avoir puni sa fille en salant abusivement ses aliments. L'ingestion forcée de sel est une forme de persécution contre les enfants, malheureusement horriblement plus fréquente qu'on ne le croit.

Elle avait pu contraindre Emily à boire de l'eau salée. L'enfant avait dû vomir, ce qui avait offert à Mrs Steiner une autre raison d'être furieuse. La petite fille avait ensuite probablement subi un choc hypernatrémique, tombant alors dans le coma, et elle était sûrement à l'agonie ou même déjà morte lorsque Mrs Steiner l'avait portée dans le sous-sol. Un tel scénario expliquait les résultats physiologiques apparemment contradictoires que nous avions trouvés. Il expliquait son taux plasmatique surélevé de sodium et l'absence de réactions vitales consécutives aux blessures qu'elle avait reçues.

Quant à la raison pour laquelle la mère avait choisi le modèle du meurtre d'Eddie Heath, mon opinion était qu'une femme présentant un syndrome de Munchausen par procuration devait avoir été particulièrement fascinée par un cas aussi fameux. Seulement, la réaction de Denesa Steiner n'avait pas été celle de tout le monde. Elle avait dû penser à toute l'attention dont une mère serait l'objet si elle perdait un enfant d'une façon aussi monstrueuse.

Ce fantasme l'avait sûrement excitée, et elle avait probablement longuement joué avec dans sa tête. Peut-être avait-elle délibérément empoisonné sa fille, ce dimanche soir-là, pour mener son plan à bien. Ou peut-être s'était-elle décidée à le réaliser après avoir empoisonné Emily accidentellement dans une crise de rage. Je ne saurais jamais le fin mot de l'histoire, mais cela n'avait maintenant plus d'importance. L'affaire ne passerait jamais devant les tribunaux.

Une fois dans le sous-sol, Mrs Steiner avait déposé le corps de sa fille dans la baignoire. Je pensais que c'était sûrement à ce moment-là qu'elle lui avait tiré une balle à l'arrière du crâne pour que le sang s'écoule dans la bonde. Elle avait déshabillé la petite fille, ce qui expliquait la présence du *quarter* dans la baignoire, puisque Emily avait quitté précipitamment la réunion à l'église avant que le garçon dont elle était amoureuse ne passe avec la corbeille de quête. La pièce qu'elle n'avait pas donnée était donc tombée par inadvertance de sa poche de pantalon lorsque sa mère le lui avait retiré. Et la fesse nue de la petite fille avait reposé dessus durant les six jours suivants.

Il devait faire nuit lorsque presque une semaine plus tard, Mrs Steiner avait enlevé le corps réfrigéré par la température du sous-sol de la baignoire. Elle avait dû l'envelopper dans une couverture, expliquant par là les fibres de laine que nous avions retrouvées sur la petite fille. Peut-être l'avait-elle enfouie dans les sacs de feuilles mortes. Les traces microscopiques de bois de moelle que nous avions détectées s'expliquaient également, puisque Mr Steiner l'avait utilisé en pastilles durant des années pour réparer des horloges. Nous n'avions toujours pas retrouvé le rouleau d'adhésif orange fluorescent dont Mrs Steiner s'était servi pour ligoter sa fille et s'entraver elle-même, pas plus que le calibre 22 qu'elle avait utilisé. Je ne croyais d'ailleurs pas qu'on puisse les retrouver un jour. Mrs Steiner était trop intelligente pour conserver des preuves aussi accablantes.

Rétrospectivement, tout semblait très simple, et par de nombreux aspects, presque évident. Ainsi, l'ordre dans lequel avaient été découpés les bouts de ruban adhésif était en parfaite cohérence avec ce qui s'était produit. Car bien sûr, Mrs Steiner avait commencé par ligoter sa fille. Il n'était pas utile de pré-découper les bandes et de les coller en attendant sur le rebord d'un meuble. La mère n'avait pas besoin de maintenir Emily puisque l'enfant devait être inconsciente. Elle avait donc les deux mains libres.

Mais lorsque Mrs Steiner avait entrepris de se ligoter elle-même, les choses devinrent plus compliquées. Elle découpa tous les bouts d'adhésif dont elle aurait besoin et les colla sur le rebord de sa commode. Elle se débrouilla pour laisser des marques visibles de sa contention, tout en s'arrangeant pour pouvoir se libérer, et elle ne se rendit pas compte qu'elle utilisait les bouts de ruban dans le désordre, d'autant qu'elle n'avait aucun moyen de savoir que la chose pût avoir une quelconque importance.

Une fois à Charlotte, je changeai d'avion pour me rendre à Washington, d'où j'attrapai un taxi qui me conduisit au Russel Building où j'avais rendez-vous avec le sénateur Frank Lord. Lorsque j'arrivai à trois heures et demie, il était encore à l'étage du Sénat où se déroulait un vote. J'attendis patiemment dans la salle de réception pendant que des jeunes femmes et des jeunes hommes répondaient sans discontinuer au téléphone, parce que tout le monde réclamait l'aide du sénateur. Je me demandai comment il pouvait supporter cette charge. Il me rejoignit peu après et s'avança vers moi en souriant. Je sus à son regard qu'il était au courant de tout.

— Kay, c'est tellement bon de vous voir.

Je lui emboîtai le pas et nous traversâmes une autre pièce meublée d'encore plus de bureaux que la première, et dans laquelle d'autres gens répondaient au téléphone. Nous pénétrâmes enfin dans son bureau privé, et il referma la porte. Les murs étaient ornés de très bons tableaux signés d'excellents artistes et le contenu des bibliothèques révélait que le sénateur Lord aimait les bons livres.

— Le directeur m'a téléphoné un peu plus tôt. Quel cauchemar, je ne sais trop quoi dire.

— Je vais bien.

— Asseyez-vous, je vous en prie.

Il me conduisit jusqu'à un canapé et s'installa en face de moi sur une chaise sans prétention. Le sénateur Lord évitait en général de mettre un bureau entre lui et ses visiteurs. Du reste, il n'en avait pas besoin. Ainsi que je l'avais toujours constaté en présence d'hommes vraiment puissants, et il en est peu, leur envergure les rend modestes et bienveillants.

Je repris la parole :

— Je suis dans un état de stupeur. Un état d'esprit étrange. Je risque d'en subir les retombées, mais un peu plus tard. Le choc post-traumatique et tout le reste. Et ce n'est pas parce qu'on le sait qu'on y échappe.

— Je veux que vous preniez grand soin de vous, Kay. Partez un peu, et reposez-vous.

— Sénateur Lord, que peut-on faire pour Lucy? Je veux laver son nom de tout soupçon.

— Je crois que vous y êtes déjà parvenue.

— Pas complètement. Le FBI sait que ce n'est pas le pouce de Lucy qui a été scanné dans le système de sécurité biométrique. Mais cela ne disculpe pas totalement ma nièce. Enfin, du moins est-ce l'impression que j'en ai.

— Non, non. Pas du tout...

Le sénateur Lord décroisa puis recroisa ses longues jambes et fixa un point derrière moi.

— Bon, peut-être existe-t-il toujours un problème concernant ce qui peut circuler à l'intérieur du Bureau. Les cancans, je veux dire. Depuis que Gault est dans le tableau, il y a certaines choses dont on ne peut plus parler.

— En d'autres termes, Lucy devra supporter le regard de chacun sans jamais pouvoir divulguer ce qui s'est vraiment passé?

— C'est exact.

— Et il y en aura toujours qui ne lui feront pas confiance, et qui penseront que sa place n'est pas à Quantico.

— Il y en aura, oui.

— Cela ne me satisfait pas.

Il me regarda sans s'énerver et déclara :

— Kay, vous ne pouvez pas protéger Lucy éternellement. Laissez-la prendre les coups qui lui sont destinés et lécher ses plaies toute seule. C'est comme cela qu'elle deviendra forte. Débrouillez-vous juste pour la garder du bon côté de la loi.

Il me sourit.

— Je vais faire de mon mieux. Elle est toujours poursuivie pour conduite en état d'ivresse.

— Elle a été victime d'un accident avec délit de fuite,

La Séquence des corps 375

peut-être même d'une tentative de meurtre. Je pense que ceci devrait un peu modifier la situation aux yeux du juge. De plus, je suggère qu'elle se porte volontaire pour un travail d'interêt collectif.

— Vous pensez à quelque chose en particulier ? demandai-je, tout en sachant la réponse, sans quoi il ne l'aurait pas proposé.

— En effet, oui. Je me demandai si elle accepterait de retourner à l'ERF ? Nous ne savons pas jusqu'où Gault a pu altérer le programme CAIN. J'aimerais pouvoir suggérer au directeur du FBI d'utiliser les talents de Lucy pour suivre Gault à la trace dans le système et nous dire ce que nous pouvons récupérer du programme.

Un sentiment de gratitude m'envahit :

— Frank, elle serait ravie.

— Je ne vois personne qui soit aussi qualifiée qu'elle pour ce travail, poursuivit-il. Cela lui donnerait également une chance unique de réparer ce qu'elle a fait. Car si elle n'a rien fait de mal volontairement, elle a fait preuve d'une faculté de jugement assez médiocre.

— Je lui dirai, promis-je.

En sortant de son bureau, je me rendis à l'hôtel Willard pour retenir une chambre. Je me sentais bien trop fatiguée pour rentrer immédiatement à Richmond, d'autant que la seule chose que j'avais envie de faire était de m'envoler pour Newport.

Je voulais voir Lucy, ne serait-ce qu'une ou deux heures. Je voulais lui dire tout ce que le sénateur Lord avait fait, lui annoncer que son nom était lavé de tout soupçon et que son avenir brillait.

Tout irait bien. Je le savais. Je voulais lui dire combien je l'aimais. Je voulais savoir si je trouverais ces mots qui m'étaient si difficiles. J'avais pris l'habitude de garder l'amour en otage, prisonnier en moi, parce que j'avais peur qu'une fois que je l'aurais exprimé il m'abandonne, comme tant de gens auparavant. Je m'arrangeais donc toujours pour provoquer ce que je redoutais.

J'appelai ma sœur Dorothy de ma chambre, en vain. Je téléphonai ensuite à ma mère.

— Où te trouves-tu aujourd'hui ? demanda-t-elle

J'entendais, à l'autre bout de la ligne, le bruit de l'eau qui coulait.

— Je suis à Washington. Où est Dorothy ?

— Il se trouve qu'elle est juste à côté de moi. Elle m'aide à préparer le dîner. On se fait un poulet au citron et une salade. Si tu voyais le citronnier, Kathie, et les pamplemousses sont énormes. Je lave la laitue pendant que je te parle. Si tu te décidais à venir rendre visite à ta mère, une fois tous les trente-six du mois, on pourrait manger ensemble. Des repas normaux. On pourrait avoir l'air d'une famille.

— Je voudrais parler à Dorothy.

— Attends.

Le combiné dut heurter quelque chose, puis j'entendis la voix de Dorothy. Sans attendre, je demandai :

— Quel est le nom de la personne qui s'occupe de Lucy à Edgehill ? Ils ont dû la faire encadrer par quelqu'un, je suppose ?

— Ça n'a pas d'importance. Lucy n'est plus là-bas.

— Quoi ? m'exclamai-je, sidérée. Qu'est-ce que tu dis ?

— Elle m'a dit qu'elle voulait partir, qu'elle n'aimait pas le traitement. Je ne pouvais pas l'obliger à rester, elle est adulte. Et puis, elle n'était pas condamnée à le faire.

— Quoi ? répétai-je, choquée. Elle est avec vous ? Elle est rentrée à Miami ?

D'un ton parfaitement calme, ma sœur me répondit :

— Non. Elle a voulu rester à Newport quelque temps. Elle a dit qu'il était dangereux pour elle de rentrer en ce moment à Richmond, ou une bêtise de ce genre. Et elle ne voulait pas venir ici.

— Donc, elle est à Newport avec un traumatisme crânien, un problème d'alcoolisme, et tu ne fais absolument rien, c'est cela ?

— Kay, tu prends tout au tragique, comme d'habitude.

— Où est-elle descendue à Newport ?

— Je n'en ai aucune idée. Elle m'a juste dit qu'elle voulait glandouiller dans le coin quelque temps.

— Dorothy !

— Permets-moi de te rappeler que c'est ma fille, pas la tienne.

— Et ce sera toujours la plus grande tragédie de sa vie.

— Pour une fois, pourquoi ne fourres-tu pas ton putain de nez dans tes propres affaires ? siffla-t-elle.

J'entendis ma mère crier derrière elle :

— Dorothy, je ne veux pas du mot en « P » dans cette maison !

D'une voix glaciale, parfaitement mesurée, chaque mot véhiculant la rage meurtrière qui me secouait, je lui dis :

— Dis-toi bien une chose, Dorothy, si jamais quelque chose est arrivé à Lucy, je t'en tiendrai responsable à cent pour cent. Non seulement tu es une mère effroyable, mais tu es un être humain minable. Je suis vraiment désolée que tu sois ma sœur.

Je raccrochai. Je pris l'annuaire et appelai différentes compagnies aériennes. Un vol décollait dans peu de temps pour Providence, et si je me dépêchais je pouvais encore l'attraper. Je me ruai hors de ma chambre et parcourus à la même vitesse l'élégant hall de réception du Willard. Les gens se retournaient sur mon passage.

Le portier héla un taxi et je promis au chauffeur de doubler le prix de sa course s'il me menait à l'aéroport, *vite*. Il conduisit comme un dératé. On appelait les passagers de mon vol au moment même où j'arrivais dans le terminal. Lorsque je m'assis dans l'avion, je sentis les sanglots remonter dans ma gorge et tentai de les combattre. J'acceptai une tasse de thé chaud et fermai les yeux. Je ne connaissais pas très bien Newport, et n'avais aucune idée de l'endroit où j'allais dormir.

Le chauffeur du taxi que je pris à l'aéroport de Providence qui devait me conduire à Newport m'avertit que le trajet durerait plus d'une heure à cause de la neige. Par les vitres de la voiture ruisselantes d'eau, j'observai les parois à pic de granit sombre qui bordaient la route. Sur les flancs avaient été percés des trous par lesquels s'écoulait l'eau glacée. Un courant d'air humide et désespérément froid remontait dans l'habitacle par le plancher de la voiture. De gros flocons de neige tombaient en spirales sur le pare-brise comme de fragiles insectes blancs, et lorsque je les fixais trop longuement, je sentais que la tête me tournait.

— Vous connaissez un bon hôtel à Newport ? demandai-je au chauffeur.

Il me répondit avec cet accent très particulier des gens de Rhode Island.

— Le Marriott serait le mieux. C'est juste au bord de l'eau, et tous les commerces et les restaurants sont à proximité. Il y a aussi le Doubletree, sur Goat Island.

— Essayons au Marriott.

— D'accord, madame. Allons-y pour le Marriott.

— Si vous étiez une jeune femme à la recherche d'un travail à Newport, où vous adresseriez-vous ? Ma nièce, qui a vingt et un ans, aimerait vivre quelque temps ici.

C'était assez stupide de poser une telle question à un parfait étranger. Mais je ne savais que faire d'autre.

— Ben d'abord, je ne viendrais pas à cette époque de l'année. Newport est pas mal mort en cette saison.

— Mais si elle venait quand même maintenant ? Si, par exemple, elle avait des vacances.

— Hummm....

Je me laissai aller au rythme des essuie-glaces qui balayaient le pare-brise.

— Peut-être dans les restaurants ? proposai-je.

— Oh oui. Il y a plein de jeunes qui travaillent dans les

La Séquence des corps

restaurants, surtout ceux qui sont situés près de la mer. Ils se font pas mal d'argent parce que le tourisme est la première industrie de la région. Et ne croyez jamais ceux qui prétendent que c'est la pêche. De nos jours, un bateau qui peut ramener quinze tonnes de cargaison rentre au port avec peut-être une tonne et demie de poisson et encore, ça c'est pour les bons jours.

Il continua à parler, et je pensai à Lucy, à l'endroit où elle avait pu atterrir. J'essayai de pénétrer dans son esprit, de le déchiffrer, en quelque sorte de le rejoindre par l'intermédiaire de mes pensées. Je récitai tant de prières dans ma tête, retins tant de larmes et luttai contre la plus terrible des peurs. Je ne pourrais pas supporter une autre tragédie. Pas Lucy. Cette perte-là serait la dernière. Ce serait trop.

— Ces endroits sont ouverts jusqu'à quelle heure, à peu près ?

— Quels endroits ?

Je me rendis compte qu'il était lancé sur les papillons de mer, une sorte de poisson, et sur le fait qu'on les utilisait pour la nourriture en boîte destinée aux chats.

— Les restaurants, dis-je. Pensez-vous qu'ils soient encore ouverts à cette heure ?

— Non, madame. Ils doivent être presque tous fermés maintenant. Il est presqu'une heure du matin. Le mieux, si vous voulez trouver du travail pour votre nièce, c'est d'y aller demain matin. La plupart des restaurants ouvrent à onze heures ou un peu plus tôt s'ils servent aussi le petit déjeuner.

Mon chauffeur de taxi avait bien sûr raison. Je ne pouvais rien faire de plus cette nuit, si ce n'était me coucher et tenter de dormir un peu. Je pris une chambre au Marriott avec vue sur le port. Je regardai par ma fenêtre. L'eau était noire, et je distinguai les petites taches des lumières qui éclairaient les pêcheurs au loin, vers la ligne d'horizon invisible.

Je me levai à sept heures parce que je ne pouvais plus rester allongée. Je n'avais pas dormi, effrayée à la perspective de rêver.

Je commandai un petit déjeuner et ouvris les rideaux pour regarder dehors. La journée était d'un gris d'acier, l'eau se distinguant à peine du ciel. Plus loin dans le ciel, des oies sauvages volaient en formation, comme des avions de chasse, et la neige avait viré en pluie. Bien que je susse que rien n'ouvrirait avant plusieurs heures, je n'y tins plus, et à huit heures j'étais dehors, munie de la liste des tavernes à la mode, des pubs et des restaurants que m'avait donnée le concierge de l'hôtel.

J'arpentai un moment les quais, croisant des marins revêtus de cirés jaunes et de pantalons à bavette. Je m'arrêtai à de multiples reprises pour parler à quiconque voulait bien m'écouter, et ma question fut toujours la même, mais leurs réponses ne varièrent pas non plus. Je décrivais ma nièce, et ils ne savaient pas s'ils l'avaient vue quelque part. Il y avait tant de jeunes femmes qui travaillaient dans les restaurants situés autour du port.

Je marchais, sans parapluie, le foulard que j'avais noué autour de ma tête ne parvenant pas à me protéger de la pluie. Je dépassai des bateaux à la coque luisante, des yachts recouverts pour l'hiver d'épaisses bâches en plastique, des amas de bouts d'ancres massives brisées et dévorées de rouille. Il n'y avait pas grand monde dehors, mais de nombreuses boutiques et restaurants étaient ouverts, et ce ne fut que lorsque j'aperçus dans les devantures des magasins de Brick Market Place des fantômes, des goblins et autres créatures inquiétantes que je me souvins que nous étions le jour d'Halloween.

Je marchai des heures durant le long de la chaussée pavée de cailloux de Thames Street, contemplant les vitrines des magasins qui vendaient de tout, depuis la pire verroterie

La Séquence des corps 381

jusqu'à des œuvres de talent. J'obliquai vers Mary Street, et passai devant une auberge, l'Inntowne Inn, où le réceptionniste me dit qu'il n'avait jamais entendu parler de ma nièce. La réponse fut la même chez Christie's, où je m'arrêtai pour boire un café assise devant une fenêtre qui donnait sur la baie de Narragansett. Les docks étaient humides de pluie, comme pointillés par les taches blanches des mouettes qui s'y posaient pour regarder toutes dans la même direction, et je suivis des yeux deux femmes qui se rapprochaient du bord de l'eau. Elles étaient emmitouflées dans des chapeaux et des gants, et quelque chose qui émanait d'elles me fit penser qu'elles étaient plus que de simples amies. Le souvenir de Lucy me bouleversa à nouveau, et je dus quitter le café.

Je pénétrai tour à tour au Black Pearl, situé sur le quai du Bannister, puis chez Anthony's, au Brick Alley Pub, et à l'auberge de Castle Hill. Personne ne put m'aider davantage au Callahan's Cafe Zelda, ni dans ce café un peu suranné qui vendait des strudels à la crème. J'entrai dans tant de bars que j'en perdis le compte, et retournai parfois deux fois au même endroit. Je ne découvris aucune trace d'elle. Personne n'était capable de m'aider. Je n'étais même pas certaine que mon histoire intéressait les gens. Je marchai, désespérée, le long du quai Boxden, et la pluie redoublait d'intensité. Des trombes d'eau s'abattaient d'un ciel gris ardoise comme un rideau, et une dame qui me dépassait en hâte me sourit :

— Ne vous noyez pas, chérie, dit-elle. Rien ne vaut cela.

Je la suivis du regard comme elle pénétrait dans une sorte de hangar situé au bout du quai, l'Aquidneck Lobster Compagny, puis me décidai à lui emboîter le pas parce qu'elle avait été amicale. Elle entra dans un petit bureau séparé du reste du restaurant par une grosse glace enfumée et recouverte de tant de souches de factures que je ne voyais passer entre les bouts de papier que quelques boucles de cheveux teints et des mains.

Pour parvenir jusqu'à elle, il me fallut contourner des viviers gros comme des bateaux remplis de homards, de crabes et de praires. Ils me rappelèrent la façon dont nous rangions les chariots dans la morgue. Les viviers étaient empilés les uns au-dessus des autres jusqu'à hauteur de plafond, et l'eau de la baie pompée du dehors et acheminée par des tuyaux se déversait dans les bacs et mouillait le plancher. Le bruit qui roulait en permanence dans le hangar me faisait penser à la mousson, et l'odeur semblait provenir de la mer. Des hommes vêtus de pantalons à bavette orange et chaussés de hautes bottes en caoutchouc, au visage buriné comme les quais, se parlaient à voix forte.

— Excusez-moi, commençai-je, arrivée à la porte du petit bureau.

Je ne savais pas qu'un pêcheur était avec la femme, parce que je ne l'avais pas vu. Il avait les mains rouges, rudes, et fumait, assis sur une chaise en plastique.

La dame, trop forte et qui travaillait trop dur, me sourit à nouveau :

— Vous êtes trempée, ma poule. Entrez et réchauffez vous. Vous voulez acheter des homards ? dit-elle en se levant.

— Non, répondis-je. J'ai perdu ma nièce. Elle est allée se promener et nous avons dû mélanger les adresses de l'endroit où nous devions nous retrouver. Je me demandai si vous ne l'aviez pas vue ?

— À quoi ressemble-t-elle ? me demanda le pêcheur.

Je décrivis Lucy.

— Bon, mais où l'avez vous vue, la dernière fois ? demanda la femme, qui avait l'air troublée.

J'inspirai profondément, et l'homme comprit tout ce que je dissimulais. Il lisait en moi comme dans un livre. Je le voyais dans ses yeux.

— Elle s'est sauvée. Ça arrive parfois, avec les gosses, dit l'homme en tirant sur sa Marlboro. Maintenant, la question

La Séquence des corps 383

c'est : d'où s'est-elle sauvée ? Si vous me le dites, je pourrais peut-être avoir une idée de l'endroit où elle se trouve.

— Elle était à Edgehill, répondis-je.

— Et elle est sortie comme ça ?

Le pêcheur était originaire de Rhode Island, et il écrasait la dernière syllabe de ses mots comme s'il était en train de marcher dessus.

— Oui, elle est partie.

— Donc, elle n'a pas suivi leur traitement, ou alors c'est que l'assurance n'a pas voulu payer. Ça arrive souvent dans le coin. J'ai vu plein de types qui avaient été dans cette tôle et qui étaient forcés de repartir quatre ou cinq jours plus tard parce que leur assurance voulait pas payer. Ça leur fait du bien, tiens !

— Elle n'a pas suivi le traitement, dis-je.

Il souleva sa casquette sale et lissa vers l'arrière une chevelure brune et indisciplinée.

— Oh, je comprends que vous devez être morte d'inquiétude, dit la dame. Vous voulez que je vous fasse une tasse de café instantané ?

— Vous êtes très gentille, mais non, je vous remercie.

— Lorsqu'ils ressortent trop tôt comme ça, en général ils recommencent à boire et à se droguer, poursuivit l'homme. Ça m'ennuie de vous dire ça, mais c'est comme ça que ça se passe. Elle a probablement trouvé une place de serveuse ou de barmaid pour être proche de ce qu'elle a besoin. Les restaurants du coin paient bien. À votre place, j'essayerai chez Christie's, au Black Pearl sur le quai Bannister et chez Anthony's, c'est au quai Waites.

— J'y suis déjà allée.

— Et vous avez aussi essayé au White Horse ? Elle peut se faire pas mal d'argent, là-bas.

— Où est-ce ?

Il pointa le doigt en direction des terres.

— Par là-bas. Dans Marlborough Street, à côté du Best Western.

— Mais où quelqu'un peut-il se loger ? Elle ne doit pas avoir énormément d'argent à dépenser.

— Ma poule, commença la dame, je vais vous dire ce que je ferais à votre place. J'irais voir au Seaman's Institute. C'est juste à côté. Vous avez dû le dépasser pour venir ici.

Le pêcheur acquiesça de la tête et alluma une autre cigarette.

— Oui, c'est ça. Ça, c'est un bon coin pour chercher. Et ils ont des serveuses aussi, et des filles qui travaillent aux cuisines.

— C'est quoi ? demandai-je.

— Un endroit où les pêcheurs peuvent rester en période de déveine. C'est un peu comme un petit YMCA, avec des chambres à l'étage et une salle à manger et un snack-bar. Ça dépend de l'église catholique. Vous pourriez vous renseigner auprès du père Ogren. C'est le prêtre qui s'occupe de ça.

— Mais pour quelle raison une jeune fille de vingt et un ans irait-elle dans un endroit pareil alors qu'elle peut trouver un emploi dans les restaurants dont vous m'avez parlé ?

Le pêcheur me répondit :

— Oh, elle ira pas, sauf si elle veut vraiment s'arrêt r de boire. C'est interdit dans cet endroit.

Il hocha la tête et poursuivit :

— C'est exactement le genre d'endroit où vous allez si vous avez été forcé de quitter le traitement trop tôt, mais que vous ne voulez pas replonger dans l'alcool ou la drogue. J'ai connu pas mal de types qui y sont allés. J'y suis même resté quelque temps.

Il pleuvait si fort lorsque je ressortis du hangar que les gouttes de pluie rebondissaient sur le trottoir vers le ciel violent et liquide. J'étais trempée jusqu'aux genoux, affamée, j'avais froid et je n'avais plus nul endroit où aller, comme ceux qui atterrissaient au Seaman's Institute.

Cela ressemblait à une petite église en brique, si ce n'est qu'un tableau noir présentant un menu écrit à la craie était

suspendu à l'extérieur. Une bannière flottait, qui annonçait :
« Vous êtes tous les bienvenus ». Je pénétrai à l'intérieur. Des
hommes buvant un café étaient assis au comptoir, et
d'autres étaient attablés dans la salle à manger sans orne-
ment qui faisait face à la porte d'entrée. Des yeux se tournèrent vers moi, vaguement curieux, et tous ces visages portaient inscrit le souvenir d'années de tempêtes cruelles et
de trop de boisson. Une serveuse qui ne devait pas être
plus âgée que Lucy me demanda si je voulais manger.

— Je cherche le père Ogren, répondis-je.

— Ça fait un moment que je ne l'ai pas vu, mais vous
pouvez jeter un œil dans la bibliothèque ou à la chapelle.

Je gravis l'escalier et pénétrai dans la chapelle, qui était
vide à l'exception des saints peints en fresque sur les murs
en plâtre. C'était une ravissante petite chapelle ornée de
coussins brodés au point de croix et qui représentaient des
scènes marines. Le sol était composé de dalles de marbre
de différentes couleurs, incrustées de coquillages. Je restai
parfaitement immobile à contempler Saint Marc agrippé à
un mât et Saint Antoine de Padoue bénissant les créatures
de la mer. Saint André portait des filets de pêche et les phrases de la Bible couraient le long du mur à hauteur de plafond.

« Il a réduit la tempête au silence,
et les vagues se sont tues.
Ils se sont réjouis de ce retour au calme
et Dieu les a guidés au port désiré. »

Je trempai les doigts dans un grand coquillage rempli
d'eau bénite et me signai. Je priai un moment devant l'autel
puis déposai une offrande dans un petit panier d'osier. Je
déposai un billet pour Lucy et pour moi, et un *quarter* pour
Emily. Des portes fermées de la chapelle me parvenaient
des voix enjouées et les petits sifflements des locataires
grimpant les marches. La pluie tombant sur le toit résonnait

comme si l'on s'était servi d'un matelas comme tambour. Au-delà des fenêtres opaques, les goélands criaient.

Une voix douce s'éleva derrière moi :

— Bonjour.

Je me retournai pour découvrir le père Ogren dans sa longue soutane noire.

— Bonjour, mon père.

Son regard était bienveillant et son visage tendre :

— Vous avez dû marcher longtemps sous la pluie ?

— Je cherche ma nièce, mon père, et je suis désespérée.

Je n'eus pas besoin de parler de Lucy très longuement. En effet, je l'avais à peine décrite que je sus que le prêtre savait qui elle était. J'eus la sensation que mon cœur s'épanouissait enfin comme une rose.

— Dieu est bon et rempli de pitié, me dit-il dans un sourire. Il vous a menée ici, comme il y conduit ceux qui se sont égarés en mer. Il a conduit aussi votre nièce chez nous, il y a plusieurs jours. Je crois qu'elle doit être dans la bibliothèque. Je lui ai confié le catalogue de nos livres et d'autres petites choses. Elle est très intelligente, et elle a eu une idée merveilleuse pour l'informatisation de tout ce que nous avons.

Je la découvris, assise devant une longue table de réfectoire, dans une pièce obscure aux lambris sombres et dont les livres semblaient bien défraîchis. Elle me tournait le dos et travaillait à composer un programme sur une feuille de papier sans l'aide d'un ordinateur, de la même façon que les grands musiciens composent leurs symphonies dans le silence. Je la trouvai amaigrie. Le père Ogren me tapota le bras en me laissant et sortit en refermant doucement la porte derrière lui.

— Lucy ?

Elle se retourna et me regarda, stupéfaite.

— Tante Kay ? Oh mon Dieu, dit-elle de ce ton murmuré que l'on adopte dans les bibliothèques. Qu'est-ce que tu fais là ? Comment as-tu su ?

La Séquence des corps 387

Ses joues s'étaient enflammées, et une cicatrice d'un rouge sombre s'étalait sur son front.

Je tirai une chaise et pris ses mains dans les miennes.

— Je t'en prie, rentre avec moi.

Elle continuait à me regarder comme si j'étais morte.

— Tu as été innocentée.

— Complètement ?

— Complètement.

— Tu m'as trouvé un as, n'est-ce pas ?

— Je t'avais dit que je le ferais.

— C'est toi l'as, n'est-ce pas, tante Kay, murmura-t-elle en détournant le regard.

— Le Bureau a admis que c'était Carrie qui t'avait fait accuser, dis-je.

Les larmes lui montèrent aux yeux.

— Ce qu'elle a fait était affreux, Lucy. Je sais à quel point tu dois avoir du chagrin et être en colère. Mais tout va bien, maintenant. La vérité est connue de tous et l'ERF veut que tu reviennes. On va s'occuper de cette accusation de conduite en état d'ivresse. Le juge sera plus indulgent puisque l'on peut prouver que quelqu'un t'a poussée hors de la route. Mais, je veux toujours que tu suives un traitement de désintoxication.

— Mais je ne peux pas le suivre à Richmond ? Je ne peux pas rester avec toi ?

— Si, bien sûr.

Elle pencha la tête et les larmes glissèrent le long de ses joues.

Je n'avais pas envie de lui faire davantage de peine, mais il fallait que je lui pose une question :

— C'est bien Carrie que j'ai vue cette nuit-là avec toi à la table de pique-nique ? Elle fume, non ?

— Parfois.

Elle s'essuya les yeux.

— Je suis vraiment désolée, Lucy.

— Tu ne peux pas comprendre.

— Mais si, je peux comprendre. Tu l'aimais.

Elle sanglota :

— Je l'aime toujours. C'est ça qui est tellement idiot. Comment puis-je l'aimer encore ? Mais je ne peux pas m'en empêcher. Et pendant tout ce temps (elle se moucha)... pendant tout ce temps-là, elle était avec Jerry, ou n'importe qui. *Elle m'utilisait.*

— Elle utilise tout le monde, Lucy, pas seulement toi.

Elle pleura comme si elle ne devait jamais pouvoir s'arrêter.

La prenant dans mes bras, j'ajoutai :

— Je comprends. On ne peut pas s'arrêter d'aimer quelqu'un comme cela. Il faudra du temps.

Je la serrai contre moi un long moment, mon cou humide de ses larmes. Je la serrai jusqu'à ce que l'horizon ne soit plus qu'une fine ligne bleue sombre barrant la nuit. Nous emballâmes ses affaires dans sa petite chambre spartiate. Nous marchâmes le long de chaussées pavées de cailloux, inondées de flaques d'eau, tandis que les lumières de Halloween scintillaient derrière les fenêtres et que la pluie commençait à geler.

Composition réalisée par S.C.C.M. – PARIS XIVᵉ

Impression réalisée sur CAMERON par
BRODARD ET TAUPIN
La Flèche
en avril 1995

Imprimé en France
Dépôt édit. 7890 – avril 1995
Édition 01
N° d'impression : 5775 B-5
ISBN : 2-7024-7827-1

52/6022/9